小説アーサー王物語

エクスカリバーの宝剣［上］

Bernard Cornwell
バーナード・コーンウェル＝［著］
Etsuko Kihara
木原悦子＝［訳］

THE WINTER KING
A novel of Arthur

原書房

小説アーサー王物語　エクスカリバーの宝剣　上

ジュディに、　愛をこめて

目次

下巻目次

登場人物

アグリコラ……グウェントの将軍。テウドリック王に仕える
アーサー……ユーサーの庶子。モードレッドの後見人
カイヌイン……ポウイスの王女。キネグラスの妹、ゴルヴァジドの娘
キルフッフ……アーサーのいとこで、彼の戦士の一人
キネグラス……ポウイスの世嗣（王太子）、ゴルヴァジドの息子
ダーヴェル・カダーン……語り手。生まれはサクソン人だが、マーリンに拾われる。アーサーの戦士の一人
ギャラハッド……ベノイクの王子。ランスロットの異腹の弟
ゴルヴァジド……ポウイス王。キネグラスとカイヌインの父
グィネヴィア……ヘニス・ウィレンの王女
ギンドライス……シルリア王
ランスロット……ベノイクの世嗣。バン王の子
マーリン……アヴァロン卿。ドルイド
モードレッド……ドゥムノニアの幼王
モーガン……アーサーの姉。マーリンの巫女の一人
ニムエ……マーリンの愛人。巫女
タナビアス……シルリアのドルイド
テウドリック……グウェント王
トリスタン……ケルノウの世嗣
ユーサー……ドゥムノニア王。ブリタニアの大王、ペンドラゴン

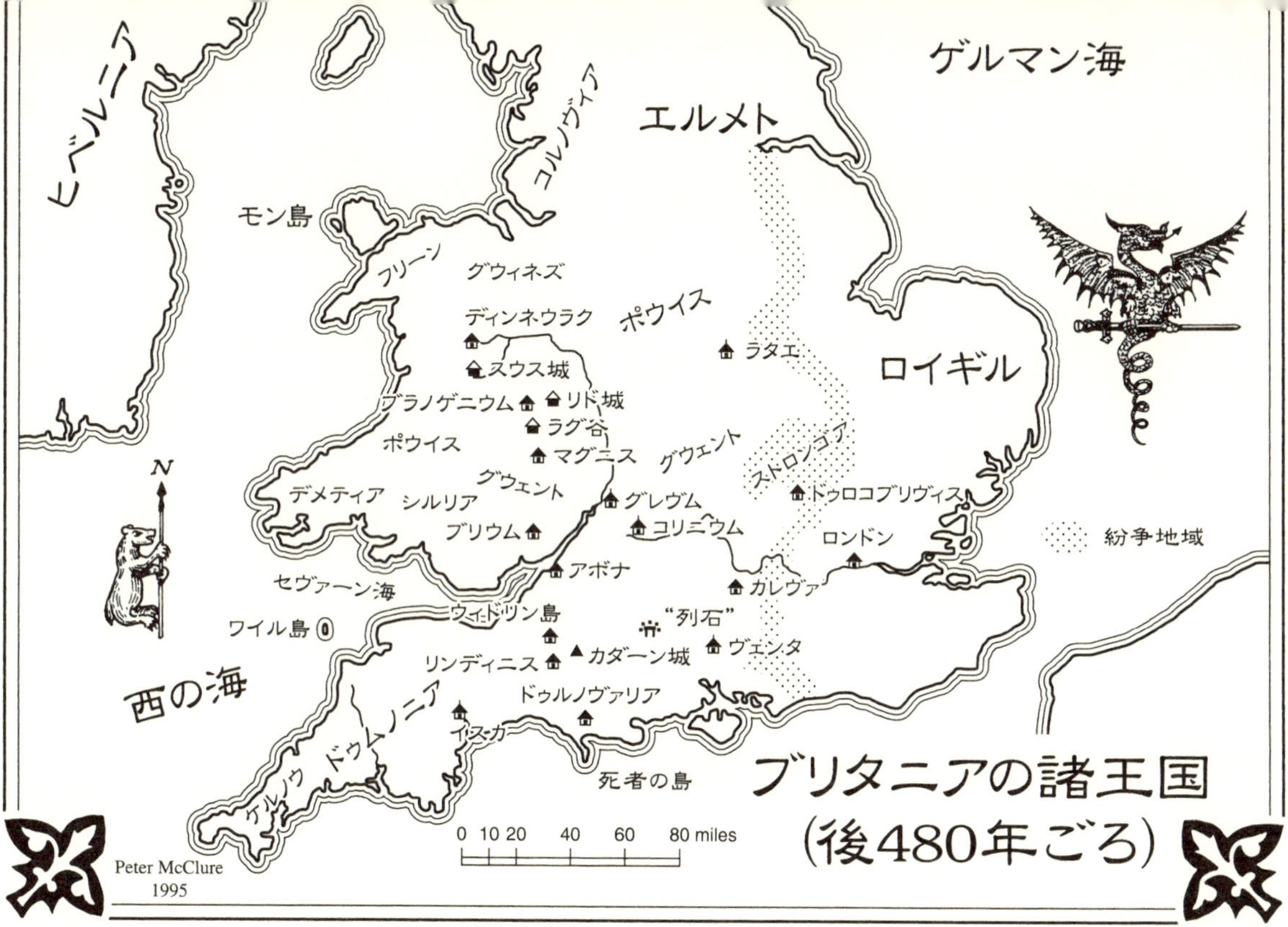

ブリタニアの諸王国
(後480年ごろ)

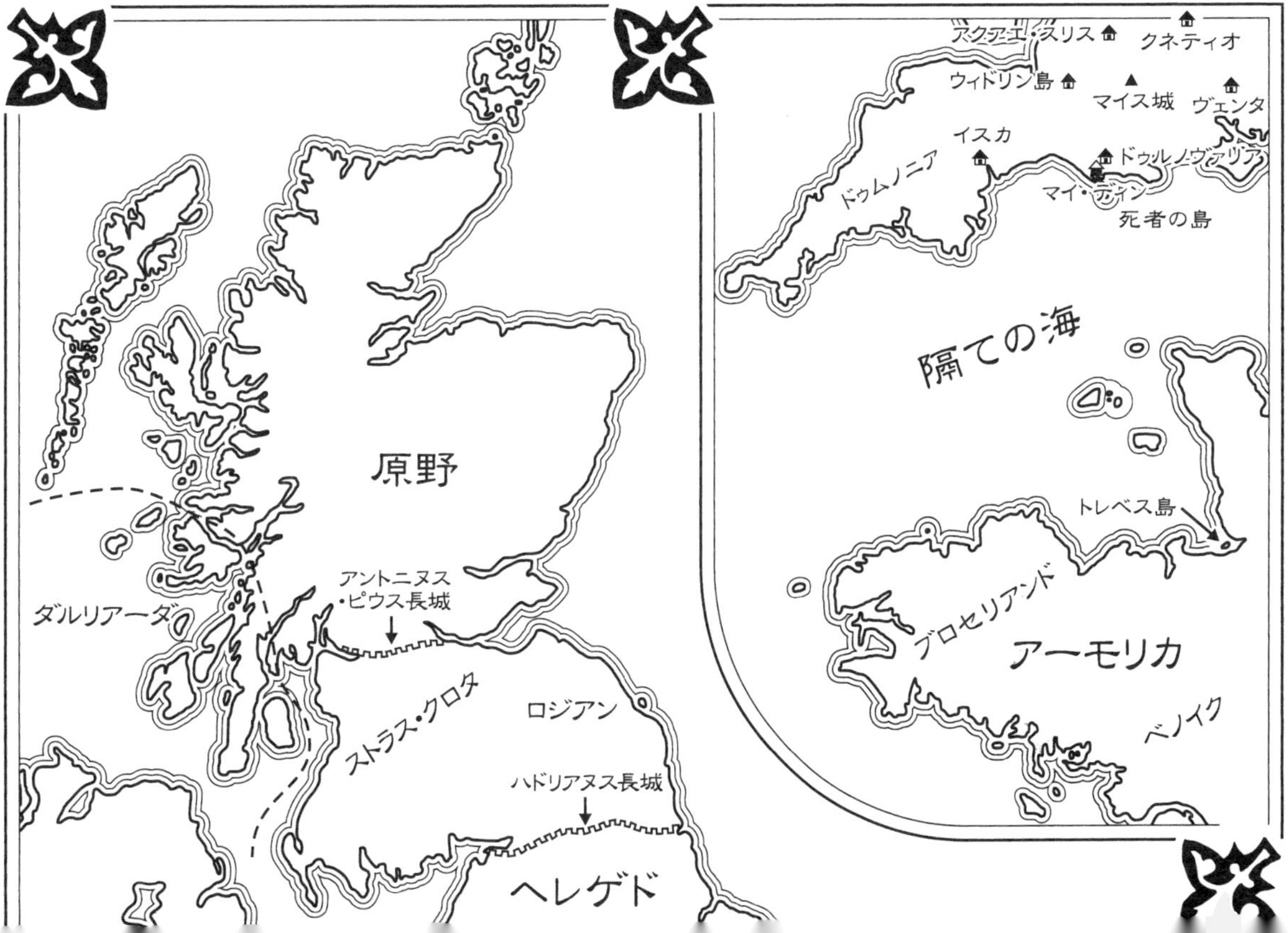
原野
ダルリアーダ
アントニヌス
・ピウス長城
ストラス・クロタ
ロジアン
ハドリアヌス長城
ヘレゲド
アクアエ・スリス
クネティオ
ウィドリン島
マイス城
ヴェンタ
イスカ
ドゥルノヴァリア
ドゥムノニア
マイ・ディン
死者の島
隔ての海
トレベス島
ブロセリアンド
アーモリカ
ベノイク

第一部　冬の王子

人は憶えているだろうか、かつてこの国がブリタニアと呼ばれていたころのことを。そんな昔の話など、堕落した人類のありとある穢《けが》れとともに、底なしの深淵に投げ込むがよい——そうサンスム司教は言われる。サンスム司教は、この世に生を享けた聖人のなかでもすぐれて徳高い方にちがいないが、その方がこう言われるのも無理はない。というのも、私がこれから語ろうとしているのは、底なしの闇が降り来たって主イエス・キリストの光を呑み込む前の、その最後の日々のできごとなのである。これはロイギル、すなわち失われた地と呼ばれる国の物語、かつてはわれらの国であり、いまはわれらの敵がイングランドと呼ぶ国の物語。またアーサーの、かの将軍の、王冠を戴くことのなかった王の物語でもある。神の敵とそしられたアーサーだが、生けるキリストよ、サンスム司教よ、赦したまえ——私は彼ほど偉大な人物をほかに知らない。アーサーを思って私はどれほど泣いたことであろう。

きょうは寒い。山々は死人のように色を失い、暗い雲が垂れ込めている。日が沈まないうちに雪が降りだすにちがいない。しかし、ありがたい火の温もりをサンスム司教はお許しになるまい。苦行はありがたき賜物と聖人は言う。私も老いたが、サンスム司教（神よ、さらに長き命を司教に与えたまえ）は私よりさらに高齢だから、老いは薪小屋の扉を開く口実とはならない。われらの苦しみは、世のだれよりも苦しまれた主への捧げものである、司教はそう言われるだけだろう。それゆえわれら六人の修道士《ブラザー》たちは、震えながら眠れぬ夜を過ごすのだ。明日になれば井戸は凍りつき、ブラザー・マイルグウィンに鎖を伝い下りてもらって、石で氷を割らなければなるまい。そうしなければ水を飲むこともできないのだ。

しかし、冬のいちばんの辛さは寒いことではない。道が凍りついて、イグレインさまが修道院に来られなくなることだ。イグレインさまはわが国の女王、ブロフヴァイル王の妃であられる。黒髪でほっそりした若き女王は、冬の日に射す太陽の温もりのように気まぐれだ。男子を授かりますようにと祈りに来られるのだが、聖母やその祝福された御子に祈るより、私とのおしゃべりのほうに熱心だ。それはアーサーの話が聞きたいからで、今年の夏は思い出せるかぎりのことを語ってお聞かせした。これ以上は思い出せないと申し上げると、山のような羊皮紙と角製のインク入れ、羽根ペン用の鵞鳥《がちょう》の羽根をひと束くだされた。アーサーが兜に飾っていたのも鵞鳥の羽根だった。あれほど大きくも白くもなかったが、女王からいただいたその羽根の束を、きのう私は冬の空にかざしてみた。すると、罪深くも輝かしいその瞬間、羽根飾りを頂いたアーサーの顔が見えたように思った。せつな、吼え猛るドラゴンと熊とがブリタニアを徘徊し、ふたたび異教の徒を震撼させるのが見える。だがそれもつかのま、くしゃみひとつで我に返れば、ひと束の鵞鳥の羽根を握っているだけなのだった。それも糞に汚れ、書き物にすら使えそうにない代物だ。インクにしても、リンゴの幹の樹脂に煤を混ぜただけの粗悪な品だ。羊皮紙はそう悪くない。子羊の革でできたローマ時代の遺品で、かつてはだれにも読めない文字で埋まっていたものを、女王の侍女たちがこすって白くしたのである。サンスム司教は、それだけの羊皮があるなら靴にしたほうが役に立つと言うが、こすった革は靴にするには薄すぎる。それに、王妃さまのご機嫌を損ねて、ブロフヴァイル王の厚情をふいにする危険は冒《おか》せまい。この修道院から敵の槍兵の駐屯地まで行程にして半日足らず。王の命で兵士らが修道院を警護していなかったら、敵はわれらがささやかな庫《くら》にすら目をつけて、黒き川を渡って山々に分け入り、このディンネウラクの谷に侵入してくるだろう。しかし、神の敵たるアーサーの物語を修道士ダーヴェルが書くとなれば、いかにブロフヴァイル王の厚情をもってしても、サンスム司教をなだめることはできまい。そこで、イグレイン女王と私は、わが主イエス・キリストの福音書をサクソン語に翻訳すると称して、徳高き聖人をたばかっているのである。この敵の言語を、司教は話すことはおろか読むこともできないから、物語を書き終えるまで騙しとおすこともできよう。

騙しつづけなければならないのだ。というのは、まさにこの羊皮紙に文字を書きつけはじめたとたん、聖サンスムはこの部屋に入ってこられた。窓辺に立って寒々とした空を眺めながら、骨ばった両手をこすり合わせる。

「ありがたい寒さだ」と言われた。私が寒さに弱いのをご存じなのだ。

「わたくしにはこたえます」私はおだやかに答えた。「なくした手が痛みましてな」失ったのは左の手だ。その切り株のようにごつごつした手首で、羊皮紙を押さえて書いている。

「すべての痛みは、わが主の受難を思い起こすありがたいよすがであるぞ」案の定、司教はそう言われた。そして、テーブルに身をかがめて私の手元をのぞき込み、「ダーヴェル、なにを書いておるのだ」と追及してくる。

「幼子キリストの生誕の物語でございます」私はとぼけた。

司教は羊皮紙をじっとにらんでいたが、汚れた爪で自分の名前が書かれた箇所をさし示した。多少は文字もおわかりなので、雪のなかの大鴉《おおがらす》さながら、羊皮紙に書かれた自分の名が目に飛び込んできたのだろう。意地の悪い子供のように甲高く笑うと、私の白髪をつかんだ。「ダーヴェル、主の生誕の場に私はおらなんだぞ。なぜ私の名がここにある。おまえは異端の言葉を書いておるな、この地獄の蝦蟇《がま》めが」

「司教さま」と、サンスムの手に頭を押さえられ、羊皮紙の間近に顔を寄せた格好で、私は慎み深く答えた。「福音書にとりかかるにあたって、わが主イエス・キリストのお恵みと、尊き聖人サンスムさまの」——と、ここで彼の名前を指さし――「お許しがあってはじめて、このキリストなるイエスのよきお言葉を書き留めることが可能であった、と記しておりましたのです」

司教は、何本か抜けるほど強く私の髪を引っ張った。そして「おまえはサクソンの淫売の子だからな。サクソン人はだれ一人信用ならん。よくよく気をつけて、私の機嫌をそこねるなよ」と言い捨てて出ていった。

「おやさしき司教さま」そう呼びかけたときには、もう声が届かないほどに遠ざかっていた。かつては、サンスムがひざまずいて私の剣に口づけたこともあったが、いまでは彼は聖人で、私は見下げはてた罪びとにすぎない。それも骨まで冷えきった罪びとだ。壁の向こうの空は光薄く、不吉な灰色に陰っている。いまにも初雪が落ちてきそうだ。

アーサーの物語も雪で始まる。あれは大王ユーサーの御世の最後の年、人が生まれて死ぬのにじゅうぶんなほど昔のことだ。ローマ人の年の数え方で言えば、ローマの建設から数えて一二三三年。ただブリタニアでは、ローマ軍がモン島でドルイドを斬り捨てた、かの暗黒の年をはじめとして年を数えるのがふつうである。それでゆけば、アーサーの物語は四二〇年に始まる。尊き聖サンスムならば、わが主イエス・キリストの生誕の日から数えて四八〇の冬が巡った年と言われるであろう。どのように年を数えようとも、これははるかな昔、遠い日々、ブリタニアと呼ばれた国で起きたことであり、私はこの目でそれを見てきたのである。

それはかくのごとくであった。

物語は一人の子供の誕生で始まる。

厳冬の夜だった。欠けゆく月の下、王国はひっそりと白く静まりかえっていた。

城館から聞こえてくるノルウェンナの苦悶の叫び。

また叫び。

深夜である。雲ひとつない乾いた夜空に星々がきらめいている。大地は鉄のように固く凍りつき、川は氷に閉ざされていた。欠ける月は凶兆だ。その不吉な光に照らされて、細長い西の敷地が青白く冷たくぼうと光って見える。この三日、雪はちらとも降らず、かといって解けもせず、世界じゅうが白い。ただ、風に雪を吹き払われた木々だけが黒々とそびえ、荒涼たる冬の大地に複雑な影を描いている。吐く息が白い。だが晴れた深夜に風はなく、その息が吹き散らされることはない。生命を失って凍りついた大地は、太陽神ベレノスに見放され、無限の冷たい虚無に呑み込まれてゆこうとするかのようだ。寒い。身を切られるように、死のように寒い。カダーン城の城館の軒に、そしてアーチ形の入口に、長い氷柱が下がっている。そのアーチをくぐり、吹き込む雪をかき分けて、妃はまさに今日、大王の側近らによってここ諸王の聖所に運び込まれた。カダーン城は聖なる王の石の在り処、王が即位する聖地である。だから世継ぎが生まれるべき場所はここしかない、と大王が押し切ったのだった。

ノルウェンナの叫びがまた響く。

私は子が生まれるのを見たことはなく、神の思し召しでこれからも見ることはあるまい。馬の出産なら見たことがあるし、子牛がこの世に滑り落ちてくるのを見守っていたこともある。子を産もうとしている雌犬の低い呻きを聞いたことも、産みの苦しみに身をよじる猫に触れたこともある。しかし、血と粘液を流しつつ叫ぶ女の姿を見たことは一度もない。ノルウェンナの叫びはすさまじかった。後で女たちから聞いたところでは、声をあげまいと歯を食いしばっていたというけれども。ときおり絶叫がぱたりとやむと、聖なる城砦全体に静寂が重くのしかかる。そして大王は、毛皮に埋めていた大きな頭をあげて耳をそばだてるのだ。茂みに潜んでサクソン人をやり過ごそうとしている人のように。ただちがうのは、突然の静寂が誕生の瞬間を意味しているのではないか、そして彼の王国にふたたび世継ぎが授けられるのではないか、そんな期待がそこにこもっていることだ。彼は耳を傾ける。凍りついた庭を覆う静けさを突いて、大王の義娘の荒い息づかいが聞こえてくる。そして一度、たった一度だけ、哀れっぽい呻き声。大王は口を開こうとするかのようにふり向きかけるが、そのときまた絶叫が始まる。そして彼の頭は深く毛皮に沈み込む。分厚い毛皮の頭巾と襟に縁取られた暗い洞窟に、ただ双眸が光っているのが見えるだけだ。

「殿、城壁に出ておられてはお身体にさわります」ベドウィン司教が言う。

ユーサーは手袋をはめた手をふった。おまえは屋内に引っ込んで火に当たるがよい——しかし大王ユーサー、ブリタニアの覇者《ペンドラゴン》はここを動かぬ、というように。彼はカダーン城の城壁に立っていたかった、凍りついた土地を眺めわたし、悪鬼の潜む中空を睨みつけていたかったのだ。だが、ベドウィンの言うとおりだ。こんな厳寒の夜に、大王たる者が歩哨に立って悪鬼に眼を光らせているわけにはゆかない。老いたユーサーは病んでいる。にもかかわらず、そのぶよぶよの身体と鈍った気難しい頭に王国の安定がかかっているのだ。わずか半年前までは精力に満ちていたのに、そこへ飛び込んできたのが世嗣《せいし》の死の知らせだった。どの息子よりも目をかけていたモードレッドが、サクソン人の斧を受け、ホワイト・ホースの丘のふもとで出血多量のために生命を落としたのである。その死によって王国は世嗣を失った。世嗣のない王国は呪われた王国だ。だが今夜、神の思し召しによって、モードレッドの遺した妃にユーサーの後継者が生まれようとしている。むろん、女児であれば話は別だ。女児であればノルウェンナの苦しみはむだに終わり、王国の命運は風前の灯火と化すのである。

ユーサーが顔を埋めている毛皮には、息の通り道を示すように細かい霜が下りていた。その毛皮から、大きな頭がもちあがる。「ベドウィン、抜かりなく手は打ってあるのだろうな」

「はい、殿、なにもかも」ベドウィン司教が答える。彼は大王がもっとも信頼する最高顧問官で、ノルウェンナ妃と同じくキリスト教徒だった。妃の住まいは、ここからほど遠からぬリンディニスにある。その暖かいローマ風の館から移されるのをノルウェンナはいやがった。そして、古い神々に仕える魔女たちを近づけないと約束してください、そうでなければカダーン城にはまいりませんと、義父に向かって泣きわめいた。なんとしても世継ぎの欲しいユーサーは、キリスト教徒らしく出産したいという彼女の要求にやむなく折れた。そういうわけで、城館のそばの部屋ではベドウィンの司祭たちが祈りを唱え、城館の床には聖水がふり撒《ま》かれているのだ。そのうえ、出産の床の枕元の壁には十字架が掛けられ、さらにノルウェンナの身体の下にももう一本十字架が置かれている。「ありがたい聖母マリアに祈りを捧げております」ベドウィンが説明する。「マリアとは、清らかな身体を肉欲で汚すことなく、キリストの聖なる母となられた――」

「もうよい」ユーサーがうなった。大王はキリスト教徒になろうとは夢にも思わず、その教えを説かれるのを毛嫌いしている。もっとも、キリスト教の神にもそれなりに力はあるだろうと認めてはいた。それにしても、今宵のしつらえは忍耐ぎりぎりの譲歩だったのだ。

私があの場にいたのはそのためだった。私は成人間際のひよっこで、まだひげも生えていなかった。カダーン城の城壁で王の椅子のそばに凍えてうずくまっていたのは、使い走りの役割を果たすためだった。北の地平にあるウィドリン島のマーリンの館から送りこまれた少年として、命令がありしだい、モーガンと彼女の助手を呼びに走ることになっていたのだ。モーガンは、カダーン城の西のふもと、豚飼いの泥小屋で待っている。ノルウェンナ妃はキリストの母に産婆を務めてもらいたいのかもしれないが、この新興の神がしくじった場合にそなえて、ユーサーは古い神々の力を借りる用意を整えていたのだ。

そして、キリスト教の神はしくじりつつあった。ノルウェンナの叫びはしだいに間遠になり、逆に呻き声はいよいよ苦しげになってゆく。ついにベドウィン司教の妻エリンが城館から姿を現し、震えながら大王の椅子のわきにひざまずいた。お子が下りてこられません、とエリンは言った。母御のお命があぶのうございます。ユーサーは、彼女の言葉の後半部分を切り捨てるように手をふった。母親のほうはどうでもよい。大事なのは子供だけ、それも男児だったらの話だ。

「殿さま……」エリンが落ちつかぬげに口を開いたが、ユーサーはもう聞いていなかった。

彼は私の頭を叩いた。「行け、小僧」私は王の影から躍り出て、城砦の敷地内に飛び下りると、月が影を落とす建物と建物のあいまを縫うように、白い地面を駆け抜けた。西門を固める衛兵に見守られながらその脇をすり抜け、凍りついた西の斜面を滑り下りる。雪にまみれて滑り落ち、木の切り株にマントを裂かれ、氷に覆われたイバラの茂みにまともに倒れ込んでしまったが、なにも感じなかった——幼い肩にずっしりとのしかかる王国の運命以外は、なにも。「モーガンさま!」小屋が見えてくると、私は声を張り上げた。「モーガンさま!」

きっと待ちかまえていたのだろう、すぐに小屋の扉がさっと開き、モーガンの顔を覆う黄金の仮面が月光に輝いた。「お戻り!」私に向かって叫ぶ。「早く!」私はまわれ右をして、いま下りてきた丘を逆に登りはじめた。まわりでは、マーリンの孤児たちが雪をかき分けかき分け、てんでに持った鍋を互いにぶつけ合いながら走っている。傾斜が急になって滑りやすくなると、鍋を先に投げ上げて、そのあとからよじ登ってゆく。モーガンは、ややゆっくりした足取りでついてくる。つき従う女奴隷セビーレが、必要な魔除けや薬草を運んでいた。「火を焚いておくのだよ、ダーヴェル！」モーガンが私の背中に声をかける。

「火を！」息を切らして叫びながら、私は門内に走り込んだ。「城壁に火を焚け！　火を！」

ベドウィン司教はモーガンの到着に異を唱えたが、激昂した大王に一喝され、古い信仰の前におとなしく膝を屈した。司祭や僧たちは急ごしらえの礼拝所を追い出され、城壁の各所に燃え木をもってゆくよう命じられた。あちこちでめらめらと炎があがる。北壁の内側に固まって建っていた小屋から、板や編み垣を引きはがし、それを山と積み上げて火を放ったのだ。薪が爆《は》ぜ、やがて夜を焦がす炎があがり、噴きあがる煙が天蓋をなす。この煙が悪霊の目をくらませ、死に瀕した母と子から遠ざけるのだ。さらに悪霊を惑わせるため、私たち子供は城壁を走りまわり、鍋を叩いてやかましい音を立てた。「大声でわめけ」私はウィドリン島の子供たちにそう指図した。城砦内の小屋から出てきた子供たちも加わって、一緒になって音をたて、大声を張り上げる。衛兵たちは槍の柄で楯を叩き、司祭たちは十もの燃える焚き火に薪を投げ込み、残りの者たちは声を限りにわめきたて、ノルウェンナの出産を呪おうと夜の闇から滑り出てきた悪霊たちに、嘲りの言葉を浴びせかける。

モーガン、セビーレ、ニムエ、そして幼女が一人、城館に入っていった。ノルウェンナは悲鳴をあげた。マーリンの巫女たちが入ってきたのを見て怒りの声をあげたのか、それとも頑固な赤児に身体を二つに引き裂かれそうだったからだろうか。さらに悲鳴があがったかと思うと、キリスト教徒の付添いたちが城館から追い出された。モーガンは二本の十字架を雪中に投げ捨て、女の薬草であるよもぎをひとたば火に投げ込んだ。ニムエがあとで話してくれたのだが、すでに室内に入り込んでいた悪霊を追い払うため、湿った寝台には鉄の塊を置き、神々が守護霊を送ってくださるようにと、悶え苦しむ妊婦の頭のまわりに鷲の安産石を七つ据えたという。

モーガンの女奴隷セビーレが、城館の扉の上に白樺の枝を差した。そして、病《やまい》あつき妃のねじれた身体の上で、もう一本の白樺の枝をふる。ニムエは戸口にうずくまり、屋内に邪悪な魔物を寄せつけないよう敷居に放尿した。その尿の一部を器に受けて、ノルウェンナの寝台に運ぶ。誕生の瞬間に赤児の魂が盗みとられるのを二重に防ぐため、寝台のわらにその尿をふりかけるのだ。黄金の仮面を炎に輝かせながら、モーガンはノルウェンナの両手を払い、その乳房の間に稀少な琥珀の魔除けを押しつけた。マーリンの拾い子の一人である幼女は、寝台の足元で怯えている。

新たに焚かれた火から煙が立ち上り、星明りがかすんでいる。カダーン城の麓の森で、頭上の騒音に驚いて目を覚ました獣たちが吼えかわす。ユーサー大王は煙に汚された月を見上げ、モーガンを呼んだのが手遅れでないようにと祈っていた。モーガンはユーサーの実の娘で、グウィネズのイグレインに大王が産ませた四人の庶子の頭である。言うまでもなく、ユーサーはマーリンにこそこの場にいて欲しかったにちがいないが、マーリンは何カ月も前にどこへともなく姿を消していた。二度と帰ってこないのではないかと思えることもある。この寒さ厳しい夜にマーリンの代理を務められるのは、彼から魔術を学んだモーガンしかいない。そして私たちは、カダーン城から悪霊を追い払うために、鍋を打ち鳴らし、喉がかれるまで声をあげつづけているのだ。ユーサーまでがそれに加わり、城壁の端を杖で打っていた。その音はひどく弱々しかったけれども。ベドウィン司教はひざまずいて祈っている。産室から追い出された司教の妻は声をあげて泣きながら、異教の魔女を赦したまえとキリスト教の神に呼びかけていた。

しかし、魔術は効き目をあらわした。赤児が生まれたのである。

出産の瞬間にノルウェンナがあげた苦悶の叫びは、これまでに輪をかけてすさまじかった。まさに激痛に狂った野獣の絶叫、夜の闇を震わせるほどのむごたらしさだった。あとでニムエが教えてくれたところでは、その激しい苦悶をもたらしたのはモーガンだったという。産道に手を突っ込み、力ずくで赤児をこの世にひきずり出したのだ。悶え苦しむ母親から血まみれの赤児が産み落とされると、モーガンは怯えた幼女を怒鳴りつけ、赤児を抱き上げるよう命令した。いっぽうニムエは臍の緒を縛ってかみ切った。赤児を最初に抱くのは処女でなければならない。城館に幼女が連れてこられたのはそのためだったのだが、彼女は怯えて血に濡れた敷きわらに近づこうとしなかった。その敷きわらの上で、いまノルウェンナは荒い息をつき、生まれたばかりの血まみれの赤児は死産児のようにぴくりとも動かない。「抱きとるのだよ！」モーガンが叱りつけたが、幼女は泣きながら逃げ去った。しかたなくニムエが寝台から抱き上げて、口中のものを吐き出させた。ようやく赤児が最初のひと息をあえぐように吸い込む。

不吉なしるしばかりだった。欠ける月には暈《かさ》がかかり、処女は逃げ去り、赤児はいまやっと産声をあげはじめている。その声を聞いたユーサーは、目を閉じ、生まれた子が男児であるようにと神々に祈っていた。

「その、わたくしが……？」ベドウィン司教がためらいがちに尋ねる。

「見てまいれ」ユーサーがぴしゃりと言うと、司教はあわてて木の梯子を下り、踏みあとだらけの雪の上を、長衣《ローブ》のすそをつまんで城館の扉に向かって走りだした。そこでしばらく立ち止まっていたが、やがて両手をふりまわしながら城壁に向かって駆け戻ってくる。

「お喜びください、殿、吉報でございます！」ぎくしゃくと梯子を登りながら、ベドウィンは叫んだ。「この上ない吉報でございますぞ！」

「男か」ユーサーは待ちきれず、あえぐようにその言葉を口にした。

「まことに！」ベドウィンが応じる。「玉のような若君にございます！」

そばにうずくまっていた私は、大王の目に涙が浮かぶのを見た。その目で空を仰ぎながら、「世嗣か」と驚いたようにつぶやいた。心の底では、神々が恵みを垂れてくれるとは信じていなかったかのように。毛皮の手袋をはめた手で目の涙を拭った。「わが王国は安泰だな、ベドウィン」

「ありがたいことです、殿、王国は救われました」ベドウィンも同意した。

「男の子か」そう言ったとたん、ユーサーの巨体を激しい咳の発作が襲った。咳が治まってからも、大王は苦しげにあえいでいる。「男の子か」呼吸が鎮まるのを待ちかねたように、またくりかえす。

ややあって、モーガンが姿を現した。梯子を昇り、大王の前まで来ると、ずんぐりした身体でひれ伏した。不安げに息をあえがせてはいるが、きらめく黄金の仮面に隠れて表情は見えない。ユーサーは、杖でモーガンの肩に触れた。「立つがよい、モーガン」そう言うと、ローブの下に不器用に手を入れ、黄金のブローチを探しあてた。褒美に渡そうと差し出す。

しかし、モーガンはとろうとしなかった。陰にこもった声で、「若君はお身体が不自由でございます。おみ足がねじれているのです」

ベドウィンが十字を切るのが見えた。足の不自由な王子――この厳寒の夜にあらわれた最悪の凶兆だ。

「ひどいのか」ユーサーは尋ねた。

「足先だけです」モーガンはかすれた声で答える。「足首より上には異常はございません。ですが、走るのは無理でございましょう」

身を包む毛皮のマントの奥深くから、ユーサーは笑い声をもらした。「王は走らぬものだ、モーガンよ。王は歩き、国を治め、馬にまたがり、正直に仕える臣下に褒美をとらせる。それが王の務めだ。さあ、この黄金をとるがよい」と、またブローチを差し出した。ずっしりした黄金のブローチ。ユーサーの守護神たるドラゴンを精緻にかたどってある。

しかし、それでもモーガンは受け取ろうとしない。「この若君は、ノルウェンナさまの最後の御子となりましょう」と不吉な予言をする。「後産を燃やしましたが、いちども鳴らなかったのでございます」後産はかならず火に投げ入れることになっている。それが爆《は》ぜた回数で、その母親があと何人子供を産むかわかるのだ。「一心に聴いておりましたが、うんともすんとも申しませぬ」

「神々が黙らせたのだ」ユーサーは不機嫌に言った。「わしの息子は死んだのだぞ」苦々しげに続ける。「いまとなっては、王たるにふさわしい男児をだれがノルウェンナにはらませることができようか」

モーガンはしばらく押し黙っていたが、「殿、あなたさまならば……」とついに言った。

それを聞いて、ユーサーはくすくす笑いはじめた。くすくす笑いはやがて哄笑となり、最後にはまた激しい咳の発作が始まった。大王は胸の痛みに身体を二つに折って咳き込んでいる。ようやく治まると、震える息を吸い込みながら、首を横にふった。「モーガンよ、ノルウェンナの唯一の務めは、男児を一人産むことだったのだ。あれは務めを果たした。その子を守るのはわしらの務めだ」

「全ドゥムノニアが一丸となってお守りいたします」ベドウィンが熱のこもった声で付け加える。

「生まれたばかりの赤児の命は危ういものでございます」モーガンは、例の陰気な声で二人に釘を刺した。

「この子は死なせん」ユーサーは声を荒らげた。「死なせるものか。モーガン、王子はそなたに任せる。ウィドリン島に送るゆえ、そなたの術をもってたしかに守り育てよ。さあ、このブローチをとるがよい」

ようやく、モーガンはドラゴンのブローチを受け取った。足の不自由な赤ん坊はいまも泣きつづけており、母親は苦しみにうめいている。しかし、カダーン城の城壁のまわりでは、鍋を叩き火を焚いていた者たちが、ふたたび王国に世嗣が授けられたことを祝いあっていた。ドゥムノニアに世嗣が生まれたのだ。そして世嗣の誕生は、盛大な祝祭と豪華な贈り物をもたらすものだ。出産の床の血にまみれた敷きわらが城館から運び出され、火に投げ込まれた。パチパチと爆ぜながら、炎が高く明るく燃え上がる。子供が生まれたのだ。いまその子に必要なのは名前だけ、そして命名にはなんの迷いもない。あろうはずがない。ユーサーは椅子から立ち上がった。カダーン城の城壁にその巨体が厳めしくそそり立つ。そして、生まれたばかりの孫の名を、大王の世嗣にして王国の継承者の名を宣告した。真冬に生まれた赤児は、その父の名を受け継ぐことになる。

その名はモードレッド。

私たちの住むウィドリン島に、ノルウェンナと赤児がやって来た。牛車に乗り、岩山《トール》のふもとに通じる東の陸橋を渡って。風の強い頂上から眺めていると、病んだ母と足萎えの子は毛皮のマントの寝床から抱え上げられ、砦柵《さいさく》に続く上り坂を担架に乗って運ばれてくる。寒い日だった。雪のまぶしい晴れた日で、厳しい寒さが胸を噛み、皮膚にひび割れを作る。ノルウェンナはめそめそ泣き言を洩らしながら、産着にくるまれた赤児とともに陸の門をくぐり、ウィドリン島トールの内に入った。

ドゥムノニアの世嗣モードレッドは、かくしてマーリンの王国に足を踏み入れたのだ。

「ガラスの島」を意味するその名に反して、ウィドリン島は実は島ではない。潟と水路と、ヤナギに囲まれた沼地――スゲやアシがびっしり生い茂っている――から成る、荒漠とした低地に高く突き出した岬なのだ。ここは豊かな土地で、水鳥や魚はうようよしているし、粘土もとれる。おまけに、潟を縁取る丘からは簡単に石灰岩が切り出せる。潟には木製の歩道が渡してあるが、他所者《よそもの》がぼんやり歩いていると溺れることがある。西からの強風に高波が起こると、細長くのびる緑の湿地帯はあっという間に波に呑まれてしまうのだ。小高い西の土地にはリンゴ園と小麦畑が広がり、沼地の北を縁どる灰色の丘には牛と羊が群れている。こんな豊かな土地の中心に、ウィドリン島はあった。

これはすべてマーリン卿の土地である。アヴァロンと呼ばれるこの土地は、代々マーリンの先祖に治められてきた。トールの頂が見える範囲に生きる者は、小作農も奴隷もすべてマーリンに仕えている。水路に追い込まれて網にかかる獲物、内陸の谷間の肥沃な土壌に育つ作物——それを生み出すこの土地こそが富と自由をもたらし、そのおかげでマーリンはいまもドルイドでいられるのだった。ブリタニアはかつてドルイドの国だったが、ローマ人がまずかれらを虐殺し、ついでその教えを骨抜きにしてしまった。ローマの支配が終わって二世代を経た今になっても、ひと握りの年老いたドルイドしか残っていないのはそのせいだ。代わって増えてきたのがキリスト教徒である。いまでは、キリスト教は古い信仰を四方八方から包囲している——風の力に乗って殺到してくる高潮のように、精霊のひそむアヴァロンの葦原にしぶきを浴びせかけているのだ。

アヴァロンの島たるウィドリン島は、草深い小山がいくつか集まってできている。どの山にも防衛施設など皆無だが、最も峻険で最も高いトールだけは例外だ。頂の尾根にはマーリンの館がそびえ、館の足元は低い建物に埋まっている。それを守る木製の砦柵は、トールの草深い急な斜面のてっぺんを危なっかしく取り巻いている。その斜面に模様のように残る傷痕は、ローマ人が現れる前の古い時代の家並みの名残だ。一本の小道が古代の家並みをなぞり、複雑に入り組んでくねくねと頂上まで続いている。マーリンの城砦にたたる悪霊を迷わせるために、わざとこうしてあるのだ。癒しや予言を求めてトールを訪れる者は、この入り組んだ道をたどって来なければならない。このほかに、トールの斜面には、ふもとと頂をまっすぐ結ぶ道が二本ある。ひとつは東側、ウィドリン島と陸とを結ぶ陸橋に通じる道、もうひとつは西側、海の門からトールのふもとの村へ下る道である。この村には、漁師、鳥打ち、かご編み、それに羊飼いたちが住んでいる。この二本の道はふだんトールに出入りする者が使う道で、モーガンは絶えず祈禱と魔除けでこの道から悪霊を追い払っていた。

モーガンが特別に注意を払っていたのは西の道だ。村に通じているだけでなく、ウィドリン島内のキリスト教の聖域にも続いているからだ。ローマ時代、この島に入るのをマーリンの曾祖父に許可されてからというもの、キリスト教徒たちはここをてこでも動こうとしない。私たちトールの子らは、そそのかされて修道士たちに石を投げたり、木の柵ごしに動物の糞を投げ入れたり、せかせかとくぐり戸に飛び込んでゆく巡礼をあざ笑ったりした。巡礼たちはイバラの木を礼拝しにくるのだ。ローマ人が建て、いまだにキリスト教徒の敷地にそびえている堂々たる石造りの教会堂のわきに、このイバラの木は生えている。ある年のこと、マーリンの言いつけで、トールに生えている似たようなイバラの木をみなで崇めたことがある。私たちは歌ったり踊ったりお辞儀をしたりしてその木を礼拝したものだ。村のキリスト教徒たちは、かれらの神の怒りが下るぞと脅かしたが、なにも起きなかった。しまいにはこのイバラを燃やして、灰を豚の餌に混ぜてやったが、それでもキリスト教の神は知らんぷりをしていた。キリスト教徒たちによれば、かれらのイバラの木は、神なるキリストが木に釘付けにされるのを見た外国人がウィドリン島にもたらしたもので、神秘の力が宿っているのだという。神よ赦したまえ、しかしあの遠い日々、私はそんな話を鼻で笑っていた。いまならともかく、当時はあのイバラが神の死にどんな関係があるのか、まるでわかっていなかったのだ。ただ断わっておくが、あの聖なるイバラがいまもウィドリン島に生えているとしても、あれは実はアリマタヤのヨセフ（新約聖書の登場人物で、ブリタニアに聖杯をもたらしたという伝説がある。グラストンベリーにやって来たとき、地面に杖を突き立てたところ、杖から芽がふきだした。これが有名な「グラストンベリーのイバラ」の祖先だという）の杖から生えた木ではないのである。というのも、暗い冬の夜、マーリンに命じられてトールの南麓の聖泉に清水を汲みに行ったとき、キリスト教の修道士が小さなイバラの茂みを掘り返しているのを見てしまったのだ。柵の内側のイバラの木が枯れてしまったので、すり替えようとしていたのである。聖なるイバラはだいぶ前から枯れかかっていた。私たちが牛糞をいつも投げつけていたせいか、それとも巡礼が結びつける布きれの重みに耐えかねたせいだろうか。それはともかく、聖なるイバラを守る修道士たちは、巡礼たちの気前のよい贈り物のおかげで豊かに肥え太っていたのだ。

ウィドリン島の修道士たちは、私たちの城砦にノルウェンナが来たのを喜んでいた。急な坂道を登り、マーリンの城砦の心臓部にかれらの祈りを送り込む口実ができたからだ。聖母マリアが産婆役をしくじったにもかかわらず、ノルウェンナ妃はあいかわらず熱烈かつ辛辣なキリスト教徒のままで、修道士を毎朝なかに入れるよう言い張っていた。マーリンならかれらを砦柵のうちに入れたかどうかわからないし、立ち入りを許可したモーガンにニムエはあきらかに腹を立てていたが、あのころマーリンはウィドリン島にいなかったのだ。私たちは、主人の姿を一年以上も目にしていなかったが、主のいない奇妙な砦のうちでは、それでも日々は過ぎていった。

おかしな話だった。マーリンはウィドリン島随一の変人で、足萎えや奇形や異形の者や半狂人をまわりに集めて喜んでいた。館の家令にして守備隊長を務めるのは、ドルイダンという侏儒《こびと》である。身長は五歳児ほどしかなかったが、気性の荒さは一人前の戦士そこのけで、毎日すね当てと胸甲をつけ、兜をかぶり、マントをひるがえし、武器を身に帯びていた。身長を与えてくれなかった運命をののしり、腹いせに自分よりさらに小さい者たち――マーリンが気まぐれに集めてくる孤児たち――をいじめるのだ。ドルイダンはマーリンの娘たちを見境なく追いかけまわしたものだが、ニムエを寝台に引っ張りこもうとしたときは、その骨折りの見返りにこってり油をしぼられた。マーリンに顔を殴られて耳は裂け、唇は切れ、目のまわりはあざになり、子供たちも砦柵の衛兵たちも手を叩いて喜んだものだ。ドルイダンの率いる守備隊の兵士たちは、全員が足萎えか盲目か狂人で、中にはその三つを兼ねている者もいたが、ドルイダンを好きになるほど頭のおかしい者は一人もいなかった。

私の友で幼なじみのニムエは、アイルランド人だった。アイルランド人はブリトン人の一派ではあるが、ローマ人に支配されたことがない。そのため自分たちのほうがすぐれていると自負しており、本土のブリトン人に対して襲撃と略奪をくりかえし、捕らえて奴隷にしたり強制的に移住させたりしている。当時、サクソン人という恐ろしい敵がいなかったら、神々の被造物のうちアイルランド人こそ最悪の化物だと言われていたことだろう。だがそうは言っても、ブリトンの部族どうしで争うときは、アイルランド人と手を結ぶこともなかったわけではないが。ニムエは、デメティアにアイルランド人が築いた集落をユーサーが襲撃したとき、家族から引き離されて連れて来られた子供だった。デメティアは、セヴァーン川の注ぐ広い湾の対岸にある国だ。この襲撃で十六人のアイルランド人が捕虜になり、全員がドゥムノニアに送られて奴隷にされることになったが、セヴァーン湾を渡る途中で西からの暴風に襲われ、捕虜を運んでいた船がワイル島の近くで沈没してしまった。たった一人生き残ったニムエは、足先ひとつ濡らさずに海から歩いて上がってきたと言われている。これは海神マナウィダンにニムエが愛されているしるしだ、とマーリンは宣言した。ただニムエ自身は、命を救ってくれたのは最も力ある女神ドヌだと言い張っていた。マーリンは、彼女をヴィヴィアンと呼びたがった。これはマナウィダンに捧げられた名なのだ。だがニムエはそれを無視し、もともとの名を捨てようとしなかった。彼女はたいていのことを自分の思うとおりにしてしまうのだった。マーリンの狂った館のうちで、ニムエは激しい好奇心と生まれながらの威厳を備えた娘に育ち、おそらく十三か十四の夏を過ごしてから、マーリンの床に入るよう命じられた。彼の愛人になるのが運命と最初から知っていたかのように、彼女はその命に従った。かくしてものの道理として、ウィドリン島中でマーリンに次ぐ最高の地位を占めることになったのだ。

ただ、モーガンはその地位をあっさり明け渡したわけではなかった。マーリンの館に集まった異形のうちでも、モーガンの醜さは別格だった。彼女は寡婦で、ノルウェンナとモードレッドの後見人を引き受けたときは三十の夏を過ぎていた。後見人の指名を受けたのは不思議ではない。彼女自身が高貴の生まれなのだ。大王ユーサーはグウィネズのイグレインに娘三人と息子一人を生ませたが、モーガンはこの四人の庶子の頭だった。アーサーは彼女の弟にあたる。これほどの血筋でこれほどの弟がいれば、夫を亡くしたモーガンのもとには野心ある男たちがその手をとろうと馳せ参じ、異世《ことよ》の壁さえ打ち破るだろう——だれしもそう思うかもしれない。しかし、うら若き花嫁であったころに、モーガンは燃える家に閉じ込められ、新婚の夫を亡くすと同時に自身も恐ろしい傷を負った。炎のなかで左耳を失い、左目をつぶされ、頭の左半分の髪を焼かれ、左足は萎え、左腕はねじくれた。ニムエが言うには、モーガンの左半身は全体にしわが寄り、生皮を剝かれたように毒々しく赤く、こちらがしなびているかと思えばあちらは伸びきって、原形をとどめないほど変形しており、その裸身は二目と見られぬ醜怪さだという。腐ったリンゴそっくりだけど、ただそれよりもっとひどい、とニムエは言ったものだ。モーガンは悪夢から迷い出てきたような女だったが、マーリンから見れば彼の高き館にふさわしい貴婦人だった。彼はモーガンを教育して巫女に仕立てあげた。また、大王の金細工師の一人に命じて、崩れた頭部全体を兜のように覆う仮面を作らせた。その黄金の仮面には、右目の部分に穴があけてあり、ゆがんだ口許には細く隙間が切ってある。みごとな薄い金板でできていて、渦巻きやドラゴンの模様が打ち出され、正面はケルヌンノス神、すなわちマーリンの守護神たる有角神の顔にかたどられていた。黄金の仮面をつけたモーガンはいつも黒装束で、干からびた左手には手袋をはめている。その癒しの手触れと予言の才に名声は高まるいっぽうだったが、怒りっぽいことも並ではなかった。私はあんな気難しい女には会ったことがない。

モーガンにつき従っている奴隷はセビーレといい、淡い黄金色の髪をした世にもまれな美女だった。襲撃のさいに捕らえられたサクソン人だが、しばらく兵士たちに強姦されつづけたすえに、あらぬことを口走るようになってウィドリン島に連れてこられたのだ。その病んだ心をモーガンに癒されてからも、あいかわらず狂ったままだ——手に負えない狂人というわけではなく、あきれはてた愚か者というだけだが。セビーレはどんな男とでも寝る。寝たいからではなく、そうしないと不安なのだ。モーガンがどんなに手を尽くしてもやめさせることはできなかった。来る年も来る年も金髪の子を産み、そのほとんどは死んでしまったが、育った子はマーリンが奴隷として売り払った。金髪の子をありがたがる者がいるからだ。セビーレの狂気の言葉には神々のお告げはひとことも聞かれなかったが、それでもマーリンは面白がっていた。

私はセビーレが好きだった。同じサクソン人どうしだから、セビーレは私の母語で話しかけてくれる。こうして私は、サクソン語とブリトン語の両方をあやつりながらウィドリン島で成長したのだった。私は奴隷になるはずだったのだが、侏儒《こびと》のドルイダンよりまだ背の低かった幼い子供のころ、シルリアの侵略軍がドゥムノニアの北岸に押し寄せ、私の母が奴隷にされていた集落を襲ったのだ。この襲撃を指揮したのはシルリアのギンドライス王だった。私の母は、いくらかセビーレに似ていたような気がするのだが、やはり強姦され、いっぽう私は死の穴に連れてゆかれた。シルリアのドルイドであるタナビアスが、その穴に十二人の捕虜を犠牲に捧げようとしていたのだ。この襲撃によって得た大量の戦利品を大神ベルに感謝するためである。おお神よ、私はいまだにあの夜のことを憶えている。あの炎、あの悲鳴、酔って強姦に走る兵士たち、荒々しく踊り狂う者たち。そしてあの瞬間――タナビアスに抱え上げられ、黒い穴の中に突っ立つ鋭く尖った杭めがけて放り込まれた、あの瞬間。だが、私はかすり傷ひとつ負わず、嵐の海から生還したニムエのように、平然と死の穴から這い出してきた。それを見て、マーリンは私をベルの子と呼んだ。そしてダーヴェルという名と住む家を与え、勝手に育つにまかせたのだ。

トールは、神々の手から危うく奪い返された子供でいっぱいだった。特別な子らだとマーリンは信じていたのだ。いずれは私たちの中からドルイドと巫女の集団が生まれ、ローマに破壊されたブリタニアに、古きまことの教えをよみがえらせるのに役立つと思っていたのである。しかし、彼には子供を教育している暇などなく、ほとんどの子供は成長しても農夫や漁師や主婦になるだけだった。私がトールにいたころ、神々のしるしを帯びているように思えたのはニムエ一人だった。そして、彼女はやはり長じて巫女になった。私はと言えば、戦士になることしか頭になかった。

そんな野心を私に植えつけたのはペリノアだ。マーリンはさまざまな異形を集めていたが、ペリノアはなかでもいちばんのお気に入りだった。もとは王だったのだが、その領国と両眼はサクソン人が、その心は神々が奪っていった。本来なら危険な狂人の行き先である死者の島へ送るべきところを、マーリンがトールに留めおくよう命じたのだ。ドルイダンの飼っている豚と同じように狭い囲い地に閉じ込められて、素っ裸で生きている。白髪を膝に届くほど長くのばし、うつろな眼窩から涙を流しながら、ひっきりなしに譫言《たわごと》をいい、おのれの不幸を嘆いて全世界をののしっていた。マーリンは彼の狂気の言葉に耳を傾け、そこから神々のお告げを引き出すのだった。だれもがペリノアを恐れた。完全に狂っていて、暴れだすと手がつけられない。一度など、セビーレの子供の一人を炉に投げ込んで焼き殺してしまったことがある。だが、どういうわけか、私はペリノアに気に入られていた。柵をすり抜けて囲い地に入って行くと、彼は私をなでながら、戦《いくさ》と勇壮な狩りの話を聞かせてくれる。その声を聞いていると、とても狂っているとは思えなかった。彼は私にもニムエにも危害を加えなかったが、マーリンがいつも言っていたように、私たち二人は特別なのだ。なにしろベルに愛された子らなのだから。

ベルには愛されていたかもしれないが、ギエンドロインには憎まれていた。マーリンの前妻だが、いまは老いさらばえて歯もなくなっている。モーガンと同じく薬草や魔除けを使う術にすぐれていたが、病に顔が醜く崩れたせいでマーリンに追い出されたのだ。それは私がトールに来るずっと前、狂ったマーリンが北の国から泣きながら戻ってきた、みなが「悪い季節」と呼ぶ時期のことだった。しかし、彼は正気を取り戻してからも、ギエンドロインを連れ戻そうとはせず、代わりに砦柵のわきの小屋に住むことを許した。その小屋で、彼女は来る日も来る日も夫に呪いをかけて過ごし、夫以外の住人には大声で悪口雑言を浴びせかけている。なかでも嫌われていたのはドルイダンだ。ときどき、彼女は焼き串を手にドルイダンに飛びかかってゆくことがある。建ち並ぶ小屋のあいだをドルイダンは逃げまどい、それを追いかけるギエンドロインに、私たち子供は声援を送り、やっちまえとわめいたものだ。だが、ドルイダンはいつも決まって逃げおおせるのだった。

つまり、ノルウェンナが世嗣モードレッドを連れてやって来たのは、そういう破天荒な場所だったわけだ。化物の巣窟のように聞こえるかもしれないが、実際にはまるで楽園だった。私たちはマーリン卿の「特別な子ら」で、何物にも縛られず、ほとんど働くこともなく、毎日を笑って暮らしていた。ガラスの島アニス・ウィドリンは、幸多き島だったのだ。

ノルウェンナがやって来たのは冬のことで、アヴァロンの沼沢は氷に覆われて輝いていた。ウィドリン島にはグラジンという大工が住んでいて、その女房がモードレッドと同い年の男の子を産んでいた。グラジンが橇を作ってくれたので、私たちはトールの雪の斜面を滑り下りて、歓声で空気を切り裂いていたものだ。彼の女房ラーラはモードレッドの乳母に選ばれ、王子は足こそ萎えたままだったが、彼女の乳を吸ってたくましく育っていった。厳しい寒さがやわらぎ、トールのふもとの聖泉を囲むイバラの茂みで最初のスノードロップが蕾をほころばせるころには、ノルウェンナさえ健康を回復していた。妃はもともと丈夫なほうではなかったが、モーガンとギエンドロインの薬草のおかげか、修道士の祈りが功を奏したのか、ようやく産後の不快も癒えたようだった。世嗣のすこやかな成長を知らせる使者が、週ごとに祖父の大王のもとへつかわされ、黄金だの角製容器に入れた塩だのが、そのつど吉報の褒美として与えられる。壜入りの珍品のワインが下されたときは、ドルイダンが盗み飲みするのが常だった。

みなが待ちわびているというのに、マーリンはいっこうに戻ってこない。マーリンのいないトールはどことなく虚ろに思える。もっとも、毎日の生活はほとんど変わっていなかった。貯蔵庫はいっぱいにしておかなければならないし、鼠は退治せねばならず、日に三回は薪と泉水をトールの頂上まで運び上げねばならない。マーリンの書記であるギドヴァンは小作人の払いを記録につけているし、管財人のハウェルは馬にまたがって領地をまわり、領主の留守をよいことに小作料をごまかす家族がないか目を光らせていた。ギドヴァンとハウェルは二人ともきまじめな実際家で、勤勉をむねとする人間だった。ほらね、とニムエは言ったものだ——マーリンは奇矯な人だけど、入ってくるお金についてはがっちりしてるんだから。私に読み書きを教えたのはギドヴァンだった。そんな戦士らしからぬ技能を身につけるのは気が進まなかったのだが、ニムエは承知しなかった。「あんたは父なしなのよ。自分の力で世間に出ていかなきゃいけないんだよ」

「おれは戦士になりたいんだ」

「なれるわよ」彼女は請け合った。「だけど、それには読み書きを覚えなきゃ」幼いころからニムエの言葉には有無を言わさぬ重みがあって、私はすっかり信じてしまった。そして、戦士にはそんなもの必要ないと気がつくころには、もうとっくに書記の技能が身についていたのだった。

そういうわけで、ギドヴァンは私に文字を、そして管財人のハウェルは私に戦闘を教えた。訓練に使ったのは木刀、田舎者の武器たる棍棒だった。頭蓋を叩き割ることもできるが、剣さばきや槍の突きかたをまねるのにも使える。サクソン人の斧で脚を失う前は、ハウェルはユーサー軍の名高い戦士だった。彼に鍛えられて私の腕には力がつき、重たい剣でも木刀と同じくらい軽々とふるえるようになった。たいていの兵士は、技術よりも馬鹿力と酒の力に頼っている、とハウェルは教えてくれたものだ。蜂蜜酒《ミード》やエールで千鳥足の兵士と対戦することもあるだろうが、そういう輩は怪力で剣を振りまわすのが唯一の取り柄なのだ、雄牛を殺すことならできても、剣術を心得たしらふの男が相手では勝ち目はない、そう彼は言った。「わしは酔っていたのさ」ハウェルは白状した。「サクソン人のオクタに脚を切られたときはな。そら、遅くなったぞ、ぼうず、もっと速く振れ！　敵の目をまわしてやるんだ！　もっと速く！」彼は教えかたがうまかった。それを最初に思い知らされたのは、ウィドリン島のふもとの村に住む修道士の子供たちだった。かれらは、私たちトールの「特別な子ら」を憎んでいた。かれらが働いているときにのらくらしていて、かれらがこき使われているときに自由に走りまわっているからだ。腹いせに、村の子供は私たちを追いまわし、殴りつけようとするのだった。ある日、私はいつもの木刀をもって村に行き、キリスト教徒三人をこてんぱんに叩きのめしてやった。幼いころから年齢のわりには大柄で、神々に雄牛のような力を授けられていたから、この勝利を神々のおかげだと思った——ハウェルには笞《むち》をくらったけれども。「特別な者」はその特権を目下の者にふるってはいけないのだ、と彼は叱った。しかし、内心ではうれしがっていたのだと思う。なにしろ、その翌日狩りに連れていってくれたぐらいだから。その日、私は大人用の槍で初めて猪を仕留めたのだった。ところはもやの立ち込めるカム川のほとりの茂み、私はわずか十二の夏を過ごしたばかりだった。ハウェルは猪の血を私の顔に塗り、首飾りにして身に着けるようにと牙をくれたが、猪の本体はミトラ神殿に運んでゆき、この戦士の神を崇拝する年配の兵士たち全員をまねいて宴を張った。私はこの宴に出ることを許されなかったが、いずれひげが生えて、戦闘で最初のサクソン人を血祭りにあげたら、きっとミトラの秘儀を受けさせてやる、とハウェルは約束してくれた。

それから三年が過ぎても、サクソン人を殺すという夢は実現しなかった。サクソン色の髪をしたサクソン人の子供が、これほど熱烈にブリトン人への忠誠に燃えるとは奇妙に思われるかもしれない。だが、物心ついたころからずっとブリトン人の間で育ってきて、私の友だちも恋人も、話す言葉も聞かされる物語も、憎しみも夢もすべてブリトンのうちにあったのだ。それに、私の髪の色もそれほど珍しかったわけではない。ローマ人は、ありとあらゆる他所者《よそもの》をブリトンに残していった。実際、あるとき狂ったペリノアが二人の兄弟の話をしてくれたが、その二人はともに炭のように真っ黒だったという。だが私は、アーサーに従うヌミディア人指揮官サグラモールに会うまで、その話を狂気の生んだたんなる夢物語だと思っていたのである。

モードレッドとその母がやってきてから、トールは手狭になってきた。ノルウェンナは侍女たちを引き連れてきただけでなく、世嗣の生命を守るために軍勢をまるごと連れてきたのだ。私たちはみなひとつの小屋に四、五人ずつで寝ていたが、ニムエとモーガンのほかは館の奥の部屋に入ることを許されなかった。奥の部屋部屋はマーリンのもので、そこで眠ることができるのはニムエだけだったのだ。ノルウェンナとその取り巻きは、館の広間で暮らしていた。昼も夜も二つの暖炉に火が焚かれ、広間には煙が充満していた。館は、二十本のオークの柱で支えられ、編み垣の壁には漆喰が塗られ、屋根は草葺きだった。土の床にはイグサが敷かれていて、ときどき火が燃え移っては、だれかが踏み消すまで大騒ぎになる。マーリンの部屋部屋は、この広間からは編み垣と漆喰の内壁によって仕切られていて、そこへ通じる入口は小さな木の扉がひとつあるきりだった。その扉の奥で、マーリンは眠り、研究し、夢を見る——それは私たちだれもが知っていることだ。しかし、この部屋部屋のさらに奥にある、トールでいちばん高い場所に築かれた木の塔の中でなにが行われているのか、それを知っているのはマーリンとモーガンとニムエだけだ。そしてこの三人は固く口を閉ざしていた。そんなわけで、マーリンの塔の見える数マイル四方に住む人々の間では、〝古き者〟の塚から運ばれた宝物が、そこにはぎっしり詰まっているのだと信じられていた。

幼いモードレッドの護衛隊長は、リゲサックというキリスト教徒だった。痩せているくせに大食いの長身の男で、弓の名手だった。しらふなら五十歩先の小枝に矢を当てることもできたが、ただしらふのときが滅多にない。私はこの男から弓術を多少は教わったものの、彼はすぐに子供の相手に飽きてしまい、部下たちと博打をうちたがるのだった。とは言え、今は亡きモードレッド王子の死の真相と、ユーサー大王がアーサーを嫌う理由を教えてくれたのはリゲサックだった。「あれはアーサーのせいじゃなかった」と、的盤《スローボード》に小石を放りながら彼は言った。兵士はみな的盤を持っていて、なかには骨製の美しいものもある。「六だ！」アーサーの話を聞きたくて待っている私をよそに、リゲサックは歓声をあげた。

「倍賭けするぞ」王子の衛兵の一人であるメヌーが言い、自分の小石を投げた。石はからからと盤のうねを越えて、一点の圏内に止まった。二点以上なら勝てるはずだったメヌーは、盤の小石を集めながら悪態をついた。

リゲサックは、メヌーに賭金を払わせるために財布をとりにゆかせると、やっとまともに話を始めた。そして、わが国の奥深く侵入してきたサクソン人の大軍を打ち負かすため、大王が援軍としてアーサーを呼び寄せたいきさつを話してくれた。アーサーは、アーモリカから兵士たちを率いてきたが、大王が望んだ名高い馬は一頭も連れてこなかった。馬は火急に必要だったわけではないし、兵と馬を一度に運ぶだけの船を手配する時間がなかったからだという。「実際、馬は要らなかったんだ」リゲサックは感に堪えないように言った。「なんせアーサーは、サクソンの野郎どもをホワイト・ホースの谷間に閉じ込めたんだからな。それをモードレッド王子が、アーサーの助けなんぞ要らんと決めちまった。手柄を独り占めしたかったのさ、わかるだろ」鼻水を袖口でぬぐうと、盗み聞きしている者はないかとあたりに目を配る。「あのころには、王子はもう酔っぱらってた」声を低めて言った。「それに、兵隊の半分は裸でばか騒ぎをしてて、一人で十人をなで斬りだなんてわめいてたんだ。アーサーを待つべきだったのに、王子が突撃命令を出したのよ」

「そのとき、そこにいたのかい」私は子供っぽい驚きに目を見張って尋ねた。

彼はうなずいた。「王子といっしょにな。それにしても、あいつらの手ごわかったことよ。気がついてみたらまわりを完全に囲まれてて、こっちのブリトン人五十人は死にかけてるか、酔いも消し飛んでるかでさ。おれは次から次に矢を放ったし、こっちの槍兵は楯の壁を作ってたが、向こうは剣と斧でめったやたらに切り込んできやがる。軍鼓はどんどん鳴ってるし、あっちの魔法使いは大声で叫んでるし、もう生きた心地もしなかったぜ。矢を射尽くして槍に持ち替えるころにゃ、こっちで生きてるのはもう二十人もいなかったんじゃねえかな。みんな精も根も尽きはててよ。ドラゴンの旗印は奪われて、王子は血をだらだら流して死にかけてたし、残りの者もみんなただ寄り集まって死ぬのを待つばかりだった。そこへアーサー軍がやって来たんだ」リゲサックはそこで口をつぐみ、くやしげに首をふった。「吟唱詩人どもは、あの日モードレッド王子がサクソン人の血で地面を染めたって謡ってるがな、ぼうず、ほんとはあれは王子の手柄じゃなくて、アーサーの手柄なんだ。殺しに殺して旗印を取り返し、魔法使いは切り捨てるわ、軍鼓は焼き捨てるわ、日が落ちるまで生き残りを追いかけて、しまいにゃ月の光を頼りに、エドウィの吊り石《ハングストーン》のそばで向こうの将軍を殺したんだからな。サクソン人がいまおとなしくしてるのはそういうわけさ。モードレッドにやっつけられたからじゃない、またアーサーがブリタニアに戻ってくると思ってるからなんだ」

「でも、戻ってこないじゃないか」私はぼそりと言った。

「大王が許さないからな。アーサーのせいだと思ってるから」リゲサックはまた口をつぐみ、だれか聞いていないかと周囲に目をやった。「大王はな、アーサーが王子を見殺しにしたと思ってるんだ。そうすれば自分が王になれるからってな。けど、そいつはちがう。アーサーはそんなやつじゃない」

「どんな人なんだい」私は尋ねた。

リゲサックは、そいつはむずかしい質問だというように肩をすくめた。だがそのとき、まだなにも答えないうちに、彼はメヌーが戻ってくるのに気がついた。「言うなよ、ぼうず」と私に言い含める。「だれにも言うな」

似たような話はみんな聞いていた。ただ、ホワイト・ホースの戦いに加わったと称する人間に会うのは初めてだったのだ。あとになって、リゲサックがその場にいたというのはでたらめで、無邪気な子供を感心させるために長々と作り話をしていただけだと私は考えるようになったが、それでも話の内容そのものはかなり正確だった。モードレッドは酒飲みの能なしで、勝利をもたらしたのはアーサーだったのに、ユーサー大王は彼をいまも海の向こうに追いやっている。二人ともユーサーの息子だが、モードレッドは可愛い世継ぎ、アーサーは思い上がった庶子にすぎないのだ。しかしドゥムノニア人はみな、その庶子こそ国の希望の星だと信じている。アーサーが去ってもそれは変わらない。若き英雄が海を越えて戻ってきて、サクソン人の手からわれわれを救い出し、失われた国ロイギルを取り戻してくれる、そうだれもが信じているのだ。

その冬の後半は穏やかだった。ウィドリン島の陸橋を守っている土壁の向こうに狼が姿を見せることはあったが、トールには近づいてこなかった。幼い子供らはきっとがっかりしただろう。涎を垂らした大きな獣が砦柵を飛び越えてやって来て、ドルイダンを連れ去ってくれないかと、狼寄せの呪符を作ってこの侏儒《こびと》の小屋の下に埋めた者もいたぐらいだから。呪符は効き目をあらわさず、冬は過ぎてゆき、やがて春の大祭ベルテヌが近づいてきた。私たちはみな、大きなかがり火と深夜の祝宴の用意にとりかかっていた。だがそのとき、大祭を上まわる興奮がトールを襲ったのだ。

シルリアのギンドライスがやって来たのである。

まず現れたのはベドウィン司教だった。彼は大王ユーサーの信頼厚い顧問官だから、これはただごとではない。ノルウェンナの取り巻きは広間から追い出され、床のイグサの上には織った敷物が広げられた。これもまた、重要人物の来訪を予告する確かな兆候だ。きっとユーサーそのひとが姿を現すのだろうとだれもが思った。しかし、ベルテヌの一週間前に陸橋に現れた旗印は、ユーサーのドラゴンではなくギンドライスの狐だったのである。よく晴れた朝のことだった。トールのふもとに目をやると、騎士たちが馬を下りようとしていた。風がそのマントを巻き上げ、ほつれた旗をはためかせる。その旗に憎むべき狐の面を認めた私は、怒りに声をあげて魔除けのしるしを結んだ。

「どうしたの」ニムエが尋ねた。東の防塁に私と並んで立っていたのだ。

「あれはギンドライスの旗だ」そう答えると、ニムエの目が驚きに見開かれた。ギンドライスはシルリア王で、ドゥムノニアの不倶戴天の敵であるポウイスのゴルヴァジド王と同盟を結んでいるのだ。

「まちがいない？」ニムエが尋ねる。

「おれは、あいつにおふくろを殺されたんだぞ。それに、おれを死の穴に放り込んだのはあいつのドルイドなんだ」私は砦柵ごしに、十人ほどの男たち目がけて唾を吐いた。トールの斜面は馬で登るには急すぎるので、徒歩で登ってこようとしている。そしてその中にタナビアスがいた。ギンドライスに仕えるドルイド、私にとり憑いた悪霊が。長身の老人で、ひげを編み、白髪を長く伸ばしているが、頭の前半分の髪は剃り落としていた。ドルイドも、キリスト教の司祭も剃髪をするのは同じなのだ。半分ほど登ったところで、彼はマントを脱ぎ捨て、魔除けの舞を舞いはじめた。門を守るためにマーリンが魔物を置いていないかと恐れているのだ。険しい斜面で危なっかしく片足ではねまわる老人を見て、ニムエは風にのせて唾を吐くと、マーリンの部屋に向かって駆けだした。私もあとを追ったが、あんたには危険がわからないと押し戻された。

「危険って?」尋ねてみたが、彼女はもう走り去っていた。危険がありそうには見えなかった。ベドウィンは陸の門を大きく開けよと命じていた。そしていまは、トールの頂上に起こる興奮したわめき声を、なんとか歓呼の声にそろえようと骨折っている。この日モーガンは留守だった。東の山の夢見の神殿で夢占いをしていたのだ。しかし、その他のトールの住民は、みな客人の姿を見ようと急いで集まってきていた。ドルイダンとリゲサックは衛兵たちを整列させ、裸のペリノアは群集に向かって吠えたて、ギエンドロインは歯のない口からベドウィン司教に呪いの言葉を浴びせ、十人もの子供たちが客の姿をよく見ようと押し合いへし合いしている。客はうやうやしく迎えられるはずだった。ところが、ニムエよりひとつ年下のルネートというアイルランド人の孤児が、ドルイダンの豚囲いの戸を開けてしまった。そのため、最初に砦柵の門をくぐったタナビアスは、狂乱状態の豚の悲鳴に迎えられる破目になった。

ドルイドを驚かせるには、怯えた小豚ぐらいでは力不足だ。タナビアスは、兎と三日月の縫い取りのある汚れた灰色の長衣《ローブ》をまとい、門の前で立ち止まって、剃った頭部の上に両手を掲げた。先端に月をのせた杖を、太陽の進行と同じ方向に三度まわしてから、マーリンの塔にむかって吠える。小豚が一頭、彼の足元をかすめて走りすぎた。門に通ずる道のぬかるみに足をとられてもがいていたが、やがてふもとに向かってまっしぐらに駆けてゆく。タナビアスは微動だにせず、もう一声吠えて見えざる塔の敵に挑戦した。

しばし静寂が落ちた。聞こえるのは風にはためく旗の音と、ドルイドのあとから斜面を登ってきた兵士たちの荒い息づかいだけだ。マーリンの書記のギドヴァンが私の隣にやってきた。その手には、身を切る寒さから守るためにインクに汚れた布きれが巻かれている。「だれが来たんだ?」彼はそう尋ねたが、すぐにぞっと身を震わせた。タナビアスの挑戦に応えて、耳をつんざく嘆きの声が起こったからだ。絶叫は館の内から聞こえてくる。ニムエだ。

タナビアスは腹を立てたようだ。狐のような吠え声をあげ、自分の性器に触れ、呪いの印を結ぶと、片足で館に向かってはねはじめた。五歩進んだところで立ち止まり、再び挑戦の吠え声をあげた。だが、こんどは館から悲鳴が返ってはこなかったので、あげていた足を地面におろし、主人を門のうちに招き入れた。「危険はございません!」タナビアスは叫んだ。「おいでなされ、王よ、おいでなされ!」

「王だって?」ギドヴァンが私に問いかけてくる。訪問者の名を教えてやってから、どうして敵のはずのギンドライスがトールに来るのかと今度は私が尋ねた。ギドヴァンはシャツの上からシラミに食われたあとを掻いていたが、やがて肩をすくめた。「これが政治ってもんさ、ぼうず」

「どういうこと」

そんなことを訊くのは救いがたい馬鹿の証拠だと言わんばかりに、ギドヴァンはため息をついた。なにを訊かれてもこういう態度なのだ。しかし、それでも答えてくれた。「ノルウェンナは後家を通すにゃまだ若い。モードレッドは赤児で後ろ楯が必要だ。王子の保護者には王がいちばんだろ? そこでだ、ドゥムノニアの敵の王が保護者になってくれたら、もう願ったりかなったりだろうが。こんな単純な話はないぞ、ぼうず。ちょっと考えてみれば、つまらん質問をしておれの時間をむだにせずにすむんだ」罰として、私の横っつらを軽く叩く。「やれやれ」かっかと笑って、「やつめ、しばらくラドウィスを諦めにゃなるまいて」

「ラドウィスって？」

「やつの愛妾に決まっとるじゃないか、馬鹿め。どこの世界に独り寝の王がおると思う。しかしな、ギンドライスはラドウィスにすっかり入れ込んで、ほんとうに結婚してしまったんだと言う者もおる。ラドウィスをライの塚に連れていって、ドルイドに固めの儀式をさせたというんだな。だが、やつがそこまで馬鹿だとは思えん。あの女は王家の生まれではないしな。おまえ、今日はハウェルの手伝いで地代の勘定をするはずじゃないのか」

私は聞こえなかったふりをして、門のほうに目をやっていた。ギンドライスとその護衛兵たちが、滑りやすい泥の坂を用心しいしい登ってくる。シルリア王は長身の筋骨たくましい男で、たぶん三十歳ぐらいだろう。シルリアの襲撃軍に母が捕らえられ、私が死の穴に投げ込まれたあのころ、ギンドライスはまだ若かった。しかし、あの血なまぐさい暗い夜から十年以上も経つというのに、歳月は彼につらく当たってはいないようだった。あいかわらず男前で、長い黒髪にも二叉に分かれたあごひげにも、白いものはひと筋も見えない。狐の毛皮のマントをはおり、膝までとどく革の長靴を履き、朽葉色のチュニックを着て、赤い鞘におさめた剣を佩《は》いている。同じような格好の護衛兵は大男ぞろいで、ドルイダンがかき集めた哀れな出来そこないの兵たちをはるか下に見おろしていた。シルリア人たちは剣こそ携えていたものの、槍も楯も持っていない。平和的な訪問の証拠だった。

タナビアスがそばを通ったとき、私はあとじさりした。彼に死の穴に放り込まれたときはよちよち歩きの幼児だったのだし、これはあのときの子供だなどと、老人に気づかれることは万にひとつもないだろう。それに、彼は私を殺すのに失敗したのだから、もう恐れる必要はないのだ。それでも、このシルリアのドルイドを見ると身が縮んだ。青い目に突き出た鼻、しまりのない口許からは涎が垂れている。つやのない長い白髪、その末端に下がる小さな骨。足を引きずるように王の前を歩いていたが、ひと足ごとに髪に下げた骨がぶつかりあって音をたてていた。ベドウィン司教がギンドライスと並んで歩きだし、王を迎えるのはトールにとってまことに名誉であると、声高に歓迎の言葉を口にした。シルリアの護衛兵のうち二人が、重そうな櫃《ひつ》を運んでいる。ノルウェンナへの贈り物が入っているのだろう。

一行は館に姿を消した。狐の旗印が扉の外の地面に突き立てられ、リゲサックの兵たちが扉の前を固めて、他の者が入れないよう目を光らせている。だがトールで育った私たちは、マーリンの広間にもぐり込むすべを知っていた。私は走って館の南壁をまわり、薪の山によじ登って、窓に掛かった革製のカーテンを開いた。内部の床に飛びおりると、祭用の衣装を収めたヤナギ細工の衣装箱の陰に隠れる。ノルウェンナの奴隷の一人に見られたし、たぶんギンドライスの部下にも気づいた者はいたと思う。だが、わざわざ追い出そうとする者はいなかった。

ノルウェンナは、広間中央の木の椅子に腰掛けていた。夫に先立たれた妃は、お世辞にも美女とは言えなかった。まん丸の顔に豚のように小さな目、気むずかしげな口許。幼いころの病気のせいか、肌にはあばたが残っている。だが、そんなことは問題ではない。力のある男が貴婦人と結婚するのは美貌のゆえではなく、彼女らが持参金としてもたらす権力のゆえなのだから。とはいえ、ノルウェンナはこのときのために入念に装いを整えていた。侍女たちに着せられたマントは薄青に染めた美しい毛織物で、裾が周囲の床に大きく広がっている。三つ編みにして頭に巻きつけた黒髪には、さんざしの花を編み込んでいた。首には重い黄金の首環《トーク》をかけ、手首には黄金の腕環を三つもはめて、胸元には簡素な木の十字架をかけている。見るからに落ちつかない様子で、あいたほうの手でその十字架をいじりまわしていた。そしてもういっぽうの腕には、何ヤードもの薄い亜麻布にくるまれ、蜂の巣の樹脂を浸した水で珍しい黄金色に染めたマントに包まれて、ドゥムノニアの世嗣、モードレッド王子が抱かれていた。

ギンドライス王は、ノルウェンナにろくに目もくれなかった。彼女の真向かいの椅子に手足を投げ出してすわり、この形式的な訪問に退屈しきっているようだった。タナビアスは柱から柱へ小走りに移動しつつ、ぶつぶつと呪文を唱え、唾を吐いている。隠れ処のすぐそばを通られたときは、彼のにおいが薄れるまで私は縮こまっていた。広間の両側にある炉石のうえで火がパチパチと音をたて、立ちのぼる煙はひとつに混ざり合い、黒く煤けた屋根裏で渦を巻いている。ニムエは影も形もない。

ワイン、魚の燻製、オート麦のビスケットが客人たちに出された後、ベドウィン司教が口上を述べはじめた。ノルウェンナにむかって、シルリア王ギンドライスが訪ねてきた理由を説明する。平和的な目的でユーサー大王を訪問する途中、たまたまウィドリン島の近くを通りかかったので、モードレッド王子とその母上にご挨拶するのが礼儀だと考えたのだと。ギンドライス王は王子への贈り物を持参なされたとベドウィンが言うと、王は面倒くさそうに手をふってみせた。二人の護衛兵が進み出て、櫃をノルウェンナの足元に置く。妃はこれまでひとことも口をきいていなかったが、数々の贈り物が足元の敷物のうえに広げられるのを見ても、やはりなにも言わなかった。美しい狼の毛皮一枚、カワウソ皮二枚、ビーバーの毛皮一枚と鹿皮一枚、小さな黄金のトーク、ブローチがいくつか、枝編み模様の銀細工に包まれた角杯、そして薄緑色のガラス製のローマの酒壜。この酒壜には、すばらしく優美な飲み口と花輪をかたどった把手がついていた。空になった櫃が運び去られると、あとにはぎこちない沈黙が残った。だれもなんと言ってよいかわからないのだ。ギンドライスがまた面倒くさそうに贈り物を身ぶりで示すと、ベドウィン司教はうれしそうに笑顔を見せ、タナビアスは咳払いをして魔除けの唾をひとしずく柱に引っかけ、いっぽうノルウェンナは王の贈り物をうさんくさげに眺めていた。実を言えば、とうてい気前がよいとは言えない贈り物だったのだ。鹿皮からは美しい手袋が作れそうだし、カワウソ皮も上等なものだったが、たぶんノルウェンナのヤナギ細工の衣装箱には、もっと上等な革が二十枚は入っていただろう。それにいま彼女の首を飾っているトークは、足元に置かれたそれより四倍も重いものだった。ギンドライスが贈った黄金のブローチは薄っぺらだし、角杯は縁が欠けている。ほんとうに高価なのは緑色のローマの酒壜だけだった。

この気まずい沈黙を破ったのはベドウィンだった。「見事な贈り物でございますな！　まさにまれに見る逸品！　まことに太っ腹であられる」

ノルウェンナはうなずき、おとなしく賛意を示した。赤児が泣きだした。乳母のラーラが柱の陰に連れてゆき、乳房をはだけて泣きやませる。

「お世継ぎはお元気か」広間に入ってきてから、ギンドライスは初めて口を開いた。

「はい」ノルウェンナは答えた。「神と聖人のお恵みで」

「左足は？」ギンドライスが口をすべらせた。「治るのか」

「馬に乗るにも、剣をふるうにも、玉座に昇るにも支障《さわり》はございません」ノルウェンナはきっとして言い放った。

「いかにも、それはそうであろう」ギンドライスは、腹をすかせた赤児のほうへちらと目をやった。笑顔になって、長い両手を伸ばし、広間を見まわす。結婚のけの字も口に出さないが、それはこの場で持ち出す話ではない。ノルウェンナと結婚したければ、申し込む相手はノルウェンナではなくユーサーなのである。ここへは、たんに花嫁を下見しに来たにすぎない。興味なさそうにちらりとノルウェンナを見やると、また薄暗い広間を見まわした。「ではこれが、マーリン卿のねぐらというわけか」ギンドライスは言った。「卿はどこにおられる」

答える者はなかった。タナビアスは、敷物の一枚の縁をめくってその下をこすっている。広間の土の床に魔除けを埋めているのだろう。シルリア人の一行が帰ったあとで探ってみると、骨製の小さな猪の彫像が出てきたので、火に投げ入れてやった。めらめらと青い炎があがり、盛んに火の粉が散った。あんたは正しいことをしたのよ、とニムエは言った。

「マーリン卿は、おそらくアイルランドにおられるのでしょう」ようやくベドウィン司教が答えた。「さもなくば北の原野か」と自信なげに付け加える。

「ひょっとしたら死んでいるのかもな」ギンドライスが水を向けた。

「そうでないことを祈っております」司教はまじめな声で言った。

「まことか」ギンドライスは座ったまま身をよじり、ベドウィンの老いた顔をまっすぐに見た。「マーリンを認めるのか、司教どの」

「友人でございますから」ベドウィンが言う。司教は太って貫禄のある男で、宗教による対立をなくそうと昔から骨を折っているのだった。

「マーリン卿はドルイドだぞ、司教どの。ドルイドはキリスト教徒を嫌っておる」ベドウィンを挑発しようとしているのだ。

「いまのブリタニアには、数えきれないほどのキリスト教徒がおります」ベドウィンは言った。「ですが、ドルイドはほとんどおりません。われら真の信仰をもつ者は、なにひとつ恐れることはないと思っております」

「聞いたか、タナビアス」ギンドライスは、彼に仕えるドルイドに声をかけた。「司教どのはおまえなぞ怖くないとさ」

タナビアスは答えなかった。広間を嗅ぎまわっているうちに、マーリンの部屋部屋を守っている結界に行き当たったのだ。その結界は単純なもので、扉の両側に髑髏がひとつずつ置かれているだけだった。しかし、この見えない障壁をあえて乗り越えようとするのはドルイドだけだろうし、そのドルイドでさえマーリンの置いた結界となればひるむにちがいない。

「今夜はお泊まりになりますかな」話題を変えようと、ベドウィン司教がギンドライスに尋ねた。

「いや」切って捨てるように言うと、ギンドライスは立ち上がった。帰るつもりなのかと思ったが、彼の視線はノルウェンナを素通りして、小さな黒い扉に向けられている。髑髏に守られた扉、見えない猪の臭いをかぎつけた猟犬のように、その前でタナビアスが震えている扉に。「あの扉の向こうには何があるのだ?」王は尋ねた。

「マーリン卿の私室でございます」ベドウィンが言う。

「秘密の場所か」舌なめずりするような声。

「ただの寝所でございますよ」ベドウィンはそっけなく答えた。

タナビアスは震える手をあげ、先端に月のついた杖を結界のほうへ差しのばした。ギンドライス王はドルイドの儀式を眺めていたが、やがてワインをひと息に飲み干すと、角杯を床に放り出した。「そうさな、やはり今夜は泊めてもらうことにしようか」王は言った。「だがその前に、寝所を検分させてもらうぞ」と、先に行くようタナビアスに手をふってみせた。しかし、ドルイドは不安がっている。マーリンはブリタニアで最も力のあるドルイドで、アイリッシュ海の向こうでも恐れられている。マーリンの生死を軽々しく話題にする者は一人もいないが、この偉大な人物はもう何カ月も姿を見せていない。モードレッド王子が死んだのは、マーリンの力が弱まっているしるしだとささやきあう声も聞こえはじめていた。それに、主君と同じくタナビアスも、扉の向こうになにがあるのか知りたくないはずはなかった。そこに隠されている秘密を知れば、偉大なるマーリンそのひとと同じくらい力と知恵のある者になれるかもしれないのだ。「扉を開けよ！」ギンドライスがタナビアスに命じた。月のついた杖の下端が、おずおずと髑髏のひとつに近づいてゆく。ためらうように止まってから、その黄ばんだ頭蓋に触れた。なにも起きない。タナビアスはその髑髏に唾を吐き、杖の先でひっくり返すなり、昼寝中の蛇をつついた人のように、泡をくってその杖を引っ込めた。だが、やはりなにも起きない。タナビアスは、あいたほうの手を扉の木製の掛け金にのばした。

そこで、ぎょっとして凍りつく。

煙の立ち込める広間の薄闇に、悲鳴が響きわたった。背筋も凍る絶叫。責め苦を受ける少女の叫びにも似た身の毛もよだつその声に、ドルイドはあとじさった。ノルウェンナが恐怖に悲鳴をあげ、十字を切る。幼いモードレッドがむずかりはじめ、ラーラがどうなだめても泣きやませることはできなかった。ギンドライスはその泣き声でいち早くわれに返り、悲鳴がやむと笑いだした。広間の不安げな面々に向かって、「大の男が、小娘の悲鳴を怖がってどうする」そう言い放つと、彼は扉に歩みよった。直接ふれはしなかったものの、ベドウィン司教は王を押しとどめようと手をふった。だが、ギンドライスは意に介さない。

とそのとき、結界に守られた扉から大音響がとどろいた。なにかが木っ端微塵に砕けたようなすさまじい音で、突然のことにだれもがぎょっとして飛び上がった。王が近づく前に扉が倒れたのかと思ったが、見れば扉をきれいにぶち破って一本の槍が飛び出してきたのだった。煤に黒ずんだ古いオークの扉から、銀色に輝く槍の穂先が誇らしげに突き出している。どんな超人的な力があれば、あれほど分厚い扉に鋭い鋼を貫き通すことができるのか、私には想像もつかなかった。

忽然と現れた槍に、さすがのギンドライスもひるんだ。しかし、ここで引き下がっては家来の兵士たちの前で面目を失ってしまう。魔除けのしるしを結び、槍の穂先に唾を吐きかけると、おもむろに歩みよって掛け金をあげ、扉を押し開いた。

だがたちまち、恐怖に顔を引きつらせて一歩あとじさった。その顔を見ていた私には、混じりっけなしの恐怖が彼の眼に浮かぶのがわかった。開いた扉から、さらにもう一歩あとじさる。慟哭の声とともに、ニムエが広間に姿を現した。タナビアスがあわてふためいて杖を振りまわし、ベドウィンは祈りをあげ、赤児は泣きわめき、ノルウェンナは苦悶の表情を浮かべて、座ったまま後ろをふりむいた。

扉を抜けてきたニムエを見て、わが友ながら私は身震いした。一糸まとわぬ裸身だったが、ほっそりした白い身体は血まみれだった。髪からしたたり落ちる血が、小さな乳房から腿へといくつもの筋をなして流れてゆく。頭にはデスマスクを載せている。生贄にされた男の日に焼けた顔の皮が、ぐしゃりとつぶれた兜のようにニムエ自身の顔の上に載っている。それがずり落ちないように、死人の両腕の皮がニムエの細い首にまわして結んであった。ニムエはシルリア王に近づいてゆく。そのひと足ごとに死人の顔がぴくぴくと引きつって、それ自身でおぞましい生命をもっているかのようだ。不規則な小さい歩幅でぎこちなく前進するニムエの背中では、干からびて黄色い胴体の皮膚がだらりと垂れ下がって揺れていた。ニムエの顔は血まみれで、見分けられるのは白眼の部分だけ。痙攣でも起こしたようにぎくしゃくと進みながら、どんな兵士よりも口汚く呪いの言葉を吐き散らす。両手に一匹ずつ捧げもった毒蛇が、その黒くぬめる鱗を光らせ、ちろちろと舌を出しながら王に向かって鎌首をもたげていた。

ギンドライスは、魔除けのしるしを結びながらじりじりと後退した。だがやがて、自分は大の男であり、王であり、戦士でもあることを思い出し、剣の柄に手を伸ばした。そのときだ。ニムエがぐいと頭をそらすと、頭頂に高く結い上げた髪からデスマスクが後ろにすべり落ちた。見れば、高く結い上げた髪と思ったものは髪ではなく、生きたコウモリだったのだ。だしぬけに、コウモリはその黒く縮めた翼をのばし、真っ赤な口をあけてギンドライスに牙を剝いた。

これを見てノルウェンナは金切り声をあげ、ラーラに駆け寄ってわが子を抱きとった。ほかの者はみな、ニムエの髪にからめ捕られたこの生き物をぼうぜんと見つめるばかり。コウモリは身をふりほどこうともがき、翼を羽ばたかせ、牙を剝き、すさまじい暴れかただった。蛇は身をのたくらせ、気がつけば広間はからっぽになっていた。まずノルウェンナが、次いでタナビアスが逃げだし、あとはもう王も含めて全員が、朝日の射し込む東の扉めがけて一目散に逃げていったのだ。

そのあいだ、ニムエは身じろぎもせずに突っ立っていた。広間が静まりかえると、裏返っていた目玉をもとに戻して瞬きする。炉の火に歩み寄って、無造作に二匹の蛇を炎に投げ込んだ。蛇はシューシューと声をあげ、激しく身をよじっていたが、やがて肉の焦げる音しか聞こえなくなった。コウモリはニムエの手で自由にされて、垂木めがけて舞い上がっていく。ニムエは首に巻きついたデスマスクをほどいてくるくると丸めた。そこで、ギンドライスが持ってきた贈り物に目を留め、優美なローマの酒壜を拾い上げる。しばらくその壜を見つめていたが、しなやかな身体をひねると、その貴重な宝物をオークの柱に力いっぱい叩きつけた。粉みじんに砕けた薄緑色の破片がはなやかに飛び散る。「ダーヴェル！」ふいに訪れた静寂を破って、ニムエが鋭く叫んだ。「いるのはわかってるのよ」

「なんだい」私はこわごわ答え、ヤナギ細工の隠れ処の陰から立ち上がった。私は震え上がっていた。蛇の脂が炎にあぶられて派手に音をたて、コウモリは屋根裏で翼をばたつかせている。

ニムエは笑顔を見せた。「水もってきてよ、ダーヴェル」

「水?」私はぼんやりと尋ねかえした。

「このニワトリの血を洗うのよ」ニムエが説明する。

「ニワトリの血だって?」

「いいから水よ」彼女はまた言った。「扉のそばに壺があるでしょ。こっちにもってきて」

「その中へ?」私は度肝をぬかれた。ニムエの身ぶりは、マーリンの部屋に水をもってこいと言っているように見えたからだ。

「そうよ、いけない?」そう言って、ニムエは扉のうちに歩み入った。扉にはいまも猪狩り用の巨大な槍が突き刺さっている。重い壺を持ち上げて中に入ると、ニムエは打ち延ばした銅板の前に立って、一糸まとわぬ裸身を映していた。少しも恥ずかしがっていない。たぶん、幼いころからみんないっしょに裸で走りまわっていたからだろうが、私は居心地が悪かった。二人とももう子供ではないことを強烈に意識していた。

「ここに置くよ」

ニムエはうなずいた。私は壺を下におろし、扉のほうへ戻りかけた。「待って」彼女は言った。「ここにいてよ。扉を閉めてきて」

それには、まず槍をなんとか引き抜かねばならなかった。訊いても答えてくれそうな雰囲気ではなかったので、分厚いオークの板にどうやって槍の穂先を突き通したのか質問する気にはなれない。だからなにも言わず、槍を抜こうとがんばっていた。そのあいだに、ニムエは白い肌から血を洗い落として、黒いマントに身を包んだ。「こっちに来て」身づくろいがすむと彼女は言った。言われたとおり、私は寝台に歩み寄った。低い木の台に毛皮と羊毛の毛布を積み重ねたこの寝台で、ニムエは夜を過ごすのだろう。黒ずんだ黴くさい布の天蓋が掛かっており、その暗がりに私は腰をおろした。両腕にニムエを抱くと、毛織の柔かいマントを通して彼女の肋骨が感じられる。ニムエは泣いていた。理由がわからないので、私はただおずおずと彼女を抱き寄せ、マーリンの部屋を見まわしていた。

奇妙奇天烈な部屋だった。木製の櫃やヤナギ細工のかごが何十と積み上げられ、それが無数の凹所や隘路を作っており、そこを痩せた子猫の一団が走りまわっている。あちこちに櫃やかごの山が崩れているところがあった。だれかが下の箱から物をとろうとしたのだが、ひとつひとつおろす手間を惜しんで、えいやとばかり山ごと持ち上げてどけたあとのようだった。いたるところに埃が溜まっている。床に敷かれたイグサは、もう何年も取り替えていないようだ。もっとも、たいていは敷物や毛布がその上に敷いてあるのだが、その敷物や毛布にしてから腐りかけている。悪臭は耐えがたいほどだった。埃や猫の尿の臭い、湿気と腐敗と黴の臭いがいっしょくたになって、梁に吊るした薬草のかすかな香気と混ざり合っているのだ。扉の横に作業台があり、縁のめくれ上がったぼろぼろの羊皮紙が山と積まれていた。作業台の上の埃だらけの棚には動物の頭蓋骨がずらりと並んでいたが、陰気な薄闇に目が慣れてくると、少なくとも二つは人間の髑髏が交じっているのがわかった。色あせた楯を重ねて大きな土甕《どがめ》に立てかけてあり、その甕に突っ込んである槍の束は、蜘蛛の巣まみれだった。壁にはひと振りの剣が掛かっている。煙をあげる火鉢が、くすんだ灰の山に埋もれかかっている。そのそばに置かれた大きな銅板の鏡には、驚くまいことか、キリスト教の十字架が掛けてあるではないか。十字架の腕木には、例の死んだ神のねじれた身体が釘付けされている。それに備わった邪悪な力を抑えるため、十字架には宿り木がからませてあった。垂木には、複雑にからみあった大きな鹿角が下がり、それと並んで干した宿り木の束が吊るしてある。そしてその隣には、一群のコウモリがぶら下がって眠っていた。下の床を見ると、コウモリの糞が小さな山になっている。家内にコウモリが棲みつくのは最悪の凶兆だが、マーリンやニムエほど力のある者は、こんな月並みなしるしなど気にする必要はないのだろう。もうひとつの作業台には、椀、すり鉢、すりこ木、金属製の天秤、フラスコ、蠟で密封した壺が所狭しと並んでいた。あとで知ったのだが、これらの密封された壺には、殺された人間の墓から集めた露、頭蓋骨を砕いた粉、そしてベラドンナ、マンドラゴラ、チョウセンアサガオの浸出液が入っていたのだ。この作業台のわきには奇妙な石壺が置かれていたが、その中に山盛りになっているのは、鷲の安産石、妖精のパン、小妖精《エルフボルト》の石鏃、蛇石《スネークストーン》、魔女の石などで、それに交じって鳥の羽根、貝殻、松ぼっくりも放り込まれていた。これほど雑然としていて薄汚くて、それでいて心をそそられる部屋は見たことがない。隣の部屋——つまりマーリンの塔も、ここと同じぐらい奇怪なまでに不思議な場所なのだろうか。

ニムエはすでに泣きやみ、私の腕のなかでじっと横たわっていた。この部屋にたいする私の驚嘆の念と嫌悪感を感じとっていたにちがいない。「マーリンはなんでもとっておくの」と疲れた声で言った。「なんでもかんでもね」私はなにも言わず、ただニムエの身体をなでさすっていた。彼女はしばらくぐったりと横になっていたが、私の手がマントの上をさまよって小さな乳房を捜し当てると、怒ったように身を振りほどいた。「そういうことがしたいのなら、セビーレを探しにいったら」マントをしっかり身体に巻きつけて、ニムエは寝台をおりた。マーリンの道具がごちゃごちゃと載せてある、部屋の反対側の作業台に歩いてゆく。

恥ずかしくなって、私はもごもごと詫びの言葉を口にした。

「大したことじゃないわ」ニムエはあっさり片づけた。屋外から、トールの住人たちの声が聞こえてきた。隣の大広間からも声がする。だが、この部屋に入ってこようとする者はない。ニムエは、椀や壺や小鍋の並ぶ作業台の上をあさって、探していたものを見つけた。黒い石で作った短刀だ。鋭くそがれた刀身の縁は、骨のように白くなっている。黴くさい寝台に戻ってくると、その台の横にひざまずき、私の顔をまっすぐに見据えた。マントの前がはだけている。陰になった彼女の裸身をまた意識して、私は落ちつかなかった。だが、ニムエは私の眼をひたと見つめている。見返すほかなかった。

長く沈黙がつづいた。静寂のなか、自分の心臓の鼓動が聞こえそうな気がする。彼女は決断を下そうとしているらしい。その後の一生をがらりと変えてしまうほどに禍々《まがまが》しい決断を。私は待った。恐ろしさに身動きもできず、苦しい姿勢をとりつづけていた。ニムエのくさび形の顔を、乱れた黒髪が縁取っている。その顔はとくに美しくも醜くもなかったが、知性と生命に輝いていて、形の美しさなどつまらないものに思われた。広くて秀でたひたい、射るような黒い瞳、とがった鼻、大きな口と細いあご。あんな聡明な女を私はほかに知らない。だが、まだ幼さの残っていたあのころでさえ、その聡明さゆえの悲しみを抱えていた。彼女は多くを知りすぎていた。生まれつき知恵があったのか、あるいは溺れかけたところを救われたとき、神々に知恵を授けられたのだろう。子供のころはしょっちゅう悪ふざけや悪戯をしたものだが、マーリンの導きを失い、彼の責任をその細い肩に引き受けてから、ニムエは変わりつつあった。変わりつつあるのは私も同じだったが、こちらは予測のつくたぐい、ひょろりとした少年が背の高い若者に成長してゆくという変化だ。ニムエは幼い少女から権威者へと苦もなく変身していった。その権威をもたらしたのは彼女の夢、マーリンと共有する夢だった。だがマーリンとちがって、ニムエはこの夢についてはけっして妥協しようとしなかった。すべてを得るか、すべてを失うかなのだ。古来の神々に仕える完全無欠のブリタニアという、彼女の理想を汚す者に一インチでも譲るぐらいなら、神なき冷たい虚無のうちに大地がそっくり死に絶えるのを見るほうがましだと思っている。そしていま、私の前にひざまずいて、彼女は私を値踏みしているのだ。私にはわかっていた。その狂信的な夢に加えるだけの価値が私にあるかどうか、見極めようとしているのだ。

ついに決心して、彼女はさらに身を寄せてきた。「左手を出して」

私は言われたとおりにした。

ニムエは私の手を左手で取り、手のひらを上向かせて支えながら呪文を唱えはじめた。私に聞き取れたのは、戦の神カミロス、ニムエの守護神である海神マナウィダン・ヴァブ・リール、殺戮の女神アグロナ、暁の女神なる黄金のアランフロッドといった神々の名だけで、ほかは耳慣れない名前や単語がほとんどだった。それを唱える単調な声を聞いているうちに、頭がぼうっとして緊張がゆるんできた。ニムエがなにを言い、なにをしようがどうでもよくなってくる。と出し抜けに、手のひらを短刀で切り裂かれた。ぎょっとして悲鳴をあげると、ニムエにしっと叱りつけられた。手のひらに走る刀傷は、最初のうちこそ細い筋でしかなかったが、すぐに血がにじみ出てきた。

同じようにして、ニムエは自分の手のひらにも短刀を入れた。そしてその傷を私の傷に合わせて、痺れた私の指を握った。短刀を捨てると、マントの端をつまみ上げ、握りあわせた血まみれの二つの手にきつく巻きつける。

「ダーヴェル」ささやくように言った。「あんたの手に傷があるかぎり、そしてあたしの手に傷があるかぎり、あたしたちはひとつよ。承知?」

私はニムエの眼をのぞき込み、これはただごとではないと悟った。子供の遊びなどではない。今生はもちろん、おそらくは来世までもこの身を縛る、厳粛な誓いなのだ。その因果を思ってしばし恐ろしくなったが、ついに私はうなずいた。「承知」どうにか声が出た。

「ダーヴェル、この傷痕を帯びているかぎり、あんたの生命はあたしのものよ。そしてこの傷痕を帯びているかぎり、あたしの生命はあんたのもの。わかる？」

「うん」手がずきずきと痛む。火照って腫《は》れあがっているようだ。その血まみれの私の手のなかで、ニムエの手は小さく冷たかった。

「ダーヴェル、いつかきっと、あたしがあんたを呼ぶ日がくるわ。そのとき来てくれなかったら、神々の前ではこの傷痕は偽りの友のしるしになるのよ。裏切り者の、敵のしるしになるのよ」

「うん」

しばらく黙って私の顔を見ていたが、ニムエは毛皮と毛布の山の上にはいあがってきて、私の腕のなかで身体を丸くした。左手と左手を重ねて縛ったままだったから、並んで横になるのは骨だったが、どうやら居心地のいい体勢を見つけて二人静かに横たわった。外から声が聞こえてくる。埃の漂う暗い部屋のなか、高い天井でコウモリが眠り、子猫が獲物を探している。寒かったが、ニムエは私たち二人のうえに獣皮を引き上げると眠り込んだ。その軽い身体に敷かれて私の右腕は痺れていた。眠れなかった。畏怖に打たれ、混乱した頭で、あの短刀が私たち二人の間になにをもたらしたかと考えつづけていた。

午後なかば、ニムエは目を覚ました。どうしてわかったのか、「ギンドライスが帰ったわ」と眠そうな声で言う。やがてニムエは私の抱擁を解き、まとわりつく毛皮を払いのけて、あいかわらず私たちの手に巻きついていたマントをほどいた。血が固まっていて、手と手を引きはがすと、傷口からかさぶたがはがれて痛んだ。ニムエは槍の束に歩み寄り、蜘蛛の巣をひとつかみすくいとって、血の流れる私の手のひらになすり付けた。「すぐに治るわよ」とあっさり言うと、自分の傷口に布きれを巻いて、パンとチーズを見つけてきた。「おなか空かない？」

「空いてないときなんかないよ」

二人で分け合って食べた。パンはかちかちに乾いていたし、チーズにはネズミのかじったあとがある。少なくとも、ニムエが言うにはネズミの仕業だった。「それともコウモリがかじったのかしら」彼女は言った。「コウモリはチーズを食べると思う?」

「さあ」と答えてから、私は一瞬ためらった。「あのコウモリは仕込んであったの?」言うまでもなく、彼女の髪に縛りつけられていたコウモリのことだ。もちろん似たような場面を見たことがなかったわけではないが、マーリンもマーリンの弟子たちもその手のことは絶対に教えてくれなかった。だが、手と手を切るという奇妙な儀式を経験したいまなら、ニムエが秘密を漏らしてくれそうな気がしたのだ。

思ったとおりだった。ニムエは首をふって、「あれは、昔からあるただの手品よ。馬鹿を脅かすためのね」とそっけなく答えた。「マーリンが教えてくれたの。鷹狩りで使うのと同じような足緒をコウモリの足につけて、それを髪に結びつけるのよ」黒髪を手で梳いていたが、やがて笑いだした。「あのタナビアスまで腰を抜かしちゃって!考えてもみてよ! あいつ、ドルイドのくせにさ!」

私は笑えなかった。あれはニムエの魔法だと信じたかったのだ。鷹の足緒を使った手品だなどと、種明かしをしてほしかったわけではない。「じゃあ、あの蛇は?」

「マーリンがかごに飼ってるの。あたしが餌をやらなきゃならないのよ」ニムエは身震いしてみせた。そこで私のがっかりした表情に気づいて、「どうしたの?」

「みんな手品なのか」

ニムエは眉をひそめ、長いこと黙りこんでいた。答えるつもりがないのかと思ったが、ついに説明しはじめた。

耳を傾けているうちに、彼女はマーリンに教えられたとおりに喋っているのだとわかってきた。彼女はこう言った——魔法は神々の霊と人間の霊が触れ合った瞬間に起きるのだが、その瞬間を人間が決めることはできないのだと。「あたしには、指をぱちんと鳴らして部屋に霧を起こすことはできないけど、でも、そういうのを見たことはあるわ。死人を起き上がらせることもできないけど、マーリンはそういう魔法を見たことがあるんだって。雷を落としてギンドライスを殺せたらいいとは思うけど、それは神々にしかできないことなの。でもね、ダーヴェル、そういうことが人間にもできた時代があったのよ。人間が神々とともに生きていて、神々が人間に満足していたころは、その力を借りて神意のとおりにブリタニアを保つことができたんだから。もちろん、人間は神々の命令に従っていたんだけど、その命令はあたしたちの希望とぴったり一致していたのよ」それを身ぶりで示そうとして、ニムエは両手を握りあわせた。だが、圧迫された左手の傷が痛み、あわてて手を開く。「だけど、そこへローマ人が現れた。そして、盟約をぶち壊しにしたの」

「でもなぜだよ」私はせっかちに口をはさんだ。そんな話は聞き飽きていたからだ。ブリタニアと古来の神々との絆をローマ人がいかに断ち切ったか、マーリンはしょっちゅう私たちに話して聞かせていた。しかし、そもそもなぜそんなことが起こり得たのか、その理由は一度も説明してくれなかった。神々にそれほど力があるのなら——「どうしてブリタニアはローマ人を撃退できなかったんだ」

「神々が望まなかったからよ。なかにはよこしまな神々もいるのよ、ダーヴェル。それに、あちらは人間にたいしてなんの義務もないんだもの。人間だけが義務を負ってるの。神々は面白がってたのかもしれないじゃない？あたしたちのご先祖が約束を破ったせいで、罰としてローマ人が遣わされたのかもしれないし。それはわからないけど、でもローマ人がいなくなったことはたしかだわ。これがブリタニアをよみがえらせる一度きりのチャンスだって、マーリンは言ってる」熱に浮かされたように、低い声でニムエは続けた。「昔のブリタニアを取り戻さなくちゃ。まことのブリタニアを。神々と人間の国を。ダーヴェル、もしそれがかなえば、かないさえすれば、あたしたちはまた神々の力を使えるようになるのよ」

彼女の言葉を信じたかった。どんなに信じたかったことだろう。病に苦しみ、死に脅かされる短い人生。輝かしい力をもつ恵み深い超越者が、そんな人生に新たな希望を与えてくれたらどんなにすばらしいことか。「だけど、それには手品を使わなきゃならないのかい」と、落胆を隠そうともせずに私は尋ねた。

「もう、ダーヴェルってば」ニムエは肩を落とした。「考えてもみてよ。みんながみんな神々の霊を感じられるわけじゃないのよ。だから、感じる力のある者には特別な使命があるの。あたしが弱みを見せたり、ちらとでも信じてないそぶりを見せたら、信じたがってる人たちにはそれこそ夢も希望もないじゃない。ほんとは、ああいうのは手品とは違うのよ。あれは……」と、適当な言葉を探そうとして言いよどんだ。「……目印みたいなものね。ユーサーの王冠とか、トークとか、旗とか、カダーン城の王の石と同じ。ああいうのがあるから、みんなユーサーが大王だってわかって、そう扱うわけでしょ。マーリンだって、そとの人々の間を歩くときは目印を着けてなくちゃいけないのよ。人はその目印を見て、マーリンが神々と話のできる人だって知って、それで恐れるんだもの」そう言って、槍に貫かれた裂け目の残る扉を指さした。「二匹の蛇をもって、コウモリを死人の皮に隠して、あたしは裸であの扉から出ていった。そして王とドルイドと兵士たちに立ち向かったのよ。こっちは小娘がたった一人で、向こうは王にドルイドに、護衛兵までそろってた。勝ったのはどっち？」

「おまえだよ」

「そう、つまり手品が効いたわけ。だけど、それはあたしに力があるからじゃなくて、神々に力があるからよ。

でも、その力を信じていなかったら、いくら手品を使っても通用しないわ。そしてね、信じるためには、全身全霊をそれに捧げなきゃならないのよ」めずらしく、ニムエは燃え上がるような情熱をこめて話していた。「昼も夜も、いつどんなときでも、神々を受け容れられるようにしてなきゃいけないの。そうしていれば、神々が降りてきてくれる。そりゃあ、来てほしいときにかならず来てくれるわけじゃないけど、こっちが求めなかったらぜったいに応えてくれないわ。でもね、ダーヴェル、神々が応えてくれたときといったら、あんなに幸福で、あんなに恐ろしいことってないわ。翼が生えて、光に向かってぐんぐん昇ってゆくみたいな気持ち」ニムエの目はきらきらと輝いていた。彼女からこんな話を聞くのは初めてだった。ついこの間まで子供だったのに、いまではマーリンの寝台に眠り、彼の教えと力を身につけている。私にはそれが気に入らなかった。ねたましく、腹立たしく、理解できなかった。ニムエは手の届かない世界へ進んでゆき、私にはそれを止めるすべもない。

「おれだって神々を受け容れられるぞ」むしゃくしゃして、私は言った。「神々を信じてるし、助けてほしいと思ってる」

ニムエは、包帯をかけた手で私の顔に触れた。「ダーヴェル、あんたは戦士になるわ。それも立派な戦士に。あんたはね、善人で、正直で、マーリンの塔とおんなじように、少々のことじゃびくともしない人よ。あんたには狂気がないわ。小指の先ほども、ほんの毛筋ほどもないわ。あたしがマーリンについて行きたがってると思う？」

「思うさ」私は口惜しかった。「だってそうじゃないか！」ニムエは私のものになることはない、それが口惜しかったのだ。

彼女は大きく息を吸うと、薄暗い天井を見上げた。煙出し穴からもぐり込んできた二羽の鳩が、垂木の上をひょこひょこと歩いている。「でもね」彼女は口を開いた。「結婚して、子供を産みたいって思うときもあるのよ。子供たちを育てあげて、そうするうちに年をとって死んでゆきたいって。だけどね、ダーヴェル」そう言って、また私に目を向けた。「あたしには、そのうちの最後のひとつしか経験できないのよ。これからのことを思うと怖くてたまらないわ。賢者の三つの傷を受けるんだと思うと。だけど受けなきゃならないの。どうしても」

「三つの傷って？」初めて聞く話だった。

「ひとつは身体の傷」ニムエは説明した。「二つめは誇りの傷」ここで、彼女は自分の足の間に手を触れた。「そして三つめは心の傷。つまり狂気のこと」口をつぐんだニムエの顔に、恐怖の色がよぎった。「マーリンは三つとも経験してるわ。だからあんなに賢いのよ。モーガンは、これ以上はないってほどひどい身体の傷を受けてるけど、ほかの二つの傷は受けてないの。だから、ほんとうに神々に受け容れられることはないでしょうね。あたしはまだひとつも経験してないけど、いつかは経験するわ。しなきゃならないのよ！」激した口調で言い放った。

「だって、あたしは選ばれたんだから」

「なんでおれは選ばれなかったんだろう」

ニムエは首をふった。「わかってないのね、ダーヴェル。だれかに選ばれたわけじゃないのよ。あたしが自分で選んだの。こういうことは、自分で選ぶしかないのよ。ここの子供たちなら、だれでもそうできるはずだわ。だからマーリンは棄て子を集めてるの。みなし子は特別な力を授かることがあるって、マーリンは信じてるから。でも、そういう子供はすごく少ないのよ」

「だけど、おまえはそういう子供だったわけだ」

「あたしには、どこにでも神々が見える」ニムエは当たり前のことのように言った。「神々にもあたしが見えるの」

「おれはいっぺんも見たことがないね」私はむっつりと言った。

私の不機嫌な顔を見て、「いつかは見られるわよ」ニムエは笑顔で言った。「だってね、ダーヴェル、ブリタニアには霧のリボンがかかっていて、それがどんどん薄くなってゆくって考えなくちゃいけないの。その霧は、あっちこっちにか細い筋みたいに漂ってて、薄れて消えそうになってるの。だけど、その霧の筋が神々なのよ。人間が神々を見つけて、その御心にかなうように行動して、その国をまた神々の御手に返すことができたら、その筋はだんだん濃く太くなって、ひとつに集まって大きな美しい霧の塊になる。そして、国じゅうをすっぽり覆って、外界からあたしたちを守ってくれるのよ。あたしたちがこのトールに住んでいるのはそのためなの。この土地が神々のお気に入りなのをマーリンは知ってるの。ここでは、神の霧が濃くなってるのよ。でも、それを広げていくのはあたしたちの仕事なの」

「じゃ、それがいまマーリンのやってることなのか」

ニムエは微笑んだ。「いまのいまはね、マーリンは眠ってるわ。あたしも眠らなくちゃ。ダーヴェル、あんた仕事があったんじゃない？」

「地代を勘定するんだ」私はばつの悪い思いで答えた。山腹の倉庫には、魚や鰻の燻製、塩の壺、ヤナギのかご、織物、鉛の鋳塊、木炭の桶、さらには稀少な琥珀や黒玉の小片までが続々と運び込まれている。ベルテヌのころに冬の地代が納められるので、ハウェルはそれを値踏みし、符木に記録して、マーリンの取り分と大王の収税吏に渡す分とに分けなければならないのだ。

「じゃ勘定しに行きなさいよ」ニムエは言った。二人の間には、常と違うことはなにひとつ起きなかったかのように。だが、それでもこちらに手を差し伸べて、兄弟にするようなキスをしてくれた。「じゃあね」その声に送られて、よろめくようにマーリンの私室を出る。そこで待っていたのは、ノルウェンナの侍女たちの敵意に満ちた好奇の眼差しだった。かれらはすでに大広間に戻ってきていたのだ。

春分が到来した。キリスト教徒はかれらの神の死を祝い、私たちはベルテヌの大かがり火を焚いた。闇に噴きあがる炎が、復活する世界に新たな生命をもたらすのだ。今年最初のサクソン軍がはるか東方に侵入してきたが、ウィドリン島に迫る軍勢はなかった。シルリア王ギンドライスも姿を見せない。結婚の申込みは不発に終わったのだろうと書記のギドヴァンは言い、北方の諸王国との間でまた戦争が始まるにちがいないと憂鬱な未来を予言した。

マーリンは戻って来ず、なんの便りもない。

世嗣モードレッドに乳歯が生えてきた。最初の一本が現れたのは下の歯茎、これは長寿を約束する吉兆だ。モードレッドは、この新しい歯でラーラの乳首に血が出るほど噛みついた。しかし、丸々と肥えたわが子に乳といっしょに王子の血も吸わせようと、ラーラはその後も王子に乳をやりつづけていた。日が長くなるにつれ、ニムエにも快活さが戻ってきた。私たちの手のひらの傷痕はピンク色から白に変わり、しまいにはかすかな線が残るだけになったが、ニムエはそれについては何も言わない。

大王はカダーン城に一週間滞在し、世嗣はそこへ連れてゆかれ、祖父の検分を受けた。ユーサーは孫の成長に満足したにちがいない。それに、この春はすべてが吉兆を示していた。ベルテヌの三週間後のこと、王国の未来、ノルウェンナの未来、そしてモードレッドの未来をすべて決定するために、正式な総評議会が開かれるという知らせが飛び込んできた。ブリタニアで総評議会が最後に開かれたのは、もう六十年以上も前のことである。

春だった。若葉が目に青い。よみがえる大地に、大きな希望が芽吹きはじめていた。

総評議会はグレヴムの町で開かれた。セヴァーン川のほとりにローマ人が建設した町で、ドゥムノニアの北、グウェントとの国境をわずかに越えたところにある。ユーサーは牛車で出立した。車を牽《ひ》く四頭の雄牛はそれぞれさんざしの若枝で飾られ、背には緑の布が掛けられている。そののろのろとした歩みを、大王は苦にするどころか楽しんでいた。美しい初夏のブリタニアを見るのもこれが最後だ、そう悟っていたのかもしれない。クルアハンの洞窟を抜け、剣《つるぎ》の橋を渡り、異世《ことよ》に向かうときが近いのを予感していたのだろう。雄牛が鈍重に進む道の両側は、白い花をいっぱいにつけたさんざしの低木に縁取られている。森はブルーベルの花々に青くかすみ、小麦、ライ麦、大麦の畑には輝くような芥子《けし》の花が咲き誇り、刈り取りも間近な青草の野にウズラクイナがかしましい。大王はのんびりと旅を続け、集落や荘園《ヴイラ》にしょっちゅう立ち寄っていた。農園や城館を見まわっては、彼よりずっとくわしい人々を相手に、縮絨池での羊毛の重ねかたや豚の去勢法について講釈を垂れるのだった。アクアエ・スリスでは温泉に浸かり、それですっかり元気を回復した大王は、この町を出るときはたっぷり一マイルも歩いたほどだった――その後はまた、毛皮を内張りした牛車に従者の手を借りて乗らねばならなかったが。大王につき従うのは、吟唱詩人《バード》、顧問官、典医、合唱隊、従僕の集団、それに護衛の戦士たち。その戦士たちを率いるのは、守護闘士《チャンピオン》にして近衛隊長のオウェインだ。だれもが花々で身を飾り、戦士たちは平和的な行軍のしるしに楯を上下さかさまに背負っている。ただ、老いたユーサーは用心深く、戦士の槍先が鋭く研いであるかどうか朝ごとに確かめずにはいなかった。

私は歩いてグレヴムに向かった。私自身はそこに用があるわけではないのだが、ユーサーがモーガンを総評議会に召喚したからだ。総評議会であろうとなかろうと、会議と名のつく場に女が呼ばれるのはまずないことだが、モーガン以上にマーリンの意向を代弁できる者はいないと信じていたから、マーリンの不在でほかにどうしようもなく、ユーサーは彼女を呼んだのである。それに彼女はユーサーの実の娘だ。モーガンの黄金に包まれた頭には、顧問官たち半数の脳みそを合わせたよりもずっと多くの知恵が詰まっている、というのが大王の口癖だった。しかも、ノルウェンナの健康を守るのもモーガンの役目だし、会議ではノルウェンナの将来も決定されるのだ。ただ、ノルウェンナ自身は会議に呼ばれることも、意見を聞かれることもなく、ウィドリン島にとどまって、いまはマーリンの妻ギエンドロインに世話されている。モーガンは、彼女の奴隷のセビーレ一人を連れてゆくつもりだった。ところが土壇場になって、ニムエが自分も行くと落ちつきはらって宣言したのだ。そして、お供に私を連れてゆくと。

モーガンが黙っているはずがない。だがこの年上の女の激怒にも、ニムエは癪にさわるほど平然としていた。「そう指示されてますから」と彼女はモーガンに言った。だれの指示だと金切り声で追及されても、ニムエは微笑むだけだった。モーガンはニムエより倍も大柄で倍も年上だったが、マーリンの寝所に迎えられたときからウィドリン島の権力はニムエに移り、その権威の前ではいかに年長であろうと無力だった。だがそれでも、モーガンは私が同行するのに反対した。マーリンの拾い子にはアイルランド娘がもう一人いるではないか、そのルネートという娘をなぜ連れてゆかない、ダーヴェルのような若い男が若い女に同行するものではない、そう彼女はまくしたてた。ニムエはやはり答えず、ただにやにやしているだけだ。ニムエはダーヴェルがお気に入りだとマーリンに伝えるからね、とモーガンは吐き棄てるように言った。そうすればニムエは一巻の終わりだと。この下手な脅しをニムエは一笑に付し、相手にしようともしなかった。

私はと言えば、この言い合いには大して興味もなく、ただグレヴムに行きたい一心だった。そこで馬上槍試合を見物し、吟唱詩人の歌を聞き、舞を眺めたかった。そしてなにより、ニムエといっしょにいたかったのだ。

そういうわけで、私たち珍妙な四人組はグレヴムに向かうことになった。モーガンは、黒さんざしの杖を持ち、夏の太陽に黄金の仮面を輝かせながら、重い足取りで先頭を歩いた。大仰に足を引きずり引きずり歩くその背中が、ニムエがついて来たことを一足ごとに難詰していた。これに二歩ほど後れて、サクソン人の女奴隷セビーレがついて歩く。丸めた夜着のマント、干した薬草、それに壺のたぐいをかがめた背中に担ぎ、女主人に遅れまいと急いでいる。ニムエと私はその後を裸足で歩いた。帽子もかぶらず、荷物も持たずに。ニムエは、白い長衣《ローブ》の腰を奴隷の絞首索で締め、その上から長い黒マントをはおっている。長い黒髪は結い上げてピンでまとめていたが、ほかの装身具はいっさい帯びていなかった。マントを留める骨ピンさえ付けていない。モーガンは首に重い黄金のトークをかけ、灰褐色のマントの胸元は二つの黄金のブローチで留めていた。ブローチのひとつは三本角の鹿をかたどったもので、もうひとつはどっしりしたドラゴンのブローチ、カダーン城でユーサーから賜ったものだ。

道中は愉快だった。モーガンが速く歩けないから、三日がかりの長い旅になったが、頭上には太陽が輝いているし、ローマ人の道は歩きやすい。日が落ちて最寄りの族長の館を訪ねると、賓客として丁重に迎えられ、わらを敷きつめた納屋に泊めてもらえたものだ。ほかの旅人にはめったに出会わなかった。たまに出くわしても、モーガンの高貴の身分を示す輝く黄金のしるしを見ると、だれもが恐れ入って道を譲る。街道には主人も土地も持たぬならず者が出没し、商人たちを襲っているから気をつけよと言われていたのだが、一度も恐ろしい目にはあわなかった。たぶん、総評議会に備えて、ユーサー軍の兵士たちが森や山をくまなく探って山賊狩りをしたからだろう。見せしめのため、街道のわきには腐りかけた死体が十ほども串刺しにされていた。道で出会う農奴や奴隷はモーガンにひざまずき、商人たちは道をあける。私たちの威光に挑戦してきたのは、もじゃもじゃのあごひげを生やした司祭ただ一人だった。ぼろをまとい、髪をふり乱した女たちを従えている。釘付けにされた神を讃えて道を踊り歩くキリスト教徒の集団だった。その司祭が、モーガンの顔を覆う黄金の仮面、三本角の鹿と翼を広げたドラゴンのブローチを見とがめて、おまえは悪魔の申し子だと攻撃しはじめたのだ。足の不自由なかくも醜い女なら、罵りたいだけ罵ってかまわないと思ったのだろう。しかし、女房と聖なる淫売を引き連れた旅の説教師など、イグレインの娘にしてマーリンの弟子、そしてアーサーの姉でもあるモーガンにとっては物の数ではなかった。重い杖で側頭部に一発お見舞いすると、司祭はイラクサだらけの溝に横ざまに引っくり返る、それをふり返って見もせずにモーガンは歩きつづけた。司祭の連れの女たちが悲鳴をあげて道の両側に分かれた。ある者は祈りをあげ、ある者は呪いの言葉を吐く。その邪悪な力のあいだを、ニムエは精霊のように軽やかに通り過ぎていった。

杖と短刀を戦士のこしらえに数えるなら別だが、私は武器をなにひとつ身に帯びていなかった。一人前の男に見えるように、剣を佩《は》き、槍を捧げて歩きたかったのだが、格好だけで一人前になれるものかとハウェルに鼻であしらわれただけだった。それでも、彼はお守りに青銅のトークをくれた。先端にマーリンの有角神をかたどったものだ。マーリンに歯向かおうという者はいない、とハウェルは言った。それはそうかもしれないが、兵士らしい武器のひとつももたないのでは、自分が余計者のように思えてしかたがなかった。私はニムエに尋ねた――おれは何をしに行くんだ?

「だって、あんたとあたしは誓いで結ばれた友じゃないの、おちびさん」ニムエは言った。もう私のほうが身長は高かったのだが、彼女は親しみをこめてこの呼び名を使うのだ。「それに、あんたとあたしはベルに選ばれたんだもの。ベルに選ばれたからには、お互いにお互いを選ばなくちゃいけないのよ」

「だからって、なんで二人でグレヴムに行かなくちゃならないんだよ」私は食い下がった。

「マーリンが望んでるからよ。決まってるじゃないの」

「マーリンも来るの」私は勢いこんで尋ねた。マーリンが行方をくらましてからもう長い。主のいないウィドリン島は、太陽のない空のようだ。

「来ないわ」ニムエは静かに答えた。それにしても、ニムエはどうしてマーリンの希望を知ったのだろうか。このときマーリンはまだはるか彼方にいたし、姿をくらましたのは総評議会が召集されるずっと前だったのに。

「それじゃ、グレヴムに着いたあとはなにをしたらいいのさ」

「着けばわかるわ」ニムエは秘密めかして言い、それ以上は説明しようとしなかった。

かつて鼻も曲がる屎尿《しにょう》の悪臭のなかで育ってきた私には、グレヴムは奇跡の町だった。マーリンの領地にもローマ人の荘園《ヴィラ》がいくつかあって、いまでは農場になっているが、それを除けば本物のローマ建築を見るのはこれが初めてだったのだ。殻を破って出てきたばかりのひよこのように、私はぽかんと見とれていた。通りはぴったりした敷石で舗装されている。その敷石は、ローマ人が去ってからの長い歳月にすり減ってはいたが、テウドリック王の命令でできるかぎり修復されていた。雑草は引き抜かれ、土砂は掃き清められて、町の九つの通りは石を敷きつめた乾期の川筋のように見えた。やたらに歩きにくい道で、敷石に足を滑らせつつ馬がなんとか歩こうとするさまを見て、ニムエも私も吹き出したものだ。建物も、通りと同じぐらい不思議だった。ブリトン人は木とわらと壁土と編み垣で館や家を作るが、ここのローマ人の建物はみんなつながっていて、石と幅の狭い妙な煉瓦でできていた。長年のうちに何軒かは崩れて、長く連なる低い家並みのあちこちにぽっかり隙間ができている。家々の屋根が焼いた粘土のタイルで葺《ふ》いてあるのも奇異に感じた。壁に囲まれたこの都市は、セヴァーン川の渡しを守っているだけでなく、二つの王国の中間に位置しており、しかも近くにまたべつの王国もあるというわけで、商業の中心地として名高かった。家々では陶工が仕事にはげみ、金細工師は作業台にかがみこみ、市場の裏の畜殺場では牛が鳴いている。市場は、バターや木の実、皮革、魚の燻製、蜂蜜、染めた布、刈り取ったばかりの羊毛などを売りにきた農民でごった返していた。なかでも圧巻だったのは――少なくとも驚きにくらんだ私の目から見ると――テウドリック王の兵士たちだった。ローマの兵士だとニムエは言った。ブリトン人だとしても、少なくともローマ風の訓練を受けているのだと。みなひげを短く切り、一様に丈夫な革靴を履き、毛織の半ズボンの上に短い革のスカートを穿いている。古参兵はこのスカートに青銅の板を縫いつけており、歩くとその鎧板がぶつかり合って牛の鈴のように鳴った。だれもがぴかぴかに磨いた胸甲を着け、長い生《き》なりの毛織のマントを掛けて、てっぺんを縫い合わせてうねを作った革の兜をかぶっていた。その兜に染めた羽根飾りをつけている者もいた。短い幅広の刀身の剣をさげ、磨きあげた柄の長い槍をもち、木と革でできた楕円形の楯にはテウドリックの雄牛のしるしが付いていた。楯はみな同じ大きさ、槍はみな同じ長さで、兵士たちは足並みをそろえて行進する。後には慣れたが、初めて見たときは滑稽に見えて笑ってしまった。

四つの門からのびる四本の通りが市の中心で交わり、広々とした開放的な広場になっていた。その広場に面して建つ巨大で驚異的な建物には、さすがのニムエも息を呑んだ。神ならぬ身にこんなものが造れるはずがない。あまりに高く、あまりに白く、角はあまりにも鋭い。列柱が屋根を高々と支え、屋根の頂点と柱頭に挟まれた三角形の空間には白い石がはめ込んであって、そこには全体に見事な図が彫ってあった。美々しい男たちが敵を馬蹄にかけている場面で、石に彫られた男たちは石の槍をもち、石の兜からは高々と石の羽根飾りが突き出している。像のいくつかは落ちたり、霜でひび割れたりしていたが、それでも私には奇跡に思えた。それなのに、ニムエはしばらく眺めてから、悪霊をはらうために唾を吐くではないか。

「気に入らないのか」私はとがめるように尋ねた。

「ローマ人は神になろうとしたのよ」ニムエは言った。「だから神々に懲らしめられたんだわ。こんなとこで会議を開くなんてさ」

とは言え、総評議会はグレヴムで召集され、ニムエにはそれを変えることはできない。ローマ人の土と木の城壁に囲まれたこの町で、ユーサーの王国の命運が決せられようとしているのだ。

私たちが町に入るころには、すでに大王は到着していた。大王の宿は、例の列柱の建物に広場をはさんで相対する高い建物だった。ニムエがついてきたことに、大王は驚きも不興も示さなかった。たぶん、モーガンのお付きの一人ぐらいにしか思わなかったのだろう。私たちはみな、その館の裏側のひと部屋に泊まることになった。そこには、厨房から立ちのぼる煙と、奴隷たちの口げんかの声が充満していたものだ。テウドリック王のぴかぴかの兵士たちに比べると、大王の軍勢はすっかりくすんで見えた。髪もひげも伸び放題、継ぎだらけでぼろぼろのマントは色もまちまち、腰に吊るした剣は長くて重く、槍の柄はろくに磨いてもいない。ユーサーのドラゴンのしるしを付けた丸い楯も、テウドリック軍の細密に描かれた雄牛と並べると垢抜けなかった。

最初の二日間は祝賀の儀式にあけくれた。まず、両王国の守護闘士《チャンピオン》が、城壁の外で形ばかりの戦闘を行った。形ばかりとはいいながら、ユーサーの守護闘士オウェインが闘技場に入ってきたときは、テウドリック王はやむなく自軍の精鋭二人をぶつけねばならなかった。ドゥムノニアの名高い英雄は向かうところ敵なしと讃えられ、夏の太陽に長剣を輝かせて立つ姿は、それもむべなるかなと思わせた。見上げるような大男で、両腕は刺青、広い胸は毛に覆われ、もじゃもじゃのひげを飾るのは、倒した敵の武器から鍛えた戦士の環。テウドリックの勇士二人との闘いは真似事のはずだったが、グウェントの二人の英雄が攻撃側に立ったときは、とても手加減しているようには見えなかった。三人の闘う形相には殺気が満ち、切り結ぶ剣の響きははるか北のポウイスにも届くかと思われた。やがて汗に血が混じり、なまった剣の刃は欠け、三人とも足を引きずりだす。だがそれでも、オウェインのほうが勝負を有利に進めていた。巨軀にもかかわらず剣の振りはすばやく、その一撃には破壊的な重さがあった。近くの地方から集まってきた、つまりユーサーとテウドリックの両王国からやってきた見物人は、狂った獣のようにわめきたて、戦士たちをけしかけて殺戮に駆り立てようとした。その熱狂に恐れをなし、テウドリック王が杖を投げ込んで戦闘を中止させた。「よいか、われらは盟友なのだぞ」と、三人の戦士に呼びかける。大王らしくテウドリックより一段高い席に掛けていたユーサーも、うなずいて賛意を示した。

ユーサーはぶくぶくと太り、いかにも不健康そうだった。身体はむくんでいるし、顔は黄ばんでたるみ、苦しげに息をあえがせている。闘技場には輿《こし》で運ばれてきたのだが、玉座に掛けたいまは分厚いマントにしっかりくるまっていた。そのせいで、宝石を鏤《ちりば》めたベルトも輝くトークも覆い隠されている。いっぽう、テウドリック王はローマふうの衣装だった。実際、彼の祖父は生粋のローマ人なのだ。異国ふうの名前はそのせいにちがいない。髪を短く刈り込み、ひげも剃っている。身を包む白いトーガは、いっぽうの肩で複雑にひだをつけて畳み込んでいた。長身痩軀で、その身ごなしには気品がある。まだ若いのだが、憂いを帯びた知的な顔だちからずっと老成して見えた。王妃エニドは、髪を妙な格好に編んでねじり、頭のてっぺんに危なっかしくまとめている。そのせいで、立ち居ふるまいは生まれたての子馬のようにぎくしゃくしていた。白い粉を厚塗りした顔は、退屈に当惑したような虚ろな表情のまま固まっている。彼女の息子マイリグ、すなわちグウェントの世嗣は落ちつきのない十歳の子供だった。母の足元に腰をおろし、鼻をほじっては父に叩かれている。

闘技が終わると、竪琴弾きと吟唱詩人の競演が始まった。グウェントの吟唱詩人カニールは、ユーサーがサクソン人を打ち負かしたイダーン城の戦いを題材にした長大な詩を歌った。あとで思い当たったのだが、これはテウドリック王の命令だったのだろう。いわば大王への贈り物だったわけだ。そして、たしかにユーサーは喜んでいた。よどみなく語られる詩句に笑みを浮かべ、戦士の名が讃えられるたびにうなずいてみせる。カニールは、朗々たる声でユーサーの勝利を熱っぽく語り、オウェインが何千というサクソン人を血祭りにあげたくだりに来ると、この疲れて傷だらけの闘士のほうをふり仰いでみせた。するとテウドリックのチャンピオンの一人が立ち上がり、ほんの一時間前に彼が叩きつぶそうとした大男、オウェインの利き腕を高々と掲げた。聴衆はやんやの大喝采だった。次いで、カニールが女の声音を作って慈悲を乞うサクソン人を演じると、今度はどっと笑い声があがる。詩人は泡を食ったようすで闘技場を小またに走りまわり、はいつくばって隠れるまねをしてみせ、観客を大いに沸かせた。私も一緒になって笑った。にっくきサクソン人が恐怖に縮みあがるさまを見、かれらの流す血のにおいを嗅ぎ、屍肉をあさりにくる大鴉の羽音を聞くようだ。やがてカニールは背筋をぐいと伸ばした。マントを脱ぎ捨て、青く塗った裸身をあらわにすると、神々を讃える歌を歌いはじめた。神々の勇士たるドゥムノニアの大王ユーサー、すなわちブリトンの覇者《ペンドラゴン》が、敵の王と族長とチャンピオンらを打ち倒すさまを神々は見そなわされたと。歌い終わると、吟唱詩人は裸のままユーサーの玉座の前にひれ伏した。

ユーサーは、おぼつかない手つきで毛羽だったマントのうちをさぐり、黄金のトークを探しあて、カニールのほうへ放った。だが勢いが足りず、トークは二人の王の玉座を支える木の台座の端に落ちた。この凶兆にニムエは青ざめたが、テウドリックは落ちついてトークを拾い上げた。白髪の詩人に歩み寄ってそれを手渡し、手ずから詩人を立ち上がらせる。

吟唱詩人たちの歌が終わった。西に目をやれば、シルリア国との境界を示す黒々と低い山並みに、太陽が沈んでゆこうとしている。少女たちの行列が進み出てきて、女王たちに花を捧げようとした。ところが台座の上にいる女王はエニド一人だ。ユーサーの妃が受け取るはずの山のような花束を捧げ持った少女たちは、しばし途方に暮れて立ち往生したが、ユーサーが気を利かせてモーガンのほうを指さした。モーガンは、台座のわきに別にベンチを与えられていたのだ。そこで少女たちの行列はわきに逸れて、アイリス、夏雪草、双葉蘭の花々をモーガンの前に積み上げた。「まるでパセリを添えたお団子みたい」と、ニムエが私の耳元で囁く。

総評議会の前夜、町の中心にそびえる例の建物の大広間で、キリスト教の礼拝が行われた。テウドリックは熱心なキリスト教徒なのだ。王の追随者がおおぜい詰めかけた広間は、壁の鉄環に差し込まれた松明の炎に照らされている。夕方からの雨で、混み合った屋内には汗と濡れた毛織物と煙のにおいが立ち込めていた。女は広間の左手に、男は右手にと分かれて立っていたが、ニムエはそんな決まりなど歯牙にもかけなかった。彼女がよじのぼった台座は、マントを着た無帽の男たちの黒っぽい集団の陰にあった。同じような台座はほかにもあり、たいてい胸像が据えてある。だがこの台座の上は空いていて、二人で腰をおろすのにじゅうぶんの広さがあった。私たちはここで、キリスト教の儀式を高みの見物と決め込んだのだ。ただ最初のうちは、私はむしろ広間の大きさに目を奪われていた。これまで目にしたどんな宴会場より天井が高く、横幅も奥行きもはるかに大きい。あまり大きくて雀が住みついているほどだったが、あの雀たちはこのローマふうの広間を全世界だと思っているにちがいない。かれらの空は弧を描く天井で、ずんぐりした煉瓦の柱に支えられていた。かつては滑らかな白い漆喰が塗られ、その上に絵が描いてあったらしく、断片的に絵が残っている。走る鹿の赤い輪郭、角と二股の尾のある海獣、そして両側に把手のある杯を捧げ持つ二人の女が見分けられた。

ユーサーは広間には来ていなかったが、ドゥムノニアの兵士のうちキリスト教徒は出席しており、大王の顧問官であるベドウィン司教は儀式の助手を務めていた。大人の話を盗み聞きする二人の悪童のように、ニムエと私はその様子を見下ろしていたのだ。テウドリック王の姿が見え、彼とともに翌日の総評議会に出席する小王や領主ら数名の顔も見えた。これら大物たちは広間の前のほうに座席をもらっていたが、松明のほとんどはその座席の周辺ではなく、ひとつの台のまわりに集まるキリスト教の司祭たちを照らしているのだった。私は、こういう連中が儀式をあげるのを見るのは初めてだった。「司教っていったい何だ？」とニムエに尋ねた。

「ドルイドみたいなものよ」言われてみれば、キリスト教の司祭たちはみな、ドルイドと同じように頭の前半分をきれいに剃り落としていた。「ただ、なんの修行もしてないけどね」ニムエは馬鹿にしたように付け加えた。「それになんにも知らないし」

「あれはみんな司教なのかい」そう訊いたのは、二十もの坊主頭が行ったり来たりしていたからだ。広間の奥、炎に照らされた台のまわりで、その頭がぴょこぴょこと盛んに上下している。

「ちがうわ。ただの司祭もいるのよ。そいつらは司教より物知らずなの」ニムエは笑った。

「女の司祭はいないの？」

「あいつらの宗教ではね」吐き棄てるように、「女は男に従わなくちゃいけないんだってさ」そう言って、ニムエは魔除けに唾を吐いた。近くの戦士が何人かふり向き、とがめるような視線を投げてよこす。ニムエは気にするようすもない。黒いマントに身を包んだ彼女は、両膝に手をまわして胸元にぴったり引き寄せていた。モーガンは、私たちがキリスト教の儀式に出ることを禁じたが、ニムエはもう彼女の命に耳を貸そうとはしなかった。火明かりのなか、その細面は黒い影に包まれ、瞳だけがきらきらと輝いている。

奇妙な司祭たちは単調な声で詠唱をつづけていたが、ギリシア語なのでまったくちんぷんかんぷんだった。かれらは何度もお辞儀をし、そのたびに全会衆がひざまずいたり、あわてて立ち上がったりする。そしてみなが一斉にひざまずくたびに、広間の右側からはやかましい音が響くのだった。タイル敷の床に百本もの剣の鞘がぶつかるからだ。ドルイドと同じように、司祭たちは伸ばした両手を前に突き出して祈りをあげていた。テウドリック王のトーガに少し似た妙な長衣《ローブ》を着ていて、その上に模様入りの短いマントを掛けていた。司祭たちが歌うと会衆が歌い返す。白い顔をした華奢な王妃エニドの背後で、恍惚に襲われて奇声をあげたり痙攣したりする女たちが現れたが、司祭たちは何事もなかったように詠唱を続けている。台の上には簡素な十字架があり、それに向かって司祭たちは頭を下げ、ニムエは呪いのしるしを結んでいた——魔除けの呪文を唱えながら。だが、彼女も私もじきに飽きてしまった。そろそろ抜け出したくなってもいた。ユーサーの広間で、儀式のあとに豪勢な祝宴が開かれることになっており、そのおすそわけにありつけるようよい場所を確保したいと思っていたのだ。だがそのとき、ブリトン語が耳に飛び込んできた。見れば、若い司祭が熱弁をふるいはじめている。

この若い司祭こそサンスムだった。その夜、私はこの聖人を初めて見たのである。当時はまだ青二才で、司教たちよりずっと年下だったが、キリスト教の未来の星と前途を嘱望されていた。そこで、さらなる出世の糸口をつかませようと、司教たちがわざわざ彼に説教する栄誉を与えたのだった。

サンスムは昔から痩せていて、背も低かった。尖った顎はきれいにひげを剃り、引っ込んだひたいの上の剃髪部分は、短い黒髪が突き出していばらの生垣のようだ。だが、この生垣は両側よりてっぺんが短く刈り込まれているので、両耳のすぐ上から黒い剛毛の房が飛び出しているように見えるのだった。「ルティゲルンそっくりね」とニムエに耳打ちされて、私は笑い声をたててしまった。ルティゲルンというのは、おとぎ話に出てくるネズミの王様の名前である。自惚れの強いはったり屋だが、子猫が出てくるといつも逃げ出す情けないやつなのだ。しかし、この剃髪したネズミの王様は、たしかに説教はうまかった。主イエス・キリストのありがたい福音を、私はあの夜初めて聞いたのだ。その最初の説教に自分がどんなに腹を立てたか思い出すと、いまでも身震いが出る。それでも、それを語った声の力強さはけっして忘れないだろう。サンスムは、人々の顔が見えるように、また人々に自分の姿を見せるために、十字架の載っているのとは別の台の上に立っていた。説教に熱がこもるあまりその台から足を踏み外しそうになり、たびたびほかの司祭たちに制止される。落ちればいいと思って見ていたのだが、どういうわけかいつも踏みとどまるのだった。

彼の説教は、最初のうちはまず型通りだった。高位の王たち、有力な領主たちが福音を聞きに集まってくれたことを神に感謝し、テウドリック王にたくみなお世辞を並べる。だがその後に始まったのは痛烈な批判の奔流だった。キリスト教の立場からブリタニアの現状をさんざんにこきおろす内容で、あとから考えてみると説教というより政治演説に近かった。

ブリトン島は神に愛されている、そうサンスムは語った。ここは特別な国であり、澄んだ海に囲まれ、他の土地から切り離されて、悪疫や異端や敵から守られている。ブリタニアはまた、偉大な支配者と勇敢な戦士にも恵まれている。にもかかわらず、近ごろは他所者に荒らされ、畑や納屋や村々が剣によって蹂躙されている。異教のサイスすなわちサクソン人がわれらの父祖の土地を奪い、荒れ地に変えてゆく。憎むべきサイスはわれらの父祖の墓を冒瀆し、妻を凌辱し、子らを殺戮する。神のご意志でなかったならば、こんなことが起こるはずはない、とサンスムは決めつけた。ではなぜ、特別に目をかけてこられた子供らに、神は背を向けられるのだろうか。

なぜなら、この子供らが神の聖なるお言葉に耳を傾けようとしなかったからだ、とサンスムは言った。ブリトンの子らは、いまも木石を拝んでいる。いわゆる聖なる森はいまも守られているし、その社には相変わらず髑髏が祀《まつ》られ、犠牲の血が流されている。たしかに、このような風習は都会では廃れたかもしれない。ほとんどの町はキリスト教徒でいっぱいだからだ。しかし、田舎は異教に汚染されている。ドルイドはほとんど残っていないかもしれないが、どの谷間にも畑にもドルイドの代わりを務める男女が必ずいて、命のない石ころに生贄を捧げたり、魔除けや護符を使って純朴な人々をあざむいたりしているのだ。キリスト教徒でさえ——ここで、サンスムは会衆をにらみつけた——病人を異教の魔女のもとへ連れてゆき、夢占いのために邪教の女予言者を訪ねている。このような邪悪な風習が続くかぎり、神は凌辱と殺戮とサクソン人によってブリタニアに災いをもたらされるだろう。サンスムはここで言葉を切って息を継ぎ、この機会をとらえて私は首にかけたトークに触れた。この大言壮語のネズミの王様は、わが主人マーリンとわが友ニムエとの敵だと悟ったのだ。私たちは罪びとなのです！サンスムはいきなり大音声を張り上げ、両手を広げて台の端でよろめいた。私たちはみな悔い改めねばなりません。ブリタニアの王たちはキリストとキリストの聖母を愛さねばなりません。ブリトン族が一人残らず神のみもとに集う日がくれば、そのとき初めて神はブリタニア全土に平和をもたらしてくださるでしょう。このころには、聴衆は彼の説教に応えはじめていた。同意を叫び、声に出して神に慈悲を乞い、ドルイドとその信者の死を求めて怒りの声をあげる。私は恐ろしくなった。

「行こ」ニムエが耳打ちした。「もうたくさん」

私たちは台座をすべり下りた。広間の外側に並ぶ列柱の足元、入口の間にぎっしり並ぶ人々のあいだを縫って、そろそろと外へ向かう。情けない話だが、私は人にトークを見られるのを恐れて、ひげも生えそろわぬあごの下でマントをぴったりかき合わせていた。ニムエのあとについて階段を下りて広場に出る。風にあおられて燃え盛る松明の炎に、広場は四方八方から照らされていた。西から吹きつける小雨に濡れて、広場の敷石に火明かりが反射している。ぐるりには、テウドリック軍の制服姿の衛兵が身動きもせずに立っていた。ニムエは、私を従えてその広大な空間に足を踏み出した。ちょうど真ん中まで来ると立ち止まり、ふいに笑いだした。最初はくすくす笑いだったが、やがてからかうように笑いはじめ、それが辛辣な嘲笑に、挑戦的な哄笑となって、グレヴムの屋根屋根にこだまし、天に向かって響きわたる。しまいには、追い詰められた獣の断末魔の悲鳴さながら、血も凍る絶叫に変わっていた。絶叫しながら、太陽の進行と同方向に身体を回転させる。北から東へ、南へ西へ、そしてまた北へ。兵士たちは身じろぎもしない。例の大きな建物の柱廊では、何人かのキリスト教徒がむっとしてこちらに目を向けたが、邪魔立てはしなかった。キリスト教徒でさえ、だれかに神々が降りてきたと悟り、あえてニムエに手出しをしようとはしないのだ。

ついに息が切れて、ニムエは敷石にへたり込んだ。黙りこくっている。黒いマントに包まれてうずくまる小さな人影。形も定かでないその影が、私の足元で震えていた。「おちびちゃん」ようやく彼女は口を開いた。疲れた声。「ああ、おちびちゃん」

「どうした？」白状すると、ニムエをこれほど消耗させた瞬時の神がかりに、私はあまり興味があるとは言えなかった。ユーサーの館から豚の焼ける匂いが漂ってきていて、そちらにそそられていたのだ。

ニムエが傷痕のある左手を差し出す。私はその手をつかんで立ち上がらせてやった。「もう一度きりよ」かすかな怯えた声だった。「こんどが最後のチャンスなの。これを逃したら、神々はあたしたちを見捨てるわ。神々に見捨てられて、獣の手に渡されるのよ。あそこの馬鹿者ども、あのネズミを信じる抜け作どもは、そのチャンスを潰してしまう。だから闘わなくちゃ。でも、向こうはあんなに大勢なのに、こっちはほとんど残ってない」彼女は私の顔を見つめながら、身も世もなく泣いていた。

なんと言ってよいかわからなかった。マーリンの拾い児で、そのうえベルの子だというのに、私には霊的な力はまるでなかったのだ。「ベルが助けてくれるよ。だろ?」私は途方にくれて尋ねた。「だって、ベルはおれたちを愛してるんだろ?」

「愛してる!」ニムエは私の手を振り払った。「愛してるだって!」嘲笑うような口調でくりかえす。「神々は人間を愛したりしないわ。あんたはドルイダンの豚を愛せる? ベルの名にかけて、どうして神が人間を愛したりするもんか。愛なんて! あんたに愛のなにがわかるっていうの、サクソンの子ダーヴェル?」

「わかるさ。だって、おまえを愛してるから」私は言った。思い出すといまでも顔から火が出そうだ。好きな娘の気を引きたいのに、どうしていいかわからずやけくそになってしまう少年のころ。あのひとことを口にするのに決死の覚悟が必要で、わが身に備わっていてほしいと願う勇気のありったけを奮い起こさねばならなかった。ついに口にしてしまった後、雨にあおられる炎の明かりのなかで私は真っ赤になり、言わなければよかったと後悔した。

ニムエは笑みを見せ、「わかってるわ」とささやいた。「よくわかってる。さ、もう行こ。祝宴の御馳走が待ってるよ」

このごろ、もう死を待つばかりのこの日々に、ポウイスの山間の修道院でこうして書き物をして過ごしながら、私はときどきまぶたを閉じる。すると、ニムエの顔があざやかに蘇ってくるのだ。後の姿ではなく、あのときの彼女の姿が。激しい情熱を燃やし、頭が切れて、自信に満ちあふれていたニムエ。私はキリストを得て、キリストの祝福を通じて全世界を手に入れた。それはわかっている。だがそれと引換えに、私は――いやあらゆる人々が、数えきれないほどのものを失った。私たちはすべて失ったのだ。

祝宴はすばらしかった。

総評議会が始まったころは、午前もなかばを過ぎていた。キリスト教徒がまた儀式を挙げていたからだ。いったい何回儀式をすれば気が済むのだろう、と私は思った。まるで、毎時間ごとに何やかやの理屈をつけて、十字架にひざまずくよう定めてあるかのようだった。しかし、開会が遅れるのは領主や兵士たちにはありがたかっただろう。酒と法螺話と喧嘩の一夜から、立ち直る時間を稼げたわけだから。総評議会もやはりあの大広間で開かれ、ふたたび松明に火が灯された。春の太陽はさんさんと降り注いでいたが、広間の数少ない窓は高い位置にあってしかも小さい。光を入れるのにはあまり向かず、煙を出すのがせいぜいだが、それにさえあまり役立っていなかった。

諸王、世嗣たち、諸侯らは台座の上に着席しており、大王ユーサーの玉座はそれより一段高い壇の上に載っていた。会議の主催者であるグウェント国王テウドリックの席はユーサーの真下にあり、その両側に並ぶ十もの玉座には、この日、ユーサーかテウドリックに朝貢する小王や諸侯が顔をそろえていた。イスカのカドウィ公、ベルガエのメルウァス王、〝列石《ザ・ストーンズ》〟卿ゲラint公のほか、ブリタニアのはるか西端、未開の王国ケルノウからも、世嗣のトリスタン王子が出席している。王子は狼の毛皮に身を包み、空いた二つの玉座を飛ばして台座の端の席に腰をおろしていた。

玉座といっても、実際には宴会場から持ってきたただの椅子で、申し訳に鞍敷が掛けてあるだけだった。各席の前には、その王国の楯が台座に立てかけて置いてある。かつては、すべてそろえば三十三の楯が台座に立てかけられた時代もあったが、いまはブリトン人の各部族は争いあっているし、サクソン人の剣によって失われた地に葬られた王国もある。この総評議会の目的のひとつは、生き残ったブリトン族の諸王国間で和平を結ぶことだった。だがその和平はすでに揺らぎかけている。ポウイスとシルリアが会議に出てきていないのだ。二つの玉座は空席のままで、両王国のグウェントとドゥムノニアに対する反目の根深さを示す無言の証人になっていた。

王や諸侯の台座の前には、演説者の立つ狭い空間が残してあるが、その空間をはさんだ手前には、各王国の顧問官や執政官たちが陣取っていた。グウェントやドゥムノニアなどは大人数を引き連れてきているが、ほんの数名しか来ていない国もある。執政官や顧問官らは床にじかに腰をおろしており、その床には何千何万という色つきの石がはめ込まれていた。顧問官たちが座っているのであちこち隠れているが、その石で巨大な図柄が描かれているようだった。かれらはみな枕代わりに毛布を持参してきていた。総評議会の討議は、日没後も延々と続くことを知っているのだ。その顧問官たちの背後には武装した戦士たちが立っている。お気に入りの猟犬をひもでつないで側にはべらせている者もいる。この戦士たちは陪席者としてのみ参加しているのだ。私はかれらに交じって立っていた。大目に見てもらえたのは、ひとえにケルヌンノス神の顔をかたどった青銅のトークのおかげだった。

会議には二人の女の姿があった。たった二人だったが、それでも開会を待つ男たちのあいだに抗議のつぶやきが起こった。ユーサーがちらと視線を投げただけで、その不満の声も収まりはしたが。

モーガンはユーサーの真正面に座っていた。顧問官たちがそばに寄ろうとしないので、彼女の周囲だけがぽっかりとあいている。そこへ、広間の扉を抜けてニムエが恐れげもなく歩み入ってきた。腰をおろした男たちのあいだを縫って進んでゆき、モーガンの隣に陣取る。その入ってくるようすがあまり落ちつきはらっていたので、みな毒気を抜かれて止めようともしなかった。腰をすえると、ニムエは大王ユーサーを見上げた。追い出せるものなら追い出してごらんなさい、と言わんばかりの挑戦的な態度。しかし、大王は彼女が入ってきたことすら無視していた。またモーガンも、この若いライバルを黙殺していた。ニムエは、背筋をしゃんと伸ばして彫像のように静かに座っている。白い亜麻のゆったりしたドレスに、細い革ひものベルトを締めたその姿は、分厚いマント、白髪頭の男たちに囲まれて、いっそう華奢でか弱げに見えた。

総評議会にかぎらず、あらゆる会議の冒頭にはまず祈りが捧げられる。もしこの場にいればマーリンが神々に呼びかけるところだが、代わりにグウェントのコンラッド司教がキリスト教の神に祈りを捧げた。見ると、グウェントの顧問官の席にはサンスムの顔も交じっていた。司教が祈りをあげているのに二人の女が頭を垂れようとしないのを見て、サンスムは射るような憎悪の眼差しを向けていた。この女たちがマーリンの代わりに来ていると知っているのだ。

祈りが終わると、オウェインが挑戦者を求めて呼ばわった。二日前、テウドリック軍最強の戦士二人と闘った、このドゥムノニアの守護闘士《チャンピオン》を、マーリンは常々けだものと呼んでいたものだ。いま大王の前に立つ姿を見れば、たしかにそう言われても不思議はなかった。顔にはかさぶたも生々しく先日の対戦の傷痕が残り、鞘を払った抜き身の剣を構え、分厚い狼皮のマントを引っかけた肩には、小山のように筋肉が盛り上がっている。「ユーサーにたいし、大王の座を認めぬ者はおらぬか」彼は胴間声を張り上げた。

むろんそんな者はいなかった。挑戦者を血祭りにあげ損ねていささかがっかりしたように、オウェインは剣を鞘におさめた。尻が落ちつかない様子で、顧問官たちのあいだに腰をおろす。兵士たちと共に立っているほうが性に合っているのだろう。

次に、ブリタニアの近況報告が行われた。大王に代わってベドウィン司教が報告に立ち、次のように述べた――ドゥムノニア東部へのサクソン人の侵入は、相変わらずその監視に多大の犠牲を強いられてはいるが、いまでは下火になっている。ドゥムノニアの世嗣にして地の果てにまで勇名を馳せたモードレッド王子は、勝利を目前にして命を落とされた。幾たびも語られた息子の死のもように耳を傾けながら、ユーサーの顔にはなんの表情も見えない。アーサーの名はいちども出なかった。拙劣な指揮官だったモードレッドの手から勝利をもぎ取ったのはアーサーであり、そのことは広間に集まった者全員が知っていたのだが。ベドウィンは続けて、このとき敗退したサクソン軍は、かつてはカトゥヴェラウニ族の支配していた土地を根拠地にしていたと述べた。古くはブリトン族の領土だったこの土地からサクソン人が一掃されたわけではないが、かれらは黄金、小麦、雄牛の年貢を大王に納めることに同意した。この平和が続くよう神に祈ろう、と司教は付け加えた。

「神に祈ろう」テウドリック王が口をはさむ。「サクソンがその土地から一掃されんことを！」この言葉に応えて、広間の下手と両側に立つ戦士たちは槍の柄で敷石を盛んに打ち鳴らした。そのせいで小さなモザイクのタイルがいくつ割れたことか。少なくとも一本の槍がタイルをぶち割るのを、私はこの目で見た。犬が吠える。

ドゥムノニアの北では――荒っぽい喝采が鎮まるのを待って、ベドウィンが穏やかに言葉を継いだ――平和が続いている。これは、偉大なる大王と高貴なるテウドリック王とが、叡慮をもって友好の約定を守っておられるおかげである。西では、とここでベドウィンは言葉を切り、男前の若いトリスタン王子に笑みを向け、やはり平和が続いていると述べた。「ケルノウの王国は国境を固く守っておられます。マーク王はまた新しいご妻女をめとられたとか。これまでの淑徳高きお妃さまがたと同じく、さぞやご夫君のお心を虜になさいましょうな」あちこちで笑い声が起こった。

「何人めだ?」ふいにユーサーが口を開いた。「四人め、いや五人めだったか」

「父ももう憶えておりますまい」トリスタンが答え、どっと沸いた哄笑に広間が揺れた。槍の柄でまたタイルが割れ、床のうえを滑ってきた小さなかけらが私の足に当たって止まった。

次に報告に立ったのはアグリコラだった。名前もローマふうだが、何事によらず頑固にローマふうを通していることで知られている。アグリコラはテウドリックに仕える武将で、老いたりとはいえ今も戦上手として恐れられていた。短く刈り込んだ髪こそ白刃の色に変わっていたが、寄る年波にもその長身はしぼむ気配もない。傷痕の残る顔はきれいにひげを剃り、ローマふうの制服に身を包んでいる。ただ、部下たちのそれに比べるとはるかに豪華な制服だ。チュニックは緋色、胸甲とすね当ては銀。小わきに抱える銀の兜には、馬の毛を染めて切りそろえた緋色の鶏冠がぴんと突き立っている。アグリコラはこう報告した――彼の仕える王国でも、やはり東のサクソン人は追い散らされた。しかし、失われた地・ロイギルからは憂慮すべき知らせが届いている。サクソンの国からゲルマン海(北海の古名)を渡ってくる船の数が増えているというのだ。サクソンの岸に船が増えれば、やがてブリタニアの西深く侵入してくる軍勢の数も増える、とアグリコラは警告を発した。また、エレという名の新しい首領が現れ、サイスの間でのし上がってきているともいう。エレの名を耳にしたのはこのときが初めてだった。何年も後に、その名が悪霊のようにブリタニアにとり憑くことになろうとは、当時は神々のほかは知る者もなかった。

サクソン人は、とアグリコラは続けて、一時的にはおとなしくしているかもしれない。だが、それだけではグウェント王国に平和は来ない。同じブリトン人の軍勢がポウイスから南下し、あるいは西のシルリアからも寄せてきて、テウドリックの領土を攻めているからだ。両王国の君主に使者を送り、この会議に出席をたまわるよう招待したが、残念ながら、と王の居並ぶ台座上の二つの空席を身ぶりで示して、ポウイスのゴルヴァジド王もシルリアのギンドライス王もお見えにならなかった、とアグリコラは言った。テウドリックは落胆を隠せないようすだった。グウェントとドゥムノニアとで、これら北方の隣国と和睦したいというのが、彼の切なる希望だったからだ。この春、ノルウェンナを訪問するようユーサーがギンドライスを招待したのも、やはり和睦を期待していたからだろう。しかし、からっぽの玉座を見ると、今後も反目が続くとしか思えない。平和が来ないとすれば、とアグリコラはきっぱり言い放った――ポウイス王ゴルヴァジドとその盟友シルリア王ギンドライスを相手に、グウェント王は一戦交えるほかないだろうと。ユーサーはうなずき、この暗澹《あんたん》たる予想に同意を示した。

アグリコラの報告は続いた。さらに北からは、ヘニス・ウィレンのレオデガン王が、ディウルナハというアイルランドからの侵略者によって王国を追われたという知らせが入っている。ディウルナハは、新たに征服したこの国をフリーンと名付けたという。国を追われたレオデガンは、ポウイス王ゴルヴァジドのもとへ身を寄せている、とアグリコラは付け加えた。グウィネズのカドゥアロン王に受け入れを拒絶されたからである。ここでまた笑いが起きた。レオデガン王の愚鈍ぶりは有名なのだ。笑いが鎮まると、アグリコラは続けた。「また聞くところでは、アイルランドからの別の侵略軍がデメティアに襲来し、ポウイスとシルリアの西の国境に迫っておるということであります」

「シルリアについては私から報告しよう」入口から力強い声が割りこんできた。「これ以上の適任はおるまいから」

広間が一斉にざわめき、だれもが入口をふり返った。ギンドライスだった。

あたかも英雄のように、シルリア王はゆうゆうと広間に入ってくる。ためらうようすも悪びれるそぶりもない。シルリアの軍勢はくりかえしテウドリックの領土を襲い、さらにセヴァーン海を南下してユーサーの国土をも荒らしまわっているというのに。あまり自信たっぷりなので、マーリンの広間でニムエから逃げ去ったのと同一人物とは思えなかった。ギンドライスの後ろからは、ドルイドのタナビアスが小刻みのすり足で入ってくる。今度もまた死の穴を思い出し、私はとっさに身を隠した。マーリンが以前教えてくれたところでは、タナビアスはいちど私を殺すのに失敗したのだから、彼の魂は私の手のうちにあるのだという。しかし、この老人が広間に入ってくるのを見、細かい三つ編みの髪に結んだ小骨の鳴る音を聞くと、やはり恐怖に身がすくんだ。

タナビアスの後からは、赤い布に包んだ鞘に長剣をおさめて、ギンドライスの従者たちが大股に入ってくる。髪と口ひげは三つ編みにして、顎ひげは長く伸ばしている。かれらも他国の兵士たちと同じ場所に向かったが、先着者たちを少しずつ押し退け、敵国の総評議会に臨む誇り高い部隊として固まって立っていた。いっぽうタナビアスは、三日月と走る兎の縫い取りのある、薄汚れた灰色のローブを身にまとっていたが、こちらは顧問官たちのあいだに割り込んでいった。血のにおいを嗅ぎつけたか、オウェインがギンドライスの行く手に立ちふさがったが、ギンドライスは大王のチャンピオンに剣の柄を差し出して、害意がないことを示した。そしてユーサーの玉座の前に進み出ると、モザイクの床にひれ伏した。

「立つがよい、シルリア国王、マイリルの子ギンドライスよ《ギンドライス・アプ・マイリル》」そう言って、ユーサーは歓迎のしるしに片手を差し出した。ギンドライスは台座に昇り、その手に接吻すると、背負っていた楯の負い革をほどいた。狐面のしるしのついたその楯を他国のそれと同じように立てかけ、自分の玉座に着く。そして、出席できるのが嬉しくてたまらないと言わんばかりに、晴れやかな顔で広間を見まわしはじめた。知った顔を見つけてはうなずきかけ、驚きの声をあげたり、笑みを見せたりする。挨拶した相手は敵ばかりなのに、椅子にだらしなく腰掛けたさまは、わが家の炉辺でくつろいでいるかのようだった。長い足のいっぽうをあげて、膝を肘掛けに預けさえした。二人の女に気がついて、眉をあげてみせる。ニムエを認めたときは、ちらと渋面が浮かんだような気がした。だがそれはすぐに消え、彼の視線は人々の上をふらふらとさまよいつづける。貴国の近況を長老たちに教えてほしいとテウドリックがねんごろに促したが、ギンドライスはにっと笑って、シルリアでは万事うまくいっていると答えただけだった。

　この日話し合われたのは退屈な問題がほとんどだから、いちいち書くのはやめておく。時が経つにつれてグレヴムの空にはしだいに雲が集まりはじめ、広間では紛争が解決され、婚姻が承認され、裁定が下されていった。ギンドライスは不法侵入の罪を認めはしなかったが、賠償として牛と羊と黄金をテウドリックに支払い、また大王に対しても同様の賠償を行うことに同意した。その他多くの細々とした訴えも同じように解決された。議論は延々と続き、中立は込み入っていたが、問題はひとつひとつ決着していった。そのほとんどはテウドリックが処理したのだが、彼はことあるごとに大王へちらと横目をくれて、ユーサーの決断を示すどんなささいな仕種も見逃すまいとするのだった。そういう仕種を別にすれば、ユーサーはほとんど身動きしなかった。たまに椅子から身を起こすのは、奴隷が水やパンや薬――モーガンが大王の咳を鎮めるために作った、蜂蜜酒《ミード》に漬けたフキタンポポの薬――を運んできたときだけである。いちどだけ壇を下りたのは、広間の裏の壁で小便をするためだった。テウドリックはその間、いつも通りの忍耐強さと思慮深さで、自国の二人の族長の土地争いを裁いていた。魔除けのために自分の尿に唾を吐きかけ、ユーサーがよろよろと壇上に戻ってきたとき、テウドリックはちょうど裁決を下していた。そしてこれもまた、ほかの採決と同じく羊皮紙に記録された。王の居並ぶ壇の陰で、作業台に着いた三人の書記がせっせと記録をとっているのだ。

ユーサーは、この日もっとも重要な仕事のために、残り少ない体力を節約していたのだ。そしてその仕事は日没後に始まった。この日はまだ太陽が沈みきらないうちから暗くなり、テウドリックの奴隷たちが新たに十本以上の燃え盛る松明を広間に運んできた。激しい雨も降りはじめており、気がつけばなにやら肌寒かった。屋根を流れ下る雨水があちこちの穴からしみ入り、床に滴り落ちたり、細い筋をなして剝き出しの煉瓦壁を伝い落ちたりしはじめる。広間は急激に冷え込んできた。直径がゆうに四フィートはある鉄かごの火鉢が大王の足元近くに置かれ、詰め込まれた薪に火がつけられた。火鉢の熱がユーサーに届くように、各王国の楯はほかへ移され、テウドリックの玉座もわきに退けられる。室内に漂う煙は影に包まれた高い天井で渦を巻いて、土砂降りの戸外への出口を探すかのようだ。

ついにユーサーは立ち上がり、総評議会の面々に向けて演説を始めた。足元がおぼつかず、猪狩り用の太い槍にすがって立ちながら、おのれの王国について思うところを述べる。ドゥムノニアは新たな世嗣に恵まれた、と彼は切りだした。神々の慈悲に感謝しなければならない。だが世嗣はか弱い。まだ赤児で、しかも足萎えなのだ。凶兆の噂が正しかったことがわかって、ざわめきが起こった。しかし、ユーサーが手をあげて静粛を求めると、それも静まってゆく。煙に包みこまれた大王の姿は亡霊めいて見えた。彼の魂が、はや異世《ことよ》の影の姿をまとって現れたかのようだ。首と手首に黄金が輝き、乱れた白髪には、大王の冠である細い黄金のリボンが巻かれている。

「わしは老いた」ユーサーは言った。「もう長いことはない」沸き上がる抗議の声を、また弱々しい手のひと振りで抑える。「ここブリタニアの地に、わが王国ほど重要な国はないなどとは言わぬ。しかし、ドゥムノニアがサクソンに屈すれば、まちがいなく全ブリタニアが屈することになる。ドゥムノニアが滅びれば、アーモリカをはじめ海の向こうの同胞とのつながりが断たれる。ドゥムノニアが滅びれば、サクソン人はブリタニアの国土を分割するであろう。分割された国は生き残れぬ」彼は口をつぐんだ。疲れて先を続けられないのかと心配になってきたころ、雄牛のように巨大な頭をもたげ、彼は声を張り上げた。「サクソン人をセヴァーン海に近づけてはならん！」それは、ユーサーの昔からの信念だった。長の年月、この信念に基づいて戦ってきたのだ。サクソン人がブリトン人によって取り巻かれているかぎり、いつの日かゲルマン海の向こうに追い払う見込みもある。しかし、いったん西岸に到達させてしまったら、ドゥムノニアはグウェントから切り離され、南のブリトン人は北のブリトン人から孤立する。「グウェントの兵は」とユーサーは続けた。「ブリタニア最強の戦士だ」ここで称賛のしるしにアグリコラにうなずきかけて、「しかし、グウェントがドゥムノニアのパンに依存していることは周知のとおりだ。ドゥムノニアを守らねば、ブリタニアは滅ぶ。わしは、このたび生まれた孫にわが王国を譲る。わが亡きあと、王国を統《す》べるのはモードレッドでなければならぬ。これが法である！」その言葉とともに、彼は槍の柄を壇上に打ちつけた。瞬時、かつてのペンドラゴンの気迫に瞳が光を放つ。この場でほかになにが決まろうとも、王国はユーサーの血統以外には渡さない。それがユーサーの法であり、こうして広間の全員がそれを知ったのだ。となれば、あと決めるべきことはひとつしかない。成長して王国を治められるようになる日まで、足萎えの赤児をいかにして守るか、それだけだ。

話し合いが始まった。ただ、答えがすでに出ていることはだれもが悟っていた。そうでなかったら、ギンドライスが余裕しゃくしゃくで玉座にふんぞりかえっているわけがない。それでも、ノルウェンナの花婿候補に別の人物を推す者もいた。ストーンズ卿ゲライント公——サクソン人の領土に接する、ドゥムノニアの国境地帯を守っている——は、グウェントの世嗣、マイリグ・アプ・テウドリックを推薦した。だが、これはたんにテウドリックへの追従に過ぎず、承認されるはずはない。そのことは広間の全員が知っていた。マイリグは鼻くそばかり掘っているほんの子供だ。サクソン人に対抗してドゥムノニアを堅持できる見込みなど万にひとつもない。ゲライント公が義務を果たしたとばかりに腰をおろすと、こんどはテウドリックの顧問官の一人が立ち上がり、キネグラス王子を推薦した。キネグラスはゴルヴァジドの長子であり、したがってポウイスの世嗣でもある。敵の世継ぎの王子との縁組は、ブリタニアの二大王国、ポウイスとドゥムノニアとの和睦のきっかけになるだろう、と顧問官は主張した。だがこの提案は、ベドウィン司教によってにべもなく斥けられた。彼は自分の主君をよく知っていた。ゴルヴァジドはテウドリックの不倶戴天の敵、その息子などにユーサーが王国の将来を託すはずがない。

ケルノウの王子トリスタンの名前も上がったが、トリスタンは辞退した。父マーク王がドゥムノニアでまったく信用されていないのを、知りすぎるほど知っているのだ。ストロンゴアのメリアドク王子も推薦された。しかし、グウェントの東の王国ストロンゴアは、すでにサクソン人に半ば領土を奪われている。自分の王国を守れない男が、どうして別の王国を守ることができようか。アーモリカの王家はどうかという質問も出たものの、ブルターニュの新たな領土を棄ててまで、海の向こうの王子たちがドゥムノニアを防衛しに来てくれるだろうか。

ギンドライス、結局はギンドライスに戻ってくるのだ。

だがそのとき、広間のほとんど全員が聞きたいと望み、また聞くことを恐れてもいたその名を、アグリコラが口にした。老将は立ち上がり、ローマふうの甲冑を輝かせ、肩をそびやかして、ユーサー・ペンドラゴンの涙の溜まった目をひたと見すえた。「アーサーを」アグリコラは言った。「私はアーサーを推します」

アーサー。その名は広間に響きわたった。その反響が消えるのも待たず、突然に床を打つ槍の柄の音がわき起こる。喝采しているのはドゥムノニアの槍兵たち、アーサーに従って戦い、彼の真価をよく知る者たちだった。だが、抵抗は長くは続かなかった。

ユーサー・ペンドラゴン、ブリタニアの大王が、槍を高く掲げてただいちど打ち下ろした。広間はしんと静まりかえる。その静寂のなか、なおも大王に異議を唱え得たのはアグリコラただ一人だった。「ノルウェンナ妃の夫として、私はアーサーを推します」と丁重にくりかえした。彼は主君テウドリック王の意を代弁しているのにちがいない。ひよっ子の私にもそれぐらいはわかったが、同時に面食らってもいた。テウドリック王はギンドライスを望んでいると思っていたからだ。シルリア王ギンドライスをポウイスから引き離すことができれば、ドゥムノニアとグウェントとシルリアで新たな同盟を結び、セヴァーン海の両岸の土地をすべて押えることができる。この三国同盟は、ポウイスにたいしてもサクソン人にたいしても強力な砦になるだろう。言うまでもないが、私は読みが浅かった。テウドリックがアーサーの名を出させたのは、ここで拒絶を引き出しておけば、その埋め合わせとして、あとで自分の主張を通しやすくなると考えてのことだったのだ。

「アーサー・アプ・ネブは」ユーサーは言った――その最後の一語に、だれもがぎょっとして息を呑んだ――「その血筋ではない」。このような宣告に異論を唱えられる者はいない。アグリコラは負けを認めて一礼し、腰をおろした。「アプ・ネブ」とは「父なし子」という意味である。つまりユーサーは、アーサーをわが子とは認めないと言ったのだ。したがってアーサーは王の血筋ではなく、ノルウェンナと結婚することはできないと。ベルガエの司教がアーサー支持のため反論に出て、かつて王は貴族のなかから選ばれたのであって、過去に役に立った習慣はこれからも役に立つはずだと主張した。しかし、彼の力ない反論は、ユーサーのひと睨みで一蹴された。高窓のひとつから吹き込む雨が、火に落ちて派手な音をたてている。

ふたたびベドウィン司教が立ち上がった。彼がこれから発表する内容を聞けば、いままでノルウェンナの将来について話し合ってきたことは、すべて時間のむだでしかなかったように思えるかもしれない。しかし、少なくともさまざまな代案が検討されたのだから、分別ある人間なら、結局そこに落ちつかざるを得なかった理由が納得できたはずである。

シルリアのギンドライス王は、とベドウィンは穏やかに述べた――まだ妃をめとっておられません。これを聞いて広間がざわつきはじめた。ギンドライスは生まれの卑しい愛人ラドウィスと結婚したと噂されており、だれもがそれを思い出したのだ。だが、ベドウィンはこの騒ぎをいっさい意に介せず、平然と言葉を続けた。数週間前、ギンドライスはユーサーを訪ね、大王と和睦を結んだ。であるから、ギンドライスがノルウェンナをめとり、モードレッドの王国の保護者となる――ベドウィンはこの保護者という言葉に力を込めた――のは、いまではユーサーにとって喜びなのだ。真情のあかしに、ギンドライスはすでに黄金でユーサー王に結納を支払っており、これは結納として妥当と受け入れられている。たしかに、とベドウィン司教はのんきな口調で言った――たしかに、つい最近まで敵だった人間を、そう簡単に信用できるかという者もいるかもしれない。しかし、ギンドライス王はさらなる友情のあかしを示された。シルリアは古くからグウェント王国の支配権を主張していたが、それを放棄することに同意したのである。そしてまた、ギンドライス王はキリスト教に改宗すると約束した。まさに明日の朝、グレヴムの市壁のもと、衆人環視のなかセヴァーン川で洗礼を受けることになっている。これを聞いて、その場のキリスト教徒はこぞってハレルヤと叫んだが、私が見ていたのはドルイドのタナビアスだった。自分の主君がこれほど公然と古い教えを否定したというのに、この耄碌じじいはなぜ不満の色さえ見せないのだろう。

もうひとつ納得ゆかなかったのは、大のおとながこうもあっさりかつての敵を歓迎できるものか、ということだった。だがもちろん、かれらはわらにもすがる思いだったのだ。王国が足萎えの赤児に委ねられようとしているいま、より好みしてはいられない。過去の行状からして信用できない気もするが、少なくともギンドライスは名高い武将だ。彼が約束を守ってくれれば、ドゥムノニアとグウェントの平和は安泰だ。しかし、そのあたりは老獪なユーサーのこと、万が一ギンドライスが裏切った場合にそなえ、孫を守るためにできるだけの手は打っていた。モードレッドが剣をとれる年齢に達するまで、ドゥムノニアは評議会が治めるものとする、とユーサーは宣言した。ギンドライスは評議会の議長を務め、ベドウィン司教を頭とする六人の長老が顧問官として補佐する。ドゥムノニアの頼もしい盟友、グウェントのテウドリック王にも顧問官を二人送り込んでもらう。このようにして構成された評議会が、最高権力機関として国を統治することになる。ギンドライスはこの決定にいい顔をしなかった。老人ばかりの評議会に加わるために、かご二つの黄金を支払ったわけではないのだ。しかし、ここで反対するほど馬鹿ではない。花嫁と継子の王国が規則でがんじがらめにされてゆくかたわらで、彼は沈黙を守っていた。

だが、規則はこれだけでは終わらなかった。ユーサーはさらに、モードレッドには誓約を立てた後見人を三人つけると発表したのだ。身命に代えても幼王の生命を守ると死の誓約を立てた後見人を。モードレッドに仇をなす者があれば、誓約者たちはその仇を晴らすか、さもなくば自分の生命を犠牲に捧げなければならない。ギンドライスは、この決定が布告されたときは身じろぎひとつしなかったが、誓約者の名が発表されるとそわそわしはじめた。第一がグウェント国王テウドリック、第二がドゥムノニアの守護闘士《チャンピオン》・オウェイン、そして第三はアヴァロン卿マーリン。

マーリン。人々はその名を待ち焦がれていた。ちょうどアーサーの名を待ち焦がれていたように。重大な決断を下すときは、ユーサーはたいていマーリンに相談したものだった。だが、そのマーリンはいない。もう何カ月も、ドゥムノニアでは彼の姿を見た者はいなかった。マーリンは死んだのではないか、だれもがそう疑っている。

そのとき、ユーサーは初めてモーガンに目を向けた。彼女は身の置きどころのない思いだったにちがいない。弟が、そしてそれによって彼女自身が、王家の血筋に連なることを否定されたのだから。だが、彼女が総評議会に召されたのは、ユーサーの庶出の娘だからではなく、マーリンの信頼あつい女予言者だからである。テウドリックとオウェインが死の誓約を立てると、この隻眼で畸形の女にユーサーは目を向けた。広間のキリスト教徒がいっせいに十字を切る。これがかれらの魔除けの方法なのだ。「さて?」と、ユーサーはモーガンを促した。

モーガンは落ちつかないようすだった。いま求められているのは、彼女の謎めいた師・マーリンが、誓約によって課せられる重大な責務を引き受けるだろうと保証することだ。顧問官としてではなく巫女として来ている以上、それなりの答え方があったはずだ。しかし、彼女の答はおよそ巫女らしくなく、期待はずれだった。「マーリン卿は、ご指名をつつしんでお受けいたしましょう」

ニムエが絶叫した。突然の不気味な悲鳴に、広間じゅうの男たちがぎょっとして槍の柄を握りしめた。猟犬も背中の毛を逆立てている。絶叫がやむと、あとには沈黙だけが残された。風にあおられて激しく噴きあがる煙が、火明かりを受けて暗い天井に巨大な姿を描き出す。屋根の瓦を叩く雨の音。そのとき、あたかも絶叫に応えるように、嵐の吹き荒れる夜闇のはるか彼方で、たしかに雷鳴が轟いた。

雷鳴！　キリスト教徒はまた十字を切ったが、その場のだれ一人としてこのしるしを疑う者はなかった。雷神タラニスが語られたのだ。神々がこの総評議会に降《くだ》られた証拠、それも一人の小娘の招きに応えて。大の男がマントをかき合わせるほどの寒さのなか、白い薄衣と奴隷縄のほかはなにひとつ身に着けていない小娘の。

だれも動かず語らず、じっと凍りついている。蜂蜜酒《ミード》の角杯に手を出す者も、シラミをかく者すらいない。もう王も戦士もなかった。司教も、剃髪した司祭も、長老もいない。ただ怯えて声も出ない群衆がいるばかりだ。人々が息を殺して見守るなか、小娘は立ち上がって髪留めを外した。長い黒髪が、やせた白い背中にはらりと落ちかかる。モーガンは床を凝然と見つめ、タナビアスはぽかんと口をあけ、ベドウィン司教は声にならない祈りをつぶやいている。ニムエは火鉢のわきの演者の場に歩いていった。両手を横一文字に差し伸ばし、太陽の進む方向にゆっくりとまわりはじめ、広間の全員にその顔をさらした。それは恐怖の仮面だった。目玉は裏返って白眼しか見えず、歪んだ口から舌が突き出している。一度、二度とまわりつづけ、しだいに速度がついて、それを見つめる群衆はひとつになって、まちがいなく同じ戦慄を共有していた。ニムエは独楽のようにまわりながら、いまはぶるぶると震えている。激しく煙を噴きあげる火鉢にじりじりと近づき、あわや火に身を投ずるかと息を呑んだ瞬間、ぱっと空中に跳び上がり、一声叫ぶと、小さなタイルを敷いた床にくずおれた。と見るや、獣のように四つんばいになって、一列に並んだ楯の前をすばやく行きつ戻りつしはじめた。大王の足元に火の熱が届くように、楯の列はいまは両側に分かれている。ギンドライスの狐面の楯の前に来ると、ニムエは蛇が鎌首をもたげるように頭をそらし、いちどだけ唾を吐いた。

唾は狐面に命中した。

ギンドライスは玉座から立ち上がりかけたが、テウドリックが抑える。タナビアスも慌てて立ち上がろうとしたが、そちらへニムエがくるりとふり向いた。まだ白眼を剝いたままだ。そして絶叫。タナビアスに指を突きつけながら叫ぶ声は、悲しげに尾を引いてローマふうの広大な広間に反響する。彼女の魔法の力に、タナビアスは床にへたり込んだ。

やがてニムエの全身に震えが走ったかと思うと、裏返っていた眼玉がもとに戻り、褐色の瞳が現れた。ここがどこかわからないというように、広間の人込みにむかって眼をぱちくりさせている。とそのとき、大王に背を向けたまま、彼女の身体がふと凍りついた。神々の霊に依り憑かれたしるしだ。これから彼女が語ることは神々の言葉なのである。

「マーリンは生きておられるか」テウドリックが丁重に尋ねた。

「もちろん生きている」ニムエは嘲笑うように答えた。質問しているのは一国の王だというのに、へりくだるそぶりもない。神々に憑かれているいま、死すべき人間に敬意を払う必要などないのだ。

「どこにおられる?」

「遠くに」ニムエは言ってくるりとふり向き、台座の上のトーガをまとった王に顔を向けた。

「遠くとは?」テウドリックが尋ねる。

「ブリタニアの知恵を探しに」ニムエは言った。ようやくほんとうの答が聞けるというので、だれもが一心に耳を傾けている。見ると、ネズミの王様のサンスムは身悶えせんばかりに苛立っていた。こんな異教の風習に総評議会が中断されるのが我慢ならないのだ。しかし、いくら相手が小娘でも、テウドリック王が質問しているのでは、司祭の分際で口をはさむことはできない相談だ。

「ブリタニアの知恵とはなんだ?」大王ユーサーが尋ねた。

ニムエはまた身体をまわした。太陽と同じ方向にぐるりと一回転。だがこのときは、考えをまとめるための時間稼ぎにすぎなかった。やがて、呪文を唱えるような単調な声に乗って、ついにニムエの口から回答が発せられた。「ブリタニアの知恵とは、われらが先祖の伝え、神々からの賜物、十三の宝物の十三の力。すべて集めれば、父祖の地を敵の手から奪い返すことができよう」ニムエは言葉を切った。ふたたび口を開いたときは、ふつうの声に戻っていた。「マーリンは、もういちどこの国をひとつにまとめるために戦っている……このブリトンの国を」ここでニムエはぐるりと向きを変え、サンスムの怒りに燃える小さな眼をひたと見すえて、「ブリトンの神々の力によって」。ふたたび大王にふりむく。「マーリン卿が仕損じれば、ドゥムノニアのユーサーよ、われらはみな滅ぶのだ」

広間につぶやきの声が湧く。サンスムたちキリスト教徒は、ついに声高に不満を叫びはじめた。だが、キリスト教徒でありながら、テウドリック王が手をふって黙らせる。「それはマーリン卿のお言葉か？」彼はニムエに問いただした。

ニムエは、無意味な質問だと言わんばかりに肩をすくめた。「わたしの言葉ではありません」傲然と言い放つ。ユーサーはなんの疑念も抱いていなかった。まだ女とも呼べないほどの小娘が、自分自身の利害や思惑からこんなことを言うはずがない。これは彼女の主人の言葉なのだ。ユーサーは大きな身体を乗り出して、ニムエを睨みつけた。「マーリンに尋ねよ。マーリンは誓いを立ててくれるか。尋ねよ！　孫の後見をしてくれようか？」

ニムエは長いことためらっていた。おそらく、ブリタニアの運命をこのときすでに悟っていたのだろう。われわれのだれよりも、マーリンよりも早く。そして、まちがいなくアーサーよりも早く――アーサーがそれを悟る日があったとしても。しかし、この死期の間近い頑固な老人に真実を告げることを、彼女は直観的に避けたのだ。「王よ」ついに疲れた声で言った。必要な、だが時間のかかる務めを果たしただけというように。「マーリンは、魂にかけてただいまお約束いたします。生命に代えてもお世継ぎをお守りすると誓いを立てるでしょう」

「ただし！」モーガンがふいに言葉をはさみ、人々を驚かせた。苦労しいしい立ち上がったその姿は、ニムエと並ぶといかにもずんぐりして見え、黒いマントはいよいよ黒い。黄金の仮面が火明かりを受けて輝く。「ただし！」彼女はふたたび叫び、神々に憑かれたことを示すためか、思い出したように火鉢の煙のなかで前後左右に身体を揺すった。「ただし、アーサーにもその誓約を立てさせよ、とマーリンは申しております。アーサーとその郎党をもご令孫の後見人とせねばならぬと。かくマーリンは語りましてございます！」モーガンの声は、神託や予言を伝えるのに慣れた者の威厳に満ちあふれていたが、少なくとも私の耳には、土砂降りの闇に雷鳴の轟きは聞こえなかった。

モーガンの宣言に反対しようとギンドライスが立ち上がった。六人の顧問官と三人の誓約者によって、彼の権力はすでに大いに制限されているが、それはまだいい。しかしこんどは、いつかは敵にまわる恐れもある軍勢を、彼の新たな王国に養わせようというのである。「ならん！」ギンドライスは叫んだが、テウドリックはこの抗議を黙殺して台座を下りた。モーガンと並んで立ち、大王に顔を向ける。これで、広間のほとんどの者が悟っただろう。モーガンは、マーリンの声を借りて話したかもしれないが、彼女の言葉はテウドリックの意に添うものだったのだ。グウェント王テウドリックは、キリスト教徒である以上に政治家であり、古き神々を味方につけるべきときをよくわきまえていた。

「アーサー・アプ・ネブと彼に従う軍勢は」テウドリックはもう、はっきりと大王に向かって話していた。「私のどんな誓約よりも、大王のご令孫のお命を確実にお守りするでしょう。神がご存じのとおり、私の誓約とて厳粛なものではありますが」

ユーサーの甥にあたるストーンズ卿ゲライント公は、ドゥムノニアの将軍としてはオウェインに次ぐ実力者であり、アーサーの指名に反対したとしても不思議はなかった。しかし、ストーンズ卿はさして野心のない正直な男で、自分にドゥムノニア全軍を率いる力があるとは思っていなかった。それで彼はテウドリックの横に立ち、支持を表明した。大王のチャンピオンであり、同時にユーサーの近衛隊長でもあるオウェインは、ライバルの指名にあまり乗り気ではなさそうだったが、結局はテウドリックと並んで立ち、うなるように賛同の言葉を口にした。

それでもユーサーは迷っていた。三は縁起のよい数だし、誓約者は三人でじゅうぶんのはずだ。四人めを加えると神々の不興を買う恐れもある。だが、アーサーをノルウェンナの夫にという提案を斥けたことで、ユーサーはテウドリックに借りを作っていた。今度はその借りを返す番だ。「では、アーサーにも誓約を立てさせよう」ついに大王は折れた。愛する息子を死に追いやったと信じている人間を指名したのだ。それが大王にとってどんなに苦い決断だったか、神々にしかわかるまい。それでも彼はアーサーの指名に同意し、その瞬間、広間を揺るがす歓呼の声がわき起こった。ギンドライスに従ってきたシルリア兵だけが沈黙している。その周囲で槍が敷石を砕き、煙の漂う洞窟めいた暗闇に戦士の歓声がこだました。

総評議会は終わった。かくして、父なし子と呼ばれたアーサーが、宣誓によってモードレッドの後見人の一人に選ばれたのである。

ノルウェンナとギンドライスは、総評議会が終わって二週間後に結婚した。式は、アボナにあるキリスト教の礼拝堂で執り行われた。アボナというのは、セヴァーン海をはさんでシルリアに面する、わが国の北岸の港町である。たぶんさして愉快でもなかったのだろう、ノルウェンナはその日の夕方にはウィドリン島に戻ってきた。トールの者はひとりも式には出なかった。ただ、ウィドリン島の修道士とその女房の一団が付き添っていっただけだ。亡き世嗣の妃として出ていった彼女は、シルリア女王ノルウェンナになって戻ってきた。べつに新しく衛兵がついたわけでも、侍女が増えたわけでもなかったが。いっぽうギンドライスは船で自国へ戻っていった。イ・リアホーンすなわちアイルランドの黒楯族との小競り合いが起きているという話だった。黒楯族はダヴェドという古いブリトン人の国に移住してきて、いまではそこをデメティアと呼んでいる。

女王が住むようになったからといって、トールの生活はほとんど変わらなかった。私たちトールの住民はふもとの民に比べればのらくらして見えるだろうが、やはりそれなりに仕事はある。牧草を刈って並べて干し、羊の剪毛を終え、亜麻布を作るために刈りたての亜麻を異臭を放つ池にひたす。ウィドリン島の女たちは、みな糸巻棒と紡錘《つむ》を手にもって、剪毛したばかりの羊毛を巻き取ってゆく。この果てしない仕事を免除されているのは、女王とモーガンとニムエだけだった。ドルイダンは豚を去勢し、ペリノアは妄想の軍隊を指揮し、管財人のハウェルは夏の地代を勘定するために符木を用意する。マーリンはアヴァロンに戻ってこず、なんの便りもなかった。ユーサーはドゥルノヴァリアの王城にとどまっており、世継ぎのモードレッドはモーガンとギエンドロインの庇護のもとですくすく育っている。

アーサーはアーモリカに腰を据えたままだ。いつかはドゥムノニアに渡ってくるという話だが、その前にベノイク国王バンへの務めを果たさねばならないのだという。このベノイク国に接してブロセリアンドという国があり、その国王ビュディクの妃はアーサーの姉のアンナである。このブルターニュの二王国は、私たちにとっては未知の国だった。たくさんのブリトン人がサクソン人に追われてこの二国に逃げているのに、海を渡ってかの地の土を踏んだ者はウィドリン島には一人もいないのだ。それでも、アーサーが将軍としてバン王に仕えていて、敵のフランク人を寄せつけないようにベノイクの西の国で暴れまわっているという話は聞こえてきた。冬の夜には、旅人の語るアーサーの武勇伝に興奮したり、またバン王の話を聞いて妬ましく思ったりするのが常だったのだ。ベノイクのバン王にはイレインという妃がいて、二人して奇跡のような王国を作り上げていると言われていた。裁きは迅速かつ公正で、もっとも貧しい農奴でさえ、冬には国王の貯蔵庫から食物を与えられていると。まるで夢のような話でとても信じられなかったが、何年ものちに私はバンの王国を訪れて、この話が誇張でなかったことを知るのである。バン王は、トレベス島《アニス・トレベス》という要砦島に都を置いていたが、ここは多くの詩人を出したことで知られている。王が愛情と財物を惜しみなく注いだこの都は、かのローマよりも美しいと讃えられたほどだった。トレベス島にはいくつも泉があり、バン王が水路を作ったりダムでせき止めたりして、町中どの家でも戸口を出ればすぐにきれいな水が汲めるようにしてあるという。商人の秤は正確かどうか試験されるし、苦情があれば昼でも夜でも王宮に行って嘆願を聞いてもらえる。さまざまな宗教が平和に共存するよう命じられており、それが守れなければ神殿も教会も跡形もなく破壊されてしまう。トレベス島は平和の島だが、それもバン王の軍勢が強力で、敵をその城壁に寄せつけずにいられるうちだけだ。だから、バン王はアーサーをブリタニアに行かせようとしないのだ。それともアーサーのほうが、大王ユーサーが生きているうちはドゥムノニアに来たがらないのだろうか。

その年、ドゥムノニアは至福の夏を迎えていた。私たちは干し草の大きな山をいくつも集め、湿気が上がってくるのとネズミの侵入を防ぐために、ワラビを厚く敷いた上に積み上げた。帯状作の畑でライ麦と大麦が熟し、アヴァロンの沼沢地からカダーン城まで、見渡すかぎり縞模様で埋めつくされた。東の果樹園ではリンゴがたわわに実り、池や小川では鰻やカワカマスが丸々と肥えている。疫病も流行らず、狼もうろつかず、サクソン人もほとんど攻めてこない。ときたま、南東の地平線遠く、煙の柱が立ちのぼるのを見ることがあり、サクソン人の海賊船が襲ってきて村に火をかけたのだろうと想像したが、そういう火事が三度あったあと、ゲライント公がドゥムノニアの軍勢を率いて報復に出て、それきりサクソン人の襲撃はやんだ。サクソンの首長は期日どおりに貢物を納めさえした。もっともこれを最後として、その後の長い歳月サクソンから貢物は来なくなったし、この貢物の大半はわが国の国境の村々から略奪してきたものに決まっていたが。それでもその夏はよい季節で、こんな平和なドゥムノニアに名高い騎馬兵を連れてきたらアーサーは死ぬほど退屈するだろう、とみな言い合った。ポウイスさえおとなしかった。ゴルヴァジド王はシルリアという盟友を失ったが、ギンドライスに兵を向けることもなく、ドゥムノニアとの縁組など知らぬ顔で、もっぱら北の国境地帯を脅かすサクソン人に兵力を集中しているようだった。またポウイスの北の王国グウィネズでは、フリーンのディウルナハ率いる悪鬼のようなアイルランド軍とのにらみ合いが続いていた。しかし、ブリタニアで最も恵まれた王国ドゥムノニアには、ありあまる平和と晴れた空があった。

しかし、この夏——陽光あふれるこの至福の夏に、私は生まれて初めて敵を殺して一人前の男になったのである。

平和はいつかは終わるもの。そして、私たちの平和はとくに無惨な終わり方をした。この夏、大王ユーサー、ブリタニアのペンドラゴンが崩御した。病んでいるのは知られていたし、もう長くはないとだれもが思っていた。それどころか、おのれの死にそなえてユーサーができるだけの手を打っていたのもみな知っていた。しかしなぜか、そのときがほんとうに来るとはだれも思っていなかったのだ。ユーサーはずっと昔から王で、その統治のもとでドゥムノニアは繁栄していた。このまま何も変わるはずがないと私たちは思い込んでいた。それが、穫り入れを目前にしたある日、ついにペンドラゴンは世を去ったのである。まさにその瞬間、真昼の太陽の下で兎が叫ぶのを聞いたとニムエは言い、父を亡くしたモーガンは小屋に閉じこもって子供のように泣きじゃくっていた。

ユーサーの亡骸は、古式にのっとって荼毘《だび》に付された。ベドウィン司教はキリスト教式の葬儀を望んでいただろうが、そのような神聖冒瀆をほかの長老たちが認めようとしなかったのだ。ユーサーの膨れあがった遺体はマイス城《カイル・マイス》の丘の頂きに運ばれ、積み上げた薪の上に横たえられて、そこで火が放たれた。大王の剣は鍛冶師のアストルスの手で溶かされ、溶けた鋼は湖に流し込まれた。この鋼を使って、異世《ことよ》の鍛冶の神ゴヴァンノンが、生まれ変わったユーサーの魂のために新しい剣を鍛えてくれるのだ。煮えたぎる鋼が触れると水は激しく沸騰し、その蒸気が厚い雲のように流れるそばで、冷えた金属のねじくれた形状に王国の未来を読もうと、占師たちが湖面をのぞき込む。かれらは吉兆を見たと報じたが、用心怠りないベドウィン司教は、アーサーを呼び寄せるため南のアーモリカに早駆けの使者を飛ばした。逆に、北のシルリアへはゆっくりと使者を送って、継子の王国にいまこそ正式な後見人が必要になったとギンドライスに伝えさせた。

ユーサーの葬送の火は三日三晩燃えつづけた。ようやく消えようとするときに、それを早めたのが〝西の海〟

から襲ってきた激しい嵐だった。黒雲が空を覆い、雷光が死せる王の国に襲いかかり、車軸の雨が穫り入れ間近の畑一面に川を流す。ウィドリン島の私たちは小屋にうずくまり、屋根を叩く雨音と吠え猛る雷鳴を聞き、わら葺きの屋根から滝のように水が流れ落ちるさまを眺めていた。この嵐のさなか、ベドウィン司教の使者がやって来た。王国の大ドラゴン旗をモードレッドに渡すためである。砦柵《さいさく》内の者がなかなか気づかず、使者は狂人のようにわめき立てていたが、ついにハウェルと私とで門をあけてやった。嵐が去って風がやむと、モードレッドがドゥムノニアの王になったというしるしに、私たちはその旗をマーリンの館の前に立てた。もちろん赤児は「大王」ではない。あらゆる王の上に立つ者として、ほかの王たちから認められた王だけが、「大王」を名乗る名誉を許されるのだ。またモードレッドはペンドラゴンでもない。これは大王にのみ与えられる称号で、その地位を戦って勝ち取ったことを示すものなのだから。そもそも、モードレッドはまだ正式なドゥムノニア王ですらない。カダーン城に連れて行かれて、ドゥムノニア王国の王の石のうえで剣と喝采によって即位を宣言されるまでは、正式な王にはなれないのだ。とはいえ、彼が旗の所有者になったことは間違いなく、だからこそ赤いドラゴンがマーリンの高い館の前でひるがえっているのだった。

旗は正方形の白い亜麻布でできていて、縦横ともに戦士の槍の柄と同じ長さだった。ヤナギの小枝を縁に通して張り広げてあり、黄金のドラゴン像を戴いた長い楡《にれ》の竿に取り付けてある。旗のドラゴンは赤い毛糸で刺繍してあり、雨に打たれたせいでその染料が染みだして、白い亜麻布の下部はピンク色に染まっていた。旗が届いてから数日後、オウェイン率いる百名の近衛兵がやってきた。ドゥムノニアの王モードレッドを守るのが、守護闘士《チャンピオン》たるオウェインの務めなのだ。ノルウェンナとモードレッドを南のドゥルノヴァリアに移したいという、ベドウィン司教の提案をオウェインから聞かされて、ノルウェンナは一も二もなく承知した。異教のにおいのぷんぷんするトールの雰囲気を嫌っていて、息子をキリスト教徒のあいだで育てたいと望んでいたからだ。だがその手はずも整わないうちに、北の国から不穏な知らせが届いた。大王の死を聞きつけたポウイスのゴルヴァジド王が、グウェントを攻めるために槍兵を送りこんだのだ。ポウイス軍はいま、テウドリックの所領深くに侵入して、町を焼き、略奪を働き、人質をとっている。テウドリックに仕えるローマ人司令官アグリコラが反撃に出ているが、なんとこんなときにサクソン人の軍勢まで侵入してきていた。腹黒いサクソン人のこと、明らかにゴルヴァジドと示し合わせているのだ。気がつけば、ドゥムノニアの最も古くからの盟友テウドリック王が、王国の存亡を賭けて戦う破目に陥っていたのだった。ノルウェンナと赤児を護衛して南のドゥルノヴァリアへ行くはずだったオウェインは、テウドリック王の助太刀のため急きょ部下を率いて北へ向かい、再びモードレッド護衛隊の指揮官となったリゲサックは、カダーン城やドゥルノヴァリアよりも、守るに易いウィドリン島の陸橋の奥にいるほうが安全だと言い張ったので、ノルウェンナは不本意ながらもトールに留まっていた。

私たちは息を殺して、シルリアのギンドライスがどちら側に付くのか見守っていた。だが、待つほどもなく答は明らかになった。古い盟友ゴルヴァジドを向こうにまわし、テウドリックに味方して戦うという。ギンドライスはノルウェンナに使者を寄越し、山道を抜けて後方からゴルヴァジドの軍勢を攻撃すると伝えてきた。ポウイス軍を打ち負かしたら、すぐに新妻と王たる息子を守るために南に戻ってくると。

私たちは知らせを待っていた。昼も夜も遠くの山々を眺め、災厄を、敵の接近を知らせる狼煙を待ち受けていた。だが、戦争の不安にもかかわらず、このころは幸福な日々だった。降り注ぐ陽光が嵐に打たれた畑を癒し、穀物を乾かしてくれた。ノルウェンナも、異教のトールから抜け出せずにいたものの、息子が王になってからは以前より落ちついたようだった。赤毛で強情なモードレッドはもともと扱いにくい子供だが、この穏やかな日々には常になく機嫌がよかったようで、母親や乳母のラーラ、ラーラの黒髪の息子と遊ぶ姿も見られた。ラーラの亭主で大工のグラジンは、モードレッドに木彫りの動物を作ってやっていた。アヒルや豚、それに牛や鹿。王は、その玩具で遊ぶのがお気に入りだった。まだ幼くて、それが何をかたどったものかわからなかっただろうが。息子がにこにこしていれば、ノルウェンナも幸せだった。くすぐって笑わせたり、どこか痛くしたといってはあやしたり、とにかくいつ見ても息子をかまっていた。わたしの可愛い王さまとか、可愛い可愛い坊やとか、わたしの大事な宝物などと呼びかける。するとモードレッドは嬉しそうに笑って、ノルウェンナの不幸せな心を温めてくれるのだ。日の光を浴びて裸ではいまわる姿を見れば、内反足《ないはんそく》を起こした左足が、固めたこぶしのように内側にねじれているのがいやでも眼についた。だがそれを除けば、ラーラの乳と母の愛をふんだんに吸って丈夫に育っていた。王は、聖なるイバラの隣に建つ石造りの教会で洗礼を受けた。

戦場から使者が来るようになったが、聞こえてくるのはよい知らせばかりだった。ドゥムノニアの東の国境ではゲライント公がサクソン人の軍勢を打ち破り、いっぽうはるか北ではテウドリックが別のサクソン人の襲撃軍を殲滅していた。グウェントの残りの軍勢を指揮するアグリコラは、ドゥムノニアのオウェインと共同戦線を張り、ゴルヴァジドの侵入軍をポウイスの丘陵地帯に押し返していた。さらにギンドライスの使者もやって来て、ポウイスのゴルヴァジド王が和平を求めていると言い、ノルウェンナの夫の勝利のしるしに、捕らわれたポウイス人の剣を二振り、彼女の足元に放り出してみせた。さらによい知らせがございます、と使者は言って、シルリア王ギンドライス殿は、奥方と大切なご子息をお連れするためいましも南に向かっておられます、と付け加えた。そろそろカダーン城でモードレッドの即位を宣言してもよいころだ、とギンドライスは言っているという。ノルウェンナにとって、これ以上耳に快い言葉はなかっただろう。うれしさのあまり、彼女はずっしりと重い黄金の腕環を使者に与えた。そして、ベドウィンら評議会の長老に夫のその言葉を伝えさせるために、さらに南へ向けて送り出した。「ベドウィンに伝えなさい」彼女は使者に命じた。「穫り入れの前に、モードレッドの即位を宣言します。神がそなたの馬の足を速めてくださるように！」

使者が馬で南へ去ると、ノルウェンナはカダーン城での即位式の用意にとりかかった。聖なるイバラを守る修道士たちに同行の用意を命じ、いっぽうモーガンとニムエにたいしては、式への参列は許さないと頭ごなしに申し渡した。本日ただいまよりドゥムノニアはキリスト教の王国になるのであり、息子の玉座には異教の魔女たちをけっして近づかせない、と彼女は宣言した。ギンドライスの勝利に自信を得たノルウェンナは、ユーサーがけっして許そうとしなかった威権をふるおうという気になったのだった。

即位式から排除するというのだから、あのモーガンやニムエが黙っているはずがないとだれもが思ったものだが、二人ともこの宣言を驚くほど平静に受け止めた。実際、モーガンは黒いマントの下で肩をすくめただけだった。とはいえ、その日の暮れ方には青銅の大釜をマーリンの私室に運び込み、ニムエと二人閉じこもってしまったが。ノルウェンナは、聖なるイバラの修道院長とその女房をトールでの晩餐に招き、あの魔女たちは大釜で悪霊を調合しているのだと言って、広間の全員を笑わせた。キリスト教徒たちは勝ち誇っていた。

私には、かれらの勝利がそれほど確実とは思えなかった。ニムエとモーガンは反目しあっているのに、いまは二人して閉じこもって密談している。よほどの重大問題でもないかぎり、あの二人が和解するはずがない。だが、ノルウェンナはなんの疑念も抱いていなかった。ユーサーの死と夫の勝利が、彼女に輝かしい自由をもたらしつつある。まもなくこのトールをあとにして、キリスト教徒の宮廷で王母として正当な地位を得られるのだ。そこで、息子はキリストそっくりに育ってゆくことだろう。その晩、ノルウェンナは得意の絶頂にいた。マーリンの異教の館の中心に、キリスト教徒の彼女が最高権力者として君臨していたのだから。

　だがそのとき、モーガンとニムエがふたたび姿を現した。

　しんと静まりかえるなか、二人の女はノルウェンナの椅子に歩み寄り、しかるべき敬意を払ってひざまずいた。修道院長は、剛いあごひげを生やした短気な小男で、キリストに帰依する前は皮なめし屋をしており、いまだにかつての商売につきものの獣糞の臭いを染みつかせている。この男が、なんの用かと二人に問いただした。彼の女房は魔除けに十字を切った――念のために唾も吐いてはいたが。

　モーガンは、黄金の仮面の奥から修道士の問いに答えた。珍しくへりくだった口調ながら、ギンドライスの使者は嘘をついていると彼女は言い切った。ニムエと二人で大釜をのぞいたところ、その水鏡に真実が映るのが見えたというのだ。北方には勝利などなく、また敗北もない。しかし、敵は思いがけなくもウィドリン島のすぐそばに迫っている。トールを去って、ドゥムノニアのさらに南へ避難するため、朝日が射しそめると同時に出発できるようみなで用意しなければならない。モーガンは、落ちついた重々しい口調でそう警告した。話し終えると女王に一礼し、ぎこちなく前に屈み込んでノルウェンナの青いローブのすそに接吻をする。

　ノルウェンナはローブをさっと引っ込めた。彼女はこの不吉な予言を黙って聞いていたが、いまになってだしぬけに泣きだし、吹き出す涙とともに怒りの激発に襲われた。「たかが醜い魔女の分際で！」モーガンに向かって金切り声をあげる。「正嫡でもない弟を、王位に即《つ》けようと狙っているのでしょう。そんなことはさせませんよ！いいこと、ぜったいに許しませんからね。わたくしの坊やが王なのよ！」

「奥方さま――」ニムエが言葉をはさもうとしたが、即座にさえぎられた。

「おだまり！」ノルウェンナは今度はニムエに牙を剥いた。「おまえの言うことなど聞く耳もたぬ！　頭のおかしい性悪の悪魔っ子が！　おまえがあの子に呪いをかけたのよ、わたくしが知らないとでも思うの！　お産のときそばにおまえがいたから、あの子は足が曲がってしまったのだわ。ああなんてこと、かわいそうな子！」ノルウェンナは泣き叫んだ。こぶしで食卓を叩きながら、ニムエとモーガンへの憎悪を吐き出している。「もうお行き！二人とも！　出ておゆき！」静まりかえった広間をあとに、ニムエとモーガンは夜闇のなかへ消えていった。

翌朝には、ノルウェンナのほうが正しかったように思えた。北の山々には狼煙の影すら見えない。あの美しかった夏のうちでも、その日はまさしく最も美しい一日だった。穫り入れの近い畑では作物が豊かに実り、山々は暑さに眠たげに霞み、空にはほとんど雲もない。トールのふもとのイバラの茂みでは矢車草と芥子《けし》の花が開き、傷だらけのトールの緑の斜面を、暖かい気流に乗って白い蝶がふわふわと昇ってくる。ノルウェンナは、こんな美しい朝にも気がつかぬげに、訪れた修道士たちと朝の祈りを唱えていた。それがすむと、これからトールを出るとみなに申し渡した。聖なるイバラの聖域に移り、夫が戻ってくるまで巡礼の部屋で過ごすというのだ。「邪悪に囲まれて暮らすのはもうたくさんです」彼女がもったいぶってそう発表したとき、東の壁から衛兵の呼ばわる声が響いた。

「騎馬兵だ！」衛兵は叫んだ。「騎馬兵が来るぞ！」

ノルウェンナは柵に走った。すでにそこには大勢の野次馬が集まって、ふもとを見おろしている。武装した二十名の騎馬兵が、ローマの街道をはずれて、ウィドリン島の緑の山々に通じる陸橋を渡ってくるところだった。モードレッドの護衛隊長リゲサックは、だれが来たのか知っているらしい。東の壁を守る部下たちに、騎馬兵を通せという命令を送っていた。騎手は馬をせかして東の門を駆け抜け、こちらに向かってやってくる。掲げる華やかな旗には狐の赤いしるし。ギンドライスそのひとだった。ノルウェンナの夫が、誇らかに馬を駆って戦場から戻ってきたのだ。新しいキリスト教王国の夜明けの光に、槍の穂先を輝かせて。ノルウェンナは喜びに声を立てて笑った。「ごらん！」彼女はモーガンにふり向いた。「ほらごらん！　大釜は嘘をついたのよ。勝利が見えないだなんて！」

この騒ぎにモードレッドがむずかりだすと、ノルウェンナはほとんど上の空で赤児をラーラに渡すよう命じた。そして、彼女のいちばん上等のマントを持って来させ、黄金の小冠を頭に載せた。こうして女王らしく装うと、彼女はマーリンの館の外へ出て、扉の前で王の到着を待った。

リゲサックがトールの陸の門を開いた。ドルイダンの情けない守備隊はだらしなく列を作り、狂ったペリノアはなにが起きたのか知りたがって、檻のなかでわめきたてている。ニムエはマーリンの私室に走り、私は管財人のハウェルを呼びにいった。王が来たとなれば、ハウェルも出迎えに出たがるだろう。

二十名のシルリアの騎馬兵は、トールのふもとで馬を下りた。戦場から戻ってきたところだから、槍と楯と剣を携えている。ハウェルは大きな剣を腰に帯びて出てきたが、シルリア人の一行にドルイドのタナビアスがいるのを見て眉をひそめた。「ギンドライスは古い信仰を棄てたと聞いたが」ハウェルはつぶやいた。

「それにラドウィスもな！」書記のギドヴァンがげらげら笑って、トールの険しい細道を登りはじめた騎馬兵たちのほうへあごをしゃくってみせた。「見ろよ」ギドヴァンは言った。革の具足に身を固めた兵士たちのなかに、たしかに女が一人交じっている。男のなりをしていたが、長い黒髪を風になびかせていた。剣を佩《は》いてはいたが、楯はもっていない。ギドヴァンは彼女を見てしのび笑いをもらした。「うちの女王さまはとうぶん何もできまいな。あのサタンの娘と競争するので手いっぱいだ」

「サタンってだれ」私が尋ねると、馬鹿な質問で時間をつぶしたというので、ギドヴァンから頭に拳骨をもらった。

ハウェルは眉をひそめ、剣の柄を握りしめていた。シルリア兵が最後の急な階段に近づいてくる。その階段を上り切ると最後の門、寄せ集めのトール守備兵がでたらめの二列縦隊を作って待っている。そのとき、戦士だったころと変わらず鋭い直観によって、ハウェルは危険を察知した。「リゲサック!」彼は怒鳴った。「門を閉じろ! 閉じるんだ! 早く!」

リゲサックは剣を抜いただけだった。ふり向いて、ハウェルの言葉がよく聞こえなかったというように耳の後ろに手を当ててみせる。

「門を閉じろと言ったんだ!」ハウェルはまた怒鳴った。リゲサックの部下の一人が命令に従いかけたが、リゲサックはそれを止めて、指示を求めるようにノルウェンナに顔を向けた。

ノルウェンナはハウェルにしかめ面を向け、彼の命令に不快を示した。「わたくしの夫が着いたのですよ」彼女は言った。「敵ではありません」またリゲサックに視線を戻して、「開けておきなさい」と尊大に命じた。リゲサックは一礼して命令に従った。

ハウェルは悪態をついたが、やがて苦労しいしい塁壁を下り、松葉杖にすがってモーガンの小屋に向かった。いっぽう私は、なにが始まるのかといぶかりながら、大きく開いた門に明るい陽差しが降り注ぐのをただ眺めていた。この夏の空気のどこに、ハウェルは危険の臭いをかぎとったのだろう。私にはさっぱりわからなかった。

開いた門の前にギンドライスが姿を現した。敷居に唾を吐きかけ、十歩ほど先で待っているノルウェンナに笑顔を見せた。ノルウェンナは丸々とした両腕を差しのばして王に挨拶した。その王は、汗まみれで息を切らしている。完全武装のままでトールの急斜面を登ってきたのだから無理もない。革の胸甲、詰め物をした脛当てに長靴、てっぺんに狐の尾のついた鉄兜をかぶり、肩に分厚い真紅のマントをかけている。狐のしるしの楯を左肩に負い、剣を腰に吊るして、右手には重い戦闘用の槍を持っていた。リゲサックはひざまずき、抜き身の剣の柄を王に差し出した。ギンドライスは歩み寄って、革手袋をはめた手でその柄頭に触れた。

ハウェルはモーガンの小屋に姿を消したままだが、その小屋からセビーレが走り出てきた。両腕にモードレッドをしっかり抱いている。セビーレが？　ラーラはどうした？　私は面食らったし、ノルウェンナもそれは同じだったにちがいない。駆け寄ってくるサクソン人の女奴隷の腕には、たしかに小さなモードレッドが抱かれている。豪華な黄金色のローブにくるまれて。しかし、ノルウェンナにはセビーレを問い詰めているひまがなかった。ギンドライスが大股で近づいてきていたからだ。「わが剣をとるがよい、愛しい妃よ！」彼は朗々たる声で言い、ノルウェンナは嬉しそうに微笑んだ。たぶん、まだタナビアスにもラドウィスにも気づいていなかったのだろう。ギンドライスの兵士たちとともに、すでにマーリンの開いた門から入ってきていたのに。

ギンドライスは槍を芝生に突き立て、剣を抜いた。しかし、柄を先にして差し出す代わりに、鋭い切っ先をノルウェンナの顔に向けたのである。どうしてよいかわからず、ノルウェンナはためらいがちに手を伸ばして、そのぎらりと輝く切っ先に触れた。「わが殿、ようこそお戻りなされました」うやうやしくそう言うと、作法どおりにギンドライスの足元にひざまずく。

「剣に接吻せよ。そなたの息子の王国を守る剣だ」ギンドライスが命じると、ノルウェンナはぎこちなく身をかがめて、差し出された鋼の刃に薄い唇を触れようとした。

命令されたとおりに彼女が剣に接吻したとき、その唇が白刃に触れると同時に、ギンドライスはいきなり剣を突き下ろした。笑いながら、彼は花嫁を手にかけた。あごの下から喉に剣を押し込みながら笑っていた。息ができず、苦しさにのたうつ彼女の抵抗を歯牙にもかけず、長剣をその身体に食い込ませてゆき、そのあいだずっと笑いつづけていた。ノルウェンナには悲鳴をあげるひまもなく、いまとなっては悲鳴をあげようにも声が出ない。刃は彼女の喉を切り裂き、さらに心臓にまで切り進んでゆく。ギンドライスはうなりながら、力まかせに白刃を急所に導いていった。重い戦闘用の楯は負い革で吊るしてあったから、革手袋の両手で柄を握って、剣を押し、またこじって切り下ろしてゆく。剣にも血、緑の芝生にも血、死にかけた女王の青いマントにも血。ギンドライスがついに長剣を手荒く引き抜くと、さらにどっと血しぶきが噴き出した。ノルウェンナの身体は、支えを失ってごろりと横ざまに倒れた。しばらく痙攣していたが、すぐに動かなくなった。

セビーレは赤児を取り落とし、悲鳴をあげながら逃げていった。モードレッドが怒って泣きはじめたが、ギンドライスの剣がその泣き声を断ち切った。血に濡れた剣をいちど突き立てただけで、黄金色のマントはたちまち真紅に染まってゆく。あんな小さな身体からあれほど血が出るものだろうか。

なにもかもあっという間のできごとだった。あまりのことに、私の横でギドヴァンが息を呑み、ラドウィス——長い髪をなびかせた長身の美女で、鋭角的な顔だちに黒い瞳が燃えていた——は愛人の勝利に高らかに笑っていた。タナビアスは片目をつぶり、片手を空にあげ、片足で跳びはねている。いずれも、神々との聖なる交流に入っているしるしだった。彼は滅びの呪いをかけ、槍を水平に構えたギンドライスの護衛兵たちが、敷地じゅうに散開してその呪いを現実のものにしようとしている。リゲサックはシルリア兵に加わって、かれらの槍が部下を血祭りにあげるのに手を貸していた。ドゥムノニア兵にも戦おうとする者がいなかったわけではないが、かれらはギンドライスに抵抗するためでなく、敬意を表するために配置されていたのだ。シルリアの槍兵はモードレッドの護衛兵をあっさり片付け、ドルイダンの情けない兵士たちに至っては片付けるまでもないほどだった。

物心ついてから初めて、私は人が槍にかかって死ぬのを見、断末魔の絶叫をあげるのを聞いた。槍の穂先によって異世《ことよ》に送り込まれるときに人が発する絶叫を。

しばし、恐怖のあまり私はどうしてよいかわからなかった。ノルウェンナとモードレッドは死に、トールは阿鼻叫喚に包まれ、館に——マーリンの塔に向かって敵が走ってゆく。塔のそばにモーガンとハウェルの姿が見えた。ハウェルは手に剣をもち、松葉杖にすがって塔に向かう。それを尻目に、モーガンは海の門にむかって逃げていった。女子供や奴隷の集団がそのあとに続く。ギンドライスは、恐慌をきたした群衆は逃げるにまかせるつもりらしい。その群衆の中に、ラーラとセビーレ、それにシルリア兵の魔手を運よく逃れたドルイダンの畸形の守備兵たちの姿もあった。ペリノアは檻のなかで飛び跳ね、裸でげらげら笑っていた。この惨劇が気に入ったのだ。

私は塁壁から飛び下りて館に走った。勇敢だったからではない。ただニムエへの恋情に駆られて、トールを逃げだす前に彼女の無事を確かめたかったのだ。リゲサックの護衛兵は死に、ギンドライスの兵は建ち並ぶ小屋の略奪を始めていた。だれにも見とがめられずに館の扉をくぐり、マーリンの私室へと走る。小さな黒い扉にたどり着く手前で、槍の柄に足をとられた。派手に転んだところで、小さな手に襟首をつかまれ、驚くほどの怪力で引きずられた。連れ込まれた先は、前にも隠れたことのある場所、祝祭用の衣装の入ったかごの陰だった。「助けられるもんか、このバカ」耳元でドルイダンの声がした。「しっ、静かにしろ!」

私が隠れ処に引っ張り込まれるのと入れ違いに、ギンドライスとタナビアスが広間に入ってきた。手も足も出せずに眺めている私の目の前で、王とドルイドと兜を着けた三人の兵士がマーリンの扉に近づいてゆく。これからなにが起きるのかわかってはいたが、それを防ぐすべはない。声をあげられないように、ドルイダンはその小さな手で私の口をしっかり塞いでいた。ドルイダンが広間に走り込んできたのは、ニムエを救うためではなかっただろう。たぶん、残った部下たちと共に逃げる前に、黄金を持てるだけかっさらって行こうと考えたのにちがいない。とはいえ、彼がいたおかげで少なくとも私は命を救われた。しかし、ニムエを救うことはだれにもできはしないのだ。

タナビアスが結界をわきへ蹴とばし、扉を乱暴に押し開いた。ギンドライスが飛び込み、槍兵たちが続く。ニムエの悲鳴。マーリンの私室を守るためになにか細工をしていたのか、それともすでに諦めていたのか、私にはわからない。わかっているのは、彼女が誇りと義務感からここに残って、主人の秘密を守ろうとしていたということだ。そしていま、彼女はその誇りの代償を支払っている。ギンドライスの高笑いが聞こえたが、その後はほとんど何も聞こえなくなった。ただ、シルリア人がマーリンの箱や梱《こり》やかごを引っかきまわす物音がするだけだ。やがてニムエのすすり泣き、ギンドライスの勝ち誇った雄叫びが聞こえたかと思うと、また悲鳴があがった。突然の激しい苦痛に襲われたかのように。「おれの楯に唾を吐きかけるとどうなるか、これでわかったろう」ギンドライスは言い、なすすべもなくすすり泣くニムエの声が続く。

「ばっちり姦《や》られたな」ドルイダンは、舌なめずりせんばかりの声でささやいた。さらにギンドライスの槍兵が現れ、広間を駆け抜けてマーリンの私室に飛び込んでゆく。ドルイダンは編み垣の壁に槍で穴をこじ開けると、この穴をくぐり抜けて山を下りる、尾《つ》いてこいと言った。だが私には、ニムエがまだ生きているのに見捨ててゆくことはできなかった。「やつら、すぐにこのかごを漁りにくるぞ」侏儒《こびと》はそう警告したが、それでも彼と逃げる気にはなれない。「ぼうず、おまえもバカなやつだな」ドルイダンは言い捨てて、穴をするりとくぐり抜けた。手近の陋屋《ろうおく》と鶏小屋のはざま、陰になった空所を目指して一目散に駆けてゆく。

私が助かったのはリゲサックのおかげだった。彼に見つけられたからではない。私の潜んでいるかごを指して、それには祭の衣装が入っているだけだとシルリア兵に教えてくれたのである。「金目のものはみんな奥にある」彼は新たな仲間にそう言った。私が身動きもできずにうずくまっている横で、勝ち誇った兵士たちはマーリンの私室を略奪していた。とはいえ、なにが見つかったものやら。死人の皮、古い骨、新しい護符と古い小妖精《エルフボルト》の石鏃、だが財宝のたぐいはほとんどなかったはずだ。かれらがニムエに何をしたか、それも神のみぞ知るだ。彼女はけっして話そうとしなかったが、聞かなくてもわかっていた。兵士が女を捕らえたら、やることはいつも同じではないか。そしてかれらは、気が済んだあとは彼女をそのまま捨てておいたのだ。血を流し、半狂乱になった彼女を。

そしてまた、かれらはニムエを死なせるつもりでもあった。財宝が詰まっていると聞いてマーリンの私室を荒らしたはいいが、黴臭いがらくたばかりで黄金などろくにないとわかると、広間の炉から燃え木をとってきて、壊れたかごの山に放り込んだのだ。煙が扉から渦を巻いて噴き出してくる。私が隠れているかごの山にも燃え木を放り込み、ギンドライスの兵士たちは広間をあとにした。黄金を持っている者もいたし、銀の安ぴかものを手にした者も何人かいたが、ほとんどの者は空手で逃げていった。最後の一人が出てゆくのを見届けて、私は胴着《ジャーキン》のすそで口を覆い、もうもうたる煙を突いてマーリンの扉に走った。ニムエは扉のすぐ内側に倒れていた。「逃げよう！」私は必死で呼びかけた。一面煙が充満し、積み上げられた箱の山を炎が容赦なく駆け登ってゆく。その上で猫が悲鳴をあげ、コウモリが慌てふためいて翼をばたつかせている。

ニムエは動こうとしない。うつ伏せに横たわり、両手を強く顔に押し当てている。素裸で、脚には血がべっとりとこびりついていた。泣いている。

逃げ道があるかもしれないと思って、私はマーリンの塔に通じる扉に駆け寄った。だが扉を開けてみると、塔の壁には開口部はまったくなかった。意外にも、宝物庫だと言われていたその塔は、実際にはほとんど空っぽだった。むき出しの土の床と、四方の木の壁と、開いた屋根があるだけ。そこは空に開いた部屋だったが、そのがらんとした筒の半ばほどに二本の梁がかけ渡してあって、その上に木製の壇が載せてあるのが見えた。頑丈な梯子が掛かっている。たちまちのうちに、壇は煙にすっぽり包まれてゆく。この塔は夢見の間《ま》、神々のささやきがマーリンの耳に木霊する空しいうろだったのだ。しばしその夢見の壇を見上げているうちに、背後からさらに煙が押し寄せてきて、塔の内部を噴き上がってゆく。私はニムエのもとへ駆け戻り、乱れた寝台から彼女の黒いマントをとると、病んだ獣にするようにその毛織のマントに彼女を包み込んだ。くるんだ彼女の軽い身体ごと、マントの縁をつかんで引きずりながら広間に出ると、はるかに遠い扉に向かう。火は轟音をあげて燃え盛り、飽くことを知らぬ炎が乾燥した木材を嬉々として呑み込んでゆく。目からは涙がこぼれ、煙を吸って胸が痛む。広間の正面出口近くまできてみると、その辺りはどこより激しく煙が噴き上げていた。やむなく、私はドルイダンのあけた壁の穴に向かった。土の床にニムエの体がぶつかる感触を背後に感じつつ、マントを引きずってゆく。恐怖に胸を締めつけられる思いで穴から外をのぞいたが、敵の姿は見えなかった。足で蹴りつけ、ヤナギの編み垣を折り曲げ、分厚い壁塗り材をはぎとってどうにか穴を広げると、相変わらず後ろ手にニムエを引きずりながら這い出した。枝が何本も突き出す穴の縁を通すとき、ニムエは小さく抗議の声をあげた。だが新鮮な空気に生気を取り戻したか、ようやく自分から助かろうとする気配を見せた。とそのとき、彼女の両手が顔からはずれ、あの最後の悲鳴があれほどすさまじかったわけがようやく呑み込めた。ギンドライスは、ニムエの片方の眼をえぐり出していたのだ。いっぱいに血の溜まった眼窩を、ニムエは血まみれの手でさっと覆った。穴から無理に引きずり出したせいで、マントが脱げてしまっている。私はあわてて、破れた編み垣に引っ掛かったマントをとって肩にかけてやり、彼女のあいたほうの手をつかんで手近の小屋に向かって走りだした。

ギンドライスの兵士の一人に見とがめられた。追跡の雄叫びが上がった。ギンドライス自身もニムエに気づき、その魔女は生け捕りにしてもういちど火に投げ入れろとわめいた。とうてい逃げきれないところだったが、先に逃げた者たちがトール南側の砦柵《さいさく》を仕留める狩人たちの声のようだ。とうてい逃げきれないところだったが、先に逃げた者たちがトール南側の砦柵の一部を破っていたのが幸いだった。私はその新しい破れ目を目指して走り、そこでハウェルを見つけた。ハウェルは砦柵の破れ目に倒れて死んでいた。そばに転がる松葉杖、ぱっくりと割られた頭蓋。まだ剣を手にしたままだった。私はその剣をむしり取ると、ニムエを引きずって先に進んだ。砦柵を越えるとそこはトールの急峻な南斜面、その草むした急な斜面を転げ落ち滑り落ちしながら、二人とも悲鳴をあげていた。ニムエはほとんど目が見えず、苦痛のあまり頭は完全におかしくなっていたし、私は恐怖に逆上していた。ハウェルの戦闘用の剣を手から放さずにすんだのは、幸運としか言いようがない。ふもとまで滑り下りると、どうにかニムエを立ち上がらせた。聖泉のそばをよろよろと過ぎ、キリスト教徒の果樹園を抜け、ハンノキの林を通って、とある漁師の小屋のわきへ下りていった。そこへハウェルの沼舟がもやってあるのを知っていたのだ。葦を束ねて作ったその小舟にニムエを放り込み、手に入れたばかりの剣でもやい綱を切ると、木製の桟橋から押し出してゆく。そのときになって、舟ざおがないことに気がついた。この沼沢地には、入り組んだ水路と湖が迷路のように網の目をなしている。舟ざおがなくては、この粗末な舟を操ってその迷路を抜け出ることができない。代わりに剣を使うことにした。ハウェルの剣をさおにして舟を進めるのは難行だったが、ほかにないのだからしかたがない。そこへ、ギンドライスの放った追手が葦の茂る岸にやってきた。しかし、粘りつく泥に足をとられて徒歩では沼を進めないと悟り、一人が私たち目掛けて槍を投げた。

空気を切り裂く鋭い叫びとともに、槍がまっすぐ飛んでくる。私は身動きもできなかった。重いさおが鋼の穂先を輝かせてぐんぐん近づいてくる、そのさまを魅入られたように見つめていた。だが槍は私の横をかすめ、舟にどすんとぶち当たった。はっと我に返ってみれば、槍の穂先が葦の小舟の舷側に食い込み、トネリコの柄が勢いあまって震えている。やにわにその柄をつかんで引き抜くと、私はそれを舟ざおに使って力いっぱい突っ張った。舟は滑るように水路へ出てゆく。これでもう安全だ。ギンドライスの兵士が何人か、水路と平行に走る木の歩道を走って追いかけてきたが、舟はたちまちかれらを引き離した。また、網代舟に飛び乗り、槍を櫂にして漕ぎだした兵士もいたが、網代舟の船足では葦の平底舟にはとうてい追いつけない。たちまちかれらの舟ははるか後方に取り残された。リゲサックが矢を射かけてきたが、私たちはすでに射程を超えていたから、矢は音もなく黒々とした水に消えていった。苛立つ追手の後方、はるかにそびえる緑のトールの頂では、家々を、館を、塔を、貪欲な炎が次々に呑み尽くし、渦巻く黒煙が澄んだ夏の青空高く噴き上がっている。

「二つの傷」ニムエがぽつりと言った。炎のなかから引きずって来たときから、彼女が口を開いたのはこれが初めてだった。

「なんだって?」私はふりむいた。ニムエは舳先《へさき》に縮こまっていた。細い身体に黒いマントを巻きつけ、虚ろな眼窩に手を強く押し当てている。

「ダーヴェル、あたし、賢者の傷を二つ受けたわ」狂気じみた驚嘆の声で言った。「身体への傷と、誇りへの傷。あとは狂気だけよ。あと狂気を経験したら、マーリンと同じぐらい賢くなれるんだわ」ニムエは笑顔を作ろうとしたが、そのヒステリックな声は正気のものとは思えない。もう狂気も経験してるんじゃないのか、そう疑わずにはいられなかった。

「モードレッドは死んだよ」私は教えてやった。「ノルウェンナも、ハウェルも死んだ。トールは燃えてる」私たちの世界が崩れ去ろうとしているのに、ニムエはなぜかこの災禍を気にも留めていないようだった。それどころか、賢者の三つの傷のうち二つを受けたというので、ほとんど浮き浮きしているようにすら見えた。

舟ざおを操って、ヤナギで編んだ筌《うけ》（魚を捕らえるための罠）の列を過ぎ、そこで方向を変えてリッサ湖に入った。沼沢地の南端にある大きな黒い湖である。私が目指していたのはエルミドの館だった。エルミドはこの地方の部族の族長で、木造の建物から成る集落を構えて一族郎党で暮らしているのだ。いまはオウェインとともに北に進軍している。だから館にいないのはわかっていたが、彼の一族の者が手を貸してくれるだろう。それに、ギンドライスの騎馬兵がどんなに急いでも、私たちのほうがずっと早くたどり着けることもわかっていた。騎馬兵は、葦のびっしり生い茂るぬかるんだ湖の岸を迂回しなければならない。トールの東を走る広いローマ人の道、フォス・ウェイの近くまでわざわざ出て、湖の最東端をまわってこなければ、エルミドの館に達することはできないのである。そしてそのころには、私たちはとっくに南に向かったあとだろう。はるか前方、湖に舟が何艘か浮いているのが見えた。たぶんトールから逃げてきた人々だ。ウィドリン島の漁師に助けられて、ここまで避難してきたのだろう。

私はニムエに計画を説明した。まずエルミドの館に行き、そこからさらに南に向かい、夜になるか味方に会うまで逃げよう。「そうね」ニムエはぼんやりと答えたが、私の言葉がひとことでも耳に入っているか怪しいものだった。「ありがとう、ダーヴェル」彼女は付け加えた。「あんたを信用できると思ったのは、やっぱり神々の思し召しだったんだわ」

「信用できるって？」私は苦々しい思いで、湖底の泥に槍を突き立て、舟を前に押しやった。「そりゃあ、おれがおまえに惚れてるからだろ。惚れた相手には逆らえないもんな」

「そうね」ニムエはまた言い、それきり黙ってしまった。やがて、エルミドの砦柵の足元、木々に隠された船着場に葦舟は滑り込んでゆく。その木陰の奥深くさらに舟を押し入れると、トールからの他の避難者たちの姿が見えた。モーガンがセビーレを従えて立っている。ラーラがわが子を無事に腕に抱いて泣くかたわらに、亭主のグラジンの姿も見える。アイルランド娘のルネートが泣きながら水際に駆け寄ってきて、ニムエが舟をおりるのに手を貸した。モーガンにハウェルが死んだことを伝えると、モーガンのほうはマーリンの妻ギエンドロインがシルリア兵に斬り捨てられるのを見たという。ギドヴァンは無事だったが、気の毒なペリノアやドルイダンがどうなったか知る者はいなかった。ノルウェンナの護衛兵は一人も助からなかったが、ドルイダンのみじめな部下はわずかながら生き延びて、エルミドの館というささか頼りない避難所へたどり着いていた。また、ノルウェンナの侍女が三人泣いているほか、怯えたマーリンの拾い児が十人ほど逃げてきている。

「すぐにここを出ないと」私はモーガンに言った。「ニムエに追手が掛かってる」ニムエは、エルミドの召使たちの手で包帯を巻かれ、服を着せられていた。

「追手が掛かっているのはニムエではないよ、愚か者」モーガンはぴしゃりと言った。「モードレッドだよ」

「だって、モードレッドはもう死んでるのに！」私は反論したが、モーガンは答える代わりにふり向いて、ラーラの手から赤児をひったくった。褐色の粗末な布をぐいと引き上げると、ねじれた足が現れた。

モーガンは私に言った。「王が殺されるのを、わたしが黙って見ているとでも思うのかい」

私はラーラとグラジンに目を向けた。わが子を死なせるという陰謀に、いったいどうして加担できるのか。私の無言の問いに答えたのはグラジンだった。「この子は王さまだ」モードレッドを指さしてそっけなく言った。「けど、おれの餓鬼はただの大工の息子だもんな」

モーガンは怒りをこめて、「けれど、ギンドライスはすぐに気がつくだろうよ。あれの殺《あや》めた赤児の足は二本とも正常なのだからね。そうしたら、かき集められるだけの兵士を差し向けて、わたしたちを捜そうとするだろう。南に逃げねば」エルミドの館はとても安全とは言えない。族長とその戦士たちは戦場に出かけており、集落に残っているのは数えるほどの召使と子供たちだけなのだ。

正午少し前に出発し、エルミドの地所の南に広がる緑の森に分け入った。エルミドの郎党の一人である猟師が、先頭に立って細道や秘密の抜け道を案内してゆく。私たちは総勢三十人。ほとんどが女子供で、武器を扱える男はわずかに六人、それも戦で敵を殺したことがあるのはグラジンただ一人だ。ドルイダンの部下が数名生き残っているとはいえ、こんな無能な連中は物の役には立つまいし、私にしても真剣に闘ったことはない。腰に巻いた荒縄にハウェルの抜き身の剣を差し、右手にはシルリア兵の重い戦槍を握りしめて、しんがりを務めてはいたけれども。

私たちはのろのろとオークやハシバミの木々の下を歩いていった。エルミドの館からカダーン城までは徒歩で四時間足らずの距離だが、人目を盗んでまわり道をとっているし、子供を連れているしで、とても四時間では着けないだろう。モーガンはカダーン城を目指すとは言わなかったが、あそこならドゥムノニアの兵士がいそうだから、王家の聖域たるカダーン城が目的地だろうと見当はついていた。しかし、ギンドライスとてそれぐらいのことは予測がつくだろうし、私たちに負けず劣らず向こうも死に物狂いになっているだろう。抜け目のないモーガンは、醜悪なこの世界をよく理解していた。総評議会からこっち、シルリア王はずっとこの戦の計画を練っていたのだろう、と彼女は言った。ユーサーの死を待って、ゴルヴァジドとつるんで攻撃を開始するつもりだったのだと。私たちはみな虚仮《こけ》にされたのだ。ギンドライスのことを味方だと思い込み、シルリアとの国境はまるきり警戒していなかった。それがいま、ギンドライスはほかでもない、ドゥムノニアの玉座そのものを狙っているのだ。だが、玉座を手中に収めるには二十人の騎馬兵だけでは足りない、とモーガンは言った。まずまちがいなく、いましも槍兵軍が急ぎ王のあとを追いかけているはずだ。ドゥムノニアの北岸から延々とのびる、ローマ街道を進軍している最中だろう。シルリア軍はわが国を好き勝手にかきまわしているが、ギンドライスが勝利を確実にものにするにはモードレッドを殺さなければならない。私たちを捕まえられなければ、彼の大胆な企てはなにもかも水泡に帰するのだ。

広大な森が私たちの足音を呑み込む。ときおり鳩が梢の葉むらをかき分けて飛び立ち、キツツキが目と鼻の先で木の幹を叩く。いちど、すぐ近くで下生えを踏みしだく派手な音が響いた。すわシルリアの騎馬兵かと、全員が足を止めて凍りつく。だが、空き地にひょっこり顔を見せたのは、立派な牙を生やした猪だった。私たちをひとめ見ると、おもむろに向きを変えて逃げていった。モードレッドは泣きわめき、ラーラの乳房も受け付けようとしない。怖いのと疲れたのとで泣きだす幼い子供もいる。だが、泣く子はみんな臭いヒキガエルに変えてやるよとモーガンに脅され、てきめんに泣きやんだ。

ニムエは私の前を足を引きずりながら歩いていた。苦しいはずなのに、弱音を吐こうともしない。ときどき声もなく泣いているが、ルネートがなにを言っても慰めることはできないようだった。ルネートはほっそりした黒髪の娘で、ニムエと年齢《とし》が近くで外見は似ていなくもなかったが、ニムエほど賢くもなければ、常人にはない眼力に恵まれてもいなかった。ニムエはせせらぎに水の精の住処を見ることができたが、ルネートなら洗濯にいい場所としか思わないだろう。しばらくするとルネートは後ろに下がってきて、私と並んで歩きだした。「ダーヴェル、あたしたちこれからどうなるの？」

「さあ、どうなるかな」

「マーリンが来てくれたらいいのに」

「来てくれるさ」私は答えた。「ひょっとしたら、アーサーが来るかもしれないし」熱を込めて言ったものの、自分でその言葉を信じてはいなかった。奇跡でも起きないかぎり助かる望みはない。だが、私たちは白昼の悪夢に搦《から》めとられているようだった。二時間ほど歩くと森が切れ、のたくる深い川を渡る破目になったのだ。その川は、花々の咲き乱れる緑の草地をくねくねと流れていた。東に目をやると、はるかな稜線に新たな煙の柱が立ちのぼっている。シルリアの襲撃軍が放った火なのか、それとも混乱に乗じて侵入してきたサクソン人の火なのか、知るすべはなかったが。

そのとき、四分の一マイルほど東で動きがあった。森から鹿が飛びだしてきたのだ。「伏せろ！」猟師の押し殺した声に従って、私たちはみな森の縁の草地に這いつくばった。モードレッドを黙らせるため、ラーラが無理やり乳首をふくませる。仕返しにモードレッドが思い切り噛みつき、血がラーラの腰のあたりにまで流れ落ちたが、どちらも声は立てなかった。まもなく、鹿を驚かせた張本人が木々の端に姿を見せた。騎馬兵だ。同じく東のほうから現れたが、煙の柱よりははるかに近い。丸い楯に描かれた狐面さえ見てとれる。長い槍と角笛を持ち、こちらのほうを長いあいだ見つめていたが、やがてその角笛を吹き鳴らした。生きた心地もしなかった。あの角笛は、騎馬兵がこちらを見つけたという合図ではあるまいか、すぐにシルリアの騎馬兵が駆けつけてくるのではないだろうか。しかし、兵は馬首をめぐらして森のなかへ戻っていった。たぶんあの角笛の鈍い響きは、ここにはだれもいないという意味だったのだろう。はるか彼方でもういちど角笛が響き、それきり静かになった。

どれぐらい待っただろうか。聞こえるのは、川岸の草地を飛びまわる蜂の羽音だけだ。だれもが森の縁に目をこらし、また武装した騎馬兵が現れるのを待ち構えていたが、敵はついに現れなかった。ようやく道案内の猟師が口を開いた。岸辺まで這いおり、川を渡って、向こう岸をまた這いのぼって森に入る、と押し殺した声でささやく。

延々と這い進むのは楽ではなかった。左脚のねじれているモーガンにとってはなおさらだ。それでも、しぶきをあげて川を渡りながら、心ゆくまで水を飲めたのだけはありがたかった。向こう岸の森に入ると、また立ち上がって歩きだす。衣服はびしょ濡れだったが、肩の荷がおりたような気もしていた。ひょっとしたら、敵を出し抜いたのかもしれない。ただ残念ながら、これでなにもかもうまくいくというわけにはいかないが。「あたしたち奴隷にされるかしら」ルネートがまた私に尋ねた。トールの住民には、捕まってドゥムノニアの奴隷市で売られるはずだったのを、運よくマーリンに拾われた者が多い。そしてルネートもそのくちだった。マーリンの庇護を失えば、奴隷市に逆戻りではないかと怯えているのだ。

「そんなことないさ」私は言った。「ギンドライスかサクソン人に捕まったら別だけどな。そうなったらおまえは奴隷にされるだろうけど、おれはたぶん殺されるよ」なんだかすごく男らしいことを言ったような気がした。

ルネートがすがりつくように私の腕に腕をからめてきた。さすがに悪い気はしない。彼女はきれいな娘だったし、これまでは私のことを見下して、ウィドリン島の粗野な漁師の子と好んでつきあっていたのだ。「マーリンに戻ってきてほしいわ。トールを離れたくない」

「あそこにはもう何も残ってないぜ」私は言った。「住むところを新しく見つけなきゃ。それか、戻ってトールを建て直すか。できればだけどな」だがそれも、ドゥムノニアが生き残れればの話だ。あるいはこの呪わしい煙の立ちのぼる午後、もうすでに王国は死にかけているのかもしれない。ユーサーの死がどんな恐怖をもたらすか、どうして私はいままで気づかなかったのだろう。それほどぼんくらだったということか。王国には王が必要なのだ。王のいない王国は王国ではない。ただの空き地だ。いつ征服者の槍が襲ってきても不思議はないのだ。

午後もなかば、さっきより幅のある川に出くわした。深さもかなりあり、歩いて渡ると胸元まで水につかった。向こう岸にあがってから、なんとかハウェルの剣を乾かそうと努める。見事な剣だった。グウェントの名のある鍛冶師が鍛えた剣で、渦巻きと鎖状に連なる円の模様が入っている。鋼鉄の刀身はまっすぐで、私が手を伸ばしたときの喉元から指先に届く長さだった。厚い鉄製の鍔《つば》には、端に簡素な丸い飾りがついている。リンゴの木材で作った柄は、鋲を打って刀心を固定してから細い革ひもを巻きつけ、油を塗って滑らかにしてあった。柄頭は球形になっていて、欠け落ちないように銀線が巻かれている。後に、私はこの銀線をほどいて粗末な腕輪にし、ルネートに贈ったものだ。

川の南岸はやはり広い草地になっており、ここでは去勢牛が何頭か草を食んでいた。のろのろと通り過ぎてゆく私たちに興味を引かれたか、鈍重な足取りで近寄ってくる。たぶん、この牛たちの動きが災いを招き寄せたのだろう。私たちが草地の向こうの森に入って間もなく、背後で荒々しい蹄の音が聞こえてきた。私は列の前方に警告を伝えると、槍と剣を握りしめてふりむき、いま通ってきた道に目をこらした。

ここでは木の枝が低く張り出しているので、騎乗のまま道をたどることはできない。だれにせよ、馬を下りて徒歩で追ってこなければならないはずだ。私たちは広い道を避けて、木々のあいだを細く縫う人目につかない踏み分け道を通ってきた。こんな細い道では、追手も私たちと同じく一列に並んで進むしかないだろう。やはりシルリア軍の斥候か。ギンドライスの小部隊に先立って派遣されてきたのだろうか。この物憂い午後に、川岸の牛が動いたからといって、その原因を調べようとする者がほかにいるだろうか?

グラジンが横にやって来て、私の手から重い槍をとった。遠くの足音に耳を澄まし、納得したようにうなずいた。「二人だけだな」落ちついた声で言う。「馬を捨てて徒歩で来てる。おれが先頭のを片づけるから、おまえは二人めを食い止めておけ。おれの手があくまでな」そのびっくりするほど冷静な声音が、私の恐怖を鎮めてくれた。「いいか、ダーヴェル」彼は付け加えた。「あっちだってびびってるんだぞ」私を木陰に押しやると、彼は小道の反対側にうずくまった。そこには、倒れたブナの木が入り組んだ根っこを地上にさらし、恰好の隠れ処を作っていた。「伏せろ」彼は押し殺した声で私に呼びかけた。「隠れるんだ!」

うずくまったとたん、待っていたかのように恐怖が一度によみがえってきた。手のひらは汗ばみ、右足は引きつり、喉はからからで吐き気がし、はらわたが溶けてゆきそうだ。ハウェルに厳しく仕込まれてはいたが、私を殺そうとする敵に立ち向かったことは一度もない。敵が近づいてくる。足音は聞こえるが、姿は見えない。とっさに、まわれ右をして女たちのあとを追いそうになる。だが、私は踏ん張った。逃げ道はないのだ。子供のころから戦士の武勇伝を聞いてきたが、そこでいつも教わったのは、敵に後ろを見せるのは男ではないということだ。男たるもの、主君のために闘い、敵に立ち向かい、なにがあっても逃げてはならないのだ。いま、私の主君はラーラの乳首を吸っており、私はその主君の敵を迎え撃とうとしている。だが、子供に戻って逃げ出すことができたらどんなにいいか! 敵の槍兵が二人より多かったら? たとえ二人しかいなかったとしても、あちらは百戦錬磨の戦士のはずだ。技にすぐれ、したたかで、人を殺すことなどなんとも思っていないのだ。

「落ちつけ、ぼうず、落ちつけ」グラジンが低声で言った。彼はユーサーに従って戦場に出たことがある。サクソン人と闘い、ポウイス軍との戦争に出征してきたのだ。そしていま、生まれ故郷の真ん中で、土中の根から伸びた絡まりあうひこばえのあいだにしゃがみこんでいる。顔に薄く笑みを浮かべ、たくましい褐色の手に私の長い槍を握って。「こいつはおれの餓鬼の弔い合戦だ」すごむように言った。「神はこっちについてるぞ」

私はイバラの陰にうずくまり、わきはシダの茂みに隠されていた。濡れた服が重くて気持ちが悪い。周囲の木々はびっしりと苔に覆われ、枝には葉が隙間なく生い茂っている。キツツキが近くでけたたましい音をたて、ぎょっとして飛び上がった。私の隠れ処はグラジンのそれよりはましだが、それでも丸見えのような気がする。その感が耐えがたいほど強まったのは、ついに二人の追跡者が姿を見せたときだ。私が隠れている木の葉のカーテンから、たった十歩ほどしか離れていない。

二人とも敏捷そうな若い槍兵で、革の胸甲をつけ、脛当てを紐で締め、長い朽葉色のマントを後ろにはね上げていた。三つ編みのあごひげは長く、黒髪は革紐で後ろに束ねている。どちらも長い槍をもち、後ろの男は腰に剣も吊るしていた。ただ、抜いてはいなかったが。私は息を殺した。

先頭の男が片手を挙げ、二人は立ち止まってしばらく耳を澄ました。やがてまた進みだす。手前の男の顔には、昔の闘いの傷痕が走っていた。開いた口からのぞく黄ばんだ歯列に隙間が見える。途方もなく強そうに思えた。戦いに慣れた、恐ろしい戦士に見えた。だしぬけに、逃げ出したいという強烈な衝動に呑み込まれそうになる。だがそのとき、左の手のひらの傷痕、ニムエにつけられた傷痕がずきずきと痛みだし、その熱を帯びた拍動が勇気をよみがえらせてくれた。

「鹿の声だって」後ろの男がとがめるように言う。二人はいままでは忍び足で歩いていた。慎重に歩を進め、前方の葉むらにちらとでも動きがないかと眼をこらしている。

「いや、赤ん坊の声だ」先頭の男が言い張った。それより二歩ほど遅れて進んでくる二人めの兵士は、怯えた私の眼には先頭の男よりさらに大きく、さらに凄みを帯びて見えた。

「ちくしょう、どこに行きやがった」二人めが言い、その顔を汗が伝い落ちるのが見えた。トネリコの槍の柄をなんども握りなおしている。なんと、この男もびくついているのだ。私は心のうちでベル神の名をくりかえし唱え、勇気を与えてください、おれを男にしてくださいと祈っていた。敵までの距離はもうわずかに六歩、しかもさらに近づいてくる。緑の森に厚く包まれて、生暖かい空気にはそよとの風もない。二人の兵士のにおいが鼻をつく。革のにおい、馬から移った臭い。眼に汗が入り、私は恐怖のあまり声をあげて泣きだしそうだった。そのとき、グラジンが待ち伏せ場所から躍り出た。鬨《とき》の声をあげて敵に突進してゆく。

私もそれに続いた。ふいに恐怖はかき消え、神の与えたもう狂気にも似た戦場の歓喜を、生まれて初めて味わっていた。後になって、それもずいぶん後になってからだが、あの恐怖と歓喜は表裏一体なのだと私は悟った。行動を起こすことで、いっぽうがもういっぽうに変容するだけなのだ。だがあの夏の午後、私は突然の高揚感にとらわれた。神と諸々の天使よ赦したまえ、だがあの日、私は戦闘のうちに在る歓喜を知り、その後長くそれを激しく求めつづけた。渇いた者が水を求めるように。グラジンと同じように喊声《かんせい》をあげながら、私は敵に突っ込んでいった。だが、ただ闇雲《やみくも》に彼についてゆくほど頭に血が上ってはいなかった。わきをすり抜けられるように、細道の右側に寄って走っていたのだ。グラジンが手前のシルリア人に襲いかかった。

兵士はグラジンの槍を自分の槍でかわそうとしたが、トネリコの槍の柄が低く振られるのを予期した大工は、それより高めに槍を突き出していた。槍はあやまたず急所を貫いた。一瞬のできごとだった。ついさっきまで物の具に身を固めた恐るべき敵だったものが、いまはもうあえぎながら身をよじっている。グラジンは重い槍の穂先を革の胸甲に叩き込み、敵の胸の奥深く貫き通した。私はすでに彼の横をすり抜け、絶叫とともにハウェルの剣を振りおろしていた。その瞬間には恐怖はなかった。たぶん死んだハウェルの魂が、異世《ことよ》から戻ってきて乗り移っていたのだろう。急に、どうしたらいいのか手に取るようにわかった。私の鬨の声は勝利の雄叫びに変わっていた。

第二の男には、心臓の鼓動一拍ぶん、死にゆく仲間よりもよけいに身構える時間があった。敵に致命傷を与える勢いをつけるため、彼は突進前にいったん腰を沈めた。そこへ私は飛びかかった。突き出される槍が陽光にふれて鋼の穂先が一閃する、それを身体を開いて剣でかわす。制御を失わないよう、むだな力を入れずに剣を払って敵の得物を右側にそらした。「手首を利かすんだ、ぼうず、それだけでいい」耳元でハウェルの声がする。ハウェルの名を呼びながら猛然と剣を振りおろした。シルリア兵の首の側面に刃ががっきと食い込む。

あっという間もなかった。手首は剣をあやつり、腕は剣に力を与える。そしてその午後、私の腕にはハウェルの怪力が宿っていた。斧が朽ち木に食い込むように、鋼の剣はやすやすとシルリア兵の首に埋まった。だが、私はまだ青かった。すでに敵が死んだとは思わず、剣をねじって引き抜くと、もう一撃を見舞った。だがそのとき、噴き出す血潮に目の前が鮮やかに染まっているのに気がついた。敵は横ざまに倒れようとしている。呼吸ができずにあえぐ喉の音を私は聞いた。もういちど突くつもりか、槍を手元に引き戻そうとする最後のあがきを眺めた。やがて喉の奥から末期の喘ぎが洩れた。新たにどっと鮮血が噴き出し、革の胸甲を流れ落ちる。ついに、彼は腐葉土にどさりとくずおれた。

私は棒立ちになって震えていた。急に泣きたくなった。どうしてよいかわからない。勝利の快感などはなく、ただ罪悪感があるばかりだ。ショックのあまり身動きもできず、死んだ敵の喉首に私の剣がまだ食い込んでいるのを茫然と見つめていた。早くもハエが集まってきている。身体が動かない。

梢の葉むらで鳥が甲高く鳴き、グラジンのがっしりした腕が肩にまわされる。あふれる涙が頰を伝った。「大したもんだ、ダーヴェル」グラジンが言った。私は彼に顔を向けると、子供が父親にしがみつくように抱きついた。「よくやった」彼はそうくりかえした。「よくやったぞ」武骨な手で背中を叩かれているうちに、ようやく涙が引っ込んできた。

「ごめん」という自分の声が聞こえる。

「ごめんだって?」グラジンは笑った。「なにをあやまるんだ。これまで教えたうちじゃおまえが最高だってハウェルはいつも言ってたが、嘘じゃなかったんだな。おまえは速い。さて、戦利品を調べに行こうか」

私は自分が殺した兵士の剣の鞘をとった。ヤナギの枝で補強した革製の鞘で、ハウェルの剣に合わないこともなかった。それから二人の死骸を探って、わずかばかりの戦利品を残らずかき集めた。熟していないリンゴ一個、すり減った古い硬貨一枚、マント二枚、武器、革ひも数本、そして骨製の柄の短刀一本。グラジンは、二頭の馬を連れに引き返すべきか考え込んでいたが、結局そんな時間はないという結論に達した。私はどちらでもよかった。目は涙にかすんでいても、私は生き延びたのだ。人を一人殺して、王を守ったのだ。そう思ったら、気が変になるほどの嬉しさがこみ上げてきた。グラジンの後について怯えた仲間のもとへ戻るときには、勇敢に闘ったしるしに腕を振り上げてみせた。

「二人とも、あんな大声を立てて」モーガンはうなった。「あれでは、たちまちシルリア兵の半分が追いかけてくるじゃないか。さあ、早く! 出発するよ!」

ニムエは私の活躍には興味がなさそうだったが、ルネートは一から十まで聞きたがった。話して聞かせているうちに、敵のことにも戦闘のことにもどんどん尾鰭《おひれ》がついていった。ルネートがいちいち感心してみせるので、ますます話が大きくなる。彼女はまた私の腕に腕をからませてきた。その黒い瞳にちらと目をやって、こんなきれいな娘だったかと驚いた。どうしていままで気がつかなかったのだろう。ニムエと似たくさび形の顔をしているが、ニムエの顔には鋭い知性が満ちているのにたいして、ルネートの顔は柔らかく、心をそそる温かみがある。彼女がそばにいると、新たな自信が湧いてくるようだった。その長い午後を私たちは歩き通し、ついに東に進路を変えて山々を目指して進みはじめた。カダーン城は、その山々の先触れのようにそびえていた。

一時間後、カダーン城に面する森の縁にたどり着いた。もう時刻は遅かったが、真夏のことで太陽はまだ空高くかかっている。その美しくも優しい光をいっぱいに浴びて、カダーン城の西の城壁は緑の輝きを帯びていた。まだ一マイルも離れていたが、それでも城壁の上にめぐらした黄色い柵が見える。だが、その城壁には衛兵が一人も立っていない。それに、城壁内の小さな集落からはひと筋の煙も上っていなかった。

だが、敵の姿も見当たらない。それでモーガンは心を決めた。開けた野を突っ切って、王の城砦に通じる西の道を登るのだ。グラジンは反対し、夜になるまで森で待つか、近くのリンディニスという集落に向かうべきだと主張した。しかしグラジンはただの大工、モーガンは高貴の生まれの貴婦人だ。従わないわけにはいかなかった。

広い牧草地に足を踏みだすと、行く手に自分の影が長々と伸びた。草は鹿や牛に短く食いちぎられていたが、それでも踏むとしっとりと柔らかい。ニムエは相変わらず、苦痛の果ての忘我の境にいるようだ。借り物の靴は脱げてしまって、いまは裸足で歩いている。鷹が一羽、頭上を舞っている。とつぜん現れた人間に驚いて、兎が草陰の穴から飛びだして一目散に逃げていった。

私たちのたどる小道の両側には、矢車草、ひな菊、のぼろ菊、花水木が咲き乱れていた。背後の森は、西に傾く太陽の投げる影に覆われて黒々と見える。身も心もくたくただったが、目的地が見えてきたせいか、浮かれて見える者さえいた。私たちはモードレッドを連れ戻ろうとしているのだ――彼の生誕の地、ドゥムノニアの王の丘に。だが、その輝かしい緑の避難所への道をなかばも進まないうちに、背後に敵が現れた。

ギンドライスの軍勢だった。朝のうちにウィドリン島にやってきた騎馬兵だけでなく、槍兵もそろっている。ギンドライスは、私たちの行き先など先刻承知だったにちがいない。だから、手元に残った騎兵全員と百人を超す槍兵を、ドゥムノニアの王の聖地へあらかじめ配置しておいたのだ。かりに幼王を追跡する破目にならなくても、ギンドライスはやはりカダーン城に来ていただろう。彼が欲しいのはほかでもない、ドゥムノニアの王冠なのだ。そしてカダーン城は、支配者の頭に王冠が授けられる場所なのである。古くから言われているように、カダーン城を制する者はドゥムノニアを制する。そして、ドゥムノニアを制する者はブリタニアを制するのだ。

シルリアの騎馬兵が馬を駆り立て、槍兵に先駆けて迫ってくる。追いつかれるまでものの数分とかかるまい。だれ一人、いちばん足の速い者でさえ、城砦の長い斜面にたどり着けないだろう。騎馬兵はたちまち私たちを取り囲み、白刃をふるい、槍を繰り出すことだろう。私はニムエのそばに行き、細い顔をのぞき込んだ。疲れ、やつれた顔。ひとつ残った眼には涙が溜まり、まわりはあざになっている。「ニムエ、だいじょうぶか?」私は声をかけた。

「だいじょうぶよ、ダーヴェル」彼女はうるさそうに言った。おせっかいを焼くなと言わんばかりだ。

気が変になっているのだ、と私は思った。この悪夢の一日を生き延びた者のうちでも、ニムエは最悪の目に遭ったのだ。そのせいで、私にはついて行くことも理解することもできない場所へ行ってしまったのだろう。「おまえが好きだ」私は言った。優しい言葉で彼女の心を動かそうとしたのだ。

「あたしが？　ルネートの間違いじゃないの」刺々しい声だった。こちらには目もくれず、まっすぐ城砦に顔を向けている。私はふり向き、近づいてくる騎馬兵を見つめた。獲物を隠れ処から追い立てる勢子のように、広く一列に散開している。マントは乗馬の尻に広がり、宙に浮いた長靴のわきで剣の鞘が揺れている。沈みゆく太陽が槍の穂先をまばゆく輝かせ、狐の旗を赤く照らしていた。その旗の下、ギンドライスが馬を駆っている。てっぺんに狐の尾を飾った鉄兜が見える。隣を走っているのは手に剣を構えたラドウィスだ。タナビアスは灰色の馬にまたがり、王のすぐそばで長いローブをはためかせている。やっと一人前の男になったのに、その日のうちに死ぬんだ。そう思うと、いたたまれないほど口惜しかった。

「走れ！」やにわにモーガンが叫んだ。「早く！」恐怖のあまり動転したのだろうと思い、そんな命令には従いたくなかった。逃亡者として後ろから斬り捨てられるより、男らしくその場に留まって死ぬほうが潔いと思ったのだ。だが、モーガンは動転しているのではなかった。カダーン城は無人ではなかったのだ。その門が一斉に開き、あるいは徒歩で、あるいは騎馬で、兵士の群れが道を駆け降りてくる。騎馬兵の格好はギンドライスの騎兵とほとんど同じだが、掲げた楯に見えるのはモードレッドのドラゴンのしるしだ。

私たちは駆けに駆けた。私はニムエの腕をつかんで引きずりながら走った。そこへドゥムノニアのわずかな騎馬兵が猛然と駆け寄ってくる。騎馬兵は十二騎、多くはないが、ギンドライス軍の前進を阻むにはじゅうぶんだ。それに、騎馬兵の背後からはドゥムノニアの槍兵隊が走ってくる。

「槍が五十だ」グラジンが言った。救援の数をかぞえていたらしい。「五十じゃ勝てん」と陰気に付け加える。「だが、なんとか城に逃げ込めるかもしれんな」

ギンドライスも同じように考えたらしく、騎馬兵を率いて大きな弧を描くように進みだした。寄せてくるドゥムノニアの槍兵の背後にまわり込むつもりなのだ。退路を断ってしまえば、敵をひとつ所に集めて皆殺しにできる。七十人だろうが七人だろうが変わりはない。ギンドライス軍は数にまさっているし、城砦から降りてきたドゥムノニア軍は、高所という地の利をみずから捨てたのだ。

ドゥムノニアの騎馬兵は、地響きとともに私たちの横をかすめていった。みずみずしい草地から、馬の蹄が芝土の大きな塊をはねあげる。音に聞こえたアーサーの騎馬兵――甲冑に身を固め、敵陣深く切り込む姿は稲妻のごとしと謳われた――とはちがって、かれらは軽装の斥候だった。ふだんなら戦闘のときは馬を下りるのだ。だがいまは、私たちを守る障壁として、シルリアの槍兵の前に立ちはだかっている。一瞬遅れてわが槍兵隊が駆けつけてきて、楯の壁を作った。その壁が私たち全員に新たな自信を与え、その自信はたちまち慢心に変わった。救援隊を率いる人物は、なんとかのオウェインだったのだ。剛勇無双のオウェイン、守護闘士にしてブリタニア一の豪傑。はるか北のポウイスの山中でグウェントの兵士とともに闘っているとばかり思っていたのに、まさかここカダーン城にいようとは。

だが、冷静に考えてみれば、ギンドライスのほうがやはり有利だ。味方は騎兵が十二騎、槍兵が五十人、そして疲れた避難民が三十人、隠れる場所もない開けた野に寄り集まっている。いっぽうギンドライス方の戦力は、騎馬兵がほぼ二倍、槍兵も二倍なのだ。

日はまだ長い。夕暮れまで二時間、とっぷり暮れるまで四時間はある。殺戮の片をつける時間はじゅうぶんにあった。だがギンドライスは、まず言葉巧みに説得するという作戦をとった。泡立つ汗にまみれた馬にまたがり、威風堂々と進み出てくる。休戦のしるしに楯を上下逆さまに掲げていた。「ドゥムノニアの兵士よ」彼は呼ばわった。「赤児を渡せ、そうすればこちらは兵を引く！」応える者はない。オウェインは味方の楯の壁の中央に隠れており、ギンドライスはだれが指揮官かわからないので、私たち全員に呼びかけていた。「あれは足萎えの子だ！」シルリア王は叫んだ。「神々に呪われた子だ。足萎えの王を戴く国に幸運がつくと思うか？　作物は枯れ、病の子が生まれ、牛が疫病に倒れてもよいのか。サクソン人がこの国の主人になってもかまわないのか。足萎えの王がもたらすのは災いだけだぞ」

やはり応える者はなかった。しかし、ギンドライスの言うとおりではないかと不安を抱く兵士が、わがほうの急ごしらえの戦列にじゅうぶんすぎるほどいたのは間違いないところだ。

シルリア王は兜を脱いで長髪をあらわにし、追い詰められた私たちに笑顔を見せた。「全員、命は助けてやる」彼は約束した。「あの赤児さえこちらに渡せばな」彼は返答を待ったが、やはり声はなかった。「指揮官はだれだ？」とうとうギンドライスが尋ねた。

「おれだ！」ついに、オウェインが兵士の列を分けて、楯の壁の前、指揮官のいるべき位置に進み出た。

「オウェインではないか」ギンドライスはオウェインにうなずきかけた。その目にちらと恐怖がよぎったような気がする。オウェインがドゥムノニアの心臓部に戻っているとは、ギンドライスも知らなかったのだ。それでも、彼は勝利を確信していた。ただ、敵軍にオウェインがいるとなると、最初考えていたほど楽には勝てないと覚悟はしたにちがいない。「オウェイン卿」ギンドライスは、ドゥムノニアのチャンピオンにその正式な称号で呼びかけた。「アイラノンの子、キルウァスの孫よ。御身に神々の恵みあれ！」ギンドライスは太陽にむかって槍の穂先を掲げた。「おまえにも息子があるだろう、オウェイン卿」

「息子のある男なぞ珍しくもない」オウェインは面倒くさそうに答えた。「それがどうした」

「息子を父なし子にしたいのか？」ギンドライスが尋ねる。「わが畑が荒れ野になってもよいのか。わが家に火をかけられたいか。女房が兵士のなぐさみものにされてもよいのか」

オウェインはせせら笑った。「きさまの家来がおれの女房にかなうものか。きさまもだ、ギンドライス。なぐさみものが欲しいなら、そこにちょうどいいあばずれがいるではないか」――と、ラドウィスのほうにあごをしゃくった――「そのあばずれを家来に使わせたくないのなら、雄にあぶれたドゥムノニアの雌羊をシルリアにまわしてやってもよいぞ」オウェインの人を食った挑発に、味方は息を吹き返した。彼の姿は不撓不屈の戦士そのものだった。がっしりした槍、長い剣、鉄張りの楯をもち、いつも兜を嫌って無帽で闘う。筋骨たくましい腕にはドゥムノニアのドラゴンと、彼自身のしるしである長い牙の猪が刺青されている。

「赤児をよこせ」ギンドライスは侮辱を無視した。闘いを前にした戦士のならい、たんなる挑発にすぎないと心得ているからだ。「足萎えの王をこちらに渡せ！」

「きさまのあばずれをよこせ、ギンドライス」オウェインもやり返す。「その女にはきさまじゃ物足りんだろう。女をおれによこせ、そうすれば命ばかりは助けてやるぞ」

ギンドライスは唾を吐いた。「吟唱詩人《バード》がきさまの死を歌に歌うだろうよ、オウェイン。豚の串刺しとな」

オウェインは、巨大な槍の柄を大地にぐさりと突き刺した。「豚はここにおるぞ、シルリア王、ギンドライス・アプ・マイリルよ」と大声を張り上げる。「さあ殺せ。さもなくば、この豚はきさまの死骸に小便を引っかけてくれるぞ。さっさと引っ込め！」

ギンドライスはにっと笑って肩をすくめた。馬首をめぐらして引き返してゆく。ついでに楯をひっくり返して正しい向きに戻し、休戦の終わりを告げた。

私の初陣だった。

ドゥムノニアの騎馬兵は、できるだけ長く女子供を守るため、槍兵の背後で隊形を整えた。残る私たちは肩を並べて戦列を作り、敵が同じことをするのを見守った。シルリア兵の列に裏切り者リゲサックの顔が見える。タナビアスが儀式を始めた。片足で飛び跳ね、片手をあげ、片目をつぶっている。その後ろから、ギンドライスの楯の壁がゆっくりと草地を渡ってくる。タナビアスが魔除けの呪文を唱え終わると、初めてシルリア兵はこちらに罵声を浴びせはじめた。皆殺しにしてやると脅し、何人でも始末してやると大言壮語を吐く。そのくせ、なんとのろのろと進んでくることか。わずか五十歩ほど先まで近づくと、そこからまったく動かなくなった。臆病者、とあざける声がわが方から上がったが、オウェインが怒鳴りつけて黙らせる。

戦列は睨みあいに入った。どちらも動かない。

ずらりと並んだ楯と槍に突っ込んでゆくには、途方もない勇気が要る。戦の前に酒を飲む兵士が多いのはそのためだ。攻撃を仕掛ける勇気が起きず、軍勢が何時間も立ち往生するのを私は見たことがある。経験を積めば積むほどにいっそう勇気が必要になるのだ。若い軍勢は果敢に突っ込んで命を散らす。だが年長の兵士は、敵の楯の壁がどんなに恐ろしいか身に染みているのだ。私は楯をもっていなかったが、両隣の兵士の楯に覆われていた。楯と楯は互いに触れ合い、短い戦列の端から端まで楯がすきまなく連なっている。だから、まともに突撃すればそこに待っているのは革張りの板壁、それも剃刀のように鋭い槍が植わっているのだ。

シルリア兵は、槍の柄で自分の楯を叩きはじめた。そのやかましい音でこちらを浮足立たせようというのだが、たしかにその効果はあった。だれも恐怖を表にあらわしはしなかったが。私たちはぴったりと身を寄せあって攻撃を待っていた。「若いの、最初は陽動攻撃があるからな」隣の兵士が忠告してくれたが、その言葉が終わらないうちに、向こうの戦列で一団のシルリア兵が喊声《かんせい》をあげ、こちらの防衛線の中心に長い槍を力いっぱい投げつけてきた。味方が身をかがめると、長い槍は楯の壁に当たって大きな音を立て、そのとたんシルリアの戦列が一斉に前進しはじめた。しかし、すかさずオウェインが声を張り上げ、戦列を乱すな、こちらも前進せよと命令を発すると、その作戦が図に当たり、おっかなびっくりの敵の攻撃は立ち消えになった。わがほうの兵士たちは、楯に突き立った邪魔な槍をひねって引き抜き、楯の壁をもとどおりに整えた。

「少しずつ後退するぞ！」オウェインが命じた。カダーン城まで半マイル、草地をじりじりと後退しようとしているのだ。シルリア兵が突撃開始の勇気を奮い起こせずにいるうちに、哀れを催す遅々とした退却劇を終えてしまおうというのである。時間稼ぎに、オウェインは戦列の前に大股に歩み出て、一対一の果たし合いに応じよとギンドライスに向かって呼ばわった。「きさまそれでも男か、ギンドライス」われらが守護闘士は叫んだ。「度胸をどこに置き忘れてきた？　酒が足らんのか？　男でないのなら、機織り仕事に戻ったらどうだ。家でおとなしく刺繍でもしておれ！　紡錘《つむ》でもいじっておれ！」

じりじりと、じりじりと戦列は後退してゆく。とそのとき、だしぬけに敵が喊声《かんせい》をあげ、私たちはぎょっとして凍りついた。さっと頭を楯の陰に引っ込めて、飛来する槍をやり過ごす。一本が私の頭上をかすめて飛び、一陣の突風のような音を引いた。だがこれも、こちらを混乱させようという陽動攻撃だった。リゲサックが矢を射かけてくるが、たぶん酔っぱらっているのだろう、矢ははるか頭上を飛んでゆく。オウェインは十本もの槍の的になったが、ほとんどは外れたし、近くに飛んできても槍や楯であっさりかわした。そのたびに、槍を投げた兵士に向かって嘲笑を浴びせる。「だれに槍を習った？　おっかさんか？」敵に唾を吐きかけ、「出てこい、ギンドライス！　おれと戦え！　おまえが本物の王だってことを見せてやれ！　国元の台所じゃ、ネズミと間違われてるぞ！」

シルリア兵は槍の柄で楯を叩き、オウェインの嘲罵をかき消そうとした。オウェインは、恐るるに足らずと言わんばかりに敵に背を向け、ゆうゆうと味方の楯の壁に戻ってきた。「下がれ」低声で命令する。「下がれ」

そのとき、二人のシルリア兵が楯と武器を投げ捨て、身に着けたものを引き裂きはじめた。裸で戦うつもりらしい。私の隣の兵士が唾を吐いた。「面倒なことになるぜ」むずかしい顔をして私に警告する。

裸の男たちはたぶん酔っぱらっているのだろう。あるいは、神々に狂わされて、どんな刃にも傷つくことはないと信じているのかもしれない。そういう兵士たちの話は聞いたことがある。かれらの自殺的な突撃は、往々にして本物の攻撃の先触れなのだ。私は剣を握りしめ、あっぱれな死にざまを誓おうとしたが、実のところは口惜しさに泣けてきそうだった。きょう一人前の男になったばかりなのに、もう死ななければならないとは。異世《ことよ》でユーサーやハウェルに迎えられ、影として長い長い年月を待ちつづけるのだ。私の魂が別の人間の肉体を見つけて、この緑の世界に戻れる日まで。

裸の二人は髪を解き、槍と剣を手にとると、シルリアの戦列の前で踊りはじめた。吠えたけりながら、戦闘の熱狂に没入してゆこうとする。その無我の恍惚境に入れば怖いものはなく、どんな手柄でも立てられそうな気になるのだ。旗印の下、ギンドライスは馬にまたがったまま、二人の男たちに笑みを向けていた。男たちの裸身は、込み入った模様の青い刺青に覆われている。私たちの背後では子供たちが泣き、女たちが神々に呼びかける。裸の男たちは踊りながらしだいに近づいてくる。振りまわす槍と剣が夕陽を浴びて輝く。かれらには楯も、衣服も、具足も必要ない。神々が楯、栄光が報奨なのだ。もしオウェインを倒すことができれば、吟唱詩人が長くかれらの勲功を歌い継ぐだろう。ドゥムノニアのチャンピオンに、二人は左右に分かれて近づいてきた。オウェインは槍をかまえて、かれらの狂気に駆られた攻撃を待った。そしてその攻撃の瞬間は、敵の戦列がいっせいに突っ込んでくる瞬間でもあるのだ。

そのとき、角笛が響いた。

凛として澄みきった響き。こんな音色はこれまで聞いたこともない。あまりにも清らかなその音色、その冷厳なまでの清らかさはこの世のものとも思えなかった。角笛は一度、二度と鳴りわたる。二度めには裸の男たちさえ動きを止め、音のした東のほうへ目を向けた。

そして私も。

目がくらんだ。一日も終わるころになって、明るい朝日がもうひとつ昇ってきたかのようだった。草地を越えて薄暮を切り裂く光に、だれもが目をくらまされて茫然と立ちすくむ。だがそのとき、光はすべるように動きだした。ただの太陽の反射だったのだ。鏡のように磨きあげた楯に、太陽が反射して輝いていたのだ。だが、その楯を持つのはなんという人物だったことだろう。颯爽として巨大な馬に悠然とまたがり、同様の拵《こしら》えの戦士を率いている。輝かしい戦士の群れ、羽根飾りも勇ましく、甲冑に身を固め、神々の夢からこの殺戮の野に生まれ出でた者ども。そしてその羽根飾りの上に翻る旗印を、私は世界中のどんな旗印よりも深く愛するようになるだろう。それは熊の旗印だった。

角笛が三たび響きわたり、だしぬけに私は悟った。助かったのだ。歓喜のあまり私は泣いていた。味方の槍兵はみな、泣き声とも歓声ともつかぬ声をあげていた。馬蹄に大地を揺るがしながら、神々とも見まごう軍勢が私たちを救いに駆けてくる。

アーサーは間に合ったのだ。

第二部　王女の婚礼

イグレインさまはご不満であられる。アーサーの幼年時代の物語をお望みなのだ。石に刺さった剣の話を聞いて、それを書かせたがっておられる。アーサーは霊によって王妃の胎に宿ったとか、アーサーが生まれた夜、空には雷鳴が轟いていたとか。ひょっとしたらイグレインさまの言われるとおり、その夜は不穏な空模様だったのかもしれない。だが、私が話を聞いた者はみな、問題の晩はずっと眠りこけていたという。また石に刺さった剣については、さよう、たしかに剣もあり石もあったが、それがこの物語に出てくるのはずっとあとのことになる。剣の名はカレドヴルフ、「硬き稲妻」という意味だ。もっとも、イグレインさまはエクスカリバーという名前がお気に入りだから、私もそう呼ぶことにしよう。アーサーは、自分の長剣がなんと呼ばれようといっこうに気にしなかった。また子供時代のこともどうでもよかったようで、私は彼の口からその話を聞いたことがない。一度だけ、幼いころのことを尋ねたことがあるが、彼は答えようとせず、「鷲が卵のころを気にするか?」と問い返してきた。そして、生まれて育って戦士になった、アーサーについてはそれだけ知っていればいいのだ、と言ったものだ。

しかし、美しく寛大なわが保護者・イグレインさまのために、乏しい知識ではあるが、私が聞き知ったことを残らず書き留めておこう。グレヴムの総評議会でユーサーは否定したが、アーサーはまちがいなく大王の胤《たね》である。とはいえ、だから強力な後ろ楯が得られるというわけではない。ユーサーは数えきれないほど庶子を儲けていて、雄猫がはらませる子猫の数といい勝負だった。アーサーの母は、わが尊敬してやまぬ女王と同じく、その名をイグレインといった。グウィネズのカイル・ガイの生まれで、グウィネズ王にしてユーサー以前の大王であったキネザ王の娘だという。ただ、イグレインは王女ではなかった。彼女の母はキネザの正室ではなく、ヘニス・ウィレンの族長と結婚しているのだ。アーサーにグウィネズのイグレインについて語らせると、だれよりもすばらしく賢く美しい女性で、少年が夢見る理想の母親だった、としか言おうとしなかった。だがイグレインをよく知るカイによれば、底意地の悪い皮肉のせいで彼女の美貌には険があったという。カイの父はカイル・ガイの族長で、エドナウアインの子エクトール《エクトール・アブ・エドナウアイン》といった。ユーサーの捨てたイグレインと四人の庶子を、家中に迎え入れた人物だ。ユーサーに捨てられたのがアーサーの生まれた年のことだったので、イグレインはそのゆえに息子をけっして許そうとしなかった。アーサーが生まれたのは余計だったといつも言っていて、なぜかはわからないが、アーサーさえ生まれなければユーサーの愛妾としてずっと君臨できたはずだと信じていた。

　イグレインの産んだ子で育ったのは四人いるが、アーサーはその四人めだった。ほかの三人はみな女児である。そしてユーサーは明らかに庶子は娘が好ましいと思っていた。成長したときに相続権を主張する恐れが少ないからだ。カイとアーサーは共に育ち、カイが言うには――もっともアーサーに聞こえるところでは絶対に言わなかったが――彼もアーサーもイグレインを怖がっていたという。アーサーは聞き分けのよい勤勉な子供で、読み書きだろうと剣術だろうと、どんな課業でもいちばんになろうと熱心に努力していたそうだ。だがどんなに努力しても、母親を喜ばせることはできなかった。どんなときもアーサーは母を崇拝し、弁護し、母が熱病で亡くなったときは慰めようもないほど嘆き悲しんだというのに。そのときアーサーは十三歳だった。イグレインの四人の孤児を貧窮のうちに放っておいてよいものかと、保護者のエクトールが訴えたので、ユーサーは四人をカダーン城に引き取ることにした。たぶん、王家どうしの政略結婚ゲームで、三人の娘たちは駒に使えると考えたのだろう。

ケルノウの王子とモーガンとの結婚は火事のために短命に終わったが、モルゴースはロジアンのロト王に、アンナは海を越えてブルターニュのビュディク・アプ・カムラン王に嫁した。あとの二つは重要な縁組ではない。どちらの王の領国も遠く離れていて、いざ戦争が始まってもドゥムノニアに援軍を送ることはできないからだ。とはいえ、どちらの縁組もそれなりに役には立ったのだ。だが男のアーサーにはそんな使い道はないから、ユーサーの宮廷で剣と槍を教わることになった。マーリンと知り合ったのはこのときだ。ただ、アーサーが宮廷で過ごした何カ月かのうちに二人のあいだに何があったのか、どちらも多くを語ろうとはしなかった。その後、ユーサーに重用される見込みはないと絶望して、アーサーは姉のアンナを頼ってブルターニュに渡り、ガリア人による動乱にもまれてすぐれた戦士に成長した。強い兄弟は得がたい親戚とばかり、アンナはアーサーの武勲をつねにユーサーに知らせつづけた。ユーサーがアーサーをブリタニアに呼び戻し、戦列に加わらせたのはそのためである。そしてこのときの戦がもとで、ユーサーの世継ぎの王子は命を落とすのだ。その後の経緯はすでに述べたとおりである。

アーサーの子供時代について私の知っていることはこれですべてだが、イグレインさまはまちがいなく、民間に流布するアーサー伝説でこの話を潤色なさることだろう。女王は羊皮紙を一枚一枚もって行かれ、ブリタニア固有の言葉に翻訳させておられる。翻訳するのはダヴィズ・アプ・グリフィド、サクソン語を解する法廷の書記だが、この男にしてもイグレインさまにしても、私の文章を自分の空想で飾らずにいられるとは思えない。思い切ってブリトン語で書こうかと思うときもあるが、どの聖人にも増して神の覚え愛でたきサンスム司教が、あいかわらず私がなにを書いているのか疑っておられる。中止させようとなさったり、サタンの子らに私の邪魔をするよう命じたりなさる。あるときは羽根ペンが一本も見当たらなくなり、またあるときは角製のインク入れに小便が入っていた。けれども、イグレインさまがいつも元通りにしてくださる。サンスム司教がサクソン語の読み方を勉強し、習得なさらないかぎり、ほんとうにサクソン語の福音書を書いているのかという疑いを確かめるすべはないのだ。

イグレインさまは、もっと書け、早く書けとせかし、アーサーについてほんとうのことを書いてちょうだいとおっしゃる。ところが、城《カイル》の厨房や衣装部屋で聞いたおとぎ話と違っているとご不満なのだ。変身だの猛獣狩りだのといった話をお望みなのだが、この目で見ていないことを書くわけにはいかない。神よ赦したまえ、たしかに少しは変えたところもあるが、どれも些細なことだ。たとえば、カダーン城前の戦いでアーサーに救われたとき、実際にその姿を見るよりずっと早く、私は彼が来ているのを悟っていた。オウェインと彼の部下たちは最初から知っていたのだ——アーサー率いる騎馬兵がブルターニュから到着して、カダーン城の北の森に隠れているということも、そしてもちろん、ギンドライスの軍勢が迫っているということも。トールに火をかけたのはギンドライスにとって失敗だった。あの煙の柱は南部全域に急を告げる狼煙となったからだ。あれを見て駆けつけたオウェイン軍の騎馬の斥候が、真昼ごろからずっとギンドライスの軍勢の動きを見張っていたのである。オウェインは、アグリコラに手を貸してゴルヴァジドの侵入軍を打ち負かした後、アーサーを迎えようというので急ぎ南に引き返してきていた。友情からではなく、王国にライバルの将軍が登場したときにその場にいるためだ。そして私たちにとっては、オウェインが戻っていたことが幸いしたのだった。だがそれだけでは、あの戦いは私が描いたようには進まなかっただろう。アーサーが近くにいると知っていなかったら、オウェインは赤児のモードレッドをいちばん足の速い騎馬兵に託し、いちはやく安全な場所に逃がしていたはずだ。そのために、ほかの者がみなギンドライスの槍に斃れたとしてもである。もちろんありのままに書いてもよかったのだが、お待ちかねのくだりに来るまで聴衆の気をもたせる、吟唱詩人の語り口をまねしてみたのだ。アーサーの到着を最後の最後まで伏せておいたほうが話として面白いと思う。このような脚色は大きな罪ではない。もちろんサンスム司教はお許しにならないだろうが。

ここディンネウラクはまだ冬、凍てつく寒さが骨身にしみる。しかし、ブラザー・アロンが修道士独房で凍死しているのが見つかったあと、ブロフヴァイル王が炉に火を入れるようサンスム司教に命じてくださった。聖人は命令を拒んでおられたが、王が城《カイル》から薪を送ってくださったため、いまでは炉に火が入っている。炉の数は多くはないし、火も盛大に燃えているとは言えないが、それでも文字を綴るのは楽になった。それに近ごろでは、尊き聖サンスムも以前ほどうるさいことをおっしゃらない。修練士が二人、われらが小さな修道院に入ってきたのだ。まだ声変わりもしていないほんの少年だが、いともありがたき救世主の流儀で教育する役目を、司教がみずから買って出られたのである。かれらの不死の魂を心から思いやられて、司教は二人の少年とご自分の寝所を共有するとまで言われた。かれらが来てから、司教は以前よりご機嫌うるわしいようだ。これも神のお恵みであろう、そしてまたありがたいこの火も、老いの身にまだ文字を綴る元気が残っていることも。おかげでこの物語を続けることができる——アーサー、王冠を戴くことのなかった王、神の敵、われらが将軍の物語を。

カダーン城前の戦いについては、退屈なだけだからくわしくは述べない。戦うまでもなく敵は総崩れになったが、捕らえられずにすんだシルリア兵はほんのひと握りだった。裏切り者リゲサックは逃げおおせた者の一人だが、ギンドライスの家来はほとんどが捕まった。敵の死者は二十人ほど、そのなかにはオウェインの戦槍に斃れた二人の裸の戦士もいる。ギンドライス、ラドウィス、タナビアスの三人は生け捕りにされた。私は一人も殺さず、剣の刃にかすり傷さえつけなかった。

だいたい、敵の総崩れのようすもろくに憶えていない。ただただアーサーの姿を眺めていたかったからだ。

アーサーは、牝馬ラムライにまたがっていた。堂々たる青毛の馬で、けづめ毛はふさふさとして、蹄には革ひもで平らな蹄鉄が履かせてある。アーサーの兵はみな同様の大きな馬に乗っていたが、馬の鼻孔は切れ込みが入って大きく広がり、楽に呼吸ができるようにしてあった。また驚くべきことに、槍の突きから保護するため馬の胸元には補強した革製の胸当が掛けてあり、そのためにいっそう恐ろしげに見えた。このやたらに厚い胸当が邪魔で馬は頭を下げられず、戦闘が終わっても草を食むことができない。ラムライに餌を食わせるために、アーサーは馬丁の一人に命じてこの胸当を外させていた。こういう馬には一頭につき馬丁が二人ずつ必要で、一人は馬の胸当と鞍覆と鞍の世話を、もう一人は馬勒をとって馬をひく。また戦士の槍と楯を運ぶため、馬丁とは別にもう一人従僕がついている。アーサーの重い長槍はフロンゴマニアドという名だった。またウィネブグルシヒャーという名の楯は、ヤナギの板に打ち延ばした銀をかぶせたもので、いつもぴかぴかに磨き上げてあった。腰に吊るした短刀はカルヌエンハイといい、名剣エクスカリバーは黄金の紐を斜め十文字に掛けた黒い鞘におさめて吊っていた。

兜についた大きな面頬に隠れて、最初のうち顔は見えなかった。面頬の目の部分には裂け目があり、口の部分には黒々と穴があいている。兜は磨きあげた鉄製で、銀の渦巻き模様で飾られ、白い鵞鳥《がちょう》の羽毛の立物が高々と風になびいていた。その白銀の兜にはどこか殺気が漂い、不気味な髑髏めいて、その奥に顔を隠しているのはさまよえる死者の眷属《けんぞく》ではないかと思わせる。マントも羽根飾りと同じく純白だった。これをきれいに保つためアーサーは神経質なほど気を遣っていたものだ。マントは肩から垂れて、小ざね鎧の長上着を日光から保護していた。

ハウェルから話は聞いていたが、私はそれまで小ざね鎧を見たことがなかった。アーサーの鎧をひとめ見て、同じものが欲しくてたまらなくなった。彼の鎧はローマ製で、親指の爪よりも小さい何百という鉄の小板を、膝まで届く長い革製の上着に縫いつけたものだった。この小板は頂部は四角で、糸を通すために穴が二つあいていて、下部は尖っていた。互いに重ね合わせて縫いつけてあるので、少なくとも鉄板二枚を突き抜けなければ、槍の穂先は頑丈な革にまで達することができないのだ。固い鎧はアーサーが動くたびにちゃらちゃらと鳴ったが、鳴っているのは鉄の小板だけではなかった。首のまわりには黄金の板が並んでいるし、磨きあげた鉄のあちこちに銀の小板も交ぜてあって、鎧全体が輝いて見えるようになっているのだ。鉄が錆びるのを防ぐため、この鎧は毎日何時間もかけて磨かねばならない。また戦闘の後には決まって何枚か失くなるから、また新しい小板を鍛え直さなければならない。こんな鎧を作れる鍛冶師はほとんどおらず、また作らせる資力のある者もごく限られている。アーサーは、アーモリカでフランク人の族長を倒したときに、この鎧を手に入れたのだった。兜、マント、小ざね鎧のほかに、革の長靴、革の籠手《こて》、そして革のベルトを着け、ベルトからはエクスカリバーを吊るしていた。剣をおさめた斜め十字模様の鞘は、これを着けているとけっして傷を受けることがないと言われていた。

彼の登場に目がくらんでいた私には、真白に輝く神が地上に降臨したように見えた。アーサーから目を離すことができなかった。

彼はオウェインを抱擁し、二人の笑い声は私の耳にも届いた。オウェインは見上げるような大男だが、アーサーはそのオウェインと目をまっすぐに合わせることができる。ただ、がっちりした体軀という点ではとても及ばなかった。オウェインは全身これ筋肉の塊でずんぐりしていたが、アーサーは細身のしなやかで強靭な体つきである。オウェインはアーサーの背中を叩き、お返しにアーサーも同じ親愛のしぐさを見せて、二人は互いの肩に腕をまわして歩きだした。その先にいるのは、ララに抱かれたモードレッドだ。

アーサーは王の前にひざまずいた。固く重い甲冑を着けているというのに、驚くほど優雅な身のこなし。篭手をしたままの手で赤児のローブのすそを持ち上げて、蝶番式の面頰を横に払い、そのローブに接吻する。返事の代わりに、モードレッドは泣きわめいて手足をばたつかせた。

アーサーは立ち上がり、両手を広げてモーガンに歩み寄った。アーサーはまだ二十五か六で、モーガンのほうが年上なのだが、彼が抱擁しようとすると黄金の仮面の奥で泣きはじめた。二人は抱き合い、モーガンの仮面がアーサーの兜に触れて軽い音を立てる。彼は姉をしっかり抱きしめ、背中を優しく叩いた。「モーガン」と呼ぶ彼の声を私は聞いた。「姉さん、会いたかったよ」

弟の腕の中で泣く姿を見て、モーガンがどんなに孤独だったか私は初めて気がついた。

アーサーは彼女の手から優しく身を引くと、篭手をした両手で銀灰色の兜を頭から持ち上げた。「土産をもってきた」とモーガンに言う。「少なくともそのつもりなんだがね、ハグウィズが盗んでいなければ。どこにいる、ハグウィズ？」

従僕のハグウィズが前に走り出てきて、白い羽飾りの兜を受け取り、代わりに首飾りを差し出した。黄金の鎖から下がる黄金のソケットに熊の牙を嵌め込んだものだ。アーサーは、それを姉の首にかけてやった。「大事な姉さんに綺麗なものを」と。そしてララのことを熱心に尋ね、彼女の息子が身代わりになったと聞くと、その顔に深い苦悩と憐れみの色が現れた。それを見てララは泣きはじめ、アーサーはとっさに彼女を抱きしめて、小ざね鎧の胸板で危うく幼王を押しつぶしそうになった。次いでグラジンが紹介され、そしてグラジンが私を指して、モードレッドを守るためにシルリア兵を殺したのだと話すと、アーサーはくるりとふり返って私に礼を言ったのだ。

このとき初めて、私は彼の顔をまともに見た。

優しさのあふれる顔。それが第一印象だった。いや、これはイグレインさまが書かせたがっておられることだ。実際には、最初に目に飛び込んできたのは汗だった。夏の日に金属の甲冑を着けているせいで、滝のような汗だったのだ。しかし、汗に驚いた後ではあったが、なんと優しい顔だろうと思ったのは事実だ。アーサーはだれからもひとめで信頼されたものだった。女たちに人気があったのもそのためで、美男子だったからではない。そもそも、際立って美形というわけではなかった。だが、人と相対しているときの彼の目は、相手への混じり気のない関心と、明らかな慈愛の情にあふれていた。意志の強そうな骨張った顔には情熱がみなぎり、大きな頭に黒褐色の髪をしていた。私が初めて会ったときは、革の内張りをした兜のせいで、髪は汗まみれで頭にぴったり張りついていたが。褐色の目、高い鼻、がっちりしたあごはきれいにひげを剃っている。だが、いちばん目につくのはその口だった。びっくりするほど大きく、歯は一本も欠けていない。彼はこの歯を自慢にしていて、毎日塩で磨き、塩が手に入らないときは水だけででも磨いていた。大きくてはっきりした顔だちだったが、私がなにより強い印象を受けたのは、あの優しい眼差しと、その目に宿る悪戯っぽい光だった。アーサーには楽しげな雰囲気があった。その顔はなにか幸福を発散しているようで、人をその光に包み込んでしまうのだ。あのときも、そして後にもよく気づいたことだが、アーサーがいると男も女も元気づけられた。だれもが楽天的になり、笑い声がよく起きる。だが、彼がいなくなると火が消えたようになってしまうのだ。アーサーはとくに機知に富んでいるわけでも、話が巧みなわけでもない。彼はただアーサーなのだ。心根の優しい自信家で、周囲にもその自信を伝染させてゆく。こうと決めたらまっしぐらに突き進む、鋼鉄の意志の持ち主でもある。だが最初のうちは、そんな厳しい一面には気がつかない。アーサー自身、そんなところはないふりをしている。だがどうして、実は大ありなのだ。戦場に残された数々の墓がその何よりの証拠だった。

「グラジンから聞いたが、おまえはサクソン人だそうだな！」彼はからかうように言った。

「殿」と言ったきり言葉が続かず、私はひざまずいた。

アーサーは身をかがめ、私の肩をつかんで立ち上がらせた。力強い手だった。「私は王ではないぞ、ダーヴェル」彼は言った。「おまえがひざまずくことはない。ひざまずくのは私のほうだ。おまえは命を張って王をお救いしたんだからな」と笑顔になった。「礼を言うぞ」この世で自分ほど彼にとって大切な人間はいない――相手にそう思わせる術を彼は体得していた。私はそれにあっさり引っ掛かって、たちまちアーサーへの崇拝の念に我を忘れた。「いくつだ？」彼は尋ねた。

「十五……だと思います」

「それにしては大きいな。二十歳といっても通るぞ」またにっこりして、「だれに剣を習った？」

「ハウェルです」私は言った。「マーリンの管財人の」

「そうか、最高の師匠についてるわけだ！　私もハウェルに教わったんだ。ハウェルは元気か？」それは心からの問いだったが、私には答える言葉も勇気もなかった。

「死んだのよ」代わりにモーガンが答えた。「ギンドライスに切られて」仮面の口もとの穴から、囚われの王に唾を吐きかけた。数歩向こうに引き立てられてきていたのだ。

「ハウェルが死んだって？」アーサーの目はまっすぐこちらを向いている。私はうなずき、まばたきして涙を払っていると、アーサーにいきなり抱きしめられた。「おまえは大したやつだ、ダーヴェル」彼は言った。「王の命を救ってくれたのだ、褒美をとらそう。なにが望みだ?」

「戦士になることです、殿」

アーサーはにっこりして、私から一歩離れた。「おまえは運がよいぞ、ダーヴェル。望みのものになれるんだ。オウェイン卿?」と、刺青のあるがっしりしたチャンピオンにふり向いた。「このサクソンの勇士を使ってもらえないか」

「おう、いいとも」オウェインは快諾した。

「よろしく頼む」アーサーは言ったが、私の落胆を感じ取ったにちがいない。またこちらに向きなおって、私の肩に手を置く。「いっときのことだ、ダーヴェル」彼はささやいた。「私が率いるのは騎馬兵で、槍兵じゃない。オウェインに仕えることだ。戦士という商売を覚えるのに、これ以上の先生はいないぞ」籠手をはめた手で私の肩をぎゅっとつかむと、向きを変えて、ギンドライスについている二人の番兵を手をふって下がらせた。囚われの王の周囲に人々が集まってくる。王は勝者の旗印の下に立っていた。アーサーの騎馬兵もやって来た。鉄の兜をかぶり、鉄をかぶせた革の具足を着け、亜麻布や毛織のマントをはおっている。オウェインの槍兵やトールからの避難者たちに交じって、いまアーサーがギンドライスと対面する草地を取り囲む。

ギンドライスはぐいと背筋を伸ばした。武器はもっていないが、誇りを捨てようとはせず、アーサーが近づいてきてもたじろぐようすもない。

アーサーは無言で歩み寄り、囚われの王から二歩離れて立ち止まった。見守る群衆からは咳の声ひとつしない。ギンドライスに影を投げるのは、白地に黒い熊を掲げたアーサーの旗印だ。奪還されたモードレッドのドラゴンの旗と、オウェインの猪の軍旗にはさまれて翻っている。そしてギンドライスの足元には、彼自身の狐の旗が堕ちていた。勝利した軍勢によって唾を吐きかけられ、小便を浴びせられて。ギンドライスの目の前で、アーサーはエクスカリバーの鞘を払った。鋼の刃は青みを帯び、一点の曇りもなく磨きあげられている。アーサーの小ざね鎧や兜や楯と同じように。

だれもが必殺の一閃を待ち構えていた。だがアーサーは片膝をつき、エクスカリバーの柄をギンドライスに差し出した。「王よ」とうやうやしく呼びかける。ギンドライスの死を予期していた人々は、いっせいに息を呑んだ。ギンドライスは鼓動一拍ぶんほどためらったが、手をのばして剣の柄頭に触れた。なにも言わなかった。驚きのあまり声が出なかったのだろう。

アーサーは立ち上がり、剣を鞘におさめた。「私はわが王を守ると誓ったが、他の王を滅ぼすと誓ったことはない」彼は言った。「ギンドライス・アプ・マイリルよ、あなたの処遇は私が決めることではない。しかし、処遇が決まるまでは捕虜として監禁する」

「だれが決めるのだ?」ギンドライスが追及した。アーサーは口ごもった。そこまで考えていなかったのだろう。わがほうの兵士の多くはギンドライスの死を求めて声をあげ、モーガンはノルウェンナの仇を討つよう弟に迫り、ニムエは復讐のために囚われの王の身柄を求めて狂ったように叫んでいたが、アーサーは首をふった。だいぶ後になって、アーサーは私にその理由を説明してくれた。ギンドライスはポウイス王ゴルヴァジドのいとこだから、彼を殺せばたんなる復讐では終わらず、国の大事になっていただろうと。「私は平和を望んでいたんだ。復讐が平和を生むことはまずない」アーサーは言った。「だが、ギンドライスはあのとき殺しておくべきだったんだろう。もっとも、それでも大した違いはなかっただろうが」だがいまは、場面はカダーン城の外、アーサーの前にいるのは斜めの西陽を浴びたギンドライスだ。アーサーは、決定はドゥムノニアの評議会に委ねる、と言っただけだった。

「ラドウィスは？」ギンドライスは、背の高い女を身ぶりで示した。青ざめた顔に怯えた表情を浮かべて、ギンドライスのすぐ後ろに立っている。「ラドウィスはおれといっしょにいていいのか？」と彼は付け加えた。

「そのあばずれはおれが頂く」非情にもオウェインが口をはさんだ。ラドウィスは首をふり、さらにギンドライスに身を寄せた。

「これはおれの妻だ！」ギンドライスはアーサーに訴えた。かくして、以前から噂されていたとおり、生まれの卑しい愛人と彼が正式に結婚していたことが明らかになった。そしてまた、ノルウェンナとの結婚が偽りだったことも。もっとも、ギンドライスがノルウェンナに加えたそのほかの仕打ちを考えれば、これぐらいは罪のうちにも入るまい。

「妻だろうが知ったことか」オウェインは頑固だった。「その女はおれがもらう」アーサーがためらっているのを見て、「評議会が別に処遇を決定するまではな」と付け加えた。わざとアーサーの真似をして、おのれにまさる権威を引き合いに出したのである。

オウェインの要求にアーサーは困惑したようだが、ドゥムノニアでの彼の立場はまだ固まっていない。モードレッドの後見人にして王国の将軍の一人に指名されてはいるが、それはオウェインも同じだ。私たちはみな、シルリアの総崩れのあと、アーサーがいかに事態を掌握したか目の当たりにした。だが、ラドウィスを自分の奴隷に要求することで、オウェインは彼もまた対等の権威を帯びていることをアーサーに思い出させようとしているのだ。気まずい瞬間だった。しかしアーサーは結局、ドゥムノニアの結束のためラドウィスを犠牲にした。「これはオウェインが決めたことだ」とギンドライスに言うと、顔をそむけた。自分のこのひとことが、愛しあう者どうしに及ぼす結果を見たくなかったのだ。ラドウィスは抗議の悲鳴をあげたが、オウェインの郎党の一人に引きずって行かれるころにはそれもやんだ。

タナビアスはラドウィスの災難を嘲笑った。ドルイドである彼には、なんの危害も加えられない。捕らえられたわけでもなく、自由に立ち去ることが許されているのだ。ただ、食物も祝福も友もなく戦場を去らなければならないが。しかし、この日のできごとを通じて大胆になっていた私は、ひとこともかわさずに彼を去らせる気にはなれなかった。シルリア兵の死骸のころがる草地を走り、彼のあとを追った。「タナビアス！」と背中に声をかける。

ドルイドはふりむき、私が剣を抜くのを見た。「気をつけろよ、小僧」そう言って、月を戴いた杖で警告のしるしを結んだ。

以前なら恐ろしさに震え上がっていただろう。しかし、新たな闘志に満たされていた私は、さらに一歩彼に近づき、もじゃもじゃの白いあごひげに剣を突きつけた。鋼の切っ先が首に触れ、彼は頭をぐっと反らした。髪に結んだ黄色い骨が乾いた音をたてる。皺を刻んだ老いた顔は、褐色にくすんでシミだらけだ。血走った目、歪んだ鼻。「おまえを殺す」私は言った。

彼は笑った。「そしてブリタニアの呪いに付きまとわれるがよい。きさまの魂は異世《ことよ》に入れぬぞ。受くる苦しみは無限無量、このわしがいかようにもその苦しみを長引かせてくれる」私に唾を吐きかけ、ひげから剣を払いのけようとした。だが、私は柄を握る手にさらに力をこめた。私の力に気がついて、彼は急に警戒するような目つきになった。

物見高い野次馬が何人か尾《つ》いてきていた。ドルイドを殺すと恐ろしいたたりがあるぞ、と忠告しようとする者もいたが、私はこの老いぼれを殺すつもりはなかった。ただ脅かしてやりたかっただけだ。「十年ほど前」私は言った。「おまえはマドグの領地に来た」マドグというのは私の母を奴隷にしていた男で、若き日のギンドライスが襲撃したのはこの男の家屋敷だったのだ。

タナビアスは、その襲撃のことを思い出してうなずいた。「そう、そうであった。あれはよい日だった。黄金を山と奪ったものだ」彼は言った。「そして山のような奴隷をな！」

「おまえは死の穴を掘った」私は言った。

「それがどうした」彼は肩をすくめ、私を横目で見た。「幸運を授けられたら、神々に感謝せにゃならん」

私はにやりとして、剣の切っ先で痩せた喉首をくすぐった。「おれは生き延びたんだ、ドルイド、生き延びた」

私がなにを言っているのか、タナビアスはすぐにはわからなかった。だが思い当たったとたん、蒼白になって震えだした。この広いブリタニアでただ一人、私にだけは彼を殺す力があると悟ったのだ。彼は私を神々への生贄に捧げたが、それがたしかに神々に届いたかどうか確認するのを怠った。そのために、彼の命を自由にする力を私は神々に授けられたのだ。剣がいまにも喉首に突き刺さると思って、彼は恐怖の悲鳴をあげた。だが、私はもじゃもじゃのあごひげから剣を引き抜き、嘲笑を浴びせかけてやった。彼はまわれ右をして、よろよろと戦場を逃げてゆく。死に物狂いで逃げていたのに、シルリア兵のわずかな生き残りが逃げ込んだ森のとば口まで来てふり向いた。節くれだった指を私に突きつけ、「きさまのおふくろは生きておるぞ、小僧！」彼は叫んだ。「まだ生きておるぞ！」そう言い捨てて姿を消した。

口をぽかんとあけ、手には剣をぶら下げて、私はその場に突っ立っていた。とくに激しい感情に打たれていたわけではない。母親のことはほとんど憶えていないし、母に愛されたという具体的な思い出などひとつもない。

だが、母が生きていると考えることじたいが私にとっては衝撃だった。その日の朝にマーリンの館が焼け落ちた、それに優るとも劣らぬ衝撃に、見慣れた世界ががらりとその顔を変えてしまった。しかし、やがて私は首をふった。あれだけ多くの奴隷がいて、そのうちのたった一人をどうしてタナビアスが憶えていようか。出まかせに決まっている。こちらを驚かそうとして言っただけ、それだけだ。私は剣を鞘におさめ、のろのろと城砦へ戻っていった。

ギンドライスには監視がつけられ、カダーン城の大広間から離れた一室に監禁された。その夜は一種の祝宴が開かれた。城砦には大勢の人間が集まっていたから、一人ぶんの肉の割当は少なく、料理もありあわせだったが。ブリタニアとブルターニュに分かれた旧友どうしが、互いの近況を知らせあううちに夜は過ぎていった。アーサーの郎党の多くは、もともとドゥムノニアなどブリタニアの王国の出身だったのだ。かれらの名前はもうはっきり思い出せない。アーサーの軍勢には七十名を超す騎馬兵がいたし、そのほかにも馬丁や従僕や女、それに大勢の子供たちがいた。時とともにアーサーに従う戦士の名はなじみ深いものになっていったが、ダゴネット、アグラヴァル、カイ、ランヴァル、そしてバランとバリン、ガウェインとアグラヴェインという二組の兄弟、ブレイス、イルティド、アイジリグ、ベドウィルといった名前は、あの晩には私にとっては無意味だった。モーヴァンスのことは憶えている。それまであんな醜男は見たことがなかったからだ。あまり醜いので、その崩れた目鼻だち、病的に膨れた首、兎唇《みつくち》、歪んだあごを、かえって自慢にしているほどだった。またサグラモールのことも憶えている。彼は黒人だった。私はそんな人間を見たことはおろか、ほんとうに存在すると信じてさえいなかったのだ。ひょろりと痩せて背が高く、むっつりした男だったが、物語をする気にさえなれば、その訛りの強いブリトン語で広間じゅうを魅了する話術を備えていた。

そしてもちろん、アランのことも憶えている。すらりとした黒髪の女性で、アーサーよりいくつか年上だった。細面の顔は憂いを帯びて優しく、深い叡知が感じられた。あの夜、彼女は豪華な美しい衣装をまとっていた。鉄分の多い土で染めたくすんだ赤の亜麻布のローブに、太い銀の鎖を腰に締め、長くゆるやかな袖はカワウソの毛皮で縁取りしてある。長い首にはどっしりした黄金の輝くトークをかけ、手首にはやはり黄金の腕環、胸もとを飾るエナメル細工のブローチにはアーサーの熊のしるしが描かれている。身のこなしは優雅で、ほとんど口は開かず、気づかうような目でアーサーを見守っている。どこかの女王か、少なくとも王女にちがいないと思ったのだが、ふつうの召使と同じように、料理の器や蜂蜜酒《ミード》の壜を運んでいるのが解せなかった。

「アランは奴隷だ、若いの」醜男モーヴァンスが言った。彼は私に向かい合って床に座っていた。そして、かのすらりとした女性の姿を私が目で追っているのに気づいていたのだ。火明かりに照らされた一隅から、ちらつく影に覆われた一隅へと、彼女はかいがいしく動きまわっている。

「だれの？」私は尋ねた。

「だれのだと思う」彼は訊き返し、豚のあばらを口に突っ込んで、残った二本の歯で汁気の多い肉を食いちぎった。「アーサーのさ」と、広間に群れている犬の一匹に骨を投げてやってから答えた。「もちろん、ただの奴隷じゃなくて、愛人でもあるんだが」げっぷをして、角杯から酒をあおった。「アーサーの義兄のビュディク王が、アーサーにくれてやった女なんだ。ずいぶん昔のことさ。アランはアーサーよりだいぶ年上だから、こんなに長くそばに置いておくとはビュディク王は思ってなかっただろう。だが、アーサーはいっぺんだれかを好きになると、その気持ちはずっと変わらないらしい。あれはアランの産んだ双子の息子だ」と、脂に汚れたあごひげを広間の奥へしゃくってみせた。ぶすっとした九つぐらいの少年が二人、料理の器を手に埃にまみれて座っている。

「アーサーの息子？」私は尋ねた。

「ほかにだれがいるよ」モーヴァンスは馬鹿にしたように言った。「アムハルとロホルトっていうんだ。親父は目に入れても痛くない可愛がりようで、下にも置かぬ扱いさ。あんな私生児の餓鬼どもを。おうとも、若いの、あの二人は正真正銘の私生児なのよ。まったく、穀潰《ごくつぶ》しのろくでなしどもさ」彼の声には混じりけのない憎悪がこもっていた。「いいかぼうず、アーサー・アプ・ユーサーはえらいやつだ。あんな強い戦士をおれは見たことがないし、殿様としてもあれぐらい寛大で公正な男はいないね。だがな、子供を育てることにかけちゃ、おれが父親で母親が牝豚だったたって、もっとましだぜ」

私はアランに視線を戻した。「あの二人は結婚してるのかい」

モーヴァンスは笑った。「馬鹿言うな！　それでもこの十年間、アランはアーサーのお気に入りだった。だがな、いつか捨てられる日がくるんだ。アーサーのおっ母さんが捨てられたみたいにな。アーサーはどっかの姫君と結婚するのさ。たぶんその姫君はアランの半分も優しかないだろうが、アーサーみたいな男はそうせにゃならんのよ。ふさわしい結婚をせにゃならんのだ。おれやおまえとちがってな。おれたちは好きな相手を女房にできる。相手が王族だったら別だがよ。そら、始まったぜ！」モーヴァンスはにやりとした。広間の外の夜闇から、女の悲鳴が聞こえてくる。

オウェインの姿は広間から消えていた。どうやらラドウィスが新しい務めを教わっている最中らしい。悲鳴を聞いてアーサーはたじろぎ、アランが優美な顔をあげてアーサーに向かって眉をひそめる。しかし、この広間でラドウィスの苦悶に気がついたのは、ほかにはニムエ一人のようだった。包帯に覆われた顔はやつれて悲しげだったが、悲鳴を聞くと笑みを浮かべた。ギンドライスがあれを聞いて苦しむとわかっているからだ。ニムエには、ギンドライスにたいする憐れみなどひとかけらもなかった。認められはしなかったが、自分の手でギンドライスを殺したいとアーサーにもオウェインにも嘆願していたほどだ。ニムエが生きているかぎり、ギンドライスは心の休まるときがあるまい。

翌日、アーサーは騎馬兵の一団を率いてウィドリン島へ向かい、夕方になってから戻ってきた。マーリンの村は跡形もなく焼け落ちていたという。また騎馬兵に伴われて、狂人ペリノアと怒れるドルイダンもやってきた。ドルイダンは、聖なるイバラの教会の井戸に隠れていたのだ。アーサーはマーリンの館を再建すると発表した。資金もなく、大勢の職人もいないのにどうして再建できるものか見当もつかないが、ともかくグラジンが正式にモードレッド王お抱えの建築師に任命され、トールの住居を再建するために材木の伐採にとりかかるよう命令された。ペリノアは、ちょうど空いていた石造りの倉庫――リンディニスのローマふうのヴィラに付属する建物だった――に監禁された。リンディニスはカダーン城にいちばん近い集落で、アーサーの軍勢に従ってきた女子供や奴隷たちはそこに寝泊まりしていた。アーサーはなにからなにまで取り仕切った。彼はもともと休むことを知らない性質《たち》で、遊んでいるのが嫌いだったが、ギンドライスを捕らえてから最初の数日間は、夜明けから日がとっぷり暮れるまで働きどおしだった。なにより時間を費やしたのは、郎党の生活の面倒を見ることだ。もとからリンディニスに住んでいた人々の暮らしを圧迫しない範囲で、王領の土地を配分し、家族を住まわせるために家々を建て増ししなければならない。リンディニスのヴィラじたいはユーサーのもので、いまではアーサーが自分用として使っていた。彼にとってはどんな仕事もつまらないということはなく、ある朝などは大きな鉛板と格闘しているのを見かけたこともあった。「手を貸してくれ、ダーヴェル！」彼は声をかけてきた。名前を憶えていてくれたのが嬉しくて、私は急いで駆け寄り、その厄介な塊を持ち上げるのを手伝った。「こいつは貴重な代物だぞ！」

彼は元気いっぱいに言った。上半身裸になって、肌を鉛で汚している。この鉛を薄く切って、かつては泉からヴィラ内へ水を運んでいた石の水路の内張りにするのだという。「ローマ人は、故郷へ戻るときに鉛をみんな持っていってしまった」とアーサーは説明した。「あの水道が使えないのはそのせいなんだ。また鉱山を再開せんとな」持ち上げていた鉛の塊を下におろして、額の汗をぬぐう。「鉱山を開いて、橋を再建して、渡り場を舗装して、水路を掘って、サイスを故郷に帰らせる道を見つけて。男子一生の仕事としてはじゅうぶんだ。そう思わないか?」

「思います、殿」私はどぎまぎして答えたが、なぜ将軍ともあろう者が水道の修理などに熱中するのかわからなかった。その日は評議会が開かれることになっていたから、その用意をするだけでもじゅうぶんに忙しいはずなのに。だがアーサーは、国の問題よりもこの鉛のほうに気をとられているようだった。

「鉛は鋸で引くんだろうか、それともナイフで切るのかな。私は知らないんだ」残念そうに言う。「調べてみなくちゃな。グラジンに訊いてみよう。あの男はなんでも知ってるみたいだから。木の幹で柱を建てるとき、上下さかさまにする理由を知ってるか?」

「いいえ、殿」

「湿気が上がってくるのを防ぐためなんだ。湿気があると木が腐ってしまうからな。グラジンに教わったんだがね。こういう勉強はおもしろいな。ためになるし、実用的だ。この手の知識が世界を動かすんだぞ」にやりと笑って、「どうだ、オウェインが好きになったか?」

「よくしてもらってます」私はばつの悪い思いで答えた。実を言うと、私はいまだにオウェインが少々怖かった。いちどもつらく当たられたことはないのだが。

「そうだろう、当然だ」アーサーは言った。「上に立つ者の評判は、優秀な部下がいるかどうかで決まるんだから」

「でも、ほんとは殿にお仕えしたかったです」若気のいたりで、私はつい洩らした。

アーサーはにっこりした。「そのうちな、ダーヴェル。いずれはな。オウェインの下で戦って、試験に合格したらな」彼は何気なくそう言ったが、あのころからすでに将来を予見していたのだろうかと、後に私はいぶかったものだ。やがて私はたしかにオウェインの試験に合格したが、それは並たいていのことではなかった。たぶんアーサーは、私を自分の軍勢に加える前に経験を積ませておきたかったのだろう。鉛の板を持ち上げようと彼はまたかがんだが、すぐに身を起こした。見すぼらしい建物の奥からわめき声が響いてきたからだ。ペリノアだった。監禁されたのが気に入らないのだ。「あの気の毒なペリノアを、死者の島へ送ったほうがいいとオウェインは言うんだが」アーサーは言った。死者の島というのは、凶暴な狂人が幽閉される島のことだ。「おまえはどう思う?」

まさか意見を訊かれるとは思っていなかったから、驚きのあまり最初は返事ができなかったが、やがてどもりどもりこう答えた。ペリノアはマーリンのお気に入りで、マーリンは彼を生者のあいだに置いておきたがった。マーリンの希望は尊重すべきだと思うと。アーサーは真剣に耳を傾けていた。私の助言に感謝しているようにさえ見えた。もちろん、ほんとうは私の意見など聞く必要はなかったのだ。ただ、自信をつけさせてやろうとしていたのだろう。「では、ペリノアはここに置いておくことにしよう」彼は言った。「それじゃ、そっちの端をもってくれ。せえの!」

翌日にはリンディニスはからになった。トール再建の計画があるから、モーガンとニムエはウィドリン島に戻っていった。私の別れの言葉をニムエは無視した。目の傷はまだ生々しく、彼女は恨みに凝り固まっていた。ギンドライスに復讐することのほかは人生に望むものはないというのに、それを拒まれたのだ。アーサーは麾下《きか》の騎馬兵をそっくり率いて北へ向かった。グウェントの北の国境を守るテウドリック軍を加勢するためである。いっぽうオウェインはカダーン城の大広間に居を定めており、私は彼とともに留まることになった。戦士にはなったものの、季節は盛夏で、城砦の塁壁で歩哨に立つより、作物の穫り入れのほうが大事だった。というわけで、私は剣を置き、死んだシルリア兵から受け継いだ兜と楯と革の胸甲も外して、何日もぶっ通しで王の畑に出て過ごした。農奴を手伝って、ライ麦や大麦や小麦を穫り入れるのは重労働だ。短い鎌は頻繁に棒砥石《ぼうといし》でとがねばならない。棒砥石とは、豚の脂に漬けた木の棒に細かい砂をまぶしたもので、この砂で鎌の刃を立てるわけだが、いくらやってもじゅうぶんとげたとは思えなかった。私は元気いっぱいだったが、ずっと腰をかがめて鎌を使っていると、やはり背中が痛み、筋肉が張った。トールに住んでいるころはこんな重労働をしたことはなかったが、いまの私はマーリンの特権的な世界を離れて、オウェインの軍勢の一人になっているのだ。

刈りとった作物の束を畑に山積みにし、ライ麦のわらを荷車に山と積んでカダーン城とリンディニスに運んだ。わら葺き屋根を修繕し、寝床の敷きわらを取り替えるためだ。これで、しばらくはシラミもノミもいない寝床で眠ることができる。まさに至福の日々だが、残念ながらそんな日々は長くは続かない。初めてひげが生えてきたのはこのころだった。そのまばらな金色の産毛を、私はばかに得意がっていたものだ。来る日も来る日も骨の折れる野良仕事に明け暮れていたが、そのうえ私は毎晩二時間ずつ武闘訓練を受けねばならなかった。ハウェルによく仕込まれてはいたものの、オウェインはそれ以上を求めたのだ。「おまえの仕留めたシルリア兵のことだがな」ある晩オウェインは言った。カダーン城の城壁で、マポンという名の戦士を相手に木刀のひと試合をすませて、私は汗だくになっていた。「死んだネズミ一匹にたいしてひと月ぶんの給金って率で賭けてもいいが、剣の刃で切ったんだろう」私は賭には乗らなかったが、確かに斧を使うように剣をふり下ろした、と答えた。オウェインは笑い、手をふってマポンを退がらせた。「ハウェルはいつも決まって、刃で戦うように教えるんだ」オウェインは言った。「こんどアーサーが戦うところを見てるといい。雨の降らないうちに干し草を作ろうと、あわてて大鎌を振りまわしてるみたいだから」オウェインは自分の剣を抜いた。「切っ先を使え、ぼうず」彼は言った。「いつも切っ先を使うんだ。そのほうが早く殺せる」彼は突いてきた。私は必死でかわす。「剣の刃を使うってことは、開けた場所で戦うってことだ。楯の壁が破れたってことだ。楯の壁が破れたら、おまえがどんな剣の使い手だってもう死んだも同然だ。だが、楯の壁ががっちり持ちこたえてるときは、味方と肩を寄せあって立ってる。つまり、剣をふりまわす場所なんかないわけだ。ただ突くしかない」彼がまた突いてくる、私はかわす。「ローマ人が短い剣を使ってたのはなぜだと思う?」と尋ねてきた。

「わかりません」

「短いほうが長い剣より突きやすいんだ。だからさ」彼は答えた。「だからって、おまえたちに剣を変えろというつもりはない。だがな、いいか、突くのを忘れるな。切っ先のほうがいつでも勝つんだ。いつでもな」そう言ってこちらに背を向けたが、だしぬけに向き直ってまた突いてきた。危ういところだったが、私は粗末な木刀でどうにかその剣をかわした。「おまえは速いな」オウェインはにやりとした。「いいことだ。ぼうず、おまえはものになるぞ。しらふでいられればな」剣を鞘に納め、東に目を向ける。サクソン人の侵略のしるし、灰色の煙のしみを探しているのだ。だが、サクソン人のほうもいまは収穫の季節だ。兵士の手を借りたい仕事はいくらでもあって、わが国のはるかな国境地帯を侵略している暇はないのだ。「ぼうず、アーサーをどう思う?」オウェインはふいに尋ねた。

「好きです」私はもごもごと答えた。アーサーにオウェインについて訊かれたときもそうだったが、やはり気まずかった。

オウェインは、もじゃもじゃ髪の大きな頭を私のほうに向けた。その頭は、彼のかつての友ユーサーによく似ている。「人好きのするやつだからな」彼はしぶしぶ言った。「おれも昔からアーサーが好きだった。みんなアーサーが好きだが、あいつを理解してるやつが一人でもいるかどうか。マーリンは別だがな。マーリンは生きてると思うか？」

「生きています」私はきっぱりと答えた。なんの根拠もないのに。

「そうか」オウェインは言った。私がトールから来たというので、ほかの人間にはわからないことを、摩訶不思議な力で知ることができると思い込んでいるのだ。またオウェインの戦士のあいだには、私がドルイドの死の穴から生還したという話も広まっており、そのせいで私は幸運な存在とも不吉な存在とも見られるようになっていた。「おれはマーリンが好きだ」オウェインは続けた。「アーサーにあの剣をくれてやったのは解せんがな」

「カレドヴルフのことですか？」私は、エクスカリバーの本来の名前を使って尋ねた。

「知らなかったのか」私の声に驚きを聞いて、オウェインは意外そうに訊き返した。だが、私が驚くのも当然なのだ。マーリンは、そんな重大な贈り物をしたとはひとことも言っていなかった。アーサーがユーサーの宮廷で過ごした短い期間に、マーリンは彼と知り合っていたから、たまには話題にのぼらせることもあった。だがそんなときはいつも、好意的ではあるが見下したような口調だった。アーサーはやる気はあっても頭の悪い生徒で、こんな手柄をあげるとは予想していなかったと言わんばかりに。だが、あの名高い剣を与えたのだとすれば、マーリンは口で言っていたよりはるかにアーサーを高く買っていたわけである。

「カレドヴルフは」オウェインは説明してくれた。「異世《ことよ》でゴヴァンノンが鍛えた剣でな」ゴヴァンノンというのは鍛冶の神である。「マーリンがアイルランドで見つけてきたんだ」オウェインは続けた。「あっちでは、カダルホルグと呼ばれてた。夢競べでさるドルイドを負かして手に入れたんだ。アイルランドのドルイドが言うには、危地に追い込まれたときカダルホルグを大地に突き刺すと、ゴヴァンノンが異世《ことよ》から助けに来るんだそうだ」そう言って彼は首をふった。不信のしぐさではなく、驚嘆のしぐさだった。「そんな剣をアーサーに贈るとは、マーリンはなにを考えていたのやら」

「なにがいけないんですか？」私は用心深く尋ねた。オウェインの声に嫉妬が感じ取れたからだ。

「アーサーは神々を信じちゃいない。そこがいかんのだ。キリスト教徒が拝んでる、例の腰抜けの神さえ信じとらん。おれにわかるかぎり、アーサーが信じてるのはでかい馬だけだ。あんなものが何の役に立つ」

「迫力があります」アーサーに忠義立てしたくなって、私は言った。

「おお、そりゃあ迫力はあるさ」オウェインは認めた。「だがな、そんなものは見慣れりゃ終いだ。でかい馬は足が遅い。おまけに普通の馬より二倍から三倍の餌を食う。馬丁を二人つけなきゃならんし、あの不格好な靴を履かしてやらんと、温めたバターみたいに蹄が割れちまう。そのくせ、やっぱり楯の壁を突破することはできんのだ」

「できないんですか？」

「馬にできるもんか！」吐いて棄てるように言う。「足を踏ん張って守りを固めててみろ、揺らぎもしない槍の列に突っ込んでこられる馬がどこにいる。馬なんざ戦のときは役に立たんのだ。斥候《せっこう》をあっちこっち遠くに派遣するには便利だがな」

「でも、なぜ――」私は言いかけた。

「それはだ」オウェインは私の質問に先回りして答えた。「戦で肝心なのは、敵の楯の壁を破ることだからだ。それ以外は屁みたいなもんだ。いまはまだ、アーサーの馬を見れば戦列の兵士は浮足立つだろうが、いずれまともに立ち向かおうって敵が出てくる。そうなったら、あの馬はもう終わりよ。アーサーだってそうだ。あの馬肉の塊からたたき落とされて、小ざね鎧を着て地上で戦う破目になったらな。戦士に必要な金物は、剣と槍の先の鉄塊だけだ。そのほかは無駄な重みにすぎん。ただの足手まといだ」彼は城砦の庭を見下ろした。ギンドライスの牢を囲む柵に、ラドウィスがしがみついている。「アーサーはこっちじゃ長くはもたん」オウェインは自信たっぷりに言った。「いっぺん負けたら、すぐにアーモリカに逃げ帰るさ。でかい馬と小ざね鎧と魔法の剣に恐れ入る連中のところへな」彼は唾を吐いた。オウェインはアーサーが好きだと言ったが、嫉妬などという言葉では表せないほど複雑な感情がそこに潜んでいるのを私は感じた。オウェインは倒すべき相手がいることを知っているが、時節の到来を待っているのだろう。それはたぶんアーサーも同じなのだ。私はどちらも好きだったから、二人の互いへの敵愾心に胸が痛んだ。オウェインは、ラドウィスの悲嘆を見てにやりとした。「あいつはあばずれだが、浮気者じゃない。それは認めてやらにゃなるまい」大男は言い、「だが、そのうち手なずけるさ。あれはおまえの女か？」とあごをしゃくった。そちらを見ると、ルネートが革の水袋を戦士の小屋へ運ぼうとしている。

「そうです」私は言い、そう言ったことで顔を赤くした。生えたてのひげと同じく、ルネートは私が一人前の男になったしるしだったが、私はどちらの扱いも不器用だった。ルネートは、ニムエといっしょにウィドリン島の焼け跡に戻ろうとせず、私といっしょに留まるほうを選んだ。これは実際にはルネートがひとりで決めたことで、この関係にまつわるあれこれに私はいまだに居心地の悪いものを感じていた。ただルネートのほうは、こうするのが当たり前のほうにふるまっている。彼女は小屋のひとすみを占領し、きれいに掃き清め、ヤナギの編み垣で目隠しをして、自信たっぷりに私たち二人の未来を語るようになった。ルネートはニムエといっしょにウィドリン島に戻りたがるだろうと私は思っていたのだが、強姦されてからニムエは無口になり、殻に閉じこもりがちになってしまった。というより、実際には他人にたいして冷淡になって、口を開くのは相手を黙らせるためだけになっていたのだ。モーガンがニムエの目の手当てをしており、モーガンの仮面を作ったのと同じ鍛冶師が、失った眼球の代わりに黄金の球を作ろうと申し出ている。ほかの者と同じくルネートも、不機嫌でとげとげしい最近のニムエをいささか怖がっていたのだ。

「べっぴんだな」オウェインはしぶしぶ褒めた。「だがな、女が兵士と暮らす理由はひとつしかない。金持ちになりたいからだ。女房を喜ばしてやれ。でないとうちのなかは悲惨なことになる」オウェインは上着のポケットを探って、小さな黄金の環を取り出した。「女房にやっとけ」彼は言った。

私はどもりながら礼を言った。軍勢の指揮官が郎党に贈り物をするのは当たり前だが、それにしてもこれはずいぶん気前のよい贈り物だ。私はまだオウェインの下で戦ったことはないのだから。ルネートは喜び、私が剣の柄頭からほどいた銀線とともに、この環は彼女の宝物の第一号となった。そのすり減った表面に、ルネートは十字のしるしを刻んだ。キリスト教徒だからではない。十字の入った環は相愛の環であり、娘から女になったしるしなのだ。男にもこの相愛の環を着けている者がいるが、私が喉から手が出るほど欲しいのは、飾り気のない鉄の環――倒した敵の槍の穂先から打ち出して作る環だった。オウェインはそういう環を何十もひげに結んでいるし、指にもびっしりはめている。ただ、前から気づいていたのだが、アーサーはひとつも着けていなかった。

私たちに割り当てられたカダーン城周囲の畑で穫り入れがすむと、こんどは年貢を集めにドゥムノニアじゅうをまわる番だった。小王や豪族を訪ねるのだが、どこへ行くにもモードレッドの金庫の書記がついてきて、歳入を符木に記録していた。いまではモードレッドが国王で、年貢を呑み込むのはもうユーサーの金庫ではないのだ。そう思うと奇妙な気がする。だが、王が赤児であろうとなかろうと、アーサーの軍勢や、ドゥムノニアの国境を守る兵士たちに給金を払わねばならないことに変わりはない。グライント公の国境の要塞を守る常設守備隊の増援のため、オウェインは郎党の一部をドゥロコブリヴィスに派遣したが、残りの私たちはしばらく収税吏を演じることになった。

戦好きで知られるオウェインが、ドゥロコブリヴィスにも行かず、グウェントにも戻らず、年貢の取立という無味乾燥な仕事を続けていることに私は驚いていた。いやしい仕事に思えたのだ。まだひげもまばらな青二才には、オウェインの考えがわからなかったということである。

オウェインにすれば、サクソン人などより年貢のほうが重要なのだ。当時の私にはわかっていなかったのだが、労働を嫌う人間には、年貢はまたとない富の源泉なのである。ユーサーが死んだいま、この年貢の季節はオウェインにとって好機だった。どこの館でも彼は不作を報告し、したがって年貢も少なめに徴収する。そのいっぽうで、虚偽の報告の見返りに賄賂を受け取って自分のふところを温めているのだ。オウェインはあっけらかんとしたものだった。「ユーサーの目はぜったいに誤魔化せなかったな」ある日、彼はそう話してくれた。ローマ人の建てたイスカの町に向かって、南の海岸沿いに歩いているときのことだ。「ユーサーは抜け目のない古狸で、自分の取り分についちゃいつも目ざとかったもんさ。だが、モードレッドになにがわかる?」彼は左手に目をやった。そのとき、私たちは高い丘を登りきって、頂上の広々とした裸の荒野を突っ切っているところだった。南を見れば、きらめく海には舟の影すら見えず、灰色のうねりのあちこちに強風が白い波を作っている。そのはるか東、長く伸びる砂利浜が尽きるところに、巨大な岬が突き出していた。打ち寄せる波が泡と砕け散っている。石と砂利の細い地峡で本土とつながっているだけで、島と言ってよいほどだった。「あれが何か知ってるか」オウェインはその岬にあごをしゃくった。

「いいえ、殿」

「死者の島だ」彼は言って、魔除けに唾を吐いた。私は足を止め、その不気味な土地を見つめた。あれがドゥムノニアの悪夢の座、狂人の島。ペリノアが、そして正気を失った狂暴な者すべてが行くべき場所だ。番兵の見張る地峡を渡った者は、その瞬間に死んだものと見なされる。この島は、足の不自由な闇の神クロムドーの支配下にある。異世《ことよ》の入口クルアハンの洞窟は、この島の向こう端にあるのだという者もいた。恐怖のあまり島から目が離せずにいると、オウェインに肩を叩かれた。「ぼうず、おまえは死者の島のことなんぞ心配せんでいい」彼は言った。「おまえの首の上には、珍しくちゃんと頭が乗ってるからな」そう言うと、彼は西に向かってまた歩きはじめた。「今夜はどこに泊まるんだ?」と、ルウェルウィンに声をかける。ルウェルウィンは金庫の書記で、彼が手綱を引く騾馬《らば》の背には、嘘で固めた今年の年貢報告が積んであった。

「イスカのカドウィ公のお館です」

「ああ、カドウィか! おれはあの不細工なごろつきが好きでな。去年はなにを納めてる?」

符木に記録した刻み目を見るまでもなく、獣皮、羊毛、奴隷、錫の鋳塊、干し魚、塩、穀物粉の数量をルウェルウィンはすらすらと暗唱して、「ただ、ほとんどは黄金で支払っております」と付け加えた。

「ますます気に入った!」オウェインは言った。「ルウェルウィン、今年あいつはいくらぐらいで手を打つと思う?」

ルウェルウィンは、先年カドウィが納めた数量の半分と見積もった。そして、カドウィ公の館で夕餉の前に合意された数量は、まさしくその見積もりとぴったり同じだった。公の館はローマ人の建てた壮麗な建物で、柱の並ぶ柱廊玄関からは、木々に縁取られた細長い谷間の向こうにエクス川の河口が見渡せた。カドウィは、わが国の名前の由来になったドゥムノニ族の君主だが、わが王国の階級でいえば、カドウィの「公」という地位は第二階級にあたる。第一階級を占めるのは王で、ゲライントやカドウィなどの公、ベルガエのメルウァスなどの小王がそれに次ぐ第二階級、マーリンなどの族長はその下の第三階級になる。ただ、アヴァロンのマーリンはドルイドでもあるので、この階級とはまったく別の独自の地位を占めている。カドウィは公であると同時に族長でもあり、イスカからケルノウとの国境まで、広大な土地に散り散りに住む部族を支配している。かつてはブリタニアの全部族がそれぞれ独立していて、カトゥヴェラニ族の者とベルガエ族の者はひとめで見分けがついた時代もあった。しかし、ローマ人の支配の間にどの部族も似たり寄ったりになってしまい、いまも独特の風俗を保っているのは少数の部族だけだ。そしてカドウィの部族はその少数派のひとつだった。自分たちはほかのブリトン人よりすぐれていると信じていて、その優越性を示すために、部族と氏族のしるしを顔に刺青しているのだ。谷ごとに異なる氏族が住み、たいていの氏族はせいぜい十家族ほどから成っている。氏族間の対抗意識は激しいが、カドウィ公の部族と他のブリトン人との対抗意識にくらべれば物の数ではない。この部族の都はイスカ、ローマ人の建てた町だ。グレヴムと同じように見事な城壁と石造りの建物がある。ただカドウィは、町の外にある自分の地所で暮らすほうを好んでいた。町では、人々はほとんどがローマふうに染まって刺青を嫌うようになっている。しかし城壁を一歩外へ出れば、厳しいローマ支配の及ぶことがなかったカドウィの領国の谷間では、男はもちろん女子供までみな頬に青い刺青を入れている。ここはまた豊かな地方でもあるが、カドウィ公はそれで満足する気はないようだった。

「ちかごろ荒野《ムーア》に行ったことは？」その夜、彼はオウェインに尋ねた。暖かく気持ちのよい夜で、カドウィの地所に面する広々としたポルチコで夕餉がふるまわれていた。

「いや、いっぺんも」オウェインが答える。

カドウィはうなった。私は彼をユーサーの総評議会の席で見かけてはいたが、間近に見るのはこれが初めてだった。これが、ケルノウの侵略から、そしてさらに遠方のアイルランドの侵略から、ドゥムノニアを守るという役目を果たしている人物なのだ。禿頭で中年のカドウィ公は、背は低いががっしりした体格で、両頬、両腕、両脚に部族のしるしを彫っていた。服装はブリタニアふうだが、敷石の床と列柱と人工の水路のあるこのローマふうのヴィラが気に入っているようだ。谷の川から引いた水は、石造りの溝を通って中央の中庭を突っ切り、ポルチコの前で小さな洗足池をなし、大理石の堰《せき》からあふれて、谷を流れ下る川へ還ってゆく。カドウィは見るからによい生活をしていた。実りは豊かで、羊や牛は肥え太り、数多くの愛妾たちは満足している。サクソン人の脅威も、ここでは遠い地方の風聞にすぎない。それなのに、カドウィはまだ飽き足らないのだった。「荒野には富がころがっている」彼はオウェインに言った。「錫だ」

「錫？」オウェインはつまらなそうに言った。

カドウィは真面目な顔でうなずいた。彼はだいぶ酔っていたが、料理が出された低いテーブルの周囲では、ほとんどの者たちが出来上がっていた。かれらはみな兵士、カドウィの郎党かオウェインの部下だ。だが若造の私は、オウェインの寝椅子の後ろに楯持ちとして控えていなければならないのだった。「そう、錫だ」カドウィはまた言った。「黄金もあるかもしれん。だが、ともかく錫はどっさりある」二人の会話を聞いている者はいなかった。食事はあらかた終わっていたし、カドウィが兵士たちに奴隷女をあてがっていたから、主君二人のことなどだれも見ていなかった。例外は私、そしてカドウィの楯持ちだけだが、向こうの楯持ちの若造は眠そうだった。口をぽかんと開け、とろんとした目で奴隷女たちのおふざけを眺めている。私はオウェインとカドウィの話に耳を傾けていたが、身じろぎもせずに突っ立ったままだったから、二人はたぶん私がそこに立っていることすら忘れていただろう。「あんたは錫など欲しくはあるまいが」カドウィはオウェインに言った。「欲しいという者はいくらでもおるのよ。これがなくては青銅は作れんから、アーモリカでは錫にはけっこうな値がつく。内陸はいわずもがなだ」ドゥムノニアの他の地方のほうへ、押し退けようとするかのように拳をぐいと突き出した。とたんに大きくげっぷを洩らし、それに自分でびっくりしたようだ。上等のワインをあおって腹を落ちつかせると、なにを話していたのか思い出せないというように眉をひそめる。「錫だ」ようやく思い出して言った。

「その錫がどうかしたのかね」オウェインは言ったが、その目は部下の一人に向けられていた。奴隷女を裸にむいて、その腹にバターを塗っている。

「私のではないんだ」カドウィは押しつけるように言う。

「しかし、誰のものでもないってことはあるまい」オウェインは言った。「ルウェルウィンに訊いてみてもいいが。こと金銭や所有に関しては、あいつは大した目利きだから」オウェインの兵士が奴隷女の腹をぴしゃりと叩き、低いテーブル一面にバターをはね散らかした。どっと笑い声があがる。女は文句を言っていたが、兵士は黙れと言って、さらにバターと豚の脂をとって女の全身に塗りつけはじめた。

「実を言うとだ」カドウィは、裸の女に向いているオウェインの注意をこちらに引き戻すため、熱弁をふるいだした。「ローマ人の開いた古い鉱山で働かせるために、ユーサーがケルノウの職人集団を呼び入れたのだ。こちらにはそんな技術をもった職人がおらんからな。やつらは地代を王の金庫に納めることになっておる。よいか、納めることになっておるのだ。それなのに、あの悪党どもは錫をケルノウに送り返しておる。これはたしかな話なのだぞ」

オウェインは耳をそばだてた。「ケルノウ？」

「われらの土地で財を築いておるのだ、あやつらは。われらの土地でだぞ！」カドウィは憤懣やるかたないという口調で言った。

ケルノウは、ドゥムノニアの西の半島末端にある独立の王国で、一度もローマ人の支配を受けたことのない謎めいた国だった。たいていはわが国と平和に共存しているのだが、マーク王はときどき思い出したように、いちばん新しい妃の閨《ねや》からむくりと起きだして、テーマー川を越えて襲撃軍を送り込んでくる。「この国でケルノウ人どもがなにをしてるんだ」そう尋ねるオウェインの声には、館の主と寸分たがわぬ憤懣がこもっていた。

「さっき言ったとおり、われらの財物を盗んでおるのだ。それだけではないぞ。私の上等の牛や羊や、奴隷まで何人か消えておる。あの職人どもはすっかり図に乗って、払うべきものを払っておらん。だが、証拠がないのだ。なにひとつな。そのルウェルウィンとやらがどれほどの目利きでも、荒野の穴を見ただけで、そこから一年にどれぐらい錫がとれるかはわかるまい」カドウィは蛾を叩きつぶし、不機嫌に首をふった。「やつら、わが身には法は及ばんと思っておる。問題はそこよ。ユーサーが後ろ楯だったものだから、法律なぞ関係ないと思っておるのだ」

オウェインは肩をすくめた。彼の目はまたバターまみれの女に向いていた。いまは下の階段状の庭園で、五、六人の酔っぱらいに追いまわされている。脂まみれの裸身はつかまえにくく、この奇天烈な鬼ごっこの見物人たちは、腹の皮がよじれるほど笑いころげていた。私自身、笑いをかみ殺すのに苦労していたぐらいだ。オウェインはカドウィに視線を戻した。「では、荒野に登っていって、悪党の二、三人も始末すればよい」と、これほど簡単な解決策はないと言わんばかりに言った。

「できんのだ」カドウィは言った。

「なぜ」

「ユーサーが保護を与えておるのだ。もし攻撃をしかければ、あやつらは評議会とマーク王に訴えて出るだろう。そして私はサルハイドを払わされるわけだ」サルハイドとは、法で定める人命金である。王のサルハイドは法外だが、奴隷のそれは低い。しかし、優秀な鉱山職人となればけっして安くはないだろう。カドウィのような裕福な君主にとっても痛手かもしれない。

「しかし、襲ったのがあんただとなぜわかる」オウェインはせせら笑うように言った。

答える代わりに、カドウィは自分の頬を叩いてみせた。青い彫り物を見れば、どこの兵士か一目瞭然というわけだ。

オウェインはうなずいた。バターだらけの女はついに押さえ込まれて、下の庭園に生える灌木のあいだで、鬼ごっこの鬼たちに取り囲まれている。オウェインはパンきれを細かく砕いていたが、また顔をあげてカドウィを見た。「それで?」

「それでだ」カドウィはいかにも狡そうな声音で、「この悪党どもを多少間引いてくれる者がいれば、大いに助かるのだ。そうすれば、あやつらも私に保護を求める気になるだろうが。そして見返りに、いまマーク王に送られている錫を私がいただくというわけだ。そしてあんたの見返りは……」とそこでいったん言葉を切って、この仄めかしにオウェインが肝をつぶしたりしていないのを確かめると、「……その錫の半値でどうだ」

「要するにいくらだ」オウェインはすかさず尋ねた。二人は低声で話しており、兵士の笑い声や歓声にともすればかき消されそうだ。私は全身を耳にして聞いていた。

「年に金塊五十個では？　こういうやつだ」カドウィは、剣の柄ほどの大きさの黄金を袋から取り出し、テーブルのうえをすべらせた。

「そんなに？」さすがのオウェインも驚いた。

「宝の山なのさ、荒野は」カドウィはにこりともせずに言う。「ざくざくの宝の山なのだ」

オウェインはカドウィの谷間を見下ろした。かなたからこの谷間まで延びる川が、月の光を映して一面銀色に輝いている。まるで長大な剣の刃のようだ。「鉱山職人は何人いる？」ようやくオウェインは尋ねた。

「最寄りの集落には」カドウィが答える。「職人が七、八十人、それにむろん、奴隷や女もかなりおる」

「集落はいくつあるのだ」

「三つだ。だが、ほかの二つはかなり遠い。気がかりなのはこの最寄りの集落よ」

「おれの手勢はたった二十人だから」オウェインが用心深く言う。

「夜襲をかけては？」カドウィが誘いをかける。「それに、いままで一度も襲われたことはないのだから、見張りは置いておるまい」

オウェインは角杯からワインを一口飲んだ。「金塊七十」こともなげに言った。「五十は少ない」

カドウィ公はしばらく考えていたが、やがて承認のしるしにうなずいた。

オウェインはにやりと笑って、「かまわんだろう」と、黄金の鋳塊に手をかけた。とそのとき、蛇のようにすばやく私のほうをふり向く。私は身じろぎもせず、目線も動かさなかった。目線の先にあるのは一人の女、青い刺青をしたカドウィの兵士に裸身を預けている。「起きてるか、ダーヴェル？」オウェインが鋭く尋ねてきた。

私はぎょっとしたように飛び上がり、「はい、殿」と答えた。この何分間か心ここにあらずだった、という顔をして。

「そうかそうか」オウェインは、私がなにも聞いていないと安心したらしい。「女を一人まわしてほしいか」

私は赤くなった。「いえ、けっこうです」

オウェインは笑った。「こいつは、べっぴんのアイルランド娘とくっついたばかりでね」とカドウィに言う。「それで忠義立てしてるのさ。ま、そのうちわかるだろうがね。ぼうず、異世《ことよ》へ行ったらな」――と、こちらに顔を向けて――「殺せなかった男のことを悔やみはせんだろうが、みすみす取り逃がした女のことは悔やんでも悔やみきれんぞ」彼は機嫌よく言った。仕えはじめた最初のころ、私はオウェインが怖かった。だが、どういうわけか気に入られて、目をかけてもらっていたのだ。彼はふたたびカドウィに顔を向けて、「明日の夜だ」と囁いた。「明日の夜にな」

私はマーリンのトールからオウェインの軍勢に移ったが、そのときはまるで次の世に生まれ変わったような気がしたものだ。月を眺めながら、ギンドライスの長髪の兵士らがトールの衛兵を虐殺したときの情景を思い起こしていた。そして、まさに明日の夜、それと同じ残虐に直面するであろう荒野の人々を思いやった。何とかすべきだとは思ったが、どうする術もないのはわかっている。しかし、マーリンがいつも教えていたように、運命とは非情なものだ。人の生命は神々の慰みもの、この世には正義などない――それがマーリンの口癖だった。いつだったか、笑うことを学べと彼に教わったことがある。さもないと死ぬまで泣き暮らすことになるぞと。

私たちは、舟大工の使うピッチを楯に塗りたくっていた。エンガス・マク・アイレム率いる軍勢の黒い楯に見せかけるためだ。アイルランドの襲撃軍が、例の舳先の尖った長い舟でドゥムノニアの北岸を襲ったことにしようというわけである。頬に刺青をした土地の者が道案内に立ち、午後いっぱいかけて青々とした深い谷間をいくつも抜けていった。道程はゆるやかな上りをなし、しだいに広大な荒野が近づいてくる。その荒涼たる不気味な姿が、びっしりと生い茂る木々の合間からときおりかいま見えた。そこは豊かな森林地で、鹿がうようよしていた。荒野の高地から海へと流れ下る冷たい急流が、森を切り裂くように走っている。

日の沈むころには荒野のとば口に着いていた。暗くなるのを待って、山羊の踏みあとをたどって丘を登る。そこは神秘的な場所だった。〝古き者〟がここに住み、聖なる環状列石《ストーン・サークル》を谷間に残していった。いっぽう丘のてっぺんには灰色の岩が雑然と積み上げられ、低地は油断ならない沼地だらけだ。その沼地のあいだを、先に立つ道案内は迷うことなく進んでゆく。

オウェインは兵士たちにこう説明した——荒野の民がモードレッド王にたいして謀叛を起こした。楯を黒く塗ったのは、荒野の宗教では黒い楯を持つ者を恐れるように教えているからだと。よくできた話だった。昨夜のカドウィ公との密談を盗み聞きしていなかったら、私も信じていたかもしれない。オウェインはまた、首尾よく務めを果たしたら褒美に黄金を与えると約束した。そして、評議会から罰を下せと命令を受けたわけではないから、今夜の襲撃を他人に洩らすなと戒めた。荒野に向かう途中、鬱蒼とした森の奥で、オークの木立の陰に建てられた古い祠《ほこら》に出くわした。その祠の壁龕《へきがん》に祀られている苔むした髑髏の前で、オウェインは私たち一人一人に生命に代えても秘密を守ると誓いを立てさせた。ブリタニアには、こういう人目につかない古い祠がいくらでもある。ローマ人が現れる前、ドルイド教がいかに広く信じられていたかよくわかるというものだ。いまでも土地の人々は、神々の加護を求めてそんな祠を訪れている。その午後、厚く苔に覆われた巨大なオークの木々の下、私たちは髑髏の前にひざまずいてオウェインの剣の柄に触れ、またミトラ教の奥義を授かった者たちはオウェインの接吻を受けた。こうして神々の祝福を受け、殺戮を誓って、夜の闇を突いて進みつづけたのだ。

やって来たのは不潔な場所だった。精錬用の火が赤々と燃え盛り、火の粉と煙を天に噴き上げている。火と火の間に、そして職人たちが大地を掘り返したあとを示す黒々と口をあけた穴の周囲に、小屋が点々と建っていた。うず高く積み上げられた木炭は黒い岩山のようで、この世のものとも思えない臭気が谷を覆っている。実際、たくましい想像力に曇らされた私の目には、この高地の鉱山の村は人の世の集落とは見えなかった。これこそアンナウンの国、異世《ことよ》の姿にちがいないと思えた。

私たちが近づくとあちこちで犬が吠えはじめたが、集落の住民は気づいていないようだった。敵から村を守るための柵はなく、盛土さえしていない。ずらりと並んだ荷車の近くにポニーがつながれており、谷の斜面をじり下りてくる兵士に怯えて嘶《いなな》きはじめた。だがそれでも、低い小屋から出てきて騒動の原因を突き止めようとする者はいない。小屋は石を丸く積んで、芝草で屋根を葺いたものだった。しかし集落の中心には、一対になった古いローマふうの建物が残っている。四角く高い、堅固な建物。

「一人で二人ずつは始末しろよ。少なくともな」オウェインが声を殺して命じる。兵士がそれぞれ何人殺さなければならないか、改めて思い出させるためだ。「奴隷や女は勘定に入れてないからな。すばやく襲って手早く殺せ。警戒を怠るな。仲間からはぐれるんじゃないぞ！」

兵士は二組に分かれた。私はオウェインと同じ組である。戦士の鉄の環が火明かりを反射し、オウェインのひげ全体が燦《きら》めいて見えた。犬が吠え、ポニーが嘶《いなな》き、ついには雄鶏まで時を作りだした。ようやく家畜の騒動に気がついて、何事かと男が一人小屋から這い出してきた。だが遅すぎた。殺戮はすでに始まっていたのだ。

こういう殺戮の場面を、私は何度も見てきた。サクソン人の村々では、皆殺しにとりかかる前に小屋に火をかけたものだ。しかし、この粗末な石と芝草の丸い小屋にはなかなか火がつかず、槍と剣をもって押し入るほかなかった。踏み込む前に、近くの焚き火から燃え木をとって小屋の中に放り込む。真っ暗だと殺すべき相手が見えないからだが、ときには火に驚いて住人が飛び出してくることもある。すると待ってましたとばかり、兵士の剣が肉屋の斧よろしく振り下ろされるのだった。火で家族をいぶし出せないときは、オウェインの命令で二人の兵士が屋内に侵入し、残りの者は外で見張りに立つ。いつ自分の番がくるかと思うと恐ろしかったが、いずれは順番がくることも、命令にそむく勇気がないこともわかっていた。この呪わしい所業に私は誓いで縛られている。命令にそむけば待っているのは死だ。

悲鳴があがりはじめる。最初の数軒は簡単に片づいた。住人はまだ眠っているか、起きていても目を覚ましたばかりだったからだ。しかし、集落の奥に進むにつれて抵抗は激しさを増した。二人の男が斧をふるって反撃に出たが、哀れなほどあっさりとこちらの槍兵に倒された。女たちが幼子を腕に抱いて逃げてゆく。一匹の犬がオウェインに跳びかかり、背骨を折られて鳴きながら死んだ。一人の女が、片手に赤児を抱き、もういっぽうの手では血まみれの子供の手を引いて逃げてゆこうとしている。その姿を見たとき、ふいにタナビアスの捨てぜりふが耳によみがえってきた——おまえのおふくろはまだ生きているぞ。生命を脅かされた仕返しに、あの老ドルイドは私に呪いをかけたのだ。そう気づいて身震いがした。私の強運が災いを食い止めているが、姿の見えない不気味な敵のように、邪悪な呪いの力が私を取り巻いているのを感じた。左手の傷痕に触れ、タナビアスの呪いを破ることができるようベルに祈った。

「ダーヴェル！　リカート！　あの小屋を襲え！」オウェインが怒鳴り、私は忠実な兵士らしく命令に従った。楯を下げ、戸口から燃え木を放り込むと、体を低くかがめてその低い戸口をくぐる。私が入ってくるのを見て子供たちが悲鳴をあげ、半裸の男が短刀を手に飛びかかってきた。私は死に物狂いで身をよじった。はずみで少女の上に倒れ込みつつ、その父親めがけて槍を突き出したが、槍の刃は肋骨に当たって急所をそれた。あのままゆけば、男はのしかかってきて、私の喉に短刀を突き立てていただろう。だが、それより早くリカートが襲いかかった。男は腹を押さえて体を二つに折り、リカートが槍の穂先をねじって抜くとあえぎ声を洩らした。リカートは自分の短刀を抜いて、泣き叫ぶ子供たちを殺しにかかった。槍の穂先に血をつけたまま私は外へ抜け出し、なかには男は一人しかいなかったとオウェインに報告した。

「ようし！」オウェインは怒鳴った。「デメティア！　デメティア万歳！」それが、この夜の私たちの鬨の声だった。デメティアはシルリアの西方、エンガス・マク・アイレムを王に戴くアイルランド人の王国なのだ。すでに小屋はすべて空になっており、今度は集落の物陰にひそんでいる鉱山職人の狩り出しにかかる。どこを見ても人々が逃げまどっていたが、あとに残って戦おうとする者もいた。拙劣ながら戦列を組んだ勇敢な男たちさえいて、槍とつるはしと斧で攻撃を仕掛けてきた。だがオウェインの兵士たちは、この幼稚な攻撃に恐ろしいほど効率よく応戦した。黒い楯で衝撃を吸収し、攻撃してくる住民を槍と剣で次々に斬って捨ててゆく。私もまた、その効率のよい戦士の一人だった。神よ赦したまえ、だがこの夜、私は二人めの男を殺した。あるいは三人めも殺しているかもしれない。最初の一人は槍で喉を、もう一人は股間を突き刺した。剣は使わなかった。ハウェルの剣は、この夜の目的にはそぐわないと思ったからだ。

襲撃はたちまちのうちに終わり、気がつけば集落はもぬけの殻になっていた。残っているのは死人と瀕死のけが人、そして一握りの男女や子供が隠れ場所を探しているだけだ。私たちは見つけしだい殺していった。家畜を殺し、谷から木炭を運びあげるのに使われていた荷車に火をかけ、小屋の芝草の屋根を打ち砕き、金目のものがないかと集落じゅうを漁った。空から矢が何本かふらふらと落ちてきたが、だれにも当たらなかった。

頭領の小屋で、桶ひとつのローマの硬貨と、黄金の鋳塊、銀の延べ棒が見つかった。それはいちばん大きな小屋で、幅はゆうに二十フィートはあった。中に入ると、私たちのもつ燃え木の光に、頭領が大の字に倒れているのが浮かび上がった。顔は血の気を失い、腹を裂かれている。側女の一人と子供が二人、彼の血の海のなかに死んで倒れていた。三人めの子供は、これは女の子だったが、血まみれの毛皮をかぶって横たわっていた。兵士の一人がその体につまずいたとき、子供の手がぴくりと動くのを見たように思ったが、私は気づかなかったふりをして放っておいた。外の暗闇に別の子供の悲鳴が響く。隠れ処を見つけられて、剣で無造作に斬り捨てられたのだ。

神よ赦したまえ。神よ、そして諸々の天使たちよ赦したまえ。この夜の罪を、私はこれまでたった一人の人間にしか告白していない。その告白を聞いた女性は司祭ではなかったから、私はキリストの赦罪を受けられなかった。煉獄で、あるいは地獄で、あのとき殺された子供たちに会うことになるのだ。私の魂はその父母たちの手に渡され、なぐさみ物にされるだろう。とうぜんの報いである。

しかし、ほかにどうすることができたというのか。私は若く、死にたくなかった。誓いを立てていたし、主君の命令に従っていたのだ。攻撃を仕掛けてこなかった者は一人も殺していない。しかし、あの大罪の前ではそれがなんの言い訳になろうか。この殺戮を、仲間たちは罪とは思っていないようだった。かれらはたんに別の部族――実際には別の国だが――のやからを殺したにすぎない。かれらにとっては、それだけでじゅうぶんに殺す理由になるのだ。だが、私はトールで育った。そこにはあらゆる人種、あらゆる部族の出身者がそろっていたのだ。マーリン自身はある部族の族長だし、胸をはってブリトン人だと言える者を過剰なぐらいかばい立てしたものだが、それでも他の部族への憎悪を私たちに吹き込みはしなかった。ただ他所者《よそもの》だというだけの理由で、なんの疑問も感じずに人を殺す――マーリンの教育のおかげで、私はそんな仕事には不向きになっていたのだ。

だが、不向きであろうとなかろうと、あの夜私が人を殺したことは事実だ。私のこの罪を、神よ赦したまえ。もう思い出せず、数えきれもしないその他の罪をも赦したまえ。

私たちは夜明け前に集落をあとにした。煙の充満する谷は一面の血の海で、身の毛もよだつ光景だった。荒野には殺戮の臭いが垂れ込め、寡婦や孤児の悲嘆の叫びがこだましている。オウェインは、黄金の鋳塊を一個、銀の延べ棒を二本、硬貨をひとつかみ私にくれた。そして私は、その褒美をありがたく受け取ったのである。

秋は戦を連れてくる。春から夏にかけて、わが国の東の海岸にひっきりなしに舟が着き、あらたなサクソン人が送り込まれてくるからだ。そして秋になると、この新参者たちがいよいよ自分の土地を見つけようとしはじめる。大地が冬に閉ざされる前の、秋は戦の仕納めの季節なのだ。

私が初めてサクソン人と戦ったのも、やはりユーサーの死んだ年の秋のことだった。年貢の徴収を終えて西から戻るが早いか、東からサクソン人来襲の知らせが飛び込んできたのだ。オウェインは、グリフィド・アプ・アンナンという配下の部将に私たちの指揮を任せて、ドゥムノニアの属国、ベルガエ王メルウァスの援軍として派遣した。サイスの侵略からわが国の南岸を防衛するのが、メルウァス王の役割なのだ。ユーサーを野辺に送ったあの不吉な年、サイスの侵略軍はいよいよ好戦的になっていた。だが、オウェインはカダーン城から動かなかった。モードレッドの養育をだれに任せるかという問題で、王国の評議会がもめにもめていたからだ。ベドウィン司教は自分の手元で育てたがったが、評議会で多数派の非キリスト教徒たちは、モードレッドをキリスト教徒として育てることには反対だった。逆にベドウィンの一党は、幼王を異教徒として育てることに抵抗している。オウェインは、自分が育てればどちらも丸く収まると主張していた。自分はあらゆる神々を等しくあがめているから、というのだ。「王がどんな神を信じようが、そんなことはどうでもいいんだ」彼は言った。私たちが進軍する前のことだ。「王は戦のしかたを学べばいいんで、お祈りのしかたなんか知らなくていいんだからな」軍勢はオウェインを残して出発した。部下の兵士がサクソン人を殺しているあいだに、彼は評議会で自説を主張するわけだ。

部将のグリフィド・アプ・アンナンは、痩せた陰気な男だった。オウェインの真の狙いは、モードレッドをアーサーが育てるのを阻止することだ、というのが彼の意見だった。「オウェインがアーサーを嫌ってるというわけじゃないぞ」彼は急いで付け加えた。「だがな、王がアーサーのものになれば、ドゥムノニアもそうなるからな」

「それがそんなに悪い話かな」私は尋ねた。

「ぼうず、おまえやおれにとっちゃ、この国がオウェインのものになったほうがありがたいだろ」その意味するところを示すため、グリフィドは首にかけた黄金のトークのひとつに指でふれてみせた。私はみんなからぼうずだの小僧だのと呼ばれていたが、それはたんにこの軍勢でいちばん歳が若く、兵士相手の正規の戦闘で血を流したことがないからで、馬鹿にされていたわけではない。それどころか、ドルイドの死の穴を逃れたことがあるというので、私が同じ軍勢にいるのは縁起がいいと信じられていた。どこでも兵士はそんなものだが、オウェインの兵士もみなひどく迷信深かった。どんな前兆も見過ごされず、その解釈をめぐって真剣な話し合いが行われる。だれもが兎の足やエルフボルトを持ち歩き、あらゆる行動が儀式化されていた。長靴を左足から先に履く者や、自分の影のなかで槍をとぐ者は一人もいないほどだ。軍勢にはわずかながらキリスト教徒もいたから、きっとかれらは神々や悪霊や亡霊をあまり恐れないのだろうと思っていたのだが、迷信深いことにかけてはほかの者と少しも変わらなかった。

メルウァス王の都ヴェンタは、貧しい国境の町だった。町の工房は閉鎖されて久しく、大きなローマふうの建物の壁には、この町がサクソン人の略奪を受けたときの派手な焦げあとが残されたままだ。いまにも二度目の略奪があるのではないかと、メルウァス王はびくびくしていた。彼が言うには、サクソン人はあらたな指導者を担いでいるが、それが貪欲に土地を求めるうえに、戦では悪鬼のように恐ろしい男なのだという。「どうしてオウェインは来てくれなかったのだ?」王は不満を爆発させた。「アーサーでもよかったのに。わしに死ねということか。そうなのか?」彼は太った疑り深い男で、私はこんな臭い息を吐く男には初めて会った。王といっても一国の王ではなく、一部族の小王である。それにしても王国内では第二位の身分なのだが、その姿を見ればだれでも農奴だと思うにちがいない。それも不平たらたらの農奴だと。「兵士の数もあまり多くないんだろう」彼はグリフィドにこぼした。「召集軍を作っておいてせめてもだったわい」

召集軍というのはメルウァスの集めた民兵で、ベルガエ族の健康な男子はみな入隊することになっていた。ただ、数少ない壮健な男はいつのまにか姿を消し、多少余裕のある部族民はたいてい自分の代わりに奴隷を送り込む始末。それでもどうにか、メルウァスは三百人を超す兵士をかき集めていた。みな自分の糧食を持参し、武器も自前である。もとは戦士だったという者のなかには、立派な戦槍と手入れの行き届いた楯を持参している者もいた。だが、具足の類をもっている者はほとんどいないし、武器と言えば木刀や尖らせたつるはししか持っていない者さえ何人かいる。おまけに、サクソン人が迫っているときにあとに残っていたくないというので、女子供が大勢ついてきていた。

メルウァスは、自国の正規の軍勢は自分とともにヴェンタに残らせると言って譲らなかった。町の崩れかけた城壁を防衛しなければならないというのだ。というわけで、グリフィドは召集軍を率いて敵に当たる破目になった。しかも、メルウァスはサクソン人の居場所をまるでつかんでいなかったから、グリフィドはヴェンタの東の深い森に踏み込んでうろうろするほかなかった。わが軍は、軍団というより烏合の衆だった。鹿が姿を見せようものなら、狂ったように喊声《かんせい》をあげて追いかけ出す。そして十マイル四方の敵にこちらの居場所を知らせたあげくに、帯状にのびる森林全体に散り散りになってしまうのだった。わが軍はこれで五十人近くの兵士を失った。無鉄砲に鹿を追ってサクソン人の手に落ちた者もいるだろうし、ただ道に迷って家に帰ってしまった者もいるのだろう。

最初のうちこそまったく見かけなかったが、ここの森林地帯にはサクソン人がうようよしていた。まだ温かい野営の焚き火あとも何度か見つけたし、襲撃されて火を掛けられたベルガエ族の小さな集落も見つかった。男や老人はまだそこに残っていた――みな死体になって。だが、女子供は奴隷として連れ去られていた。まだ残っていた召集兵はその死臭に意気阻喪して、じりじりと東に進むグリフィドのあとを、ぴったりくっついてくるようになった。

初めてサクソン人の軍勢に遭遇したのは、広々とした川谷《せんこく》に出たときだった。侵入者の一群が、そこに集落を建設しようとしていたのだ。すでに木の砦柵《さいさく》が半分がた完成し、集落の中心をなす館の木柱も立てられていた。だが、森の縁に現れた私たちの姿を見ると、かれらは工具を放り出しててんでに槍に持ちかえた。兵数では三対一でわがほうがまさっていたが、鋭い槍の並ぶ密集した楯の列を前に、グリフィドは兵を突撃させることができなかった。私たち若い者はじりじりして、サクソン人の目の前をふんぞりかえって歩いてみせるという子供っぽい真似をする者もいたが、楯の列を突破できるほどの人数はなかった。サクソン人は挑発を無視しているし、グリフィド配下の他の兵士たちは、血気にはやる私たちに悪態をつきながら、蜂蜜酒をあおるばかりだ。私はといえば、サクソン人の鉄で戦士の環を作りたいと熱望していたから、攻撃を仕掛けないのは狂気の沙汰に思えた。だが、二つの楯の壁ががっちり組み合ったときの凄惨な殺しあいを、私はまだ経験していなかった。だから、その身の毛もよだつ戦いに兵士たちを駆り立てるのがどんなに難しいか、てんでわかっていなかったのだ。グリフィドも、一応は兵士を焚きつけて攻撃させようと試みた。だがすぐにあきらめて、酒をあおりながら罵声を飛ばすだけで満足しているのだった。そういうわけで、三時間以上も敵と向かい合っていながら、私たちはほんの二、三歩しか前進できずにいた。

臆病なグリフィドのおかげで、サクソン人をじっくり観察することだけはできた。実を言えば、私たちとそれほど違っていたわけではない。サクソン人は髪の色が薄く、目の色も薄い青で、肌は赤みが強い。衣服のあちこちに毛皮をふんだんにあしらうのが好きなようだが、それを除けば格好は似たり寄ったりだった。武器については多少異なる点といえば、ほとんどのサクソン人が刀身の長い短刀を持っていることだ。白兵戦用の忌まわしい武器である。また、広刃の大きな斧を持っている者も多かった。ひと振りで楯をまっぷたつにできそうな代物だ。この斧にいたく感心して、自分でも持つようになった者が味方の兵にもいたが、オウェインもアーサーも扱いにくいといって軽蔑していた。斧じゃ敵の攻撃はかわせないぞ、オウェインはよくそう言っていた。攻撃だけで防御のできない武器は、彼に言わせれば役立たずなのだ。サクソンの祭司は、ブリタニアのそれとはずいぶん違っていた。これら異国の魔術師は、獣の毛皮を身にまとい、髪の毛を牛糞で固めて頭からぴんぴん突き立たせている。あの川谷で私たちと出くわした日、そういうサイスの魔術師の一人が山羊を一頭犠牲に捧げた。私たちと一戦交えるべきかどうかお伺いを立てるためだ。まず山羊の後足を一本折り、首をひと突きしてから放してやる。折られた足を引きずり、血を流し、鳴き声をあげながら、山羊はよろよろと歩いてゆく。最初は向こうの戦列に沿って歩いていたが、やがてこちらに向きを変えたかと思うと、そこでがくりと草地にくずおれた。これは明らかに凶兆だったらしく、サクソン人の楯の列は戦意を喪失して、たちまち退却しはじめた。建設途中の村の敷地を抜け、浅瀬を渡り、森に姿を消してゆく。女子供、奴隷、豚やその他の家畜をそっくり連れて、かれらは逃げていった。私たちはこれを勝利と呼び、犠牲の山羊を食べ、サクソン人が作った砦柵を引き倒した。戦利品はなにひとつ得られなかった。

わが召集軍はそろそろ腹を減らしていた。召集軍のつねで、最初の数日間で糧食をそっくり食い尽くして、いまでは森で採れるハシバミの実しか食う物がないというありさまなのだ。食物がなければ退却するほかに道はない。腹ぺこの召集軍は帰ることしか頭になく、我がちに引き返しはじめた。いっぽう私たち戦士の集団はもう少し落ちついた歩調でついてゆく。黄金も奴隷も手に入らず、空手で戻る破目になって、グリフィドは不機嫌だった。とはいえ、この紛争地帯をうろつく軍勢のほとんどが、これと同様の成果しかあげていないというのが実態なのだ。だがそのとき、もうほとんど見慣れた土地に戻りかけたころになって、こちらに向かって引き返してくるサクソン人の軍勢にばったり出くわしたのである。帰還途中のわが召集軍に遭遇していたにちがいない。あちらの軍勢は、略奪した武器や女で膨れ上がっていた。

この邂逅《かいこう》は、どちらにとっても予想外だった。縦隊の後方にいた私は物音で戦闘開始を知っただけだが、わが方の先頭の兵士が森を抜けたとき、おりしも六人のサクソン人が川を渡っているのを見つけたのが発端だった。こちらの兵士が攻撃をしかけ、この出会い頭の戦闘に両方の槍兵が駆けつけてくる。楯の壁を作る暇もなく、浅い川をはさんで始まったのはたんなる血みどろの乱闘だった。そしてふたたび、ウィドリン島の南の森で初めて敵を倒した日と同じように、私は戦闘の歓喜を味わった。あの歓喜は、ニムエが神々の霊に満たされたときに感じるのと同じ歓喜ではないだろうか。翼が生えて光に向かってぐんぐん昇ってゆくような感じ、そう彼女は言っていた。そしてあの秋の日、私もちょうどそんなふうに感じたのだ。最初のサクソン人には、槍を水平に構えてまっしぐらに突進していった。敵の目に恐怖が浮かぶのを見、勝ったと思った。槍が相手の腹に深く突き刺さったので、ハウェルの剣――いまではハウェルバネと名付けていた――を抜き、斜めにばっさり斬りおろして止めを刺した。次に、大胆にも川に走り込んでさらに二人を始末した。私は悪霊のように喊声《かんせい》をあげ、かかって来い、剣の味を教えてやるとサクソン人の言葉でわめいた。私の挑戦に応えたのは見上げるような大男だった。巨大な斧をふり上げて突っ込んでくる。斧は見るからに恐ろしい武器だが、ただあまりに重すぎる。いちど振りおろすと、刃を返して振り上げることができない。私はまっすぐに剣を突き出して、その大男を始末した。オウェインが見ていたら喜んだだろう。黄金のトークを三つ、ブローチを四つ、それに宝石のはまった短刀をひと振り、私はこの斧男一人から手に入れた。また斧の刃は、最初の戦士の環を作るためにとっておいた。

サクソン人は逃げていった。あとに八人の死者と、それに倍する負傷者を残して。私は敵を四人も倒したが、これは仲間たちも認める大手柄だった。これでみなに一目置かれるようになったのだが、後にもっと歳をとって知恵もついてから、この日の分不相応な手柄は若気の至りでしかなかったと悟った。知恵のある者が着実に到達する場所へ、若者は往々にして一足飛びに着いてしまうものだ。味方の死者は三人だった。うち一人は、あの荒野《ムーア》で私の生命を救ってくれたリカートだった。私は自分の槍を回収し、川中で殺した二人の敵からさらに二つの銀のトークを手に入れ、負傷した敵兵が異世《ことよ》に送り込まれるのを見届けた。そこで、かれらはわが軍の亡き戦士たちの奴隷になるのだ。ブリトン人の捕虜が六人、森に身を寄せあって隠れているのが見つかった。六人とも召集軍について戦場にやってきた女たちで、サクソン兵に捕らえられたのだ。一人の敵兵がまだ隠れているのを見つけたのは、この女たちの一人だった。川べりのイバラの茂みに隠れていたところへ金切り声をあげ、短刀で刺そうとしたのだ。兵士は四つんばいで川に逃げ込み、そこで私に捕まった。まだひげも生えていない若造で、たぶん私と同い年ぐらいだろう。恐ろしさにがたがた震えている。「名前はなんていうんだ?」血まみれの槍の刃を喉に突きつけながら、私は尋ねた。

彼は浅瀬に大の字に横たわっていた。「ウレンカ」と答え、ほんの数週間前にブリタニアに来たばかりだと言った。ただ、どこから来たのかと尋ねても、故郷《くに》からと言うだけでろくに答えられなかった。彼の話す言葉は私の言葉と完全に同じではなかったが、さほど大きな違いはなく、言っていることはじゅうぶん通じた。彼らの王はサーディックという偉大な指導者で、ブリタニア南岸の土地を占領しているという。サーディックは、エスクといういまはケント地方を治めているサクソン人の王と戦って、新しい入植地を築いたのだと彼は言った。ブリトン人と同じように、サクソン人たちも内輪で争いあっているとは初耳だった。どうやらサーディック王はエスクとの戦いに勝利して、いまはドゥムノニアに触手を伸ばしているらしい。

ウレンカを見つけた女がそばにしゃがみ込み、彼をしきりに脅していた。だが別の女が主張するところでは、女を捕らえたあとの強姦にウレンカは加わっていなかったという。グリフィドは多少なりと戦利品を持ち帰れるのでほっとしたらしく、ウレンカは生かしておくと決めた。それでこのサクソン人は裸にむかれ、女を一人監視につけられて、奴隷にされるために西へ歩いてゆくことになった。

これがその年最後の遠征だった。大勝利だったと私たちは称したが、それもアーサーの功業の前では色褪せて見えた。エレ率いるサクソン軍をグウェント北部から駆逐しただけでなく、ポウイスの軍勢も打ち負かして、その際にゴルヴァジド王の左腕を斬り落としたのだ。敵の王は逃げ去ったが、それにしてもこれこそ本物の大勝利であり、グウェントもドゥムノニアも、国じゅうアーサーへの賛辞で沸きかえっている。オウェインは不機嫌だった。

いっぽう、ルネートは有頂天だった。私が持ち帰った金銀で、冬に備えて熊皮のローブを手に入れ、自分の奴

隷も持てたからだ。それは、オウェインの家中から買ってきたケルノウの少女だった。夜明けから日暮れまで働かされ、夜には私たちがわが家と呼んでいる小屋の隅で泣く。あまり泣くとルネートにぶたれる。私がかばおうとすると、ルネートはこんどは私をぶつのだった。オウェインの郎党はみな、カダーン城の狭苦しい兵営を出て、もっと居心地のよいリンディニスに移っている。リンディニスは、ローマ人の築いた低い盛土の塁壁に囲まれた集落だ。ルネートと私もそこへ引っ越して、わら葺き屋根で編み垣の壁の小屋に住むようになっていた。カダーン城はそこから六マイル離れている。この城に人が入るのは、敵が迫ってきたときか、王族の重要な儀式が執り行われるときだけなのだ。そしてこの年の冬、そのような盛大な儀式がここで行われることになった。モードレッドが一歳の誕生日を迎えた日のことだったが、偶然にも、それはドゥムノニアの抱えるさまざまな問題がいちどに吹き出した日でもあった。だが、あれは偶然などではなかったのかもしれない。モードレッドは凶運を背負って生まれた子供だ。彼の即位は悲劇にいろどられる運命《さだめ》だったのだろう。

儀式の日は、冬至の直後に当たっていた。モードレッドの即位が宣せられることになっており、そのためにドゥムノニアの貴顕《きけん》がカダーン城に集まっていた。ニムエは一日早く来て、私たちの小屋——冬至の祝いにルネートが柊《ひいらぎ》と蔦《つた》で飾っていた——を訪ねてくれた。魔除けの模様を刻んだ敷居をまたいで入ってきて、炉のそばに腰をおろし、マントの頭巾を背中へ落とす。

黄金の眼を入れていた。私はにっこりして、「それ、似合うな」と褒めた。

「中は空洞なのよ」と、爪でその目玉を叩いてみせるので、私はいささかうろたえた。ルネートが奴隷を怒鳴りつける声が聞こえてきた。大麦のもやしの煮物を焦がしたらしい。ニムエはその大声にびくっとして、「うまくいってないのね」と私に言った。

「そんなことない」私は強がりを言った。若者は自分の失敗を認めたがらないものだ。

ニムエは、雑然として煤けた室内にちらと目を走らせた。住人の気分を嗅ぎとろうとするかのように。「ルネートはあんたに向いてないわ」と静かに言う。散らかった床から、半分に割った卵の殻をなにげなく拾い上げ、悪霊が隠れられないように粉々につぶした。「あんたの頭は夢を追いかけるようにできてるのよ、ダーヴェル」殻のかけらを炎に放り込みながら、ニムエは続けた。「だけど、ルネートは地面から離れられない性質《たち》だわ。ルネートは金持ちになりたがるけど、あんたが欲しいのは名誉でしょ。水と油じゃないの」そんなことはどうでもいいけど、というようにニムエは肩をすくめて、ウィドリン島の近況を話しはじめた。マーリンは戻ってこず、どこにいるのかだれも知らない。ゴルヴァジドを破って得た財物を、トールの再建資金としてアーサーが送ってきてくれた。グラジンの監督のもと、昔より立派な館の建造が進んでいる。ペリノアも、ドルイダンも、書記のギドヴァンも元気だ。ノルウェンナは聖なるイバラの聖域に葬られて、いまでは聖人としてあがめられている、そうニムエは語った。

「聖人ってなんだ？」私は尋ねた。

「死んだキリスト教徒のことよ」ニムエはあっさりと言った。「キリスト教徒は死ぬとみんな聖人になるの」

「それで、おまえはどうしてるんだ？」

「生きてるわよ」なんの感情もこめずに言う。

「幸せなのか」

「ダーヴェル、あんたって、いつもそんな馬鹿なことばっかり訊くのね。幸せになりたかったらここであんたと暮らしてるわよ。あんたのためにパンを焼いて、寝床をきれいにしてさ」

「じゃあ、どうしてそうしてないんだ」

彼女は答えず、私の愚かさが伝染らないように火に唾を吐いた。「ギンドライスは生きてるのね」さらりと言って、話題を変える。

「ああ、コリニウムに幽閉されてる」私は言った。敵の居場所など、ニムエはとうに知っているはずなのだが。

「あいつの名前を石に刻んでやったわ」ニムエは黄金の眼をちらとこちらに向けた。「あいつに強姦されたとき妊娠したの。だけど、その薄汚い子は麦角で殺したわ」麦角というのはライ麦に生じる黒い病変で、女は胎児を流すのにこれを使うのだ。マーリンはまた、夢幻境に入って神々と語らう手段としても使っていた。いちど試してみたことがあるが、その後は何日も気分が悪かったものだ。

ルネートは、手に入れたばかりの財産をニムエに見せると言ってきかなかった。三脚の五徳、大釜、ふるい、宝石にマント、上等の亜麻布のドレス、そして使い古しの銀の水差し。水差しの胴では、裸のローマ人が馬にまたがって鹿を追っていた。ニムエは感心してみせようと下手な芝居をしていた。それから私に向かって、今夜はカダーン城に泊まるから送ってくれと頼んできた。

「ルネートの頭は空っぽだわ」カム川に注ぐ小川のほとりを歩きながら、ニムエは言った。褐色のもろい落ち葉が足の下で乾いた音を立てる。霜が下りて、身を切るように寒い日だった。ニムエはいつにも増して険しい顔をしており、そのせいでいっそう綺麗に見えた。ニムエには悲劇が似合う。彼女はそれを知っていて、自分から悲劇を求めているのだ。「ずいぶん手柄を立ててるね」と、私の左手の指にはまった飾り気のない鉄製の戦士の環に目をやった。剣や槍をしっかり握れるように右手にはひとつも着けていなかったが、左手にはもう四つも鉄の環がはまっている。

「運がよかったんだ」私は謙遜した。

「運じゃないわ」そう言って、ニムエは左手を挙げてみせた。あのときの傷痕が見える。「ダーヴェル、あんたが戦ってるときは、あたしがそばについてるのよ。あんたは立派な戦士になるわ。ならなきゃいけないのよ」

「どうして？」

ニムエは身震いした。空は灰色だった。磨いていない剣と同じ灰色だ。ただ、西の地平線には陰気な黄色い光の筋がのぞいている。木々は冬の黒をまとい、草は陰鬱な暗色で、集落の炉から立ち上る煙は、冷たく虚ろな空を恐れるかのように地面にしがみついている。「マーリンがなぜウィドリン島を離れたかわかる？」ニムエにふいに尋ねられて、私は面食らった。

「ブリタニアの知恵を捜すためだろ」グレヴムの総評議会で彼女が言ったことを、私はそのままくりかえした。

「でも、なぜいまなの？　なぜ十年前じゃないの？」ニムエは尋ね、自分で自分の質問に答えた。「マーリンが消えたのはね、ダーヴェル、これからどんどん悪い時代になるからなのよ。よいものはみんな悪くなるし、悪いものはもっと悪くなる。ブリタニアでは、みんなが力を蓄えようとしてるわ。大きな争いが始まると知ってるからよ。神々は人間を玩具にして、面白がってるんじゃないかって思うことがあるわ。こまを一度にみんな積み上げて、ゲームがどんなふうに終わるか見てみようとしてるのよ。サクソン人はどんどん強くなってきてる。いまは軍勢で攻めてくるけど、もうすぐ部族総出で攻めてくるようになるわよ。キリスト教徒は」――魔除けに、川に唾を吐いて――「もうすぐ、あのみじめったらしい神が生まれてから五百回めの冬がくると言ってる。そして、それといっしょにキリストの勝利のときが来るんだってさ」ニムエはまた唾を吐いた。「ところが、あたしたちブリトン人はどう？　お互いに戦争しあって、お互いから盗みあって、剣や槍を鍛えなきゃいけないときに、新

しい宴会場なんか建ててる。ダーヴェル、もうすぐ試練のときが来るのよ。マーリンが力を蓄えようとしているのもそのためなの。王侯たちが国を救えないんなら、神々に助けに来てくれるよう頼むほかないでしょう」ニムエは小川の淀みのそばで立ち止まり、その黒い水をのぞき込んだ。凍りつく直前の冷え冷えとした静けさをたたえている。淀みの縁には牛の足跡がついていたが、そこに溜まった水にはもう氷が張っていた。

「アーサーはどうだい」私は尋ねた。「アーサーなら国を救えるんじゃないかな」

ニムエはちらりと笑みを見せた。「アーサーとマーリンは、あんたとあたしみたいなものよ。アーサーはマーリンの剣なの。だけど、マーリンもあたしも、あんたたちを操ることはできないのよ。ただ力を与えて」彼女は傷痕の残る左手を差し伸べ、私の剣の剝き出しの柄頭に触れた。「あとは自由にやらせるだけ。あんたたちが正しいことをしてくれるって信じるしかないの」

「おれのことは信じてくれていいよ」

ニムエはため息をついた。私がこういうことを言うと、いつもそうなのだ。そして首をふった。「ブリタニアの試練のときが来たらね、ダーヴェル、そしてそれは必ず来るんだけど、そのときにあたしたちの剣がどれだけ頑張れるか、だれにもわからないのよ」彼女はふり返って、カダーン城の城壁を眺めた。色とりどりの旗が華やかに翻っている。明日のモードレッドの即位を見届けに来た、諸侯や族長たちの旗だ。「馬鹿よ」ニムエは苦々しげに言った。「みんな大馬鹿だわ」

アーサーは翌日到着した。夜が明けるとすぐに、ウィドリン島からモーガンとともに馬に乗ってやって来たのだ。戦士は二人しか伴っていない。男三人は大きな馬にまたがっていたが、甲冑も楯も身に着けず、槍と剣だけを携えていた。アーサーは自分の旗すら持ってきていない。すっかりくつろいだ様子で、ちょっと面白そうだから来てみただけ、といわんばかりだった。もうひとり、アグリコラも儀式から超然としているようだった。テウドリック王が熱病にかかったため、このローマ人将軍が主君の名代で出席していたのだ。だがこの二人を除けば、カダーン城に集まった者はみなぴりぴりしていた。この日のしるしが凶と出はしないかと案じているのだ。イスカのカドウィ公が見える。刺青のせいで頬が青く見えるからすぐにわかった。サクソン人の侵入が続く国境地帯から、ストーンズ卿ゲライント公もやって来ていた。そして崩れゆくヴェンタからはメルウァス王も来ている。百名を超すドゥムノニアの貴族が、この城砦に顔をそろえて待っているのだ。前の晩にみぞれが降り、カダーン城の庭はぬかるんで滑りやすくなっていた。しかし、曙光とともに身の引き締まるような西風が吹きはじめ、オウェインが赤児の王を抱いて広間から姿を現すころには、カダーン城の東を取り巻く山々に、太陽すら顔をのぞかせていた。

モーガンは儀式の時刻をすでに定めていたが、いまは火と水と土のしるしからその時刻がいつ来るか正確に計ろうとしている。予想どおり、儀式は午前中に行われることになった。太陽が下りに向かっているときに物事を始めると、けっしてよい結果が得られないからだ。だがそれでも、人々は待たねばならない。ようやくその時刻が迫っているとモーガンが判断し、カダーン城の丘の頂を飾る環状列石《ストーン・サークル》でいよいよ儀式が始まった。このサークルには大きな石はなく、いちばん大きな石でもしゃがんだ子供ぐらいの大きさだ。しかし、サークルの中心――いまそこでは、光淡い太陽と一直線にならぶ位置を決めようと、モーガンが大騒ぎしているが――にあるのは、ドゥムノニアの王の石なのだ。平たい灰色の丸石で、そこらのありふれた石と見かけは少しも違わない。だが伝えによれば、ベル神の子でありながら人として生を受けたベリ・マウルは、この石のうえでベル神に油を塗られ、ドゥムノニアのあらゆる王の祖先となったのだという。モーガンがようやく計算の結果に満足すると、サークルの中央にバリセが導かれて来た。カダーン城の西の森にすむ老いさらばえたドルイドである。不在のマーリンの代わりに儀式に出席し、神々の祝福を祈る役目を果たすよう説きつけられたのだ。背中は曲がり、シラミにたかられて、山羊皮とぼろぼろの衣服をまとっていた。あまり汚れ放題なので、どこまでが服でどこからがひげかわからないほどだ。だが、聞くところによると、マーリンの術の多くはこのバリセ老が教えたのだという。老人はかすんだ太陽に向かって杖をあげ、もごもごと祈りを唱えると、太陽と同じ向きにまわりながら唾を吐いていったが、やがて猛烈に咳き込みだした。よれよれになってサークルの縁の椅子に戻り、ぜいぜいと息をあえがせる。見てくれではバリセとほとんど区別のつかない連れの老婆が、彼の背をおぼつかない手つきでさすっていた。

ベドウィン司教がキリスト教の神に祈りをあげると、いよいよ幼王がストーン・サークルの外側を練り歩くときがきた。モードレッドは戦闘用の楯に寝かされ、毛皮にくるまれて、すべての戦士、族長、諸侯たちの前に現れた。赤児がそばを通ると、だれもがひざまずいて臣下の誓いを立てる。成人の王ならサークルの外側を歩いて一周するところだが、モードレッドは二人のドゥムノニア戦士に運ばれている。そして守護闘士《チャンピオン》たるオウェインが、抜き身の長剣を構えてそのあとを歩いていた。モードレッドは太陽の進行とは反対方向にまわっている。生涯にただ一度、すべての王がこのように自然の秩序に逆らって進む。この不吉な方向はわざと選ばれるのだ。王は神々の末裔であり、太陽と同じ方向にまわるというつまらない規則には縛られないことを示すためである。

サークルを一周すると、モードレッドを乗せた楯は中央の石の上におろされた。そこへさまざまな贈り物が運ばれてきた。まず、臣民を養う義務の象徴として、一人の子供がパンの塊を彼の前に置く。次の子供は国の裁判官たる義務を示す笞《むち》を捧げ、三番めにはドゥムノニアの守護者の象徴としてひと振りの剣が足元に置かれた。その間じゅうずっとモードレッドは泣き叫び、楯から転げ落ちそうなほど激しく手足をばたつかせ、その拍子に畸形の足があらわになった。これは凶兆にちがいないと思ったが、参列者は王の内反足には気づかないふりをしている。王国の貴顕《きけん》が次々に進み出て、贈り物を捧げてゆく。金銀、宝石、硬貨、黒玉や琥珀が積み上げられるなか、アーサーの贈り物は黄金の鷹の像だった。その美しさに見物人はみな息を呑んだものだ。しかし、最も貴重な贈り物を捧げたのはアグリコラだった。彼が赤児の足元に置いたのは、ポウイスのゴルヴァジド王から奪った豪華な甲冑だったのである。黄金で縁取りをしたこの甲冑は、野営地を襲ってゴルヴァジドをたたき出したときに、アーサーの手に落ちたものだった。それをアーサーがテウドリック王に贈り、そして今度はテウドリック王が、臣下の将軍を通じてこの財宝をドゥムノニアに還したわけだ。

癇性の赤児はようやく石の上から取り上げられて、オウェイン家中の奴隷である新しい乳母の手に渡された。これからはオウェインが主役だ。王国の他の貴顕はみな、この日の寒さに備えてマントと毛皮に身を包んでいたが、大股で進み出たオウェインは、ズボンと長靴のほかはなにひとつ身に着けていなかった。刺青の入った胸と両腕は剝き出しで、手にした剣も同じく抜き身だった。この場にふさわしく威儀を正して、彼は石の上にその剣を置いた。そして、激しい軽蔑の表情を浮かべ、ゆっくりとサークルの外側を歩きはじめ、近くの者に片端から唾を吐きかけた。挑戦の儀式である。モードレッドを王と認めない者がいれば、前に進み出て石に置かれた抜き身の剣をつかみ取ればよいのだ。オウェインは肩を怒らせて歩き、鼻を鳴らし、挑戦せよと呼ばわったが、動く者はなかった。オウェインはサークルを二周すると、中央の石に戻って剣を拾いあげた。

同時に、いっせいに歓呼の声がわき上がった。これでまたドゥムノニアに王が誕生したのだ。城壁のぐるりに居並ぶ戦士たちは、槍の柄で楯を叩いて喝采した。

最後にもうひとつ儀式が残っていた。ベドウィン司教は反対したが、評議会が彼の反対を押し切ったのだ。アーサーが歩き去るのに私は気づいた。だがそのほかは、ベドウィン司教でさえ残っている。捕虜が引き出されてきて、王の石の前へ連れてゆかれた。裸でおどおどしている。その捕虜は、私が捕らえたサクソン人の若者、ウレンカだった。これから何が起きるか知りはしなかっただろうが、最悪の事態を予想して怯えていたにちがいない。

モーガンはバリセを励ましたが、老ドルイドはあまり弱っていて役目を果たせそうにない。そこで、モーガンがみずから震えるウレンカに歩み寄っていった。サクソン人は縄目を解かれていたから、逃げようとすることもできたはずだ。しかし、武装した群衆に幾重にも取り囲まれて、どうして逃げきれよう。結局、彼はじっと突っ立って、モーガンが近づいてくるのを見つめていた。彼女の黄金の仮面と、足を引きずり歩く姿に、すくんでしまったのかもしれない。彼は身じろぎもしなかった。モーガンは手袋をはめた歪んだ左手を鉢にひたし、しばらく考えてから、捕虜の上腹部に触れた。ウレンカはぎょっとして飛び上がったが、すぐにまた動かなくなる。モーガンが手をひたした鉢に入っていたのは、採ったばかりの山羊の血だった。その血が、ウレンカの痩せた生白い腹に赤く濡れたしるしを残した。

モーガンは歩き去った。人々は畏怖に打たれ、身じろぎもせずに静まりかえっている。真実の明かされる厳粛な瞬間だ。いま、神々がドゥムノニアに語りかけようとしているのである。

オウェインがサークルの内に入ってきた。剣を捨てて、黒い柄の戦槍に持ち替えている。彼は怯えたサクソンの若者をひたと見据えていた。若者は自分の神々に祈りを捧げているようだったが、異国の神々など、ここカダーン城ではなんの力もない。

オウェインはゆっくりと進んだ。ウレンカの目にひたと向けていた眼差しを、ほんの一瞬そらす。サクソン人の腹についた赤いしるしに、槍先をまっすぐ向けるためだ。だがすぐにまた捕虜の目を見据える。二人とも凍りついたようだった。ウレンカは目に涙を浮かべ、声も出せないまま慈悲を乞うように首を小さくふった。だが、オウェインはその哀願を無視して、ウレンカがまた動かなくなるのを待っていた。槍の穂先は血の跡にあてがわれている。だが、二人ともぴくりとも動かなかった。風が二人の髪を乱し、見物人の湿ったマントを巻き上げた。オウェインは突いた。たくましい腕に物を言わせてひと突きすると、槍はウレンカの身体に深々と突き刺さった。槍をひねって引き抜き、オウェインは逃げるように退場した。王のサークルに残されたのは、深手を負ったサクソン人ただひとりだ。

ウレンカは絶叫した。彼が受けたのは恐ろしい傷、気も狂いそうな苦痛を与え、しかも緩慢な死をもたらすよう、慎重に加えられた傷なのだ。だが、バリセやモーガンのような経験を積んだト占師なら、この瀕死の男の断末魔の苦しみから、王国の未来を予言することができる。ぼんやりしていたバリセも我に返って見守っている。サクソン人は片手で腹を押さえてよろめいた。恐ろしい苦痛に体をふたつに折り曲げている。ニムエは食い入るように見つめていた。これは数あるト占術のうちでも最も強力な術であり、いま初めてそれを実際に見る機会を与えられて、その秘密を学ぼうと彼女は真剣なのだ。白状するが、私は顔が歪むのをどうしようもなかった。儀式が恐ろしいからではなく、ウレンカが好きだったからだ。彼の青い目、幅広の顔を見ると、私自身とどこか似たところがあるような気がした。しかし、犠牲に捧げられたウレンカは、異世《ことよ》では戦士の場所を与えられる。だから、いつの日かそこで再会することができるはずだ。そう思って、私は自分を慰めた。

ウレンカの絶叫は、やがて痛ましいあえぎに変わった。顔は血の気を失い、激しく震えている。だが、なぜか倒れることなく、よろよろと東に向かって歩いていた。列石の環にたどり着いたところで、一瞬くずおれるかと見えたが、激痛に背を反らし、再びはじかれたように前進しはじめた。でたらめな円を描いて向きを変え、血を吐き、今度は北に数歩すすみ、そこでついに倒れた。その身体は激痛に引きつっている。そして身体が痙攣するごとに、バリセとモーガンはそこになにがしかの意味を読み取っているのだ。ウレンカが身をねじり、震わせ、よじるさまをよく見届けようと、モーガンが急いで駆け寄った。しばし両脚を突っ張って震わせたかと思うと、ふいに腸がゆるんだ。頭を後ろに反らすと、喉が詰まったような喘鳴《ぜんめい》が洩れた。どっと血が吐き出され、もう少しでモーガンの足を濡らすところだった。サクソン人はこと切れた。

モーガンの立ち姿から、卜占の結果が悪かったのがなんとなく感じ取れた。恐ろしい宣告を待つ人々のあいだに、彼女の暗澹たる気分が伝染してゆく。モーガンは席に戻り、バリセの横で身をかがめた。バリセは、不謹慎にもしわがれた笑い声をあげている。ニムエは血のあとを、そして死体を調べに行っていたが、やがてモーガンとバリセの話し合いに加わった。群衆はひたすら待っている。

ついに、モーガンが死体のそばに戻った。彼女が卜占の結果を伝えた相手は、幼王のそばにひかえる守護闘士のオウェインであるが、その場の者はみな身を乗り出して彼女の言葉に聞き耳を立てていた。「モードレッド王は」彼女は言った。「長命に恵まれよう。戦を指揮し、勝利を知るであろう」

いっせいにため息が洩れた。卜占の結果は吉と解釈できないこともない。しかし、どんなに多くのことが伏せられているか、たぶんだれもがわかっていただろう。わずかながら、ユーサーの即位のときを憶えている参列者もいた。ユーサーのときは、瀕死の男の血の跡と苦悶の痙攣から、正しく王国の栄光が予言されたのだ。とはいえ、たとえ栄光はなかろうと、ウレンカの死による卜占結果にも多少の希望は残っていた。

この死をもって、モードレッドの即位の儀式は終わった。気の毒なノルウェンナは、ウィドリン島の聖なるイバラの下に眠っている。生きていれば、この日の儀式はまったく違ったものになっていただろう。だが、たとえ一千の司教と一万の聖人が集まって、その祈りによってモードレッドを玉座につけたとしても、卜占の結果はやはり同じだったにちがいない。われらが国王モードレッドは足萎えであり、ドルイドでも司教でもそれを変えることはできないのだから。

ケルノウのトリスタンがやって来たのはその日の午後である。人々はみな大広間に集まって、モードレッドの即位を祝う宴を張っていた。妙に味気ない祝宴だったが、そこへさらに水を浴びせたのがトリスタンの到着だった。だれも気づかないうちに、彼は広間中央の大きな炉火のそばに立っていた。炎を受けて、革の胸甲と鉄の兜が輝く。トリスタン王子はドゥムノニアの盟友として知られていたから、ベドウィン司教がそれにふさわしく挨拶の言葉をかけた。だがトリスタンは応えず、代わりに剣の鞘を払った。

その仕種に、だれもがぎょっとして目をむいた。祝宴の間《ま》には、何ぴとも武器を持ち込んではならないことになっている。王の即位を祝う広間となればなおさらだ。酔っぱらっている者もいたが、かれらさえ黙り込んで、若い黒髪の王子を見守った。

ベドウィンは、剣が抜かれたのに気づかないふりをしようとした。「即位の儀式に見えたのですかな、王子よ。どうやら遅参なされたようだ。冬の旅は楽ではありませんからな。さあ、こちらにお掛けなされ。グウェントのアグリコラどのの隣に。鹿肉がございますぞ」

「私はいさかいを携えて来た」トリスタンは大声で言い放った。彼の六人の護衛兵は、広間の扉のすぐ外に残っていた。そこへ、丘の頂を越えて冷たいみぞれがパラパラと降りかかってくる。濡れた具足、水のしたたるマントを着けて、護衛兵たちはむっつりと佇立《ちょりつ》していた。楯を上下正しい向きに構え、磨きあげた戦槍を光らせて。

「いさかいですと！」ベドウィンは、考えるだに非常識だと言いたげだった。「このめでたい日に、まさか！」広間のあちこちから、うなるように挑発の言葉があがった。酒の勢いで、もめごとを面白がっているのだ。だが、トリスタンは歯牙にもかけなかった。「ドゥムノニアの代表者はいずれか？」彼は呼ばわった。

しばし、だれもがためらっていた。オウェイン、アーサー、ゲライント、ベドウィンの四人はそれぞれに権威者ではあるが、抜きん出て高い権威をもつ者はいないからだ。ゲライント公は、もともと表に出たがるほうではないので、肩をすくめて質問をかわした。オウェインは憎々しげにトリスタンをねめつけている。いっぽう、アーサーは慇懃にベドウィンの意向に賛成した。ベドウィンは、王国の最高顧問官たる自分にも、モードレッド王の代理を務める資格があると思う、とためらいがちに申し出たのだ。

「では、モードレッド王にお伝えねがう」トリスタンは言った。「公正な裁きが受けられなければ、わが国とモードレッド王の国のあいだに血が流されるであろうと」

ベドウィンはぎょっとした表情を浮かべ、なだめるかのように両手をひらひらさせた。なんと答えたものか頭をひねっていたが、名案は湧いてこない。しまいに応えたのはオウェインだった。「では、訴えの向きを述べてみよ」彼は平板な声で言った。

「いまは亡き大王ユーサーは」トリスタンは言った。「わが父の臣民の一集団に保護を与えていた。かれらはユーサーの招きに応じてこの国へやって来て、鉱山で働き、近隣の住民と争うこともなく平和に生きてきた。しかるに過ぐる夏、この近隣の者どもが鉱山を襲い、剣と炎で殺戮を働いたのだ。そのために五十八人が命を落とした。王に伝えよ、犠牲者の生命の値に加えて、この殺戮を命じた者の首を、サルハイドとして要求する。要求が容《い》れられなければ、わが剣と楯をもって腕ずくでもいただいて帰る」

オウェインは哄笑した。「小国ケルノウが？　これは恐ろしいわ！」

私の周囲では、兵士たちが口々に罵声をあげはじめた。ケルノウは小さな国で、その兵力はドゥムノニアの足元にも及ばない。ベドウィン司教は騒ぎを鎮めようとしたが、酔って気の大きくなった兵士たちは鎮まる気配もない。だが、やがてオウェイン自身が静粛を命じた。「王子」オウェインは言った。「荒野《ムーア》を襲ったのは、エンガス・マク・アイレムの率いる、黒楯のアイルランド軍だというじゃないか」

トリスタンは床に唾を吐いた。「もしそれがほんとうなら、空を飛んで来たのだろう。やつらが通るのを見た者は一人もいない。おまけに、ドゥムノニア人からは卵のひとつも盗んでおらんのだぞ」

「それは、あいつらがドゥムノニアを恐れておるからよ。ケルノウはともかくな」オウェインが言うと、ふたたび広間を揺らすほどの嘲笑がわき起こった。

笑い声が収まるのを待って、アーサーが口を開く。「エンガス・マク・アイレムでないとすれば、だれがお国の民を襲ったと言われるか？」と丁重に尋ねた。

トリスタンはふり向き、床に座っている男たちの顔を見ていった。イスカのカドウィ公の禿げ頭を見つけると、剣でそちらを指し示す。「あの男に訊かれよ。もしくは」――野次を制するために声を張り上げて――「証人を外に待たせてある。その証人に訊かれるがよい」カドウィは立ち上がり、大声で剣をとりに行く許可を求めた。刺青をしたイスカの槍兵たちは、ケルノウ人をみな殺しにしてくれるとわめいている。

アーサーは、主賓の食卓を手のひらで叩いた。その音は広間じゅうに反響し、ぴたりと話し声がやむ。アーサーの隣で、グウェントのアグリコラはずっと目を伏せていた。このいさかいは彼にはなんの関係もないからだが、この応酬のどんなささいなニュアンスも、あのさとい耳は聞き漏らしていなかったにちがいない。「今夜、だれであれ血を流した者は」アーサーは言った。「私の敵と見なす」カドウィとその郎党が鎮まるのを待って、彼はまたトリスタンに目を向けた。「証人をお連れなさるがよい」

「ここは法廷なのか」オウェインが反対した。

「証人を呼ぶべきだ」アーサーが頑固に主張する。

「祝宴の最中だぞ！」とオウェイン。

「証人を呼ぼう、そのほうがよい」ベドウィン司教はこの厄介ごとを片づけたい一心で、それにはアーサーに賛成するのが早道だと思ったのだ。広間の隅の男たちは、興味津々で中央へにじり寄ってきたが、トリスタンの証人が現れると笑いだした。まだ幼い少女だったのだ。九歳ぐらいだろうか、背筋をしゃんと伸ばし、落ちついた足取りで入ってきて、王子の横に立った。その肩に王子は腕をまわし、「エダインの娘サルリンナ《サルリンナ・ヴェルフ・エダイン》だ」と紹介すると、励ますように少女の肩をぎゅっとつかんだ。「話せ」

サルリンナは唇をなめた。まっすぐアーサーに向かって話すことにしたようだ。主賓の食卓に着いている男たちのうちで、いちばん優しそうな顔をしていたからだろう。「あたしの父さんは殺されました。母さんも、兄さん姉さんも、弟も妹も……」前もって覚えてきたせりふを暗唱しているような口調だったが、その言葉を疑う者はだれ一人いなかった。「赤んぼの妹も殺されました」彼女は続けた。「それから、あたしの子猫も殺されました」

――初めてその目に涙が浮かんできた――「あたしは、みんな見てたんです」

アーサーは憐れむように首をふった。グウェントのアグリコラは、短く刈った白髪をなでて、煤で黒ずんだ垂木を見上げた。オウェインは椅子の背にもたれて、角杯をあおっている。ベドウィン司教は困ったような顔をしていた。「おまえはほんとうに、犯人を見たのかね？」司教は少女に尋ねた。

「はい、殿さま」サルリンナは先ほどより緊張していた。これからは、もう覚えてきた言葉を暗唱するわけにはいかないからだ。

「だが夜中だぞ」ベドウィンは反論した。「王子、襲撃は夜中だったのではありませんかな？」と、今度はトリスタンに尋ねる。荒野が襲撃されたという話はドゥムノニアの諸侯はみな耳にしていた。しかし、エンガス率いる黒楯のアイルランド軍の仕業だというオウェインの言葉を、だれもが鵜呑みにしていたのだ。「夜中に、この子はどうして犯人を見ることができたのですかな」ベドウィンは尋ねた。

トリスタンは、肩を叩いて少女を励ました。「司教どのに、なにがあったか話せ」

「その人たちは、小屋に火を投げ込んだんです」サルリンナは小さな声で言った。

「火が足りなかったんだな」物陰から男のだみ声が上がり、またどっと笑い声が起きる。

「おまえはどうして助かったんだね、サルリンナ？」笑い声が収まると、アーサーが優しく尋ねた。

「毛皮の下に隠れてました」

アーサーはにっこりした。「賢い子だ。それで、犯人を見たんだな？　おまえの母さんと父さんと」そこでしばし言葉を切って、「おまえの子猫を殺したやつを？」

少女はうなずいた。薄暗い広間のなかで、目にいっぱいに溜まった涙がきらめいている。「はい、見ました」と静かに答えた。

「どんな男だったか話してごらん」アーサーが言う。

サルリンナは、短い灰色の服を着て、その上に黒い毛織のマントをはおっていたが、細い両腕を上げて袖をまくりあげ、白い肌をあらわにした。「両方の腕に絵が描いてありました。ドラゴンの絵と、猪の絵です。腕の、ここのとこに」と、刺青のあった場所を自分の細い腕で示し、そこでオウェインに目を向けた。「それから、ひげに環っかをたくさんつけてました」そう付け加えて口をつぐんだ。だが、それ以上は言う必要はなかったのだ。ひげに戦士の環をつけている男は一人しかいない。しかも、その場の全員が、オウェインの腕をこの日の朝に見たばかりだった。ウレンカの横隔膜に槍を突き刺した腕には、ドゥムノニアのドラゴンと、オウェイン自身のしるしである長牙の猪の刺青が入っていたのである。

沈黙が落ちた。薪がはぜ、煙がぱっと垂木に噴きあがる。一陣の風が、分厚いわら葺き屋根にみぞれをパラパラと降らせ、広間のあちこちに置かれた灯心草蠟燭の明かりをちらつかせた。アグリコラは、角杯を支える銀の台に打ち出された模様を、生まれて初めて見るもののようにしげしげと眺めている。広間のどこかでげっぷの音がした。それにうながされるように、オウェインは毛むくじゃらの大きな頭をめぐらして、少女に目を向けた。「嘘をつくな」彼は厳しい声で言った。「嘘をつく子供は、血が出るほど引っぱたいてやらにゃならん」

サルリンナは泣きだし、トリスタンの濡れたマントのひだに顔を埋めた。ベドウィン司教は眉をひそめた。「そういえば、この夏の終わりにはカドウィ公を訪ねていたのではなかったかな、オウェイン？」

「それがどうした」オウェインは声を荒らげた。「それがどうした？」彼はかさねて怒鳴った。こんどは会衆全員にたいする挑戦だった。「ここにはおれの戦士たちもいる！」そう言って、広間の右手に固まっている私たちのほうを身ぶりで示した。「あの連中に訊け！　そうすればわかる！　その子供は嘘をついている！　誓って言うが、真っ赤な嘘だ！」

兵士たちがトリスタンを口汚く罵りだし、広間はたちまち騒然とした。サルリンナがあまり泣くので、王子は身をかがめて抱き上げた。ベドウィンがみなを鎮めようと躍起になっているかたわらで、彼はそのまま少女を抱いていた。「オウェインが誓って言うのなら」司教は声を張り上げた。「この子供は嘘をついているのだ」戦士たちは賛同のうなり声をあげた。

ふと見ると、アーサーはこちらをじっと見つめている。私はうつむき、鹿肉を盛った木の器に目をやった。

ベドウィン司教は、この子供を広間に呼び入れるのではなかったと後悔の臍《ほぞ》をかんでいた。ひげをしごきながら、げんなりして首をふり、「法的には、子供の証言にはなんの意味もない」悲しげに言う。「子供は〝舌をもつ者〟に数えられておらぬから」〝舌をもつ者〟とは、裁きの場でその証言が真実と見なされる九人の証人のことだ。君侯、ドルイド、僧侶、わが子について証言する父親、執政官、自分の贈り物について証言する贈り主、おのれの純潔について証言する処女、家畜について証言する牧童、最後の言葉を口にする死刑囚。家族の虐殺について証言する子供はその数に入っていない。ベドウィン司教はトリスタンに向かって言った。「オウェイン卿は〝舌をもつ者〟ですぞ」

トリスタンは青ざめたが、引き下がろうとはしなかった。「私はこの子を信じる」彼は言った。「明朝、日の出の後にドゥムノニアの返答を聞きにくる。公正な裁きが受けられないとなれば、わが父はみずから裁きを下すだろう」

「きさまの親父はどうかしたんじゃないのか」オウェインがあざけった。「新しい女房にも飽きたのか。飽きたついでに、戦でこてんぱんにのしてほしくなったか」

哄笑のなかをトリスタンは出ていった。小国ケルノウが大国ドゥムノニアに宣戦を布告すると想像して、兵士たちはいよいよ笑いころげた。だが、私は仲間に加わらなかった。黙々と鹿肉のシチューを平らげながら、自分に言い聞かせていた。宴のあとには歩哨の当番が待っているのだから、体が冷えないようにいまのうちに食っておくのだと。仲間とちがって、私は蜂蜜酒にも手を出さなかった。しらふのままマントを着け、槍と剣をとり、兜をかぶって、北の城壁にのぼった。みぞれはやんでいた。流れる雲の切れ間から、きらめく星々のあいだを渡ってゆく明るい半月がのぞいている。だが、西のセヴァーン海上空には、まだ雲が重く垂れ込めていた。城壁を歩きながら、私は身震いした。

そこへ、アーサーが私を捜しに来た。

来ることはわかっていた。来てほしいと願っていたのに、いざとなると恐ろしかった。庭を横切り、短い木の階段をのぼり、土と石の低い城壁のうえにやって来る、その姿を私は見つめていた。最初のうち、彼はなにも言わなかった。ただ木の柵によりかかって、はるかに点々と見えるウィドリン島の火を見つめていた。いつもの純白のマントをまとっていたが、泥に引きずらないようにからげている。斜め十文字模様の剣の鞘より少し上で、裾を腰にまわして結んでいるのだ。「荒野で何があったか——」彼はついに口を開いた。夜気に息が白い。「尋ねるつもりはない。相手が好きならなおさら、生命をかけた誓いを破れとそそのかしたくないから」

「はい」私たちが誓いによってあの夜に縛られているのを、なぜアーサーは知っているのだろう。

「歩こうか」彼は笑顔になって、城壁を身ぶりで示した。「歩哨に立つときは歩いたほうが暖かい」彼は言った。

「活躍してるそうじゃないか」

「一所懸命やっています」

「みんなが褒めてるぞ。私も鼻が高い」アーサーは口をつぐんだ。同じく歩哨に立っている私の仲間のそばを通りかかったからだ。その兵士は柵によりかかって縮こまっていたが、私が前を通りかかると顔を上げた。警戒するような表情を浮かべている。私がオウェインの軍勢を裏切るのではないかと疑っているのだ。アーサーは、マントの頭巾を押しやり、顔をあらわにした。わき目もふらずに大股に歩くので、急がないと置いてゆかれそうだ。

「兵士の仕事はなんだと思う、ダーヴェル?」彼は尋ねた。自分ほど彼に関心をもたれている人間はいない、そう相手に思わせる例の親密な口調で。

「敵と戦うことです、殿」私は言った。

アーサーは首をふって、「自分では戦えない人たちの代わりに、敵と戦うことだ」と訂正した。「私はそれをブルターニュで学んだ。この世は、弱い者、力のない者、飢えた者、悲しむ者、病む者、貧しい者の嘆きに満ちている。そういう弱者をさげすむのは、この世でいちばんたやすいことだ。とくに、戦士にとってはな。戦士なら、どこかの娘が欲しいと思えばさらってくればいい。土地が欲しければ、持ち主を殺せばいい。なにしろこちらは兵士で、槍と剣をもっている。向こうはなんの力もないただの貧しい男で、もっているのは壊れた鋤と病気の牛だけなんだ。だれに兵士を止められる?」アーサーは私の答を待っていたわけではなく、ただ黙って歩きつづけている。私たちは西の門にたどり着いた。門の上の壇に通じる、割った丸太で作った階段が白い。もう霜がおりているのだ。二人並んでその階段をのぼった。「だがほんとうはな、ダーヴェル」階段をのぼりきると、アーサーはまた口を開いた。「私たちが兵士をしていられるのは、そういう弱い者たちが支えてくれているからなんだ。かれらは兵士を養う作物を育て、兵士を守る革をなめし、兵士の槍の柄になるトネリコの枝を刈り込む。その代わりに、兵士は敵と戦うんだ」

「はい、殿」そう答えて、みはるかす平野を彼とともに眺めた。モードレッドが生まれた夜ほどではないが、やはり寒かった。風が身を切るようだ。

「どんなことにも目的がある」アーサーは言った。「戦士になることにもな」こんな硬い話をして申しわけないというように、彼は笑みを浮かべた。だが、私は夢中で耳を傾けていたのだから、あやまる必要などなかったのだ。私が兵士になりたいと夢見たのは、そのほうが出世できると思ったから、熊手をもつより槍をもつほうがいいと常々思っていたからだ。そんな利己的な野心を満たすことしか考えていなかった。だが、アーサーはそれよりずっと先のことを考えていた。剣と槍とでどんな未来を切り拓《ひら》くべきか、はっきりした目標をもってドゥムノニアに戻ってきたのだ。

「見込みはある」――アーサーは、高い城壁によりかかって話していた――「軍勢が民に奉仕する、そういうドゥムノニアを作れるかもしれない。軍勢は民を幸福にしてやることはできないし、豊作を保証して裕福な暮らしをさせてやることもできない。だが、安全な暮らしを守ることならできる。安全な暮らしができれば――子供が奴隷にとられたり、兵士に強姦されて娘の婚資が滅茶苦茶になったりすることはないと安心して暮らせれば、戦争の影に怯えて生きるよりは幸福に近づけるだろう。そう思わないか？」

「思います」

アーサーは手袋をはめた両手をこすりあわせた。私は防寒のために手にぼろ布を巻いていたので、槍が握りにくくて困った。暖めようとその手をマントの中に入れていたからなおさらだ。背後の祝宴の間から、獣の咆吼のような兵士たちの笑い声がわき上がった。冬の祝宴のつねで料理はまずいが、蜂蜜酒とワインはふんだんにある。だが、アーサーも私と同様しらふだった。横顔に目をやると、彼は西のほうを眺めていた。しだいに厚く濃くなってゆく雲を見つめているのだ。突き出た下あごに月光が影を落とし、彼の顔はいつにも増してごつごつして見える。「戦は嫌いだ」アーサーはぽつりと言った。

「ほんとですか？」驚いて問い返した。私はまだ若く、戦が面白い年頃だったのだ。

「あたりまえじゃないか！」彼はこちらに笑顔を向けた。「たまたま私は戦が得意だし、どうやらおまえもそうらしい。だが、得意だから好きというわけじゃない。戦は賢く利用しなければな。この秋、グウェントでなにがあったか知ってるか？」

「ゴルヴァジドが深手を負ったのでしょう」私は勢いこんで答えた。「殿に腕を斬り落とされて」

「そうだ」びっくりしたような口調だった。「騎馬兵は丘陵地帯ではあまり役に立たないし、森林ではまったく使い物にならない。だから、北上してポウイスの平坦な農地に入ったんだ。ゴルヴァジドはテウドリック王の城壁を攻め落とそうとしていたから、そのあいだにポウイスの干し草の山や穀物庫に火をかけてまわった。火をかけて、殺しまわった。好きでやったわけじゃない、やらなければならないからやっただけだ。効果はてきめんだったな。ゴルヴァジドはテウドリック王の城壁を放りだして、平坦な農地に戻ってきた。平坦な場所なら、騎馬兵で打ち破れる。私たちは夜明けとともに攻撃を開始した。ゴルヴァジドはよく戦ったが、戦に敗れ、ついでに左腕をなくした。そしてな、ダーヴェル、これで殺戮は終わったんだ。殺戮はりっぱに役に立ったんだ、わかるか？私たちが殺しまわったのは、ドゥムノニアと戦をするより、平和を守るほうがいいとポウイスに納得させるためだったんだ。これで平和が来る」

「そうでしょうか」私は半信半疑で尋ねた。春の雪解けが来れば、どうせまたポウイスは攻めてくるとたいていの者が思っていた。ゴルヴァジド王はいっそう怨みに凝り固まっているだろうから。

「ゴルヴァジドの息子は道理のわかった男だ」アーサーは言った。「キネグラスというんだが、彼は平和を望んでる。いま必要なのは、キネグラス王子に時間を与えることだ。そうすれば父親を説得してくれるだろう。またドゥムノニアと戦を始めれば、腕をもう一本なくすだけだとな。戦より平和のほうがいいと納得すれば、ゴルヴァジドは評議会を招集するだろう。私たちはみんなそこへ出かけていって、さんざんもめるだろうが、しまいにはな、ダーヴェル、私はゴルヴァジドの娘のカイヌインと結婚することになっているんだ」いささか照れくさそうに、こちらにちらと目をくれた。「星《セレン》と呼ばれてるんだ。ポウイスの星とな！　噂ではとびきりの美女らしい」それを思うと嬉しくてたまらない様子なのが、なんだか意外な気がした。アーサーがけっこう見栄っ張りだということに、当時はまだ気がついていなかったのだ。「ほんとうに星のように綺麗だといいんだが」彼は続けた。「ともかく、綺麗であろうとなかろうとその姫君と結婚して、次にシルリアと和平を結べば、ブリトン人は一致団結してサクソン人と対決できる。ポウイス、グエゥント、ドゥムノニア、シルリアの四国が、それぞれどの国とも手を結び、どの国とも力を合わせてひとつの敵と戦い、どの国とも平和に共存するんだ」

私は笑った。アーサーを笑ったのではなく、アーサーといっしょに笑った。そんな輝かしい未来を、彼がまるで当たり前のことのように予言したのがおかしかった。「どうしてわかるんです？」私は尋ねた。

「決まってるじゃないか、キネグラスが和平の条件を提示してきたからさ。だれにも言うなよ、ダーヴェル、実現するまではな。キネグラスの父親もまだ知らないんだ。これはおまえと私だけの秘密だぞ」

「はい、殿」こんな重大な秘密を打ち明けられて、私は誇らしさで頭がくらくらした。だがもちろん、私はアーサーに乗せられただけなのだ。彼は昔から人を動かすこつをわきまえていたし、とくに理想に燃える若者を動かすのはお手のものだった。

「しかし、せっかく和平を結んでも意味がない」アーサーは言った。「内輪で争いが続いていたのではな。私たちの務めは、モードレッド王のために豊かで平和な王国を作ることだ。そのためには、王国は公明正大でなければならない」私の顔を見つめながら、いまアーサーは低い静かな声で真剣に語っていた。「条約を破っていたのでは、平和が来るはずはない。ケルノウの職人に、わが国の錫を採掘させるというのは公正な条約だ。まずまちがいなくケルノウは採掘量をごまかしているだろう。王に年貢を納める段になってごまかさない者はいないからな。しかし、だからといって、職人を殺し、職人の子供たちを殺し、子供たちの子猫を殺していいわけがない。ダーヴェル、いまのうちにこの愚かな問題の片をつけておかなければ、次の春に待っているのは平和でなく戦だ。マーク王が攻めてくるだろう。勝てる見込みはなくても、マーク王にも面子《めんつ》がある。わが国の農民がおおぜい殺され、こちらもケルノウに軍勢を送らなければならなくなる。あそこは戦をするにはむずかしい土地だ。苦しい戦になるだろうが、しまいにはこちらが勝つだろう。誇りは守られる。だが、そのためにどれだけ犠牲を払うことになる？　三百人の農民の命か。牛が何頭死ぬと思う？　それに、ドゥムノニアが西の国境地帯で戦をしているのを見たら、ゴルヴァジドはこの機に乗じて北部に攻め込もうと思うだろう。ダーヴェル、戦に勝つ力がなければ平和は結べないんだ。弱みを見せれば敵は鷹のように襲いかかってくる。それに、来年になったらどれだけサクソン人が侵入してくることか。テーマー川の向こうに軍勢を送って、ケルノウの農民を殺している場合だと思うか？」

「殿」私はなにもかも打ち明けそうになったが、アーサーがしっと言って黙らせた。広間の兵士たちがベリ・マウルの戦闘の歌を歌っていた。土の床を踏み鳴らしながら、ベリ・マウルによる大殺戮を誉め讃えている。ケルノウ人を血祭りにあげるときを待ちかねているのだ。

「荒野でなにがあったか、ひとことも洩らしてはいかん」アーサーはいましめた。「誓いは神聖なものだ。たとえ、誓いを破っても神々は気にも留めないんじゃないかと疑っていてもな。ダーヴェル、たとえばだ、トリスタンの連れてきた少女がほんとうのことを言っていたとしようじゃないか。どういうことになると思う？」

私は凍結した暗い大地を眺めた。「ケルノウと戦になります」暗澹たる思いで答える。「ちがうな」アーサーは言った。「明日の朝トリスタンが戻ってきたとき、真相を明らかにするためにだれかが挑戦することになるんだ。そういう対戦では、神々はかならず正しいほうにつくというからな」

彼の言う意味はわかったが、私は首をふった。「トリスタン王子がオウェイン卿に挑戦するとは思えません」

「しないだろうな。見たところ分別のある男のようだし」アーサーも認めた。「オウェインの剣が相手では、いくら神々でもトリスタンを勝たせるのはむずかしかろう。ということは、平和を望むなら、平和のあとにくる幸福を望むなら、だれかがトリスタンの守護闘士《チャンピオン》になるしかない。そうじゃないか?」

私はアーサーの顔を見つめた。彼がなにを言いたいのか、考えれば考えるほど恐ろしくなった。「殿が?」ようやく私は尋ねた。

彼は白いマントをかけた肩をすくめた。「ほかにだれかいるとは思えないからな」穏やかに言った。「だが、ひとつおまえに頼みがあるんだ」

「なんでもします、殿」私は言った。「なんでも言いつけてください」あの瞬間なら、アーサーの代わりにオウェインと戦えと言われてもうんと言ったと思う。

「戦闘におもむくときは」アーサーは慎重に言葉を選びながら言った。「正当な理由があると確信していなきゃならん。ひょっとしたら、黒楯のアイルランド軍が、だれにも見とがめられずに楯に隠れてもぐり込んで来たのかもしれない。ドルイドの魔法で飛んできたのかもしれない。あるいは、神々がこんなことに興味をもてばの話だが、明日の私の戦いには正当な理由があると神々は思ってくれるのかもしれない。おまえはどう思う?」

天気のことを尋ねるような、さりげない口調だった。私はアーサーを見つめ、アーサーに圧倒されていた。ドゥムノニアー《ムノニア一》の剣の使い手に挑戦するのだけは、なんとしてもやめてほしかった。

「どうだ?」彼は催促した。

「神々は……」そう言ったきり、先が続けられなかった。私はオウェインに親切にしてもらっていた。あの守護闘士《チャンピオン》はたしかに正直者ではない。しかし、正直な人間など、私は手の指で数えられるほどしか会ったことがなかった。やくざな男かもしれないが、それでも私はオウェインが好きだったのだ。だが、いま目の前にいる正直な人物のほうがもっと好きだった。口ごもっているあいだにもうひとつ考えていたのは、問いに答えれば誓いを破ることになるだろうかということだった。だが、そうはなるまいと思った。「神々は、殿に味方すると思います」私はついに言った。

アーサーは悲しげに微笑んだ。「ありがとう、ダーヴェル」

「でも、どうしてですか?」私は思わず尋ねていた。

彼はため息をつき、月光に濡れる大地にまた目をやった。「ユーサーが死んだとき」と、ようやく口を開いた。「この国は混乱に陥った。王のいない国はそんなものだ。そしていまもこの国には王がいない。モードレッド王はまだ子供だからな。彼が成長するまで、だれかが権力を守らなければならん。そして、そのだれかは一人でなくてはならないんだ。三人でも四人でも十人でもなく、ただ一人でなくては。そんなことはないと思いたい。嘘じゃない、ずっとこのままでいられたらと心から思っている。オウェインを親しい友として、なかよく年老いてゆけたらどんなにいいか。だが、それはできないんだ。モードレッドのために、権力を守らなければならない。正しく確実に守って、無傷のままモードレッドに渡さねばならん。王の権力を狙う者どもが、絶え間なく小競り合いを続けているようではだめなんだ。だれかひとりが王冠を戴かぬ王になって、モードレッドが成年に達したら、王国の権力をそっくり引き渡さなければならない。これは、さっき言った兵士の仕事そのものだろう？　力がなくて自分では戦えない人々のために、兵士は戦をする。そして」と笑みを浮かべて、「自分の欲しいものを手に入れる。オウェインは、私の欲しいものをもっている。私は彼の名声が欲しい。だから手に入れる」アーサーは肩をすくめた。「明日、私はモードレッドとあの少女のために戦うから、ダーヴェル、おまえは」——ここで、彼は私の胸を強くつついた——「あの子に子猫を見つけてきてやれ」寒さに足踏みをしていたが、ふと西のほうをじっと透かし見た。「明日の朝、あの雲は雨か雪を運んでくると思うか？」

「わかりません、殿」

「運んできてくれるといいが。そういえば、未来を占うために殺された気の毒なサクソン人と、話をしていたというじゃないか。彼が言ったことを残らず教えてくれ。敵のことはくわしく知っているに越したことはない」

アーサーは先に立って歩きだし、私を自分の持ち場に戻らせた。南岸に現れた新しいサクソン人の首領、サーディックについての話を聞き終えると、彼は寝所に戻っていった。夜が明けたあとのことなど気にもしていない様子だったが、私はアーサーの身が心配でならなかった。なにしろ、テウドリック王の闘士が二人がかりで挑んでも、オウェイン一人にかなわなかったのだ。神々の住まいである星々に祈ろうとしたが、涙に目がかすんで見えなかった。

その夜は長く、凍えるように寒かった。しかし私は、この夜が永遠に続くよう願わずにはいられなかった。

アーサーの願いは聞き届けられた。夜明けとともに降りだした雨は、まもなく冬の嵐となって大地を激しく叩きはじめた。カダーン城からウィドリン島までのびる、長く広い谷間が灰色のベールにすっぽり覆われたようだった。溝はあふれ、城壁からは雨水が滝のように流れ下り、館の軒下には水たまりができる。湿ったわら葺き屋根の穴から煙が洩れ、歩哨たちはぐしょ濡れのマントの下で背中を丸めていた。

トリスタンは、カダーン城のすぐ東の小村で夜を過ごした。そしていま、夜が明けるのを待ちかねたように、城砦に続くぬかるんだ坂道を一歩一歩のぼってくる。彼に従うのは、六人の衛兵と昨夜の孤児だ。道の両側の草むらが足がかりになるところはよいが、そうでないときは急な泥道に足を滑らせている。門は開いており、ケルノウの王子を見とがめて寄ってくる歩哨もいない。城壁の内に入ると、トリスタンは泥水をはねかしながら大広間の扉に向かった。

出迎える者はなかった。じめじめした広間の中は、目も当てられない混乱ぶりだった。前夜の酔いに眠りこけている兵士たち、料理のあまりもの、それをあさる犬たち。おき火は湿って灰色に冷え、床に敷いたイグサの上で吐物が凍っている。トリスタンは眠っていた兵士の一人を蹴飛ばして起こし、ベドウィン司教でもだれでも、権威のある者を呼んでこいと言いつけた。その兵士の背に向かって、大声でこう付け加える。「この国に、権威のある者が一人でもいればな」

土砂降りの雨のなか、分厚いマントに身を包んだベドウィン司教がやって来た。ぬかるみに足をとられて滑ったりよろけたりしている。避難所とするにはいささか頼りない広間に駆け込むと、「これは王子」と息をあえがせた。「失礼をいたしました。これほど早くおいでとは思いませんで。ひどい嵐になったものですな」マントのすそを絞った。「それでも雪よりはましというものですが。そう思われませんか」

トリスタンは答えない。

ベドウィンは客人の沈黙にうろたえた。「パンなどいかがです？　熱いワインもございますぞ。そろそろかゆもできるはず」厨房に人を遣わそうとあたりを見まわしたが、いびきをかきながら正体もなく眠りこけている者ばかりだ。「おまえはどうだね」とサルリンナのほうへかがみ込み、その拍子に頭痛に襲われて顔を歪めた。「おなかが空いておるだろう」

「われわれは公正な裁きを求めてきたのだ。食事に来たのではない」トリスタンがぴしゃりと言う。

「さよう、さよう。もちろんわかっております」ベドウィンは頭巾を押しやり、剃髪した白髪頭をあらわにした。ひげをまさぐり、うるさいシラミに食われたあたりを掻く。「裁きでしたな」あやふやな口調だったが、やがて決然と頭をうなずかせた。「その件については考えてあります。しかと考えましたぞ。結論から申して、戦はぜひとも避けたい。この点はご同意いただけると思いますが？」答を待ったが、トリスタンは無表情のままだ。「戦は荒廃のもとですからな」ベドウィンは言った。「オウェイン卿に罪があるとは思えませんが、荒野に暮らすお国の民を保護するのはわが国の務め。その務めを果たせなかったのはまちがいない。これはもう確かなことで、まことに遺憾に思っております。そこでです、王子、お父上の御心にかないますならば、わが国としてはサルハイドをお支払い申したい。ただ」とベドウィンはくすくす笑って、「子猫のぶんは無理かと思いますがな」

トリスタンは眉を寄せた。「殺人を犯した者の処罰は？」

ベドウィンは肩をすくめた。「だれのことです？　そのような者は存じませんな」

「オウェインだ」トリスタンは言った。「ぜったいにカドウィから黄金をせしめているはずだ」

ベドウィンは首をふった。「それは違う。いや、そんなはずはない。王子、誓って申し上げますが、罪を犯した者など私はひとりも存じませんぞ」トリスタンを哀願するように見て、「王子、お国と戦になればこれほどつらいことはございません。できるだけの償いはいたしますし、亡くなった民のために祈りもしましょう。しかし、無実の誓言を撤回させることは私にはできません」

「私ならできる」アーサーが言った。彼は、広間の奥にある厨房の衝立の陰で話を聞いていたのだ。私も彼とともに広間に入っていった。じめじめした薄暗がりのなか、アーサーの白いマントがまぶしい。

ベドウィンは目をぱちくりさせた。「アーサー卿ではないか」

もぞもぞと寝返りを打ち、ぶつぶつ寝言を言っている男たちの間を、アーサーは縫って歩いた。「ベドウィン、ケルノウの鉱山職人を殺した者を罰しなかったら、犯人はまた同じことをくりかえすかもしれない。そうではないか?」

ベドウィンは肩をすくめ、両手を広げて、また肩をすくめた。アーサーの結論がどこにあるのか計りかねて、トリスタンは眉をひそめている。

アーサーは、広間の中央に並ぶ柱のそばで立ち止まった。「それに、殺人を犯したわけでもない王国が、なぜサルハイドを支払わなければならんのだ」彼は言った。「ほかの男の犯罪のために、なぜわがモードレッド王の金庫の財を減らさねばならんのだ?」

ベドウィンは身ぶりでアーサーを黙らせようとした。「だれの仕業かわからぬではないか!」彼は言い張った。

「では、それを突き止めねばならない」アーサーがあっさりと言う。

「そんなことはできん!」ベドウィンはいらいらと言い返した。「あの子供は〝舌をもつ者〟ではない! それにオウェイン卿は——アーサー卿の言われるのが彼のことだとすればだが、彼は誓って無実だと申しておる。オウェインは〝舌をもつ者〟なのだから、法廷を開いても茶番ではないか。彼の言葉だけでじゅうぶんだ」

「舌の法廷ではそのとおりだ」アーサーは言った。「しかし、ほかに剣の法廷というものがある。ベドウィン、わが剣にかけて」ここでいったん言葉を切り、エクスカリバーを抜いた。薄明かりに長い刀身がきらめく。「私は主張する。ドゥムノニアのチャンピオンたるオウェインは、われらが同胞ケルノウの民に害をなした。されば、ほかならぬオウェインが代償を支払わねばならぬ」エクスカリバーの切っ先を、不潔なイグサを貫いて大地に突き立てた。手を放されて剣が揺れる。つかのま、アーサーを加勢しに異世《ことよ》の神々が忽然と現れるかと思ったが、聞こえるのは風と雨の音、そして目を覚ました者たちが息を呑む声だけだった。

ベドウィンも息を呑んだ。しばらく声も出ない。「まさか……」ようやく口を開いたが、その先は続けられなかった。

うそ寒い光のなか、整った顔を蒼白にしてトリスタンは首をふった。「剣の法廷でだれかが争わねばならないのなら」とアーサーに言った。「それは私の役目だ」

アーサーは笑みを浮かべた。「言い出しっぺは私だぞ」快活に言う。

「とんでもない！」ベドウィンがようやく声をふりしぼって、「そんなことは許さん！」

アーサーは剣を身ぶりで示し、「ベドウィン、あなたが抜かれるか？」

「とんでもない！」ベドウィンは困り果てていた。王国の希望の星がみずから死を選ぼうとしているのだ。しかし、彼がさらに言葉を続ける前に、まさに当のオウェインがずかずかと広間に入ってきた。長い髪と濃いひげは濡れそぼち、剝き出しの胸が雨に光っている。

彼はベドウィンからトリスタン、トリスタンからアーサーへと目を移し、最後に地面に刺さった剣に視線を落とした。面食らったように、「気でも違ったのか」とアーサーに尋ねる。

「わが剣は」アーサーは穏やかに答えた。「ケルノウとドゥムノニアとの争いに、オウェイン卿が有罪だと主張している」

「こいつは狂ってる」オウェインは、自身の背後に集まってきた家来の戦士たちに言った。チャンピオンは赤い目をして、疲れた様子だった。ほとんど夜通し呑みつづけた上に、よく眠れなかったのだ。しかし、この挑戦にあらたな闘志が湧いてきたようだった。彼はアーサーに向かって唾を吐き、「シルリアの売女の床に戻るとしよう。目が覚めたら、これはみんな夢だったとわかるだろうよ」

くるりと向きを変えたオウェインの背中に向かって、アーサーは静かに言った。「臆病者。きさまは人殺しで、そのうえ嘘つきだ」その言葉に、広間じゅうがまた息を呑んだ。

オウェインはふり向き、また戻ってきた。「この青二才が」大股でエクスカリバーに歩み寄ると、剣を打ち倒した。挑戦を受けて立つという正式な作法である。「つまり、きさまの死もおれの夢の一部になるわけだ。表へ出ろ」と、降りしきる雨にあごをしゃくった。屋内で果たし合いはできない。ここで果たし合いをすれば祝宴の間が穢れる。二人は、冬の雨のなかで戦わねばならないのだ。

城砦全体に緊張が走った。リンディニスに住む者の多くが昨夜はカダーン城に泊まっており、起きだした人々がこの決闘を見物しようと外へ出てきて、城壁内は騒然としはじめた。ルネートも、ニムエも、モーガンの顔も見える。実際、カダーン城のあらゆる人々が、作法にのっとって王の環状列石《ストーン・サークル》内で行われる戦いを見届けようと、われがちに集まってきていたのだ。アグリコラも、豪華なローマふうの甲冑のうえに緋色のマントをかけて、ベドウィンとゲライント公のあいだに立っていた。メルウァス王は、厚切りのパンを手にもったまま、衛兵に囲まれて目を丸くしていた。トリスタンはサークルをはさんでほかの人々とは反対側に立っていた。私が立っていたのもそちら側である。オウェインはそれを見て、私が裏切ったのだと考えたようだ。アーサーを片づけたら次はおまえを異世《ことよ》に送ってやる、と私に向かって怒鳴った。しかしアーサーが、ダーヴェルの命は自分の保護下にある、と宣言してくれた。

「こいつは誓いを破ったんだぞ！」オウェインが私を指さしてわめいた。

「誓って言うが」アーサーは言った。「彼はどんな誓いも破っていない」白いマントを脱ぎ、きちんと畳んで石の上に置く。マントの下は、細身のズボン、長靴、毛織のベストの上に薄い革の胴着《ジャーキン》という姿だ。オウェインは上半身裸だった。ズボンには革ひもを斜め十字にかけ、大きな鋲を打った長靴を履いている。アーサーは石の上に腰をおろし、長靴を脱いだ。裸足で戦うつもりなのだ。

「ここまでしてもらう必要はない」トリスタンがアーサーに言う。

「あるのだ、残念ながら」アーサーは答え、立ち上がってエクスカリバーの鞘を払った。

「魔法の剣を使うのか、アーサー」オウェインがあざけった。「人界の武器では恐ろしくて戦えんのか」

アーサーはエクスカリバーを鞘に戻し、マントの上に置いた。「ダーヴェル」と私にふり向き、「それはハウェルの剣か？」

「はい、殿」

「貸してくれないか」彼は言った。「必ず返すから」

「殿、約束ですよ。きっと生きて返してください」私はハウェルバネを鞘から抜き、柄を先にして差し出した。

アーサーは剣を手に取ってみて、砂交じりの灰をひとつかみ館からとってきてくれ、と私に頼んだ。言われたとおりにすると、彼は柄に巻かれた油のしみた革にその灰をこすりつけた。

アーサーはオウェインに向き直った。「オウェイン卿」と礼儀正しく呼びかける。「休息されてからのほうがよければ、お待ちするが」

「若造が！」オウェインは唾を吐いた。「きさまこそ、例のうろこ鎧を着けなくてよいのか」

「この雨では錆びてしまう」アーサーが落ちつきはらって答える。

「晴れの日にしか戦えんのか」オウェインは鼻で笑い、長剣を二度素振りした。空気を切り裂く鋭い音が響く。楯の壁を作っているときは、オウェインは短い剣を好む。しかしどんな長さであろうと、恐るべき使い手であることに変わりはなかった。「いつでもいいぞ、若造」

私は、トリスタンとその衛兵とともに立っていた。この決闘をやめさせようと、ベドウィンが最後の徒労をくりかえす。結果を疑う者はいなかった。アーサーは長身だが、筋骨たくましいオウェインの巨軀の前ではか細く見える。それに、オウェインが戦いに敗れるところなど、だれも見たことがなかったのだ。しかし、アーサーはまったく恐れげもなく、サークルの西端に立ってオウェインと向かい合った。オウェインのほうは、頂き寄りの東端に立っている。

「両名とも、剣の法廷の裁きに従うか」ベドウィンが尋ねると、二人とも肯定のしるしにうなずいた。

「では、神が祝福してくださるように。そしてまた、正しき者に勝利をお与えくださるように」ベドウィンは言った。十字を切ると、老いた顔を曇らせてサークルの外へ去った。

予想どおり、オウェインが先にアーサーに襲いかかった。だが、サークルの中ほど、聖なる王の石のすぐそばで泥濘《ぬかるみ》に足をすべらせた。待っていたかのようにアーサーが攻撃に出る。ハウェルに教わった技術を駆使して、アーサーは静かに戦うのだろうと私は思っていた。だがその朝、天の底が抜けたような冬の豪雨のなか、戦場でのアーサーの豹変ぶりを私は初めて目にすることになった。彼は魔神と化した。ただ敵を倒すことだけに全身全霊を傾け、激しく素早く剣を繰り出してオウェインに打ちかかる。大男はひたすら後退するばかりだった。剣を切り結ぶ響きが荒々しく鳴りわたる。アーサーはオウェインに唾を吐きかけ、罵り、あざけり、剣の刃で再三切りつけて、オウェインに反撃の暇を与えなかった。

オウェインの戦いぶりも見事だった。あの初手からの必殺の猛攻を持ちこたえたのは、まさにオウェインならではだ。泥濘に長靴がすべり、いちどならず膝を落として攻撃をはねかえす破目になったが、じりじりと後ろに押されながらも、そのたびになんとか体勢を立て直した。オウェインが四度めに足をすべらせたとき、私はようやくアーサーの自信の一端が理解できた。雨を望んだのは、足場が悪くなるのを見込んでのことだったのだ。それに、オウェインが前夜の祝宴でたらふく飲み食いし、疲れてもいるだろうと計算していたにちがいない。だがそれでも、オウェインの鉄壁の守りを打ち破ることはできなかった。とはいえ、チャンピオンは後退するいっぽうで、ついにはウレンカが倒れた場所まで押し戻された。水浸しの泥に、いまだに黒い染みとなって血痕が残っている。

だがそのとき、サクソン人の血によって運が変わったか、アーサーが足をすべらせた。すぐに立ち直ったものの、これこそオウェインがひたすら待っていた突破口だった。彼の剣が鞭のようにすばやく突き出される。アーサーはかわしたが、切っ先は革の胴着を貫いていた。アーサーの胴から、この決闘で初めての血が流される。アーサーは繰り出される剣をかわしにかわしたが、雄牛の心臓さえひと突きにできそうな重く素早い突きの前に、こんどは彼のほうが後退する番だった。オウェインの郎党が、地を揺るがすような大声援を送る。勝利を確信したチャンピオンは、敵にまさる体重を生かしてアーサーを泥中に押し倒そうとしたが、この作戦は見抜かれていた。アーサーはわきへよけて王の石の上に乗り、返す刀でオウェインの後頭部に切りつけた。頭皮の傷のつねで、大量の血が流れ出す。血はオウェインの髪を濡らし、広い背中にしたたり落ちて、雨に薄められてゆく。郎党たちは声もない。

アーサーは石から飛び下り、再び攻撃に移った。またしてもオウェインは防御にまわる。二人は息を切らし、泥と血にまみれ、どちらも疲れきって相手を罵ることも忘れていた。雨に打たれた髪が、重く濡れて垂れ下がる。アーサーは、戦端を開いたときと同じ勢いで、目まぐるしく左に右にと切りかかってゆく。あまりの速さに、オウェインは受けるだけで精一杯だった。雨が降らないうちにとあわてて草を刈ってるみたいだ――アーサーの戦いぶりを馬鹿にして、オウェインがそう言っていたのを思い出す。一度、たった一度だけ、アーサーの剣がオウェインの防御をすり抜けた。だが、その攻撃はなかばかわされて力を失っていたうえに、オウェインのひげに下がる戦士の環に阻まれた。オウェインはその剣をなぎ払い、ふたたび体重をかけてアーサーを地面に倒そうとした。二人は一度に倒れ、一瞬オウェインが組み伏せたかに見えたが、アーサーはどうにか逃れて立ち上がった。

彼はオウェインが立ち上がるのを待った。二人とも荒い息をつき、しばらく牽制しあいながら隙をうかがっていたが、アーサーが前進してまた攻撃に出た。これまでどおり激しく剣をふるい、オウェインもまたその猛攻を受け流す。とそのとき、アーサーがふたたび足をすべらせた。よろけながら恐怖に悲鳴をあげる。それに応えて勝利の雄叫びをあげ、オウェインがとどめの一撃をくれようと剣をふりかぶった。その瞬間、オウェインはアーサーが足をすべらせてなどいなかったことに気づいた。鉄壁の防御を崩すために、すべったふりをしただけだったのだ。アーサーはすかさず突いた。この決闘でアーサーが突いたのはそれが最初で、そして最後だった。オウェインはこちらに背を向けている。アーサーが死ぬところを見るのに耐えられず、私は目を覆いかけた。だが、その私の目の前に、輝くハウェルバネの切っ先が現れたのだ。雨に濡れ、血の筋がついたオウェインの背中をきれいに突き抜けて。アーサーの突きは、チャンピオンの身体をまっすぐ貫通したのである。オウェインは凍りつき、剣をもつ腕からふいに力が抜けたようだった。しびれた指から、泥のなかに剣が落ちる。

一瞬、心臓の鼓動一拍ぶんほど、アーサーはハウェルバネをオウェインの腹に突き立てたまま動かなかった。がやがて、渾身の力を奮って剣をねじり、引き抜きにかかった。声をかぎりに叫びながら、オウェインの巨軀から鋼の剣を抜き取ろうとする。吸いついて離れようとしない肉の力を振り切り、はらわたと筋肉と皮膚と脂肪に食い込んだ刃を抜きながら、彼は叫びつづけていた。昼の灰色の光に剣が再び姿を現したあとも、まだ叫んでいた。オウェインのがっしりした身体から剣を引き抜くのに必要だった力は、そのまま次のすさまじい一撃に込められて、泥濘に闘争の跡も生々しいサークルじゅうに血しぶきが飛び散った。

オウェインは信じられないという表情を浮かべたまま、泥にはらわたをまき散らし、そして倒れた。

ハウェルバネが、チャンピオンの首にふりおろされる。

カダーン城に静寂が訪れた。

アーサーは死体から一歩さがった。太陽と同じ方向に身体を一回転させ、サークルの周囲の顔を眺めてゆく。アーサー自身の顔は石のように硬く冷たかった。そこには優しさなどひとかけらもなく、勝利をかち取った戦士の顔があるだけだ。それは鬼神の顔だった。大きなあごは、憎悪の声をあげたときのまま固まっている。私のように、勤勉な思慮深いアーサーしか知らなかった私のような者たちは、そのあまりの変わりようにただ茫然とするばかりだった。「この裁きに」彼は大音声で呼ばわった。「異議のある者はおらぬか」

名乗り出る者はない。人々のマントから雨が滴り、オウェインの血を薄めてゆく。アーサーは、斃れたチャンピオンの槍兵たちの前に歩み寄った。唾を吐きかけて、「さあ、いまこそ主君の仇を晴らしてみよ。その気がないのなら、きさまらはきょうから私の家来だ」目を合わせられる者はいなかった。アーサーはかれらに背を向け、倒した将軍の死屍をまたぎ越して、トリスタンの真正面に立った。「王子、ケルノウはこの裁きを受け入れるか、王子？」

トリスタンは蒼白な顔でうなずいた。「受け入れます」

「サルハイドは」アーサーは宣言した。「オウェインの所領から支払われる」またふり向き、戦士たちに顔を向ける。「いま、オウェインの軍勢を指揮しているのはだれだ」

グリフィド・アプ・アンナンが不安げに進み出た。「私です、殿」

「一時間したら、命令を受けに私のところへ来い。言っておくが、ダーヴェルは私の同志だ。きさまらのだれか一人でもダーヴェルに手出しをしたら、全員を火の穴に放り込んで焼き殺してやるからな」アーサーの視線を受け止めようとする者はなく、みなうつむいたままだった。

アーサーは泥をひとつかみとって、剣から血をこすり落とし、私に返してよこした。「よく乾かせよ、ダーヴェル」

「はい、殿」

「礼を言うぞ。いい剣だ」ふと目を閉じた。「神に助けられた」彼は言った。「だが、いっぽうで私は楽しんでいた。さてと」——目を開いて——「私は役目を果たしたぞ。おまえはどうだ」

「は？」私はぽかんとしてアーサーを見返した。

「子猫だよ」彼は辛抱強く言った。「サルリンナの」

「はい、見つけてあります」

「じゃあ、連れてこい」彼は言った。「それから朝食をとりに広間に来るんだ。女房はいるか？」

「はい、殿」

「明日、評議会の仕事が片づいたらここを発つと言っておけ」

自分の幸運が信じられず、私はアーサーをまじまじと見つめた。「それはつまり――」

「つまり」彼はせっかちに私の言葉をさえぎって、「これからおまえは私に仕えるんだ」

「はい、殿！」私は言った。「喜んで！」

アーサーは自分の剣、マント、長靴をとり、サルリンナの手をひいて遠ざかってゆく。打ち倒したライバルの死屍をその場に残して。

こうして、私はついに主君を得たのである。

アーサーとその郎党は北のコリニウムで冬を過ごしていたが、ルネートはそこへ行くのを嫌がった。友人たちと離れたくないと言い張り、あとから思いついたかのように、それに妊娠しているのだと付け加えた。とうてい信じられず、私は黙っていた。

「聞こえなかったの？」ルネートはぴしゃりと言った。「妊娠してるの。だから旅なんかできないわ。それに、なんで行かなきゃならないわけ？　ここで幸せに暮らしてたじゃない。オウェインはいいお殿さまだったのに、あんたが台無しにしたのよ。勝手にひとりで行ったら？」彼女は私たちの小屋の炉のそばにうずくまり、弱々しい火からなんとか暖をとろうとしている。「あんたなんか大嫌い」と言って相愛の環を指から引き抜こうとしたが、抜けなかった。

「妊娠してるって？」私は茫然として尋ねた。

「でも、あんたの子とは限らないわよ！」ルネートはわめき、膨れた指から環を引き抜くのをあきらめて、燃え木を私に投げつけてきた。わが家の奴隷が小屋の奥で哀れっぽく泣いている。ルネートは、ついでにその奴隷にも薪を投げつけた。

「だけど、行かなきゃならないんだよ」私は言った。「アーサーについて行かなきゃ」

「あたしを棄てるの？」金切り声をあげた。「あたしが淫売に身を落としてもいいのね！　そうなんでしょう！」そう言って、また薪を投げつけてくる。私は言い争うのが嫌になって小屋を出た。アーサーがオウェインと対決した翌日のことで、私たちはみなリンディニスに戻っていた。この町にあるアーサーの荘園屋敷《ヴィラ》でドゥムノニアの評議会が開かれており、いまそこは嘆願者とその親戚や友人に取り囲まれている。ヴィラ正面の門は、そんな待ちかねた人々で埋まっていた。いっぽう、かつては庭園が作られていたヴィラの裏には、兵器庫や倉庫が雑然と建ち並んでいる。オウェインの兵士たちはそこで私を待っていた。待ち伏せには絶好の場所だった。ひいらぎの木々の陰になって、建物のほうからは見えないのだ。ルネートはまだわめきつづけていた。坂道を昇る私の背中に、裏切り者、卑怯者と罵声が飛んでくる。「女房の言うとおりだぜ、このサクソン人め」グリフィド・アプ・アンナンは言い、唾を吐きかけてきた。

彼の部下たちが私の行く手を塞ぐ。十二人の槍兵たち。みな昨日までは仲間だったのに、いまその顔には消しがたい憎悪が浮かんでいる。私の生命はアーサーの保護下にあるかもしれないが、ここならヴィラの窓からは見えない。ここで私が泥にまみれて死んでいても、だれの仕業かわかりはしないのだ。

「きさまは誓いを破った」グリフィドが私をなじった。

「破ってない」私は言い返した。

ミナクという古参兵が槍を水平にかまえた。オウェインからもらった黄金を、首や手首に幾重にもかけている。

「女のことは心配するな」陰にこもって言う。「若い後家なら、面倒見てやれるやつがいくらでもいるからよ」

私はハウェルバネを抜いた。女たちが小屋から出てきて、私の背後に集まっていた。亭主たちが主君の仇を討つさまを見届けようというのだ。ルネートもそのなかに交じって、いっしょになって私を罵っている。

「おれたちは、新しい誓いを立ててな」ミナクは言った。「きさまとちがって、おれたちゃ誓いは守る」グリフィドと並んで、坂道を下って近づいてくる。二人の後ろには他の槍兵たちが隙間なく並び、私の背後では女たちが押し合いへし合いしていた。いつも手にしている糸巻棒と紡錘《つむ》を放り出して、私をグリフィドの槍のほうへ追い立てようと石を投げる女も出てきた。私はハウェルバネを掲げた。アーサーがオウェインと戦ったときの傷が、刃にそのまま残っている。見苦しくない死に方ができるよう神々に祈った。

「サクソン人め」グリフィドが言う。彼にとっては、これ以上の侮辱の言葉はないのだ。私の剣の腕を知っているので、用心に用心を重ねて進んでくる。「サクソンの裏切り者め」そのとき、彼はぎょっとして飛びすさった。私たちの間に大きな石が飛んできて、派手に泥をはね散らしながら落ちたのだ。グリフィドは私の背後に目をやった。その顔に恐怖の色が浮かび、槍の穂先が下がる。

「おまえたちの名は」背後から聞こえてきたのは、ニムエの押し殺した声だった。「この石に刻んでおくよ。グリフィド・アプ・アンナン、マポン・アプ・エルヒド、ミナク・アプ・カザン……」槍兵たちの名と父祖の名を一人一人唱えてゆき、一人の名を口にするたびに、かれらの面前に放り込んだ呪いの石めがけて唾を吐く。兵士たちはみな槍を下げた。

私はニムエを通そうと脇へよけた。彼女は黒いマントの頭巾をおろし、顔はすっぽりと影に包まれている。その影の中で、黄金の眼球が禍々しく輝いていた。私の横で立ち止まり、だしぬけにふり向いた。宿り木の枝を飾った杖を、石を投げていた女たちに突きつける。「おまえたち、自分の子がネズミに変わってもいいのかい？」ニムエは野次馬たちに向かって言った。「乳房は涸れ、尿は火のように熱くなってもいいのかい？　失せるがいい！」女たちは子供の手をつかんで、あわてて自分の小屋に逃げ込んでゆく。

グリフィドは、ニムエがマーリンの愛人で、ドルイドの魔力を備えていると知っていた。彼女の呪いが恐ろしくて震えている。ニムエがまたふり向いて彼に目を向けると、「赦してくれ」と哀願した。

下げた槍の穂先には目もくれず、ニムエはグリフィドに歩み寄り、杖で彼の頬をしたたかに殴りつけた。「伏せるんだよ」彼女は言った。「みんな伏せるんだ！　べったりと！　顔を下にして！」こんどはミナクを殴りつけ、「伏せろと言ったんだよ！」

一人一人、兵士たちは泥のうえに腹ばいになっていった。その背中をニムエが踏んで歩く。彼女の足は軽いが、呪いはずしりと重い。「これで、おまえたちを生かすも殺すもあたしの心ひとつだよ。おまえたちの魂を、思うさまもてあそんでやることもできる。夜が明けて目が覚めたときまだ生命があったら、あたしの慈悲に感謝するんだね。そして日が沈むたびに、おまえたちの薄汚い顔があたしの夢に現れないよう祈るがいい。グリフィド・アプ・アンナン、ダーヴェルに忠誠を誓え。ダーヴェルの剣に口づけするがいい。ひざまずくんだよ、この蛆虫！　ひざまずけ！」

忠誠を誓ってもらういわれはない、と私は抵抗したが、ニムエは目を怒らせてこちらにふり向き、剣を差し出すよう命じた。一人また一人と、顔に泥と恐怖をこびりつかせて、かつての仲間たちがひざまずいたままにじり寄ってくる。そして、ハウェルバネの切っ先に誓いの口づけをするのだった。この誓いによって、私がかれらの主君になったわけではない。だが私を攻撃すれば、かれらは自分の魂を危険にさらすことになる。もしこの誓いを破ったら、おまえたちの魂は永遠に暗い異世《ことよ》に閉じ込められて、二度と太陽の輝く緑の地上に新しい肉体を得ることはできないだろう、とニムエが言い渡したからだ。槍兵のなかに一人キリスト教徒がいて、こんな誓いにはなんの意味もないとニムエに挑みかかったが、その勇気も長続きはしなかった。眼窩から取り出した黄金の眼球を鼻先に突きつけられ、押し殺した声で呪いの言葉を唱えられると、彼もまた恐怖に腰が抜けてしまった。そして、ほかの者と同じようにひざまずき、私の剣に口づけをしたのだった。全員が誓いを立てると、ニムエはまた腹ばいになるよう命じた。黄金の眼球をどうにかまた眼窩に収めて、兵士らを泥のなかに残したまま、ニムエは私とともにその場を離れた。

坂道を上ってかれらの姿が見えなくなると、ニムエは笑いだした。「ああ、おもしろかった！」その声には、かつての悪戯好きな子供の片鱗が宿っていた。「こんなおもしろいことってないわ！　男なんか大嫌いよ」

「男はみんな？」

「革の具足をつけて、槍をもってる男はね」ニムエは身震いした。「あんたは別よ。だけど、ほかのはみんな嫌い」ふり返って、坂の下めがけて唾を吐く。「馬鹿なくせに威張りくさって。神々はきっと嘲笑ってるわ」頭巾を後ろに下げて、彼女は私の顔を見た。「ルネートをコリニウムに連れてくつもり？」

「守ってやるって誓ったんだ」私は肩を落とした。「おまけに妊娠してるって言うし」

「それは、ルネートといっしょにいたいって意味？」

「うん」腹のうちでは答は逆だったが。

「あんたって馬鹿ね」ニムエは言った。「だけど、ルネートはあたしの言うことなら聞くわ。でもね、ダーヴェル、いま別れなかったとしても、あの子はいつか自分の好きなときにあんたを棄てるわよ」私の腕に手を置いて立ち止まらせる。ヴィラの玄関《ポーチ》のそばまで来ていた。嘆願者の群れがアーサーに会う順番を待っている。「ねえ、知ってた？」ニムエは声を低くして私に尋ねた。

「アーサーは、ギンドライスを解放するつもりなんだって」

「いや、知らなかった」私は愕然とした。

「ほんとなのよ。いまならギンドライスも和平を守るだろうと思ってるの。シルリアはギンドライスに治めさせるのがいちばんだって。テウドリック王がうんと言わないかぎり解放できないから、まだ実現はしてないけどね。だけどそのときが来たら、ダーヴェル、あたしギンドライスを殺すわ」わかりきったことのように、彼女はぞっとするほどあっけらかんと言った。残忍さを剝き出しにした彼女はなんと美しかったことか。自然の与える美貌など、彼女には必要なかった。雨に打たれた荒涼たる大地のかなた、カダーン城の丘を見つめながら彼女は言った。「アーサーは平和を夢見ているけど、平和なんか来るわけがない。ぜったいに来ないわ。ダーヴェル、ブリタニアは大釜なのよ。アーサーはそれをかきまわして恐怖を生み出すだけ」

「そんなことない」私はアーサーの肩をもった。

これを聞くと、ニムエは馬鹿にしたように顔をしかめた。しかし、それきりひとことも言わずにまわれ右をして、戦士らの集落のほうへまた坂を下りていった。

私は嘆願者たちを押し退けてヴィラに入った。アーサーがちらと顔をあげ、私の姿を認めて歓迎のしるしに気軽に手をふってみせた。が、すぐにまた視線を目の前の男に戻す。その男は、隣人が境界石を動かしたと訴えているのだった。ベドウィンとゲライントがアーサーと同じテーブルに着いており、いっぽうの側にアグリコラとトリスタン王子が衛兵のように立っていた。王国の顧問官と執政官がおおぜい床に腰をおろしている。その床が不思議と温かいのは、かまどから煙交じりの暖気を床下に送り込むという、ローマ式の暖房法のおかげだ。タイルの割れ目から細い煙の筋が洩れ出して、広い部屋全体に漂っている。

嘆願者が一人ずつ呼び入れられ、裁定が下されてゆく。このヴィラから百歩も行けばリンディニスの執政官の法廷があり、訴えの大半はそこでも処理できそうなものばかりだった。しかし、庶民の多く、とくに根強く異教の残る田舎の住民は、王の評議会で下された決定のほうが、ローマ人の建てた法廷の裁きよりも拘束力があると信じているのだ。だから、評議会が手近な場所で開かれるときまで、恨みつらみを抱え込んで待つのである。幼王モードレッドの代理として、アーサーは嘆願を忍耐強く処理していったが、本日の真の懸案に取りかかる段になるとさすがにほっとしたようすだった。その懸案とは、前日の決闘が残したごたごたの後始末である。オウェインの戦士はゲライント公に与えられ、アーサーの勧めでさまざまな部隊に分割されることになった。ゲライント軍の部将の一人、ラウァルフという男が、オウェインの代わりに王の護衛隊のあらたな指揮官に任命された。また、オウェインの富を評価して、サルハイドとして支払うべき分をケルノウに送るという仕事は、一人の執政官に任された。アーサーがてきぱきと仕事をこなしてゆくさまに私は感心した。しかも、その場の者に意見を述べる機会もちゃんと与えているのだ。まわりの意見を求めると往々にして際限ない論争が始まるものだが、複雑な問題をすばやく理解して、だれもが満足できる妥協案を提案するという、得がたい才能にアーサーは恵まれていた。もうひとつ気づいたのは、ゲライントとベドウィンが、アーサーに主導権を取らせて満足しているということだ。ベドウィンは、もともとアーサーの最大の支持者だった。ドゥムノニアに未来があるとすれば、それはひとえにアーサーの剣にかかっていると考えているのだ。ゲライントはユーサーの甥にあたり、対抗勢力になっても不思議はないところだが、伯父とちがって野心のかけらもなく、アーサーが進んで統治の責任を引き受けたので喜んでいるようだった。ドゥムノニアには、アーサー・アプ・ユーサーというあらたな守護闘士《チャンピオン》が現れたのだ。手で触れられそうなほど濃密に、室内には安堵感が満ちていた。

　イスカのカドウィ公は、ケルノウへのサルハイドを一部負担するよう命じられた。彼はこの決定に抗議したが、アーサーの憤怒を前にしてたじろぎ、ケルノウの要求する代価の四分の一を支払うことにおとなしく同意した。たぶん、アーサーはもっと厳しい処罰を科したかったのだろうと思う。しかし私は誓いに縛られていて、荒野《ムーア》の襲撃にカドウィが加担していたと暴露することはできなかった。ほかには彼の共犯を示す証拠はなにひとつなかったので、カドウィはそれ以上の重い判決を免れたのだった。トリスタン王子は首をひとつうなずかせて、アーサーの決定を受け入れた。

この日の次の懸案は、王の養育を手配することだった。モードレッドはオウェインの家中で育てられていたので、あらたな預け先が必要になったのだ。ベドウィンは、ドゥルノヴァリアの主席執政官の、ナビルという人物を推薦した。別の顧問官が即座に反対した。ナビルはキリスト教徒だというのだ。

アーサーはテーブルを叩いて、激しい応酬が始まる前にやめさせた。「ナビルはここにいるか」彼は尋ねた。

部屋の奥で、長身の男が立ち上がった。「私がナビルです」きれいにひげを剃って、ローマふうのトーガをまとっていた。「ナビル・アプ・ルウィドと申します」と正式に自己紹介をする。細面にきまじめな表情を浮かべた若い男で、髪が後退しているので司教かドルイドのようだった。

「子供はいるか、ナビル」アーサーが尋ねる。

「三人育っております。息子二人に娘が一人。娘はモードレッド王と同い年でございます」

「ドゥルノヴァリアには、ドルイドか吟唱詩人《バード》はいるか」

ナビルはうなずいた。「吟唱詩人のデレラがおります」

アーサーはベドウィンと低声で話し合っていた。ベドウィンがうなずくと、アーサーはナビルに笑顔を見せた。

「王を引き取ってくれるか」

「喜んで」

「ナビル・アプ・ルウィド、王にそなたの宗教を教えるのはかまわないが、そのときはデレラを同席させよ。王が五歳になられたら、デレラを教育係として仕えさせること。金庫から、王の手当の半額がそちらに支払われる。またモードレッド王の周囲には、常時二十名の衛兵をつけねばならない。王の人命金は、そなた並びにそなたの家族全員の魂とする。よいな」

モードレッドにもしものことがあれば、彼の妻子も死なねばならない。そう言われてナビルは青ざめたが、やはりうなずいて同意を示した。それも無理はない。王の保護者になれば、ドゥムノニアの権力の中枢に急接近できるのだから。「結構でございます、殿」彼は言った。

評議会の最後の仕事は、ギンドライスの妻にして愛人であり、またオウェインの奴隷でもあるラドウィスの処遇を決めることだった。彼女は評議会の場に連れてこられ、昂然と顔をあげてアーサーの前に立った。アーサーは彼女に言った。「私は今日、馬でコリニウムへ向かう。あなたの夫が幽閉されている町だ。いっしょに来ますか」

「これ以上わたしを侮辱しようというの?」ラドウィスは言った。オウェインの無慈悲な仕打ちにも、彼女の鼻っ柱を折ることはできなかったらしい。

アーサーは、彼女の食ってかかるような口調に眉をひそめた。「夫君のそばにいたいのかと思ったのだが」穏やかに言った。「彼はそれほど厳しく監禁されているわけではない。ここと同じような屋敷に住んでおられる。たしかに見張りはついているが、あそこなら邪魔をされずに二人で静かに暮らせるぞ。それがあなたの希望ならだが」

ラドウィスの目に涙が浮かんだ。「もうそばに置いてくれないかもしれないわ。わたしは穢れてしまったから」

アーサーは肩をすくめた。「私にはギンドライスの意向はわからない。ただあなたの希望を知りたいだけだ。ここに留まりたければそれでもよい。オウェインが死んだいま、あなたは自由だ」

アーサーの寛大さが信じられないようだったが、ラドウィスはどうにかうなずいた。「いっしょに行きます」

「決まった！」アーサーは立ち上がって自分の椅子を壁際へ運ぶと、ラドウィスに腰掛けるよう丁重に勧めた。集まった顧問官、槍兵、族長たちに改めて顔を向け、彼は口を開いた。「ひとつだけ言っておきたいことがある。これだけはみな頭にたたき込んで、郎党、家族、部族、氏族にも言って聞かせてもらいたい。わが国の王はモードレッドさまだ。モードレッドさま以外にはない。われわれが忠誠を誓うのも、剣をとるのもモードレッドさまのためだ。しかし、これからの数年間、わが王国は敵に立ち向かわねばならない。それが王国というものの宿命なのだ。だから、これはいつの時代でもそうだが、強権をふるって決断を下すことが必要なときもあると思う。だが、そうなればかならず、私が王の権力をほしいままにしていると陰口を叩く者が出てくるだろう。それどころか、私が王の権力を欲しがっているとさえ思いたくなるだろう。だからいま諸君の前で、またグウェントとケルノウの友人の前で」――ここで、慇懃にアグリコラとトリスタンを身ぶりで示し――「はっきり誓っておく。諸君が尊ぶどんな誓いにもまさる誓いを立てておく。諸君から与えられた権力を私がふるうのには、目的はただひとつしかない。モードレッドさまが成年に達せられたとき、この王国を私の手からしかとお渡しすることだ。以上、確かに誓ったぞ」そこで、彼は唐突に演説を打ち切った。

室内にざわめきが起きた。アーサーがいかにやすやすとドゥムノニアの権力を掌中におさめたか、このときまでだれもはっきりとは理解していなかったのだ。彼はベドウィンやゲライント公と同じ卓に着いていたから、この三人は平等な権力をもっているように見えた。だがこの演説によって、実際に王国を牛耳っている者はただ一人だとアーサーは宣言したのだ。そしてベドウィンとゲライントは、その沈黙によってアーサーの宣言を支持している。ベドウィンもゲライントも権力を奪われたわけではなく、今後はアーサーの意に沿ってそれを行使することになったのだ。ベドウィンはこれまでどおり王国内の紛争の調停者でありつづけるし、ゲライントはサクソン人との国境地帯を防衛するが、それもアーサーの意志があればこそなのだ。そしてそのいっぽうで、アーサーは北のポウイス軍と対峙する。おそらくベドウィンも知っていただろうが、アーサーにはゴルヴァジドの王国と和平を結ぶという高邁な理想があった。しかし、和平が結ばれるまでは戦闘態勢をとりつづけなければならない。

その日の午後、私たちは大集団で北に向かって出発した。アーサーは二人の戦士と従僕のハグウィズをともない、先頭に立って馬を進めている。それと並んで、馬上のアグリコラが自分の家来を率いて進んでいた。モーガン、ラドウィス、そしてルネートは荷車に乗り、私はニムエとともに歩いた。ニムエの怒りにねじ伏せられて、ルネートもおとなしくついて来たのだ。その夜はトールに泊まったので、グラジンの立派な仕事ぶりを見ることができた。新しい砦柵《さいさく》が作られ、昔の塔の基礎のうえにあらたな塔の建設が進んでいる。ラーラはまた妊娠していた。ペリノアは私がだれかわからず、新しい囲いの中を警戒するように歩きまわって、見えない槍兵に大声で命令を出していた。ドルイダンはラドウィスに色目を使っている。書記のギドヴァンは、トールの北のハウェルの墓に私を案内したあと、アーサーを聖なるイバラの教会に連れていった。奇跡のイバラの木のすぐそば、聖ノルウェンナが埋葬されている場所だ。

翌朝、私はモーガンとニムエに別れを告げた。空はまた晴れ上がり、風が冷たかった。こうして、私はアーサーとともに北を目指したのだった。

春になって生まれた私の息子は、わずか三日後に世を去った。そのあと何日も、皺くちゃの小さな赤い顔を思い出しては、涙が湧いてきたものだ。元気そうだったのに、ある朝、気がついたらもう死んでいたのだ。犬や小豚に踏みつけにされないように、むつきにくるんで厨房の壁に掛けておいた、その姿のままで。ルネートも私と同じように泣いたが、赤児が死んだのはあんたのせいだと私をなじった。コリニウムの空気が毒だったのだと。だが実際には、ルネートはこの町が気に入っていたのだ。清潔なローマふうの建物や、石畳の通りに面した煉瓦造りの小さなわが家が気に入り、また意外なことに、アーサーの愛妾のアランや、アランの双子の息子たち、アムハルとロホルトとも親しくなっていた。私はアランのことは非常に好きだったが、双子の息子たちは手に負えなかった。アーサーが二人を甘やかしていたのは、たぶん罪悪感からだろう。彼自身と同じく、双子も父祖の財を受け継ぐ嫡子ではなく、庶子として厳しい世間の荒波にもまれて生きねばならないからだ。私は、かれらが折檻されているのを見たことがない。例外はたった一度。二人が短刀で子犬の眼をくり抜いているのを見て、私が自分で力いっぱいぶん殴ってやったときだけだ。その子犬は目がつぶれていたので、ひと思いに死なせてやった。アーサーは理解は示したものの、彼の息子を殴るのは私の役目ではないとしぶい顔だった。しかし、彼の郎党の戦士たちは私を褒めそやしたし、たぶんアランも喜んでいたと思う。

アランは悲しげだった。アーサーの伴侶として過ごせる日々は、もう長くはないと知っているのだ。彼女の愛人はブリタニア一強大な王国の実質的な支配者となったのだから、その権力を支えるために相応の花嫁をめとらねばならない。その花嫁はカイヌイン、星と謳われたポウイスの姫君だということを、アランも知っていたのではないだろうか。彼女はベノイクに戻りたがっていたが、アーサーは愛しい息子たちを国外に去らせようとはしなかった。彼はアランを路頭に迷わせたりしないだろうが、愛妾を手元に置いて高貴な妃をはずかしめることもしないだろう。そのことはアランもよくわかっていた。春が深まって木々に若葉が芽吹き、国中に花の便りが広がってゆくにつれて、彼女の悲しみは深まるばかりだった。

春になってサクソン人が攻撃をしかけてきたが、アーサーは戦に出なかった。メルウァス王はヴェンタの都から南の国境を防衛し、ゲライント公の軍勢はドゥロコブリヴィスを出撃して、恐るべきエレ王の率いるサクソン人召集軍を迎え討った。ゲライントのほうが苦戦していたので、アーサーはサグラモールと三十人の騎馬兵を増援に送り込み、これによって戦局はわがほうへ有利に傾いた。聞くところでは、サグラモールの黒い顔を見たエレのサクソン軍は、夜の王国から送り込まれた化物だと思い込み、魔法使いも戦士たちも立ち向かおうとはしなかったのだという。このヌミディア人はエレの軍を深く押し戻し、もとの国境から行軍してまる一日の地点にあらたな国境を打ち立てて、この新しい国境の目印に、斬り落としたサクソン人の首を一列に並べた。さらにロイギルの奥深く荒らしまわり、いちどは騎馬兵を率いてはるかロンドンにまで達したという。ローマ支配の時代、ロンドンはブリタニア最大の都市だったが、いまはくずれた市壁の奥で寂れてゆこうとしている。サグラモールが言うには、そこに生き残っていたブリトン人はみな怯えており、サクソン人の大君主との危うい平和を乱さないでくれと懇願したそうだ。

マーリンの消息は杳《よう》として知れない。

グウェントでは、ポウイスのゴルヴァジドが攻めてくるのを待ち構えていたが、そんな気配はさっぱりなかった。代わりにゴルヴァジドの都カイル・スウスから使者が南に送って来られ、その二週間後、アーサーは敵の王に対面するために北へ出発した。アーサーに従う十二人の戦士の一人として、私も同行を命じられた。剣こそ携えていたが、楯も戦槍ももたない行軍。私たちは平和の使節だったのだ。アーサーは希望に胸をふくらませていた。シルリアのギンドライスも同行している。私たちは、まず東に進んでテウドリックの都ブリウムに向かった。市壁に囲まれたローマふうのこの町には、武器庫が建ち並び、鍛冶屋の煙の悪臭がたえず立ち込めている。ここでテウドリック王とその従者を加え、私たちは北へ進路を変えた。アーサーと同じく、テウドリックもわずかな衛兵しか従えていなかった。サクソンとの国境地帯を防衛するアグリコラのために、やはり軍勢を残さねばならないからだ。ただ、テウドリック王は三人の司祭を連れていた。そのうちの一人はサンスム、例の怒れる小柄な司祭だった。ネズミの王さまルティゲルンとニムエがあだ名した、剃髪した黒髪が特徴的な男だ。

それは色あざやかな行列だった。テウドリック王の衛兵はローマふうの軍服のうえに緋色のマントをかけていたし、アーサーのほうは部下の戦士一人一人に真新しい緑のマントを支給していた。そのうえ、頭上には四本の旗印が翻っている。ドゥムノニア国旗であるモードレッドのドラゴン、アーサーの熊、ギンドライスの狐、そしてテウドリックの雄牛。ギンドライスと並んでラドウィスも馬を進めている。彼女は一行でただひとりの女だった。ラドウィスは幸福そうな表情を取り戻し、ギンドライスのほうも彼女がそばに戻ってきて満足しているようだった。彼はいまも捕虜ではあるが、また剣を佩《は》いているし、アーサーやテウドリックと並んで進むという栄誉を認められてもいた。テウドリックは相変わらず警戒していたが、アーサーはギンドライスを旧知の友のように扱っている。なんといっても、ブリトン人の間に平和をもたらすというアーサーの計画には、ギンドライスが必要なのだ。そして平和が実現すれば、剣と槍をサクソン人に集中することができる。

ポウイスとの国境で、私たちは衛兵隊の出迎えを受けた。道にはイグサが敷かれ、吟唱詩人が歓迎の歌を歌っている。ホワイト・ホースの谷でサクソン人を打ち破った、アーサーの勝利を讃える歌だった。ゴルヴァジド王は出迎えに来てはいなかったが、代わりにヘニス・ウィレンの王レオデガンが派遣されていた。アイルランド人に国を奪われ、いまはゴルヴァジドの宮廷で流浪の身をかこっている王だ。とはいえ身分が高いことは確かであり、客人への敬意を表するのにふさわしいということで選ばれたのだろうが、レオデガン自身はその暗愚ぶりで有名だった。びっくりするほど背の高い男で、枯れ木のように瘦せていた。ひょろ長い首、まばらな黒髪、しまりのない口許からは涎が垂れている。いっときもじっとしておられず、急に走りだしたり止まったり、目をしばたたいたり、あちこち引っかいたり、とにかく始終せかせかしていた。「王はご自分で来たがっておられたのだが」彼は言った。「それはもう来たがっておられたのだが、それがそうはゆかなくてな。おわかりか？　それはそうと、ゴルヴァジド王がよろしくと仰せであった！」テウドリック王が吟唱詩人に褒美として黄金を与えるのを、彼は物欲しげに眺めていた。おいおいわかってくることなのだが、アイルランド人のディウルナハに国を奪われ、多大な損害をこうむって、レオデガンはひどく窮乏していたのだ。そしていまは、それを埋め合わせようと日夜努力しているのだった。「では参ろうか。宿はたしか……」レオデガンはしばし口ごもった。「なんともはや、もう忘れておる。まあよい、衛兵隊の指揮官が知っておるはずだ。指揮官はどこかな？　おお、あそこか。名前はなんといったかな。まあ気にすることはない、着けばわかる」

一行の掲げる旗印に、ポウイスの鷲の旗とレオデガンの牡鹿の旗が加わった。私たちの進むローマ人の道は、豊かな土地をまっすぐに貫いて延びている。ここはまさしく、昨年の秋にアーサーが荒らしまわった土地だ。しかし、その作戦のことを話題にするほど無神経な者はいなかった――レオデガン以外には。「そうそう、貴公はここに来たことがおありだったな」彼はアーサーに大声で話しかけた。レオデガンは馬に乗っておらず、王たちの側を歩かなければならなかったのだ。

アーサーは眉をひそめた。「さあ、この土地は初めてだと思いますが」とはぐらかす。

「なんの、来ておられるはずですぞ。それ、あそこの畑が焼けておろうが。貴公のなされたことよ！」レオデガンは笑顔でアーサーを見上げた。「みな貴公を見くびっておったわけよな。わしはゴルヴァジドに言うたのよ、面とむかってはっきりとな。アーサーは若いが、どうして大した男だとな。だが、ゴルヴァジドは昔から道理に耳を貸すやつでない。戦は上手だが、考えるのは苦手なのだ。あれは息子のほうが賢いな。うん、キネグラスのほうがずっと賢い。キネグラス王子がわしの娘の一人と結婚してくれぬかと思っておったのだが、ゴルヴァジドはうんと言わん。まあよい」彼は草むらにつまずいた。この道も、ウィドリン島の近くのフォス・ウェイと造りは同じで、水はけをよくするために路面を盛り上げて両側に溝が掘ってあった。しかし、長年のあいだに溝は埋もれ、路面の石畳にも土が溜まって、いまでは草ぼうぼうになっているのだ。レオデガンは、なおもアーサーが荒らした跡をしつこく指さしてみせていたが、やがてアーサーから答を引き出すのを諦めて、行列の後方に下がってきた。テウドリック王の司祭三人をやり過ごし、私たち衛兵と並んで歩きだす。最初はアーサーの衛兵隊の指揮官アグラヴェインに話しかけようとしたが、アグラヴェインはむっつりしている。そこでしまいに、アーサーの随員のなかでいちばん取っつきやすそうだと私に目をつけて、ドゥムノニアの貴族のことを熱心に質問しはじめた。だれかれの名をあげて、結婚しているかどうかしつこく尋ねる。

「ゲライント公はどうだ？　もう結婚しておるかな？　奥方はおるのか」

「はい、殿」私は答えた。

「奥方は元気か」

「お元気だと思います」

「ではメルウァス王は？　妃がおられたかな」

「亡くなられました」

「そうか！」彼はぱっと顔を輝かせた。「わしには娘がおるのだ。わかるか？」大まじめで説明する。「娘が二人。

そこでだ、娘は嫁がせねばならん、そうであろう？　嫁がない娘は人にも獣にもなんの役にも立たん。よいか、正直に言うとな、二人の娘のうち一人はもうすぐ嫁ぐことになっておる。つまりグィネヴィアのことよ。ヴァレリンに嫁ぐことになっておるのだ。ヴァレリンを知っておるか」

「いいえ、殿」

「よい男だ。よい男なのだ、よい男なのだが、その……」口ごもって、適当な言葉を探している。「そう、財産がないのだ！　まともな土地をもっておらんのだ。たしか、わずかばかりの土地を西にもっておるが、金は数えるほどもない。小作人がおるでなし、黄金を持っておるでなし。地代も黄金もなしでは出世はおぼつかん。グィネヴィアは王女なのに！　しかしだ、まだ妹のグウェンフウィヴァハがおる。こちらには結婚の見込みがまるでない。まるでないのだ！　わしの脛をかじるばかりでな。それでなくてもじゅうぶん細っておるというのに！　しかし、メルウァス王は独り寝と申したな？　これはひとつ考えねば！　キネグラスのことは残念だが」

「なぜですか、殿？」

「どっちの娘とも結婚する気がないらしいのだ！」レオデガンは腹立たしげに言った。「父親のほうに持ちかけたのだがな。隣の王国どうしで、同盟を固めるのにぴったりの縁組だと言うたわけよ！　それが、答は否だ。キネグラスはエルメトのヘレズに目をかけておるし、アーサーはカイヌインを娶《めと》るつもりだというし」

「それは存じませんでした」私はとぼけた。

「カイヌインはきれいな娘だ！　おお、そうとも！　しかしだな、グィネヴィアとてひけはとらんぞ。ただ、あれはヴァレリンに嫁ぐことになっておるのだ。なんともったいない！　小作人も黄金も財もなくて、水びたしの草地に、病気の牛がひとにぎりでは、グィネヴィアは気に入るまいて！　あれはな、グィネヴィアは贅沢が好きなのよ。それが、ヴァレリンは贅沢の意味も知らんと来ておる！　あの住まいはあれだ、わしの見るところではまるで豚小屋だな。そうは言うても、ヴァレリンは族長だからな。だがな、ポウイスの奥地にゆけばゆくほど、族長を名乗る男がやたらに増えてな」ため息をついた。「グィネヴィアは王女だというに！　グウィネズのカドウァロンの息子の一人にめあわせたいと思うたのだが、カドゥアロンは妙な男でな。わしのことが気に食わんらしいのだ。アイルランド人が攻めてきたときも助けてはくれなんだ」

　このあまりに不当な仕打ちに、レオデガンは黙り込んでくよくよ思い悩んでいる。すでに行列はかなり北に達しており、風景も人々の姿も見なれぬものに変わっていた。ドゥムノニアは、グウェント、シルリア、ケルノウ、そしてサクソン人に囲まれているが、この国の人々が気にしているのはグウィネズやエルメトであり、フリーンやモン島《アニス・モン》だった。フリーンは、かつてヘニス・ウィレンというレオデガンの王国のあった土地で、モン島すなわちモナの島もその王国の一部だった。いまではどちらも、ディウルナハというアイルランド人に支配されている。ブリタニアに侵攻して王国を切り拓いた、海越えのアイルランド君主の一人だ。ディウルナハのような残忍な男にとって、レオデガンを追い出すなど朝飯前だったにちがいない。その残忍非道ぶりは有名で、彼の軍勢では戦で倒した敵兵の血を槍に塗っていると、そんな噂がドゥムノニアにさえ届いている。ディウルナハと対決するぐらいなら、サクソン人と戦うほうがましだと言われるほどだった。

　しかし、私たちがスウス城《カイル・スウス》に向かっているのは和平を結ぶためで、戦争をするためではない。スウス城は、泥小屋の並ぶ小さな町だった。暗褐色のローマの城砦を中心に、広々として平らな谷底に築かれており、セヴァーン川――この地方ではハフレン川と呼ばれている――の深めの渡り場に面していた。ポウイスの真の都はドルヴォルウィン城、王の石を戴く美しい丘にあるが、そこはカダーン城と同じく水源もなければじゅうぶんな広さもなくて、王国の法廷や金庫、武器庫、厨房だの倉庫だのを収めきれない。そのため、ドゥムノニアでは日常的な業務はリンディニスで行われるが、ポウイスでも政務はスウス城で行われている。そして、危険が迫ったときや重要な王家の祭儀が行われるときだけ、ゴルヴァジドの宮廷は川を下り、見晴らしのよい山頂にあるドルヴォルウィン城へ移るのだった。

スウス城にはローマふうの建物はほとんど残っていないが、ゴルヴァジドの祝宴の間《ま》は古い石造りの基礎のうえに築かれていた。その広間の両翼に、テウドリックとアーサーのために特別に広間が建て増しされている。しかし、ゴルヴァジドが私たちを迎えたのは中央の広間だった。ポウイス王はむっつりした男で、左袖が頼りなく揺れているのはエクスカリバーのせいだ。中年で、がっしりした身体つき。テウドリックを抱擁して、うなるような声でいやいや歓迎の言葉を述べたが、その疑り深げな小さな目にはなんの温かみも浮かんでいなかった。アーサーは王ではないからひざまずいて挨拶したが、ゴルヴァジドはむっつりと押し黙っている。ここの族長や戦士たちは、みな口ひげを長く伸ばして編んでおり、一日じゅう降り続いた雨のために重いマントから水を滴らせている。広間には濡れた犬の臭いがした。女の姿はなく、ただ酒壺を運ぶ女奴隷が二人いるだけだ。ゴルヴァジドは、その壺の蜂蜜酒《ミード》をさかんに角杯にくんでいた。後に聞いたところでは、エクスカリバーに左腕を斬り落とされてからの長い数週間のうちに、酒びたりになってしまったらしい。高熱を発して、臣下に命を危ぶまれるほどだったという。以前にもまして気むずかしくなったゴルヴァジドは、とろりと強く醸造された蜂蜜酒に泥酔し、そのために王国の実権はポウイスの世嗣《せいし》たる息子キネグラスの肩に移ろうとしていたのだった。

キネグラスはまだ若く、賢そうな丸顔に、黒い口ひげを長く伸ばしていた。笑い上戸で、打ち解けた態度は親しみやすい。アーサーとよく似た人柄なのはすぐにわかった。昼は丘陵で鹿狩りに興じ、夜は祝宴を張って吟唱詩人の歌に耳を傾ける、そんなふうにして三日間が過ぎた。ポウイスにはキリスト教徒はほとんどいなかったが、テウドリック王がキリスト教徒だと知ると、キネグラスはとある倉庫を教会に改造して、説教をするよう司祭たちに勧めた。一度などはみずから説教に耳を傾けさえした。もっとも、後に首をふって、古い神々のほうが性に合っていると言っていたが。ゴルヴァジド王は、教会などくだらんとうそぶいていたものの、息子がテウドリックの宗教にふけるのを禁じることはなく、またこの急ごしらえの教会を護符の環で囲むよう、ドルイドに命じることも忘れはしなかった。「私たちが本気で平和を望んでいることを、ゴルヴァジドはまだ信じきってはいない」二日めの夜、アーサーは私たちに注意した。「そこを、キネグラス王子が説得してくれたんだ。だから、頼むからしらふでいてくれ。剣を抜かず、いさかいを起こさないようくれぐれも気をつけてくれよ。ここで一度でも火花が散れば、ゴルヴァジドは私たちを放り出して、また戦を始めるぞ」

四日め、大広間でポウイスの評議会が開かれた。この日のおもな懸案は和平を結ぶことであり、ゴルヴァジドが留保をつけたにもかかわらず、話し合いはすみやかに進んだ。椅子にだらしなく腰掛けたポウイス王の見守る前で、ポウイス、グウェント、ドゥムノニアの三国は同盟を結ぶ、と息子のキネグラスが宣言した。一国の血は他の二国の血であり、一国に攻撃が加えられれば、他の二国も攻撃されたものと見なされると。おざなりではあったが、ゴルヴァジドは同意のしるしにうなずいてみせた。キネグラスは続けた——さらに、エルメトのヘレズ姫と自分との結婚がととのえば、エルメトもこの取り決めに加わるだろう。そうすれば、ブリトン人諸王国が一致団結してサクソン人を包囲することができる。ゴルヴァジドにとってこの同盟は、ドゥムノニアとの和平から得られる最大の利益だ。つまり、安心してサクソン人と戦端を開くことができるのだ。そしてこの和平の代償として、サクソンとの戦ではポウイスに主導権を認めるようゴルヴァジドは要求していた。「大王になろうとしてやがる」広間の末座で、アグラヴェインが私たちに向かってうなるように言う。ゴルヴァジドはまた、彼のいとこ、シルリア王ギンドライスの復位をも求めていた。これにたいしては、シルリアの襲撃にだれよりも悩まされてきたテウドリック王が難色を示した。私たちドゥムノニア人にしても、ノルウェンナ殺害の罪をそう簡単に許す気にはなれなかったし、私は私で、彼がニムエに加えた仕打ちが許せなかった。しかし、アーサーがみなを説得した。それで平和が実現するのなら、ギンドライスの解放は小さな代償だと。そういうわけで、裏切り者ギンドライスの復位はとどこおりなく実現した。

ゴルヴァジドは、この条約を結ぶのに気が進まないふりを装ってはいたが、実際にはその利益をじゅうぶん理解していたにちがいない。なにしろ、条約を結ぶためにあれほど高価な代償を支払うことに同意したのだから。つまり、ポウイスの星と讃えられた娘カイヌインを、アーサーに嫁がせることに同意していたのだ。ゴルヴァジドは気むずかしい男で、疑り深く冷酷ではあったが、十七歳になる娘をこよなく愛し、身のうちにまだ残っていた愛情と優しさのありったけを注いでいた。王でないどころか、王子の称号さえもたないアーサーに、その娘を嫁がせると同意したのだ。自国の兵士を同じブリトン人と戦わせてはならないと、決心しているのは明らかだった。またこの婚約は、息子キネグラスだけでなくゴルヴァジドも、アーサーをドゥムノニアの真の実力者と認めていることをも示している。こうして、評議会の後に開かれた盛大な祝宴の場で、カイヌインとアーサーは正式に婚約したのだった。

婚約式は厳粛な式典だというので、集まった者たちはスウス城の野営地を引き払って、ドルヴォルウィン城の丘にあるめでたい祝宴の間に移ることになった。ドルヴォルウィンというのは、丘のふもとにある野辺の名にちなんでつけられたもので、この式典にふさわしく「乙女の野」という意味である。暮れがたに着いてみると、丘の頂きは煙に覆われていた。盛大に火を焚いて、鹿肉や豚肉を炙《あぶ》っているのだ。はるか足元では、銀色のセヴァーン川がくねくねと谷を流れてゆく。北に目をやれば、見渡すかぎり続く山脈が、はや闇に閉ざされつつあるグウィネズにかすんでいた。晴れた日には、ドルヴォルウィン城の丘の頂上からイドリスの座《カダイル・イドリス》が望めるそうだが、今宵は遠くの雨雲で地平線はかすんでいた。太陽が西の雲を真紅に染めるころ、丘のすそ野に密生するオークの巨木から、二羽のトビが赤く染まって舞い上がった。一日も終わるころに鳥が二羽も飛び立つとは、これから始まる式典にとってすばらしい吉兆だとみなで言い合ったものだ。広間に入ると、吟唱詩人たちがハフレンの歌を歌っていた。言い伝えによれば、人間の乙女ハフレンは、継母の手でこの丘のふもとの川に突き落とされ、あわやというときに女神に生まれ変わった。乙女の野《ドルヴォルウイン》という名はこの伝えにちなんで付けられたという。太陽が没するまで歌は続いた。

婚約式は、主役の二人に月の女神の祝福が授かるように夜中に行われる。まず用意を終えたのはアーサーのほうで、広間をまる一時間も中座して、美々しく着飾って戻ってきた。少々のことでは驚かない戦士たちでさえ、その姿を見て息を呑んだ。一分の隙もなく甲冑に身を固めていたのだ。黄金と銀の板をあしらった小ざね鎧が、火明かりを受けてきらきらと輝く。死の仮面を思わせる兜は模様を打ち出した銀製、中央の通路を大股に歩けば、高く盛り上がった兜の鉢にそそり立つ鷲鳥の羽根飾りが垂木をかすめた。銀板を張った楯はまぶしく輝き、純白のマントが背後の地面を払う。祝宴の間《ま》には武器は持ち込めないのだが、その夜アーサーはあえてエクスカリバーを佩《は》いていた。平和をもたらす征服者のように、主賓の食卓に悠々と歩み寄る。ポウイス王ゴルヴァジドでさえ、かつての敵が台座に近づいてくるのを見たときにはぽかんと口をあけていた。いまのいままでアーサーは平和の使節だったが、その夜、将来の義父に自分の力を思い出させようとしたのだった。

少し遅れてカイヌインが広間に入ってくる。スウス城に私たちが到着したときから、彼女はずっと男子禁制の女の間《ま》に隠れていた。そのため、ゴルヴァジドの娘を見たことのない者の間では、いやがうえにも期待が高まっていた。正直に言えば、ポウイスの星には幻滅させられるだろうと、たいていの者が予想していたと思う。だが実際には、彼女はどんな星よりも輝いていたのだ。お付きの貴婦人たちと共に広間に入ってきたとき、ポウイスの姫君の姿に男たちははっと息を呑んだ。私も例外ではない。肌や髪はサクソン人によく見かける淡い色合いだったが、たんなる色白というのでなく、まるで透けるような肌をしていて、それが繊細な美しさを与えていた。年齢より幼く見える。はにかんだような表情、控えめな身のこなし。蜂の巣の樹脂で黄金色に染めた亜麻布のローブには、襟ぐりと裾のまわりに白い星の縫い取りがある。淡い金色の髪は、アーサーの甲冑にも劣らずまぶしく輝いている。そのほっそりした姿態に、私の隣に腰をおろしていたアグラヴェインが、子供を産むのには不向きだと感想を洩らした。「あの腰を見ろよ。まともな赤ん坊なら、出てこられなくて死んじまうぜ」苦々しげに言う。たとえそうだとしても、私はアランが気の毒だった。アーサーの妻が政略結婚の道具に過ぎないような女であればよいと、きっと彼女は望んでいただろうから。

ドルヴォルウィン城の頂き高く月が渡ろうとするころ、カイヌインは恥じらうようにゆっくりとアーサーに歩み寄った。両手に捧げ持つ端綱《はづな》は未来の夫に捧げる贈り物、父親の権威を去って夫の権威に服することを示す象徴である。アーサーはぎこちない手つきでその端綱を受け取り、あやうく落としそうになった。まちがいなく凶兆のはずだが、ゴルヴァジドでさえ笑い飛ばしていた。そしてついに、イオルウェスというポウイスのドルイドによって、二人は正式に婚約した。ゆらめく松明の炎のなか、二人の手が草の組ひもでつながれる。銀灰色の兜に隠れてアーサーの顔は見えなかったが、カイヌイン、愛らしいカイヌインは満面に喜びをたたえていた。ドルイドは二人に祝福を与え、光の神グウィディオンと暁の女神・黄金のアランフロッドを二人の特別な神々として崇め、全ブリタニアをその平和によって祝福するよう申しつけた。竪琴弾きが演奏を始め、人々は喝采し、白銀に輝く愛らしいカイヌインは、こみ上げる喜びに泣き笑いをしていた。その夜、私はカイヌインに恋をした。多くの男たちが恋をした。彼女はこのうえなく幸せそうだったが、それも無理はない。アーサーのおかげで、あらゆる王女にとっての悪夢――国のために意に添わぬ相手と結婚させられるという――を免れたのだから。国境を固めるため、あるいは同盟を結ぶためならば、腹のたるんだぞっとするようなひひ爺が相手でも、床を共にしなければならない。しかし、カイヌインがその場に見いだしたのはアーサーだった。若く優しいアーサーは、彼女の目には恐怖からの救い主とも見えたにちがいない。

ヘニス・ウィレンの流浪の王、レオデガンが祝宴の間に現れたのは、儀式が山場に差しかかるころだった。彼はいったんスウス城の北にあるわが家に戻っていて、遅れてやって来たのである。そしていま、婚約式のあとにつきものの豪勢なご祝儀のおすそ分けに与かろうと、広間の端にそわそわと立っていた。アーサーが黄金と銀を分配するのを見ながら、みなといっしょになって喝采している。アーサーはまた、ドゥムノニアの評議会の許可を得て、先年獲得したゴルヴァジドの甲冑を返すことにしていた。しかし、めでたい席でポウイスの敗北を思い出させるのはどうかというので、この宝物はひそかに返還された。

贈り物の受け渡しが終わると、アーサーは兜をとってカイヌインの隣に腰をおろした。いつものように、相手のほうへかがみ込むようにして彼女に話しかけている。きっとカイヌインも、彼の世界に自分ほど重要な人物はいないと感じているだろう。なんといっても、彼女にはそう感じる権利があるのだ。広間にいあわせた者の多くは、文句のつけようのない恋人を得たアーサーをうらやんだ。うれしそうなカイヌインに、ゴルヴァジドさえ満足げだった。戦場で彼を打ち負かし、片腕を奪った男に愛娘を渡すのだから、さぞかし苦々しい思いだったろうに。

だが、この幸福な夜、ようやく平和が訪れたまさにその夜に、アーサーはブリタニアに破滅をもたらしたのだった。

それに気づいた者はいなかった。婚約の贈り物のおすそ分けがすむと、すぐに飲めや歌えの騒ぎになり、私たちは曲芸を見物し、ゴルヴァジド王お抱えの吟唱詩人の歌を聞き、またどら声を張り上げて自分で歌を歌いもした。わが国の兵士の一人が、アーサーの戒めも忘れてポウイスの戦士と喧嘩を始めた。酔っぱらった二人の兵士は外に引きずり出されて水をぶっかけられたが、半時間後にはひしと抱き合って永遠の友情を誓いあっていた。火は赤々と燃え、酒はたちまち消えてゆく、そんな祝宴のさなかのことだった。ふとアーサーに目をやると、彼の目は広間の奥に釘付けになっている。なにをあんなに見つめているのかと不思議に思って、私はふり返った。

そこにあったのは若い女の姿だった。すっくと立って、周囲の人波のうえに肩から上を突き出させている。大胆に挑みかかるような表情は、わたしを手に入れてごらんなさい、そう言っているようだった。それができれば、この邪悪な世界に不可能なことなどなにもありませんよ、と。いまでも、あのときの彼女の姿が目に浮かぶ。お気に入りのディアハウンド（鹿狩り用の猟犬）数頭に囲まれて立っている姿。犬たちの細くしなやかな体軀、長い鼻、狩人の眼は、その女主人とそっくりだった。彼女の緑色の眼は、その奥底にどこか無慈悲な光を宿していた。柔和な顔ではなかったし、身体つきも柔らかさとは無縁だった。はっきりした輪郭とひいでた骨格が、秀麗にして端整な顔を形作っている。だが、それにしても厳しい、あまりに厳しい顔だった。彼女の美貌は、髪の毛と端麗な姿勢の賜物だ。立ち姿は槍のようにまっすぐで、その肩に落ちかかる髪はまるで波打つ赤い滝のよう。

その赤毛が彼女の顔の印象を和らげていた。そして彼女の笑い声は、筌《うけ》に鮭がかかるように男を虜にするのだった。もっと美しい女はいくらでもいたし、もっと優れた女も何千何万といただろうが、この世界が誕生してからこのかた、あれほど忘れがたい女は少なかったのではないだろうか。それがグィネヴィア、ヘニス・ウィレンの流浪の王・レオデガンの長女だった。

グィネヴィアの話になると、マーリンは常々言っていたものだ——生まれてすぐ溺れ死にさせればよかったのだ、と。

翌日、王族たちは鹿狩りに出かけた。グィネヴィアの猟犬が二歳の雄鹿を倒すと、角が枝分かれすらしていない若い鹿だったのに、アーサーは犬たちを褒めちぎった。あの褒めかたを聞いていたら、ダヴェッドの暴れ鹿でも倒したのかと思ったことだろう。

吟唱詩人は恋を歌い、男も女も恋に憧れる。だが、恋は暗闇から飛んでくる槍にも似て、なんの前触れもなく胸を貫く。そのときまでは、だれも恋のなんたるかを知りはしないのだ。アーサーは、どうあがいてもグィネヴィアから目をそらすことができなかった。婚約の宴が果て、スウス城に戻ってからの数日間、彼はカイヌインと散歩をし、おしゃべりをして過ごした。だがその実、グィネヴィアの姿をひとめ見たいと焦がれていたのだ。グィネヴィアのほうはゲームの要領を心得ていて、アーサーをじらしにじらしていた。彼女の許婚者《いいなずけ》のヴァレリンも宮廷に来ていたから、ヴァレリンと腕を組んで歩いては、楽しげに笑い声をたてていた。と思うとふいにちらと流し目をくれる、そしてアーサーの周囲で世界は動きを止めるのだった。彼はグィネヴィアに恋い焦がれていた。

もしベドウィンがいっしょだったら、また事情は違っていただろうか。私はそうは思わない。たとえマーリンがいても同じことだっただろう。降る雨に雲へ戻れと命じたり、流れる川に水源地に引き返せと命じるほうがまだしもだ。

祝宴から二日後の夜、グィネヴィアは闇にまぎれてアーサーの広間を訪ねてきた。歩哨に立っていた私の耳に、二人の笑いさざめく声や押し殺した話し声が届く。ひと晩じゅう二人は話しつづけていた。ひょっとしたら話だけでは終わらなかったかもしれないが、私にはわからない。ともかく二人が話しつづけていたことだけはたしかだ。部屋の外に立っていれば、いやでも話し声が耳に入るのだから。ほとんど聞き取れないほど声が低くなることもあるものの、たいていはアーサーが何事か説明したり、おだてたり、懇願したり説得したりしていた。愛を語っていたときもあったに違いないが、それは聞こえなかった。聞こえたのは、ブリタニアについて語り、どんな夢を抱いてアーモリカから海を渡ってきたか説明しているアーサーの声だ。サクソン人について語り、かれらが疫病のように国を荒らしており、幸福な国を作るにはこの疫病を治さねばならないと語る声。戦のこと、防具をつけた馬にまたがって戦場に突進するときのわき上がる歓喜のことを説明する声。カダーン城の凍てつく城壁で私に語ったのと同じように、明け方の槍兵の襲来に怯えずにすむ、平和な国土について物語る声。もどかしげな口調で、彼は熱っぽく語っていた。グィネヴィアは熱心に耳を傾け、彼の夢は神々に吹き込まれたものだと言ってアーサーを讃えた。アーサーは自分の夢から未来をつむぎ、つむぎ出された未来にはグィネヴィアが深く織り込まれている。哀れなカイヌイン、彼女の武器はその美貌と若さだけだ。ところがグィネヴィアは、アーサーの魂にひそむ孤独を見いだして、その癒しを約束しているのだった。グィネヴィアは夜が明ける前に帰っていった。黒い影がスウス城の庭をすべってゆく。波打つ髪が、利鎌の月にきらめいていた。

翌日、アーサーは自責の念で胸をいっぱいにして、カイヌインとその兄と三人で歩いていた。その日、ずっしりした黄金の新しいトークを首にかけたグィネヴィアを見て、カイヌインへの同情に胸を痛めたのは私だけではなかった。だがカイヌインは小娘で、グィネヴィアは成熟した女性、そしてアーサーにはどうすることもできないのだ。

恋愛、それは一種の狂気だ。ペリノアの狂気と少しも違わない。死者の島へ送られてもしかたがないほどアーサーは狂っていた。もうなにも目に入らなかった。ブリタニアも、サクソン人も、あらたな同盟も、微妙な均衡のうえに築いてきた壮大な平和の構想も。アーモリカから海を渡ってきて以来、ずっとそのために努力してきたというのに、なにもかも混沌のうちに投げ込んで台無しにしようとしている——財も土地ももたない、赤毛の王女ひとりを得るために。アーサーは、自分がなにをしようとしているか自覚していた。だが、昇る朝日を止められないように、自分を抑えることができなかったのだ。とり憑かれたようにグィネヴィアのことを考え、グィネヴィアについて語り、グィネヴィアの夢を見て、グィネヴィアなしでは生きられなくなっていた。だがそれでも、悶々として苦しみながら、アーサーはカイヌインの婚約者をなんとか演じつづけていた。婚儀の手筈が着々と整えられてゆく。和平条約に尽力したテウドリック王に敬意を表して、婚礼はグレヴムで行われると決まり、まずアーサーが先にそこへ向かって用意を整えることになった。婚礼は月が満ちてゆくときでなければ行えない。いまは欠けてゆく時期で、式をあげるには縁起が悪いのだ。しかし、二週間後にはしるしは吉に転じるから、カイヌインは髪に花々を飾って南に向かうことになる。

しかし、アーサーが首に巻いていたのはグィネヴィアの髪の毛だ。細い三つ編みにした赤毛を襟の下に隠していたが、ある朝水をもっていった私はそれを見てしまったのだ。彼は上半身裸で、ひげ剃りナイフを砥石でといでいた。三つ編みに私が目を留めたのに気づくと、肩をすくめた。「赤毛は縁起が悪いと思うか、ダーヴェル?」

私の表情を見て尋ねる。

「みんなそう言っています」

「みんなが言うから正しいとは限るまい？」青銅の鏡に向かって尋ねた。「ダーヴェル、剣の刃を硬くするにはな、水で冷やす代わりに、赤毛の少年の尿で冷やすといいんだ。これは赤毛が縁起がいいからだろう、違うか？　だいたい、縁起が悪いのがなんだというんだ」口をいったんつぐみ、砥石に唾を吐きかけてナイフを前後にすべらせた。「ダーヴェル、物事はどんどん変えてゆかなきゃならん。永遠に変わらないものなんかないんだ。赤毛が縁起がいいということにしてもかまわんじゃないか」

「殿ならどんなことでもできます」私は悲しかったが、それでも反論する気にはなれなかった。

アーサーはため息をついた。「ほんとにそうだったらいいんだが。ダーヴェル、ほんとにそうだったらな」青銅の鏡をのぞき込み、ナイフを頰に当てて一瞬たじろいだ。「ダーヴェル、平和は結婚より重要な問題だろう。そうに決まっている！　花嫁のことで戦をする者はいない。平和がそれほど大切だとしたら——いや、だとしたらじゃない、平和は大切なんだ。だったら、縁談がひとつ壊れたからといって平和までぶち壊しにはしないだろう？」

「おれにはわかりません」私は答えた。わかっているのは、私の主君が頭のなかで理屈をこねていること、それをくりかえし反芻して信じこもうとしていることだけだった。彼は恋に狂い、狂うあまりに南も北も、熱いも冷たいもわからなくなっている。これは私の知っているアーサーではない。そこにいるのは情熱に囚われた男、さらに言えば情熱に囚われた手前勝手な男だった。アーサーはまたたく間にのし上がってきた。王の血を受け継いで生まれたのは確かだが、家督を継いだわけではない。だから、独力で道を切り拓いてきたと自負していた。彼はおのれの成功を誇りにしていたし、またその成功によって、自分はほかのだれよりも知恵がある——おそらくマーリンは別として——と信じるようになっていた。そしてその知恵は、二転三転する他の者たちの望みとだいたいにおいて一致してきたのだ。だから、彼個人の利己的な野心も、未来を見据えた高潔な理想と見なされることが少なくなかった。だが、ここスウス城で、彼の野心はついに他者の望みと衝突したのである。

ひげを剃っているアーサーを残して、私は外へ出た。生まれたての太陽のもとで、アグラヴェインが猪狩りの槍をといでいる。「それで?」彼は私に尋ねた。

「カイヌイン姫とは結婚しないつもりらしいよ」私は言った。広間からはだいぶ離れていて、話し声が聞かれる心配はなかったが、もっと近くで喋っていてもアーサーには聞こえなかっただろう。彼は歌を歌っていた。

アグラヴェインは唾を吐いた。「殿は、結婚しろと言われた相手と結婚するさ」そう言って、槍の柄を芝生に突き立てると、テウドリックの広間のほうへ大股に歩いていった。

ゴルヴァジドとキネグラスは、なにが起きているか気づいていただろうか。私にはわからない。私たちとちがって、二人はアーサーと常に接しているわけではなかったから。ゴルヴァジドは、たとえ勘づいていたにせよ、たぶん大した問題ではないと思っていただろう。彼がなにかを信じることがあればの話だが、アーサーはグィネヴィアを愛妾にして、カイヌインを正室に迎えるものと信じていたにちがいない。むろん、婚約したその週のうちに妾を作るのは体裁のよいことではないが、ポウイス王ゴルヴァジドはこだわらなかった。彼自身も体裁など気にしないほうで、妃は王朝のため、愛妾は快楽のためにあるとわきまえていた。どこの王もその点は同じである。彼の妃は早くに亡くなったが、奴隷女を取っかえ引っかえしていたから床が冷える間もなかった。彼の目から見れば、貧しいグィネヴィアの身分は奴隷と五十歩百歩であり、しょせん愛娘の敵ではなかったのだ。父より目敏《めざと》いキネグラスは、たぶん厄介ごとの臭いを嗅ぎつけていたにちがいない。しかし、このあらたな和平に彼は全精力を傾けていたから、グィネヴィアにたいするアーサーの執着は、夏の突風のようにたちまちに過ぎ去ってゆくものと期待していただろう。あるいは、ゴルヴァジドもキネグラスもまったく疑っていなかったのかもしれない。その証拠に、グィネヴィアをスウス城から遠ざけようともしなかった。もっとも、遠ざけたところで役に立ったかどうか、いまとなっては知るすべもない。アグラヴェインも、アーサーの狂気はすぐに収まると思っていた。恋にとり憑かれるのはこれが初めてではないのだという。「トレベス島の娘だったな」アグラヴェインは言った。「名前はなんだったか。メーラとかメッサとか、まあそんな名前だ。なかなかのべっぴんでな。アーサーはすっかりのぼせ上がって、あとを追っかけまわしてた。死体を積んだ荷車に、犬がくっついて歩くみたいにな。だがな、あのころアーサーはまだ若かった。だから、娘の親父はアーサーがひとかどの者になるとは思わずに、そのメーラだかメッサだかをブロセリアンドにさっさと送っちまって、五十も年上の執政官に嫁がせたんだ。娘はお産のときに死んじまったが、そのころにはアーサーの熱はすっかり冷めてたぜ。世の中そんなもんよ。テウドリック王に活を入れられれば、アーサーも多少は正気を取り戻すさ。まあ、見てろって」

その日の午前中いっぱい、テウドリック王はアーサーと部屋に閉じこもっていた。そしてそのかいあって、わが主君は正気を取り戻したように思えた。その日はそれから一日じゅう、アーサーは神妙にしていたからだ。一度もグィネヴィアに目を向けず、強いてカイヌインのことを気づかっていた。そして夜には、たぶんテウドリック王を喜ばせるために、カイヌインと二人して小さな急造の教会におもむき、サンスムの説教に耳を傾けた。どうやら、アーサーはこのネズミの王さまが気に入ったようだった。あとでサンスムを自分の広間に招き、長いこと二人きりで何事か話し合っていた。

翌朝、アーサーは思い詰めたような厳しい顔で現れ、昼になる前にここを発つと全員に申し渡した。昼になる前どころか、実際には一時間と経たないうちに出立することになった。あと二日は滞在する予定だったから、ゴルヴァジドもキネグラスもカイヌインも驚いたにちがいない。だが、婚礼の準備にさらに時間が必要だとアーサーが説明すると、ゴルヴァジドはその言い訳を平然と聞き入れた。早めに出立するのは、グィネヴィアの誘惑からわが身を遠ざけるためだ、そうキネグラスは睨んだのかもしれない。だから反対しようともせず、旅支度としてパンやチーズ、蜂蜜、蜂蜜酒を包むよう使用人に命じた。そしてカイヌイン、可憐なカイヌインは、まず私たち衛兵に別れの言葉をかけてくれた。衛兵はみな彼女に惚れ込んでいたから、アーサーの狂気が恨めしかった。しかし、いくら腹を立ててもどうすることもできない。カイヌインは、衛兵一人一人に小さな黄金細工を贈った。だれもが辞退しようとしたが、彼女は耳を貸さない。私がもらったのは、連結した環をかたどったブローチだった。カイヌインの手に押し返そうとしたが、彼女はただ微笑んで、私の手にまたブローチを握らせるのだ。「殿をお守りしてね」と真剣な口調で言った。

「はい、姫さまのために」私は熱をこめて答えた。

カイヌインはにっこりして、最後にアーサーのほうへ歩いていった。安全にすみやかに旅を終えられるよう、お守りとして花咲くさんざしの小枝を渡す。アーサーは剣帯にその枝をたばさみ、許婚者《いいなずけ》の手に口づけをすると、ラムライの広い背によじ登った。キネグラスが護衛のため近衛兵をつけてくれようとしたが、アーサーはその栄誉を断った。「いまは出立させてください、王子」彼は言った。「早く用意をすませたいのです——私たちの幸福のために」

その言葉を聞いてカイヌインは目を輝かせた。つねと変わらず慇懃に、キネグラスが門を開くよう命じる。アーサーは、苦役から解き放たれた人のように、すさまじい勢いでラムライを駆けさせた。スウス城を飛び出し、セヴァーン川の深い渡り場を一目散に突っ切ってゆく。私たち衛兵は徒歩であとを追ったが、向こう岸に渡ってみると、そこにはさんざしの枝が落ちていた。カイヌインの目に触れないように、アグラヴェインがそれを拾いあげる。

サンスムがついて来ていた。なぜ彼がいっしょなのか説明はなかったが、テウドリック王の命令だろうというのが、アグラヴェインの意見だった。アーサーの狂気をいさめるよう、王がこの司祭に命じたのにちがいない。だれもが彼の狂気が鎮まることを祈っていたが、その願いは裏切られた。アーサーがゴルヴァジドの広間を見渡して、グィネヴィアの赤毛に目を留めた瞬間から、彼の狂気にはもう打つ手がなかったのだ。サグラモールは、太古の世界で起きた古い戦の伝説をよく語ってくれたものだ。塔や宮殿や神殿の建ちならぶ、壮麗な都をめぐる攻防戦。その悲しいできごとのそもそもの発端は、すべてたったひとりの女にあった。青銅の鎧に身を包んだ一万もの戦士が、その女ひとりのために戦場に命を散らしたのだという。

つまるところ、この伝説はさほど古い話ではなかったということだ。

スウス城を後にしてわずか二時間後、私たちは人里離れた寂しい森にやってきた。農家の一軒も見えず、ただ切り立った崖と急流と、鬱蒼たる大木があるだけだ。森を抜ける道の端で私たちを待っていたのは、ヘニス・ウィレンのレオデガン王だった。ひとことも言わず、先に立って歩きだす。オークの巨木の根元を抜ける曲がりくねった道を行くと、やがて林間の空き地に出た。ビーバーが流れをせき止めてダムを作り、それが小さな池になっている。森にはヤマアイや百合が咲き乱れ、日陰では最後のブルーベルの花がちらほらと揺れていた。陽光の降り注ぐ草地には、桜草やアルムやすみれがいまを盛りと花を開かせている。グィネヴィアはそこで待っていた。クリーム色の亜麻布のローブに身を包み、咲き誇るどの花よりもまぶしく輝いている。赤い髪にはキンポウゲを編み込み、アーサーが贈った黄金のトークをかけ、銀の腕環をはめ、ライラック色の毛織のマントをはおっていた。どんな男でも、ひとめ見ただけで胸が締めつけられるだろう。アグラヴェインが低声で悪態をつく。

アーサーは馬から飛びおり、グィネヴィアに駆け寄った。両腕で抱き上げて振りまわすと、グィネヴィアが笑い声をたてる。「花が！」と叫んで、片手で髪を押さえた。アーサーはそっと彼女を地面におろし、ひざまずいてローブの裾に口づけをした。

立ち上がりざまふり向いて、「サンスム！」

「お呼びですか」

「さあ、結婚式を挙げてくれ」

サンスムは断った。汚れた黒いローブの胸元で腕組みし、ネズミに似た頑固そうな顔を上向けて、「殿は婚約しておられるのですぞ」不安げに言い張った。

筋を通そうとしているのだと私は思ったが、実際にはすべて仕組まれたことだったのだ。サンスムは、テウドリック王の命令ではなく、アーサーの命令でついて来たのである。心変わりした司祭が頑強に抵抗するのを見て、アーサーは怒気を顔にみなぎらせた。「話はついていたではないか！」しかし、サンスムは剃髪した頭をふるだけだ。アーサーはエクスカリバーの柄に手をかけた。「その首を叩き落としてやってもよいのだぞ」

「殉教者はつねに暴君によって生み出されるもの」サンスムは言い、花咲く草地にひざまずいて頭を垂れ、薄汚いうなじをあらわにした。「主よ、みもとに参ります」彼は草に向かってわめいた。「僕《しもべ》が参りますぞ！　主の栄光のもとへ、御名は誉むべきかな！　おお、天国の門が開くのが見える！　天使が私を待っておられる！　僕を迎え入れたまえ、おお主イエスよ、汝の清き胸に！　いざ行かん！　いざ！」

「うるさいやつだ。さっさと立て」アーサーはうんざりして言った。

サンスムはずる賢そうな目をあげて、アーサーの顔をちらとうかがった。「天国の栄光を与えてはくださらんのですかな」

アーサーは言った。「夕べ、おまえは結婚式を挙げることに同意したではないか。なぜいまになって断る？」

サンスムは肩をすくめた。「良心が咎めまして」

アーサーはあきらめてため息をついた。「それで、条件はなんだ？」

「司教にしていただきたい」立ち上がりながら、せき込んで言う。

「司教を任命するのは教皇の役目ではなかったのか」アーサーは言った。「シンプリキウスとかいったと思うが？」

「高潔にして聖なるシンプリキウスさま、いまもご壮健であられますように」サンスムは応じた。「ですが、殿が私に教会をくだされば、そして教会に司教座をすえてくだされば、人は私を司教と呼ぶことでございましょう」

「教会と椅子でいいのか」アーサーは尋ねた。「ほかには？」

「それから、モードレッド王のお付きの司祭に指名していただきたい。ぜひとも！　王のたった一人のお付きの司祭ですぞ、おわかりかな？　そのうえで王の金庫から手当を支給していただきたい。自分の執事と、門衛と、料理人と蠟燭持ちと」黒いローブから草の葉をはらい落としながら、「それから、そう、洗濯女を抱えられるだけの手当を」と急いで付け加えた。

「たったそれだけか」アーサーが皮肉に尋ねる。

「ドゥムノニアの評議会に加えてくだされ」些細なことのように言う。「それだけでございます」

「よかろう」アーサーはろくに考えもせずに請け合った。「さあ、結婚式を挙げてくれ。どうすればよいのだ?」

この交渉がまとまるまでのあいだ、私はグィネヴィアを眺めていた。勝ち誇った表情を浮かべているが、それも当然だろう。父親が望んでいたより、はるかに恵まれた結婚をかち取ったのだから。父親のほうは、しまりのない口もとを震わせながら成り行きを見守っていた。サンスムが式を執り行うのを拒絶したらどうなるかと、気の毒になるほど怯えている。そのレオデガンの背後に、ずんぐりした小柄な娘が立っていた。グィネヴィアの四頭のディアハウンドの引き綱と、流浪の王家の全財産である小さな荷物を任されているようだった。あとでわかるのだが、このずんぐりした娘はグウェンフウィヴァハ、グィネヴィアの妹だった。男きょうだいも一人いるのだが、久しい以前に、ストラス・クロタの荒涼たる海岸の修道院に隠遁していた。そこでは、キリスト教を奉じる奇妙な隠者たちが、競って髪の毛を伸ばし、果実で飢えをしのぎながら、あざらしに救済を説いているという。

儀式らしい儀式のほとんどない結婚式だった。二人はアーサーの旗の下に立ち、サンスムは両腕を広げてギリシア語で祈りを捧げている。レオデガンが剣を抜いて、娘の背中に刃で触れてから、その剣をアーサーに手渡した。グィネヴィアが父親の権威を離れ、夫の権威に服することを示す儀式だ。次にサンスムは小川の水をすくい、アーサーとグィネヴィアの頭上にふりかけて、かくて二人の罪は清められ、聖なる教会の一員に加えられたと宣言した。またこれによって、二人の結びつきは一《いっ》にして分かつことのできないもの、神の前に神聖なもの、子孫繁栄に捧げられたものと認められた、と。彼はここで私たち衛兵の顔を順ににらみつけ、この厳粛な儀式を見届けたと宣言するよう命じた。みな言われたとおりに宣言したものの、不承不承な口調になるのはどうしようもない。有頂天のアーサーはそれには気づかなかったが、グィネヴィアはちゃんと気づいていた。どんなことであれ、グィネヴィアの目はごまかせない。このあっけない儀式が終わると、サンスムは言った。「これにて、おふたりは晴れてご夫婦となられました」

グィネヴィアは笑い、アーサーは彼女に接吻した。彼女の背丈はアーサーとほとんど変わらなかった。ひょっとしたら指の幅一本ぶんぐらい高かったかもしれない。白状するが、見れば見るほど美しい夫婦だと思わずにいられなかった。いや、美しいどころか、グィネヴィアはまさに女神のようだった。カイヌインもたしかに美しかったが、グィネヴィアの前では太陽の光さえ色あせて見える。私たち衛兵は茫然としていた。何をしたところで、主君の狂気がこうして成就するのを防ぐことはできなかっただろうが、それにしてもこんな早業は詐欺も同然だし、だいいちあまりに不体裁ではないか。アーサーが衝動と熱狂の人なのはわかっていたが、この決断のすばやさにはさすがに度肝を抜かれた。しかし、レオデガンは狂喜していた。妹娘に向かって、これで王家の財政は救われたと浮かれて喋り続けている。そして、ヘニス・ウィレンを乗っ取ったアイルランド人ディウルナハも、アーサーの軍勢がたちまちのうちに追い払ってくれるだろうと付け加えた。この法螺を聞くと、アーサーはさっとふり向いて、「それは無理ではないかと思いますよ、父上」と言った。

「いいえ、無理なものですか！」グィネヴィアが口をはさむ。「それを結婚の贈り物にいただきたいわ。お父さまの王国を取り戻してあげてくださいな」

アグラヴェインが唾を吐いて不快を表したが、グィネヴィアはそれには気づかなかったふりをした。そして、髪に飾った花冠からキンポウゲを一輪ずつ抜いて、一列に並んだ衛兵一人一人に渡して歩いた。こうして式がすむと、君主の裁きを逃れる罪人のように、私たちは南をさしてあたふたと出発した。ゴルヴァジドの報復の手が伸びて来ないうちに、ポウイスの王国から出なければならないのだ。

運命とは非情なもの、マーリンはよくそう言っていた。あの日——花々に点々と彩られた小川の岸辺で、あわただしく儀式が執り行われたあの日を発端に、あまりに多くのことが起こり、あまりに多くの人々が命を落とした。嘆きの声が地に満ち、多くの血が流され、集めれば大河になるほどの涙がこぼされた。しかし、時とともに小さな渦が姿を消し、新たな川が合流し、涙が大海に押し流されてしまうと、そもそもの発端を人々はしだいに忘れていった。栄光の時代はたしかに訪れた。だが、それは本来あるべき姿とは違っていた。陽光あふれるあの瞬間がもとで多くの者が傷つき、だれよりもアーサー自身がいちばん傷ついたのである。

だが、あの日彼は幸福だった。幸福な彼とともに、私たちは故国へと急いだ。

この結婚の知らせは、楯を打つ神の槍の響きのようにブリタニア全土に轟いた。最初のうち人々は肝をつぶし、その影響をはかりかねていた。そんな模様眺めの静かな時期に、ポウイスから使節団が派遣されてきた。使節の一人はヴァレリン、グィネヴィアと婚約していた族長である。彼はアーサーに決闘を挑んだが、アーサーは受けようとしなかった。剣を抜こうとしたので、私たち衛兵はやむなく彼をリンディニスからつまみ出した。ヴァレリンは長身の強健な男で、黒髪に黒いひげをたくわえ、落ちくぼんだ目とつぶれた鼻をしていた。彼の苦悩は深く、復讐の道を断たれて怒りは募るばかりだった。

ドルイドのイオルウェスを団長とするポウイス使節団は、ゴルヴァジドでなくキネグラスが派遣したものだった。ゴルヴァジドは蜂蜜酒と憤怒に溺れていたが、息子のほうはこの災厄から平和を回復する見込みがまだあると希望を抱いていたのだ。ドルイドのイオルウェスは威厳も分別もある人物だった。彼はアーサーと長いこと話し合い、キリスト教の司祭が行った結婚式は無効である、ブリタニアの神々はこの新しい宗教を認めていないから、と説いた。そして、グィネヴィアは側室にして、カイヌインを正室に迎えよと迫ったのだ。

「グィネヴィアは私の妻だ」そうアーサーが怒鳴るのを、私たちはみな耳にしている。

ベドウィン司教もイオルウェスの意見に賛成したが、ベドウィンにはアーサーの決心を変えさせることはできなかった。前途に戦乱の影がさしても、やはりアーサーの心は変わらなかった。戦乱の話を持ち出したのはイオルウェスである。ドゥムノニアはポウイスを侮辱したのだから、アーサーが決心を翻さないかぎりこの侮辱は血をもって雪《そそ》ぐしかないと訴えたのだ。グウェントのテウドリック王も、平和を請うためにコンラッド司教を派遣してきて、グィネヴィアを棄ててカイヌインと結婚するよう口説いた。テウドリック王は単独でポウイスと和平を結ぶことも考えていると、コンラッドは脅迫めいた言葉さえ口にした。「わが殿は、ドゥムノニアと戦火を交えるつもりはないのです」と、コンラッドがベドウィンに請け合うのを私は聞いている。リンディニスで、二人の司教がヴィラ正面のテラスを行ったり来たりしていたときのことだ。「しかし、ヘニス・ウィレンの淫婦のために戦うつもりもありますまい」

「淫婦ですと？」その言葉に驚きあきれて、ベドウィンは訊きかえした。

「確かな話ではありませんがね」コンラッドは譲歩した。「ですが、これだけは申し上げておきます。グィネヴィアは、生まれてこのかた一度も笞《むち》を受けたことがないのです。一度もですぞ！」

ベドウィンは、レオデガンのそんなだらしなさに首をふった。二人は私のそばを離れてゆき、その後の話し声は聞こえなかった。翌日、コンラッド司教もポウイスの使節団も帰国の途についたが、どちらも吉報を携えて帰ることはできなかった。

それでも、アーサーは幸福な時代が来たと信じていた。戦争は起きない、と彼は言い張った。ゴルヴァジドはすでに片腕を失っている、もういっぽうも失う危険を冒すはずはないというのだ。キネグラスは分別があるから、平和は確実に守られるとも彼は言った。しばらくは恨みや不信が渦巻くだろうが、いつかはそれも過ぎ去ると。自分が幸福なら世界中も幸福なはずだ、そう彼は信じていたのだ。

王女が住むにふさわしい宮殿にしようと、リンディニスのヴィラを拡張・修復するために職人たちが雇われた。アーサーはベノイクのバン王に使者を送り、ローマ式建築の修復技術をもつ石工や左官を貸してくれるよう、このもとの主君に依頼した。果樹園や庭園、魚の泳ぐ池を作ろうとし、お湯の出る浴場を求め、竪琴弾きが演奏できる中庭を作ろうとした。アーサーは、花嫁のために地上の楽園を望んでいたのだ。しかし、ほかの者たちは復讐を望んでいた。その夏、グウェントのテウドリック王がキネグラスに会い、和平の条約を結んだという話が聞こえてきた。その条約の一部として、グウェントを貫くローマの道を、ポウイス軍に自由に行き来させるという条項が盛られたという。そしてローマの道が通じる先は、ドゥムノニア以外にないのである。

だが、なんの攻撃もないまま夏は過ぎていった。サグラモールはエレ率いるサクソン軍を寄せつけなかったし、アーサーはひと夏を愛に酔って過ごした。私はアーサーの衛兵隊の一員だったから、明けても暮れても彼のそばについていた。だが、本来なら剣と楯と槍を持つのが仕事なのに、ワインの壜や料理のかごをしょっちゅう運ばされていた。グィネヴィアは、人けのない木陰や秘密の小川のほとりで食事をするのが好きで、そういうとき、銀の皿や角杯や、料理やワインをご指定の場所まで運ぶのは、私たち槍兵の役目だったのだ。グィネヴィアは自分の宮廷を作るために女たちを集めたが、あろうことか、ルネートもそれに選ばれた。コリニウムの煉瓦の家を棄てなければならないというので、最初のうちルネートは不平たらたらだったが、グィネヴィアのそばにいるほうが未来は明るいと判断するまで、ほんの数日しかかからなかった。ルネートはきれいな女だったし、人でも物でも美しいものしかそばには置かないとグィネヴィアは公言していた。だから、グィネヴィア本人はもちろん取り巻きの女たちも、上等の亜麻布のドレスをまとい、黄金や銀や黒玉や琥珀でその身を飾っている。そして彼女らの楽しみのために、竪琴弾きや歌手、踊り手や詩人が雇われた。かれらは林のなかでゲームに興じ、追いかけっこや隠れんぼをしたり、グィネヴィアの考えた複雑なルールを破って罰金を払ったりしていた。遊びに使う金は、リンディニスのヴィラで使われている金と同様、アーサーの家中の会計係に指名されたレオデガンから出ていた。その金はみな未払の地代を取り立てたものだとレオデガンは断言していて、アーサーはたぶん義父の言葉を信じていたのだろうが、私たちはみな悪い噂を耳にしていた。モードレッドの金庫から黄金が消えてゆき、なんの価値もないレオデガンの返済の約束だけがどんどん溜まっているという。アーサーはなにも気にしていないようだった。その夏、彼はブリタニアの平和の先触れを味わっていたのだ。だが私たちにとっては、それは楽園のまぼろしでしかなかった。

アムハルとロホルトがリンディニスに連れてこられた。しかし、二人の母親アランは呼ばれず、双子はグィネヴィアに引き合わされた。古いヴィラの周囲に列柱の宮殿が増築されていたから、そこでいっしょに暮らしたいとアーサーは考えていたのだろう。双子と一日ともに過ごしたグィネヴィアは、いっしょに暮らすのはつらいと訴えた。面白みもないし、彼女の妹グウェンフウィヴァハと同じく見栄えもしない。グィネヴィアの人生には、美しくも面白くもない者に与える場所はないのだった。それに、双子はアーサーの古い人生に属している、そしてその人生はもう過去のものになったのだ、と彼女は言いつのった。グィネヴィアはこの二人が好きになれず、またそのことを公言してはばからなかった。彼女はアーサーの頬に触れて、「王子さま、子供が欲しければ、わたくしたち二人の子供を作りましょうよ」

グィネヴィアは、いつもアーサーのことを王子と呼んだ。はじめのうち、アーサーは自分は王子ではないと抗議したが、グィネヴィアは耳を貸さなかった。ユーサーの子なら王族ではないか、というのだ。アーサーは、彼女を喜ばせるために黙ってそう呼ばせていたのだが、ほどなく私たちもその称号を使うよう命じられた。グィネヴィアの命令には逆らえない。

アムハルとロホルトのことでは、アーサーの意向に逆らって勝った者はこれまで一人もいなかったが、グィネヴィアだけは例外で、双子はコリニウムの母親のもとへ送り返された。不作の年だった。遅くに雨が続いて焼き枯れ病が蔓延し、作物は黒くしおれるに任されている。そこへ、サクソン人の土地では雨が少なく、作柄は悪くなかったという噂が広まった。サクソン人の穀物倉を見つけて略奪してくれようと、アーサーは軍勢を率いてドゥロコブリヴィスの東に進軍した。カダーン城での歌や踊りから解放されてせいせいしていたのだと思う。私たちも、彼がまた軍の先頭に立っているのが嬉しかったし、宴会の料理ではなく槍を運べるのが嬉しかった。襲撃は成功し、略奪した穀物、黄金、サクソン人の奴隷でドゥムノニアは潤った。王国各地に穀物を無料で分配することになり、その役目を与えられたのはレオデガンだった。いまではドゥムノニアの評議会の一員に名を連ねているのだ。だが、その穀物の大半は売り飛ばされている、という忌まわしい噂がささやかれはじめた。まだ漆喰も乾かぬグィネヴィアの宮殿の、川をはさんで向かいにレオデガンは新しい館を建てており、穀物を売って得た黄金をそれにつぎ込んでいるというのだ。

時に狂気は醒めることもある。それを定めるのは神々で、人間ではない。その夏、アーサーはずっと恋に狂っていた。私たちはつまらない仕事にこき使われてはいたものの、あれはよい季節だった。上機嫌のアーサーは人をそらさない寛大な君主だったからだ。しかし、秋が訪れて、風と雨と紅葉が国じゅうを覆うころになると、彼は夏の夢から覚めたようだった。恋していることに変わりはない——グィネヴィアへのアーサーの恋情は、終生変わることはなかったと思う――が、秋の訪れとともに、自分がブリタニアにどんな打撃を与えたか気がついたのだ。平和はなく、あるのは険悪な休戦だけ。それも長くは続かないことをアーサーは知っていた。

槍の柄にするため寸切りのトネリコの枝が切られ、鍛冶屋の小屋に鉄床《かなとこ》を打つ金槌の音が鳴り響く。サグラモールも、サクソンとの国境地帯から王国の中心部近くへ呼び戻された。アーサーはゴルヴァジド王に使者を送り、王と王女に苦痛を与えたことを認めて陳謝するとともに、それでもブリタニアの平和は守らなければならないと訴えた。カイヌインのために真珠と黄金の首飾りを贈ったが、ゴルヴァジドはそれを斬り落とした使者の首にかけて突っ返してきた。ゴルヴァジド王は酒を断ち、王国の実権を息子キネグラスの手から取り返したという。もはや疑問の余地はなかった。カイヌインに加えられた侮辱がポウイスの長槍によって雪《そそ》がれるまでは、ブリタニアに平和は来ないのだ。

いたるところから、旅人が不吉な風聞を運んできた。海越えの君主たちは、その沿岸の王国にあらたにアイルランド人戦士を呼び寄せている。ブルターニュの国境地帯には、フランク人が軍勢を集結させている。ポウイスでは収穫した作物を蓄えて、召集軍は鎌で麦を刈るかわりに槍の訓練をしている。キネグラスはエルメトのヘレズと結婚し、いまではこの北の国の兵士も加わって、ポウイス軍の戦列は膨れ上がっている。シルリア王に復位したギンドライスは、王国の深い谷間で剣と槍を鍛えている。東に目を転じれば、サクソン人に占領された海岸には続々と舟が到着している。

アーサーは小ざね鎧――ちなみに、彼がブリタニアに戻ってきてから、私がそれを見るのはやっと三度めだった――に身を包み、甲冑に身を固めた四十人の騎馬兵を引き連れて、ドゥムノニアじゅうを巡幸した。王国にみずからの威光を示し、王国の国境を越えて商品を運ぶ旅人に、彼の武勇の噂を広めさせようとしたのだ。巡幸を終えてリンディニスに戻ってくると、従僕のハグウィズが鎧の小ざねからあらたな錆をこすり落とした。

最初の敗北の報が届いたのは、この秋のことだった。ベルガエの都ヴェンタに疫病が流行り、メルウァス王の兵力が落ちたところへ、サクソン人の新しい首領サーディックが攻めてきた。そしてベルガエの軍勢を打ち負かし、川沿いの肥えた土地をごっそり占領したのである。メルウァス王が増援を懇請してきたが、ほかの問題に比べればサーディックなど物の数ではないことをアーサーは知っていた。サクソン人に占領されたロイギル全土に、そして北のブリトン人の王国じゅうに、軍鼓の響きが轟いている。メルウァスのために割ける槍は一本もなかった。それに、サーディックは新しく占領した土地に気をとられているらしく、それ以上ドゥムノニアを脅かそうとしなかった。しばらくは放っておいてもかまうまい。「平和の見込みはある。まだ諦めるのは早い」アーサーは評議会に訴えた。

しかし、平和は訪れなかった。

晩秋になると、たいていの軍勢は武具に油をさそうと考えはじめる。寒い数カ月間、倉に収めておくためだ。しかし、その晩秋のころになって、ついに強大なポウイス軍が進撃を開始したのである。ブリタニアは戦火に包まれようとしていた。

第三部　マーリンの帰還（1）

イグレインさまは、私に恋愛について語ろうとなさる。ここディンネウラクにも春が来て、弱々しい太陽がこの修道院に温もりを注ぎ込んでいた。山の南斜面には子羊たちが遊んでいる。ただ、昨日狼が子羊を三匹殺し、修道院の門を抜ける血の跡を残していった。物乞いたちがその門の前に食物を求めて集まり、イグレインさまが修道院を訪ねて来られると、その病んだ手を差し伸べてくる。今朝など、腐肉あさりの大鴉から蛆のわいた子羊の肉を奪いとって、一人の物乞いが門の前に座り込んで生皮をしゃぶっていた。そこへ、イグレインさまは来あわせなさったのである。

グィネヴィアはそんなに美しかったのか、と女王はお尋ねになる。いいえ、と私は答えた。けれども、自分の美しさと引換えにしても、グィネヴィアの容貌がほしいと思うご婦人は大勢おられるでしょうと。当然のことながら、わたしは美しいだろうかとここでイグレインさまはお訊きになった。もちろんでございますと請け合うと、夫の城《カイル》の鏡はあまりにも古くてでこぼこなので、自分ではよくわからないといわれる。「自分がほんとはどんな顔をしているか、はっきり見られたら素敵じゃないこと?」

「それがおできになるのは」私は答えた。「神だけでございます」

彼女は私にしかめ面をしてみせて、「ダーヴェル、あなたにお説教されるとうんざりするわ。だって、お説教する柄じゃないもの。グィネヴィアが美人でなかったのなら、どうしてアーサーは恋に落ちたの?」

「美女でなければ恋ができないわけではございませんよ」私は諭《さと》した。

「そうは言っていないわ」むっとして言う。「でも、グィネヴィアはひと目でアーサーを虜《とりこ》にしたのでしょう。美しかったからでないとしたら、どうしてなの？」

イグレインさまは私の答が気に入って、にっこりした。「それじゃ、やっぱりきれいだったのね？」

「グィネヴィアを目にした瞬間に」私は答えた。「アーサーの胸に火がついたのです」

「アーサーにとって、グィネヴィアは一種の挑戦だったのです」私は答えた。「彼女をわがものにできなければ、男として失格だと感じたのです。ひょっとしたら、神々が面白半分に悪さをしていたのかもしれません」それ以上によい理由を思いつけず、私は肩をすくめた。「それに、私はグィネヴィアが美しくなかったと申したわけではございませんよ。ただ、美しいという言葉では言い尽くせないと申したのです。あれほど胸を打つ容貌のご婦人を、私はほかに存じません」

「わたしも含めて？」わが女王は即座に追及してくる。

「それが残念なことに」私は答えた。「寄る年波に目がかすみましてな」

彼女はこの言い逃れに声をたてて笑った。「グィネヴィアはアーサーを愛していたの？」

「アーサーが体現するものを愛していたのです」私は答えた。「アーサーがドゥムノニアのチャンピオンであることを愛し、初めて会ったときの彼の姿を愛したのです。あのとき、アーサーは甲冑に身を包んでいました。偉大なアーサー、輝ける勇士、戦の王、ブリタニアにもアーモリカにも並びなき剣の使い手。それをグィネヴィアは愛したのです」

イグレインさまは、白いローブに締めた房飾りつきの紐を両手にすべらせながら、しばらく考え込んでいた。

「ねえ、わたしはブロフヴァイルさまの胸に火をつけていると思う？」物思わしげに言う。

「夜になりますれば」

「もう、ダーヴェルったら」ため息をついて、窓枠からすべり下りた。扉に歩み寄り、そこから修道院の小さな玄関をのぞき見る。「そんなふうな恋をしたことがある?」

「ございます」私は認めた。

「お相手はだれ?」すかさず追及してきた。

「よいではありませんか」

「よくないわ!　ねえ、教えて。ニムエ?」

「ニムエではございません」私はきっぱりと言った。「ニムエは違います。愛してはおりましたが、恋い焦がれていたわけではありません。ただ、とても……」適当な言葉を探したが、見つからなかった。「……すばらしい娘だと思っていただけです」こんな言葉では足りないのだ。涙を見られないように、イグレインさまから顔をそむけた。

彼女はしばらく黙っていた。「じゃあ、だれに恋したの?　ルネート?」

「いいえ、まさか!」

「じゃあ、だれ?」と食い下がってくる。

「物語が進めば、そのうちわかります」私は言った。「それまで私の生命が続けばですが」

「もちろん続きますとも。城から特別においしいものを届けさせるわ」

「一介の修道士にはもったいのうございます」むだな骨折りをかけたくなかったので、私は言った。「サンスムさまに召し上げられてしまいます」

「それじゃ、城でいっしょに暮らしましょうよ」彼女は熱心に勧めた。「ねえ、お願い！」

私は微笑んだ。「ありがたいお言葉でございますが、残念ながらここに骨を埋めると誓っておりますので」

「かわいそうなダーヴェル」また窓際に戻って、ブラザー・マイルグウィンが穴を掘っているさまを眺める。ひとり残った修練士、ブラザー・ティドゥアルはいまも聖人の独居房で寝起きしていた。聖人は、この少年に文字を覚えさせたがっていたが、ティドゥアルもいっしょだった。もうひとりの修練士はこの冬に熱病で命を落としたが、ティドゥアルはいまも聖人の独居房で寝起きしていた。聖人は、この少年に文字を覚えさせたがっている。そのいちばんの狙いは、私がほんとうに福音書をサクソン語に翻訳しているのか突き止めることではないかと思う。しかし、ティドゥアルはあまりさといほうではなく、読み書きより穴掘りのほうが向いているようだ。ここディンネウラクにも、そろそろ本物の学者が欲しいところだった。力ない春が巡ってくるたびに、復活祭の日にちについて激烈な口論が始まり、その口論が片づくまでは修道院に平和は戻って来ないからである。「アーサーとグィネヴィアを結婚させたのは、ほんとにサンスムだったの？」私の憂鬱な物思いは、イグレインさまに破られた。

「はい」私は答えた。「たしかに」

「高らかに喇叭《らっぱ》を鳴らして、大きな教会で式を挙げたんじゃないの？」

「小川のほとりの空き地でございました」私は言った。「蛙が鳴き、ビーバーのダムにヤナギの花穂がいくつも引っ掛かっておりました」

「わたしたちは祝宴の間で結婚式を挙げたわ」イグレインさまが言う。「煙くて涙が出たものよ」肩をすくめて、「それで、今度はどこが変えてあるの？」ととがめるように尋ねた。「どんな手を使ってお話を盛り上げたわけ？」

私は首をふった。「どこも変えてはおりませんよ」

「でも、モードレッドの即位式のことだけど」と、がっかりしたように、「剣はただ石の上に置いてあっただけなの？　突き刺さっていたんじゃなくて？　まちがいない？」

「石の上に平らに寝かせてありました」——十字を切って——「キリストの血にかけて、それに相違ございません」

イグレインさまは肩をすくめた。「どっちにしても、ダヴィズ・アプ・グリフィドがわたしの望むとおりに翻訳してくれるわ。石に刺さった剣のお話がわたしは好きだし。それはそうと、キネグラスのことをよく書いてくれてうれしいわ」

「よいかたでございました」私は言った。キネグラスは、イグレインさまのご夫君の祖父に当たるのだ。

「カイヌインはほんとにきれいだった？」イグレインさまが尋ねる。

私はうなずいた。「はい、とてもおきれいでした。青い目をしておられて」

「青い目ですって！」そんなサクソン人めいた特徴に、イグレインさまは身震いした。「カイヌインがくれたブローチはどうなったの？」

「さあ、どうなったのでしょう」私は答えたが、それは嘘だった。ブローチは私の房に置いてあるのだ。サンスムさまがどんなに熱心に探しても見つからないように隠してある。かの聖人——生者と死者とを問わず、どんな人間よりも神によって高く称揚されるにちがいない——は、なんであれ修道士が財物を所有するのを禁じておられるのだ。所持品はすべて、聖人にお預けしなければならない。それが規則だった。私も、ハウェルバネを含めてほかはすべて渡したが、神よ赦したまえ、カイヌインのブローチだけは渡せなかった。長い年月に黄金の表面はすり減ってしまったが、暗がりのなか、隠し場所からブローチを取り出して、曲線の絡み合う複雑な模様を月光に濡らすと、いまでもカイヌインの姿が目に浮かぶ。ときには口づけをすることもある——いや、「ときには」ではない、「いつも」だ。なんと愚かな年寄りになってしまったことか。たぶん、いつかはあのブローチをイグレインさまに差し上げることになるだろう。大切にしてくださるのはわかっているのだ。しかし、もうしばらくは手元に置いておきたい。この冷えきった灰色の世界にあって、あの黄金は陽光のかけらなのだ。むろん、イグレインさまがこの草稿をお読みになれば、ブローチがまだ在ると知れてしまう。しかし、もし私が思っているほどイグレインさまがお優しいならば、罪深い人生のささやかな記念として、私の手元に残すのを許してくださるだろう。

「わたし、グィネヴィアは好きになれないわ」イグレインさまが言う。

「書きかたがまずかったようですな」

「これを読むと、とてもきつい人みたいだもの」

私はしばらく口をつぐみ、羊の鳴き声を聞いていた。「その気になれば、びっくりするほど優しくなれる人でしたよ」ややあって私は口を開いた。「悲しんでいる者を力づけるにはどうしたらいいか、よくわかっていた。ただ、凡庸な者には我慢できない性質《たち》だったのです。あの人の描く理想の世界は、不具や退屈や醜さは存在しない世界だった。そういう不都合なものを消し去ることで、理想の世界を実現しようと望んでいたのです。アーサーも理想の世界像をもっていましたが、それは弱者に救いの手を差し伸べる世界だった。アーサーは、現実の世界を彼の理想にできるだけ近づけようとしたのです」

「キャメロットを作ろうとしたのね」イグレインさまは夢見るような口調で言われた。

「私たちはドゥムノニアと呼んでおりましたがね」私はそっけなく言った。

「ダーヴェル、あなたって何もかもぶち壊しにしようとするのね」とすねたように言う。もっとも、本気で私に立腹なさったことは一度もない。「詩人のいうキャメロットがほんとうにあったんだと思いたいわ。緑の草原に高い塔がいくつも聳えて、ドレスをまとった貴婦人が道を歩くと、戦士たちがその足元に花を撒《ま》くの。吟遊楽人が歌を歌って、みんな笑って暮らしていたのよ。ねえ、そんなふうだったんでしょう？　そうだと言って」

「多少はそういうこともありました」私は答えた。「もっとも、道に花を撒いたことはあまりなかったと思いますが。私が憶えているのは、戦場から足を引きずって逃げだす兵士たちのことです。なかには這っている者や、はらわたを泥に引きずって泣いている者もおりましたよ」

「もうたくさん！」イグレインさまが言う。「それなら、どうして吟唱詩人はあの時代をキャメロットと呼ぶの？」と議論をふっかけてきた。

「いつの時代でも、詩人は愚か者だからですよ」私は言った。「そうでなかったら詩人になどなりません」

「いい加減にしてよ、ダーヴェル！　キャメロットに特別なところはなにもなかったっていうの？」

「あれは特別な時代でございました。なぜなら、アーサーはこの国に正義をもたらしたからです」

イグレインさまが眉をひそめる。「それだけ？」

「わかっておられませんな。たいていの為政者にとっては、夢にさえ見られない偉業なのですよ。まして実行するなどは」

彼女は肩をすくめて、この話題を打ち切った。「グィネヴィアは頭がよかったの？」

「それはもう」

イグレインさまは、首にかけた十字架をもてあそびながら言われた。「ランスロットのことを話して」

「いまはまだだめです」

「マーリンはいつ出てくるの？」

「もうすぐですよ」

「サンスムに意地悪されてない？」

「司教さまは、私たちの不死なる魂の運命に心を痛めておられるのです。義務を果たしておられるのですよ」

「でも、アーサーをグィネヴィアと結婚させる前に、ひざまずいて殉教者にしてくれとわめいたって、ほんと？」

「ほんとうですとも」それを思い出すと、つい口もとがゆるんでしまう。

イグレインさまは声をたてて笑った。「ブロフヴァイルさまにお願いして、ネズミの王さまを本物の殉教者にしてもらおうかしら」彼女は言った。「そしたら、ディンネウラクはあなたに任されることになるわよ。どう、ブラザー・ダーヴェル、そうなったら嬉しい？」

「静かな時間をいただくほうが嬉しゅうございますな。そうすれば物語を続けられます」私はたしなめた。

「このあとどうなるの？」とたちまち身を乗り出してくる。

次の舞台はアーモリカだ。海の向こうの国。美しいトレベス島《アニス・トレベス》、バン王、ランスロット、ギャラハッド、そしてマーリン。おお主よ、あれはまたなんという者ども、なんという日々であったことか。私たちは戦い、夢は破れた。あの日、アーモリカで。

後になって――それもだいぶ後になってからだが、あの時代をふり返るときにはただ「悪い時代」とだけ呼んだものだ。もっとも、めったに話題にすることはなかった。アーサーは、彼がドゥムノニアに戻ってきてまもないこの時期のことについて、触れられるのを嫌っていた。なにしろ、彼がグィネヴィアに熱をあげたために国が四分五裂に陥ってしまったのだから。カイヌインとの婚約は、薄物のもろいガウンをまとめる精緻なブローチのようなものだった。そのブローチがなくなったとき、ガウンはばらばらになってしまったのだ。アーサーは自責の念に苛まれ、あの悪い時代については語りたがらなかった。

テウドリックは、しばらくどちら側につこうともしなかった。和平が破れたのはアーサーの責任だと思っていたのだ。ドゥムノニアに侵攻するゴルヴァジドとギンドライスの軍勢に、グウェントを通過するのを許したのも、その返報のためだった。東ではサクソン人の圧力が強まり、西の海からはアイルランド軍が襲撃してくる。それだけでは足りないかのように、イスカのカドウィ公がアーサーの支配にたいして謀叛を起こした。テウドリックはすべてに超然たる立場を保とうとしたが、エレのサクソン軍がテウドリックの国境地帯を蹂躙しはじめると、援軍を頼める相手はドゥムノニアしかなかった。そこで結局、アーサーの側に立って参戦するしかなくなったのだ。だがそのころには、ポウイスとシルリアの槍兵はグウェントの道を抜けて、すでにウィドリン島の北の山々を占領していた。テウドリックがドゥムノニア側に立って宣戦を布告すると、かれらはついでにグレヴムも占領してしまった。

私が一人前になったのはこんな時代のことだった。殺した敵の数も、鍛えた戦士の環の数もわからなくなるころ、私はカダーンという通り名を奉られた。「強き者」という意味だ。ダーヴェル・カダーン、しらふで戦闘に臨み、目にも留まらぬ剣さばきの恐るべき勇士。いちどアーサーに騎馬兵にならないかと誘われたが、固い大地に足を踏みしめているほうが好みだったので、私はずっと槍兵で通した。この時期、アーサーを観察していた私は、なぜ彼が偉大な戦士なのかしだいにわかってきていた。たんに勇敢だからではないのだ。彼は勇敢だったが、それだけではなく、敵の裏をかくのがうまかった。軍隊というのは扱いづらい代物で、行軍はなかなか始められないし、始めれば始めたですぐには方向転換もできない。だがアーサーは、すばやい移動に慣れた小軍勢を創りあげていた。徒歩の兵も騎馬の兵もいたが、彼はこの軍勢を率いて長途を走破し、敵の翼側を迂回して、まったく思いもかけない場所に突如として姿を現すのだった。私たちは明け方の攻撃が得意だった。前夜の酒にまだぼうっとしている敵を襲うのである。あるいは、退却するふりをして敵をおびき寄せ、手薄になった翼側を分断するという作戦も好んで用いた。そんな戦に明け暮れた一年を経て、ついにグレヴムとドゥムノニア北部からゴルヴァジドとギンドライスの軍を駆逐したとき、私はアーサーによって部将に取り立てられ、自分の部下に黄金を手渡す身分になった。二年後には、戦士にとって究極の名誉とも言える、敵への寝返りを打診されさえした。人もあろうに、誘いをかけてきたのはリゲサックだった。ノルウェンナを裏切った、衛兵隊の指揮官である。彼が私に話しかけてきたのはミトラ神殿のなかだった。そこなら身の安全が保証されているからだ。そして、彼と同じようにギンドライスに仕えれば、ひと財産作れると持ちかけてきた。私は断った。ありがたいことに、私はつねにアーサーへの忠誠を守りつづけたのである。

サグラモールも忠誠を守っている一人だったが、ミトラ神の信仰に私を誘ったのは彼だった。ミトラはローマ人が持ち込んだ神だが、ブリタニアの水が気に入ったらしく、いまでも勢力を保っている。ミトラは戦士の神であり、その秘儀に女は与かることができない。私の入信の儀式は、兵士がひまになる冬の終わりごろ、人里離れた山奥で行われた。サグラモールは、私ひとりを連れて谷間に分け入ってゆく。深い谷間だった。すでに午後も遅いというのに、まだ朝の霜が白々と草を凍らせている。とある洞窟の入口まで来ると、武器を置いて裸になるよう、サグラモールは私に命じた。震えながら立っている私に、ヌミディア人は分厚い布で目隠しをして、今後はあらゆる命令に従わなければならないと言い渡し、もしひるんだり、ほんのひとことでも口をきいたら、衣服と武器を返されてそのまま立ち去ることになる、と言い含めた。

入信の儀式は、人の五感にたいする攻撃だった。切り抜けるために心に留めておかねばならないことはただひとつ、服従することだ。兵士がミトラ神を好むのはそのためだった。戦闘は五感をさいなみ、その苦痛が恐怖をかき立てる。服従は、恐怖の混沌を脱して、生き残りに兵士を導く細い糸なのだ。後に私は多くの者をミトラに入信させて、儀式のからくりを熟知するようになったが、初めて洞窟に踏み込んだあのときには、なにが襲ってくるのか見当もつかなかった。神の洞窟に入ると、サグラモールか、あるいはほかのだれかに、太陽の進行と同じ向きに身体を何度もまわされた。あまり速く、また手荒にまわされたので、頭がぐらぐらしてめまいがする。そこで、前進するよう命じられた。煙に息がつまったが、私は歩きつづけた。石の床はしだいに下りになってゆく。ふと、だれかが止まれと叫んだ。別の声が向きを変えるよう命じ、第三の声がひざまずけと命令する。口になにかが突っ込まれ、頭を突き抜けるような人糞の悪臭にぎょっとした。「食え！」鋭い声が飛ぶ。あやうく、口中いっぱいのものを吐き出しそうになる。だがそのとき、干し魚を噛んでいるだけだと気がついた。それから胸の悪くなる液体を少し飲まされ、頭がもうろうとしてきた。たぶんチョウセンアサガオの汁に、マンドラゴラかベニテングタケを混ぜたものだろう。しっかり目隠しをされているのに、色鮮やかな生き物がしわの寄った翼で飛んでくるという幻覚が現れた。そいつらは、嘴状の口吻《こうふん》で私の身に噛みついてくる。肌に炎が触れ、脚や腕の毛がちりちりと焼ける。ふたたび先に進むよう命じられた。次に止まれと言われたときには、火のなかへ薪が積み上げられてゆく気配がし、正面にすさまじい熱が生じるのを感じた。火は激しく燃え盛り、剝き出しの皮膚と陰茎が炙《あぶ》られる。火のなかへ足を踏み入れよと声が命じ、私は従った。だが、踏み出した足が沈み込んだのは、氷のように冷たい水溜まりだ。恐怖に悲鳴をあげるところだった。溶けた金属の桶に足を突っ込んだのかと思ったのだ。

剣の切っ先が陰茎に触れた。皮膚に当たっているのがはっきりわかる。そちらへ向かって進めと命じられ、言われたとおりにすると、剣の切っ先はふいと消えた。もちろんすべてまやかしなのだが、飲物に混ぜられた薬草と茸のために、そのまやかしが奇跡に化けてしまう。試練の道を下ってゆくうちに、やがて灼熱の部屋にたどり着いた。煙が立ち込め、音が反響するその部屋は、この儀式の核心をなす場所だ。そのころには、私はすでに恐怖と高揚から恍惚状態に陥っていた。食卓ほどの高さの石の前に連れてゆかれ、右手に短剣が握らされる。左手は手のひらを下にされて、だれかの剝き出しの腹の上に載せられた。「おまえの手の下にいるのは幼子だ、見下げ果てた蝦蟇《がま》め」声が言う。ひとつの手が私の右手を導き、短剣の刃を子供の喉に当てさせた。「なんの罪もない、だれに害をなしたこともない幼子だ」声が続ける。「だれよりも生きる資格のある幼子だ。それをおまえは殺すのだ。やれ！」子供が悲鳴をあげた。短剣を力いっぱい押し下げると、温かい血が噴き出して手首から先を濡らした。左手の下で、脈動を伝えていた腹部が断末魔の痙攣を起こし、やがて動かなくなった。近くで炎がごうごうと燃え盛り、煙に鼻孔が詰まる。

私はひざまずかされ、胸の悪くなる生温かい液体を飲まされた。喉にへばりつき、胸が焼ける。このとき、角杯いっぱいの雄牛の生き血を飲み下したこのときになって、ようやく目隠しが外された。見れば私が殺したのは、腹の毛を剃り落とされた、生まれて間もない子羊だった。まわりに友と敵が集まってきて、こぞって祝いの言葉を口にする。たったいま、私は兵士の神の信者になったのだ。ローマ世界はもちろん、その境界すら越えて伸び広がる秘密結社に入会したのである。たんなる兵士ではなく、真の戦士たることを戦闘で証明した男でなければ、この結社には入れない。ミトラ教徒となるのは真の名誉だ。結社の一員がひとりでも反対すれば、入信は許されないからである。大軍を率いていながら選ばれない者もいれば、兵卒の身分に甘んじながら入信の栄誉を授かる者もいる。

そんな選ばれた者の一人となって、返された衣服と武器を身に着けると、結社の合言葉を教えられた。戦場で同志を見分けるためである。戦っている相手が同じミトラ教徒だとわかったら、慈悲をもってすみやかに殺してやらなければならないし、捕虜にしたときには丁重に扱わねばならないのだ。こうして儀式が終わると、第二の広々とした洞窟に移った。煙をあげる松明と、大きなかがり火で照らされており、そのかがり火では雄牛が丸焼きにされている。身に余る光栄と言うべきか、この祝宴には錚々たる顔ぶれがそろっていた。たいていは同等の地位の者に祝われるのがせいぜいなのに、ダーヴェル・カダーンの入信のときには、両陣営の名だたる戦士がこの冬の洞窟に集まってくれたのだ。グウェントのアグリコラがいる。共に並んでいるのは彼の敵二人、シルリアのリゲサックと、ギンドライスのチャンピオンであるナシエンスという槍兵だ。アーサーの戦士も十名ほどおり、それには私の部下も交じっていた。そしてなんと、アーサーの顧問官であるベドウィン司教さえ来てくれた。錆びた胸甲、剣帯、戦士のマントを着けた司教は別人のようだ。「私も昔は戦士だったのだ」と彼はここにいるわけを説明した。「入信したのはたしか、そう、三十年前だったかな。むろん、キリストに帰依するずっと前のことだ」

「しかし、これは」――と、私は洞窟のぐるりを身ぶりで示した。斬り落とされた雄牛の首が、槍の三脚で高く掲げられて、洞窟の床に血を滴らせている――「司教どのの信仰に反するのではありませんか？」

ベドウィンは肩をすくめた。「もちろんだ」彼は答えて、「だが、仲間との交わりは失いたくない」私のほうへ身を寄せて、悪事を相談するように声を低めて、「私がここに来ていたことを、まさかサンスム司教には言うまいな」私は声をあげて笑った。あの怒れるサンスムに秘密を打ち明けると思っただけで笑えた。戦で縮小したドゥムノニアを、彼は働き蜂のようにうるさく飛びまわり、敵を弾劾し続けて休むまもない。なにしろ味方はひとりもいないのだから。「若きサンスム殿は」ベドウィンは言った。牛肉を口いっぱいに頬張り、血の混じった肉汁をひげにしたたらせている。「私の後釜を狙っておる。たぶんその望みはかなうだろう」

「まさか」私は肝をつぶした。

「喉から手が出るほど私の椅子を欲しがっているからな」とベドウィンが言う。「それにがむしゃらに努力しておる。まったく、なんと勤勉な男であることよ！　ついこのあいだ、私がなにに気づいたかわかるか？　あの男は文字が読めんのだ！　ひとこともだぞ！　ところがだ、教会で出世するには字が読めねばならん。それでサンスムはどうしたと思う？　奴隷に読み上げさせて、一から十までそらんじておるのだ」サンスムの記憶力のすごさをよく理解させるため、ベドウィンは私を肘でつついた。「なにからなにまでそらんじとるんだぞ！　詩篇も、祈禱も、典礼式文も、教父の著作も、ぜんぶ頭に入っておるんだ。信じられん」首をふって、「おまえはキリスト教徒ではなかったな」

「はい」

「考えてみてはどうだ。現世のご利益はあまり約束できないかもしれんが、キリスト教の説く死後の生はけっして捨てたものではないぞ。ユーサーはついに私の説得を受け付けなかったが、アーサーについては望みがあると思う」

　私は祝宴の客をちらと見まわした。「殿はおられませんね」わが主君はこの結社の一員ではないのだ。私はがっかりした。

「アーサーも入信しておるよ」ベドウィンが言う。

「でも、殿は神々を信じていませんから」私は言った。オウェインの受け売りである。

ベドウィンは首をふった。「そんなことはないさ。神も神々も信じずにいられる人間がいるものか。人間は自分で自分を作ったと、そうアーサーが信じていると思うのか？　この世界がただの偶然でできたとでも？　ダーヴェル・カダーンよ、アーサーは愚か者ではないぞ。アーサーも信仰をもっている。ただ、それを深く秘しておるのだ。黙っていれば、キリスト教徒は彼を自分たちの仲間だと、あるいは仲間になるかもしれないと思うし、また異教徒も同じように考える。だから、どちらも喜んでアーサーに仕えるようになるのだ。それにな、ダーヴェル、アーサーはマーリンの秘蔵っ子だぞ。マーリンは信仰をもたぬ者を可愛がったりはせん。これはたしかなことだ」

「マーリンがいなくて寂しいです」

「それはみな同じさ」ベドウィンは穏やかに言った。「だが、マーリンがいないのは安心材料でもあるのだ。ブリタニアが破滅に瀕しているのなら、マーリンが留守にするはずがない。必要になったら必ず戻ってくる」

「いまはマーリンは必要でないと思われるんですか？」私はむっとして尋ねた。

ベドウィンは上着の袖でひげをぬぐい、ワインを飲んだ。声を低くして、

「アーサーがいないほうがうまく行くという者もおる。アーサーがいなくなれば平和が来るとな。しかし、もしアーサーがいなかったら、だれがモードレッドを守るのだ？　私か？」ベドウィンはそれを考えてにやりとした。

「それともゲライントか？　あれはよい男だ。あんなよい男はめったにおるまい。だがあまり利口とは言えぬし、

決断力にも欠ける。そもそもドゥムノニアを支配したいとも思っておらん。アーサー以外にはだれもおらんのだよ、ダーヴェル。さらに言えば、アーサーか、ゴルヴァジドかなのだ。だがこの戦、アーサーが落とすことはないさ。敵はアーサーを恐れておるから、彼が生きているかぎりドゥムノニアは安泰なのだ。そう、マーリンはまだ必要でないと私は思うよ」

裏切り者リゲサックもキリスト教徒だったが、その公然と誓った信仰がミトラの秘儀と矛盾するとはやはり思っていなかった。宴の終わるころ、彼は私に話しかけてきた。いくら同じミトラ教徒とはいえ、リゲサックにたいしては冷やかな態度を崩さなかったのだが、彼は私の敵意など意に介さなかった。私の肘をつかみ、洞窟の暗い片隅に引っ張ってゆく。「アーサーに勝ち目はないぞ。おまえもそう思うだろ?」

「いや」

リゲサックは、残り少ない歯の隙間から肉きれをせせりながら、「エルメトから増援が送り込まれてくるんだ」と言った。「ポウイス、エルメト、それにシルリア」──指を折ってその名前を挙げながら──「この三国は、グウェントとドゥムノニアに対抗して手を結んだ。次のペンドラゴンはゴルヴァジドだぞ。まず、ラタエの東の土地からサクソン人を追い出して、それから南に進んでドゥムノニアを片づける。あと二年ってとこかな」

「リゲサック、宴会で頭がおかしくなったな」私は言った。

「うちの殿さまは、おまえみたいによく働く男にはたんまり報酬をくださるぜ」リゲサックはついに本題に入った。「ダーヴェル、ギンドライス王は気前のいい殿さまだぞ。まったく気前がいい」

「あんたの王さまに伝えてくれ」私は言った。「手前《てめえ》の髑髏でウィドリン島のニムエが酒を飲むだろうとな。その髑髏はおれがニムエにくれてやるつもりだ」そう言い捨てて、私は彼のそばを離れた。

春になると、最初の苛烈さは衰えたものの、また戦の火の手があがった。アーサーは、デメティアのアイルランド人の王、エンガス・マク・アイレムに黄金を支払って、ポウイスとシルリアの西部を攻めさせた。そのかいあって、わが国の北の国境地帯から敵は引き上げてゆく。アーサー自身は、軍勢を率いてドゥムノニアの西部の平定に向かった。部族の所領を独立の王国と宣言して、カドウィが反乱を起こしていたからだ。だが、アーサーが西部に進撃しているあいだに、エレのサクソン軍がゲライントの土地に激しい攻撃を仕掛けてきた。後にわかったのだが、私たちがアイルランド人を買収していたように、ゴルヴァジドはサクソン軍を買収していたのである。だが、ポウイスの黄金の使いかたのほうが効果的だったようで、サクソン人は怒涛のように押し寄せてきた。アーサーは急きょ西部から引き返してゆき、カドウィ率いる刺青の部族民との戦闘は、アーサーの幼なじみのカイに任されることになった。

エレのサクソン軍はドゥロコブリヴィスを占拠する勢いで迫っている。ポウイスからも北部のサクソン人からも攻められて、グウェント軍は手いっぱいになっている。ケルノウのマーク王に煽《あお》られて、カドウィの反乱軍は負け知らずだ。ベノイクのバン王がアーサーに召還命令を送ってきたのは、そんな折りも折り、まさに戦の真っ最中のことだった。

だれもが知っていることだが、アーサーのドゥムノニア行きを許すにあたって、バン王はひとつ条件をつけていた。ベノイクが危険にさらされたらアーモリカに戻ってくるということだ。バン王の使者は、いまベノイクは重大な危機に直面していると主張した。誓いを守っていまこそ帰還するよう、バン王はアーサーに迫っているのだった。

この知らせが届いたとき、私たちはドゥロコブリヴィスにいた。かつてローマ人の入植地として栄えた町で、贅沢な大浴場、大理石の法廷、市《いち》の立つ美しい広場が作られていたが、いまでは見すぼらしい辺境の要塞として、昼も夜も東のサクソン人を警戒しているのだった。町を囲む土壁の外側の建物は、ことごとくエレの襲撃軍に焼き払われ、それきり再建されていない。壁の内側でも、壮麗なローマ人の建築物は崩れるに任されていた。バン王の使者がやって来たとき、ローマ人の大浴場だった丸天井の広間跡に私たちは陣取っていた。夜のことで、大浴場跡の穴で火が焚かれていた。丸天井に渦を巻く煙が、風に囚われて小さな窓から吸い出されてゆく。冷たい床に車座になって夕餉をとっている、その車座の中心にアーサーはバン王の使者を呼び入れた。そのとき、アーサーは土の床にドゥムノニアの地図をざっと描き、赤と白のモザイク片を置いて、敵軍と友軍の位置を示しているところだった。ドゥムノニア軍を示す赤いタイルは、いたるところで白いタイルに圧迫されている。その日の戦闘で、アーサーは右の頬骨の上に槍傷を受けていた。大した傷ではなかったが、頬には大きなかさぶたが残っている。顔面を金属《かね》で覆っていては視界がきかないといって、兜をつけずに戦っていたのだ。だが、もしサクソン人の槍があと一センチでも高いか横にずれているかしたら、鋼の穂先はアーサーの脳を突き通していただろう。彼はいつものように徒歩で戦っていた。もっと厳しい戦闘のために重装備の馬は温存するという方針だったからだ。毎日、六人の騎馬兵が馬上で戦ってはいたが、高価で数の少ない軍馬は敵に奪われないようにドゥムノニアの中心部に残してあったのだ。この日、アーサーが負傷した後、ひと握りの重装騎兵がサクソン軍の戦列を寸断し、族長を殺し、生き残った兵を東に追い戻した。しかし、大事には至らなかったとはいえアーサーが危機に瀕したことで、みな不安になっていた。バン王の使者——ブライジグという族長だった——の到着は、私たちの憂鬱を深めるばかりだった。

「おわかりだろう」アーサーはブライジグに言った。「いまは離れられないのだ」と、赤と白のタイルを身ぶりで示した。

「誓いは誓いだ」ブライジグは憤然として言った。

「いま王子がドゥムノニアを離れれば」とゲライント公が口をはさむ。「ドゥムノニアは陥《お》とされる」ゲラインドは鈍重な男ではあるが、忠実で正直だった。ユーサーの甥としてドゥムノニアの玉座を要求する資格があるにもかかわらず、そんな要求など一度もしたことがなく、庶出のいとこアーサーにつねに忠義をつくしている。

「ベノイクが陥ちるよりはましだ」ブライジグは言い、その言葉が険悪なつぶやきに迎えられてもどこ吹く風だった。

「私はモードレッド王をお守りすると誓っているのだ」アーサーは言った。

「ベノイクを守るとも誓っておられる」ブライジグは、肩をすくめてアーサーの反論をかわした。「モードレッド王を連れてお戻りになればよい」

「モードレッド王に王国をお返しせねばならんのだ」アーサーも負けていない。「モードレッド王が離れれば、王国は王を失い、中心を失う。モードレッド王は国にいなければならん」

「モードレッド王の王国が存亡の危機に立たされたのは、そもそもだれのせいか」ブライジグが声を荒らげた。ベノイクの族長は大男で、いささかオウェインに似ていなくもなかった。そして、オウェインの荒っぽさも多分に備えているようだ。「貴公のせいではないか！」と、憎々しげにアーサーに指を突きつけた。「貴公がカイヌイン姫と結婚しておれば、戦など起きなかったのだ！ 貴公がカイヌイン姫と結婚しておれば、ドゥムノニアのみならず、グウェントもポウイスもわが王を助けるために兵を送ってくれたはずだ！」

兵が怒声をあげ、剣が抜かれる。だが、静まれとアーサーが怒鳴った。かさぶたの下から血がひと筋流れ出し、こけた長い頬を伝って落ちてゆく。「どれぐらい持ちこたえられる?」とブライジグに尋ねた。「ベノイクが陥ちるまでどれぐらい猶予がある?」

ブライジグは眉をひそめた。彼には判断がつかないことは明らかだったが、半年か、一年ぐらいではないかと答えた。ベノイクの東に、新たにフランク人の軍勢が続々と侵入しており、そのすべてを相手にすることはバン王にはできないのだ、とブライジグは言った。バン王自身の軍勢は、王の闘士ボースに率いられて、北の国境を防衛している。いっぽうアーサーが残してきた兵は、アーサーのいとこキルフッフを指揮官として、南の国境を守っているという。

アーサーは、赤と白のタイルを撒いた地図をじっと睨んでいた。「三月《みつき》だ」彼は口を開いた。「三月たったら行く。できればだぞ! 三月待ってくれ。だが、その前に精鋭ぞろいの軍勢を送ろう」

ブライジグは納得せず、誓いにしたがってアーサー自身がただちにアーモリカに戻るべきだと反論したが、アーサーは耳を貸そうとしない。三月待て、それがいやなら行かぬ、と突っぱねられて、ブライジグもしぶしぶこの妥協案を呑んだ。

アーサーについてくるよう合図されて、私は広間の横にある柱廊つきの中庭に出た。肩を並べてぶらぶらと歩きだす。狭い中庭にはいくつか大桶が置かれていて、便所のようなひどい臭いをさせていたが、アーサーはその悪臭にも気づかないようだった。「ダーヴェル、神もご存じだが」そう彼は切り出した。彼が無理に「神」という言葉を使っているのに私は気がついた。また同様に、単数形のキリスト教徒の言葉を使っていることも。ただ、彼はすぐに釣り合いをとった。「神々もよくご存じだが、私はおまえを手放したくない。しかし、楯の壁を恐れず、打ち破れる者を送り出さなければならない。つまり、おまえをだ」

「王子――」私は口を開いた。

「王子と呼ぶな」アーサーが腹立たしげにさえぎった。「私は王子ではない。それから、私に反論するな。だれもかれもが私に反論する。この戦にどうやったら勝てるか、私のほかはみんなわかっているらしい。メルウァスは兵士をよこせとわめき立てるし、テウドリックは私に北へ来いというし、カイは槍兵があと百人要るという。そしてこんどはバン王が来いと言ってくる！　詩人につぎ込む金を減らして、そのぶん軍勢に金をかけておれば、こんな厄介なことになるはずはないんだ！」

「詩人？」

「トレベス島は詩人の聖域なのさ」苦々しげに、バン王の都のある島の名を口にする。「詩人か！　いま必要なのは槍兵だ、詩人じゃない」アーサーは立ち止まり、柱によりかかった。これまで、彼がこんな疲れた顔をしているのを見たことがない。「このままではどうしようもない」彼は言った。「戦をやめないかぎりはな。キネグラスと直接話し合うことさえできたら、まだ望みはあるのだが」

「ゴルヴァジドが生きているうちは無理です」私は言った。

「ゴルヴァジドが生きているうちは無理だな」そう言ったきり、アーサーは黙り込んだ。カイヌインとグィネヴィアのことを考えているのだ。柱廊の屋根にあいた穴から月光が射し込み、彼の骨ばった顔を銀色に染めている。アーサーは目を閉じていた。この戦の原因を作った自分を責めているのだろう。しかし、すんだことを悔やんでもしかたがない。あらたな平和を生み出さなければならないのだ。そして、力をもってブリタニアに平和を実現できるのはただ一人、アーサーしかいない。彼は目を開け、顔をしかめた。「なんの臭いだ？」やっと気がついたらしい。

「ここで布を漂白しているのです」私は説明し、尿と洗った鶏糞を満たした木製の大桶を指し示した。アーサーお気に入りのマントもそうだが、貴重な白い布地を作るのに欠かせない材料だ。

ふだんのアーサーならたちまち元気づくところだ。ドゥロコブリヴィスのような衰退する町に、まだ産業が残っている証拠を見つけたのだから。だが、この夜はただその臭いに肩をすくめただけだった。頬に新しく流れ出した血に触れて、「また傷が増えた」沈んだ声で言った。「私ももうすぐ、おまえに負けず劣らず傷だらけになるぞ、ダーヴェル」

「兜をかぶらないからですよ、殿」

「あれを着けると右も左も見えないんだ」そっけなく言う。勢いをつけて柱から離れると、私についてくるよう合図をして、中庭を囲む柱廊を歩きだした。「いいか、ダーヴェル。フランク人と戦うのはサクソン人と戦うのと似たようなものだ。どっちもゲルマン人だし、フランク人には特別なところはなにもない。ただ、ふつうの武器のほかに、投げ槍を好んで使っている。だから、向こうが攻撃をしかけてきたら、最初は頭を下げておくことだ。だが、そのあとはいつものとおり、楯の壁と楯の壁の戦いだ。フランク人は勇猛な戦士だが、大酒飲みだから出し抜くのはむずかしくない。おまえを遣わすのはそのためなんだ。おまえは若いが、頭がある。わが方の戦士はたいていそこが欠けている。酔った勢いでめった切りにすれば勝てると単純に信じているんだ。だが、それでは戦には勝てん」アーサーは言葉を切り、あくびをかみ殺した。「すまん。それからな、ダーヴェル、たぶんベノイクにはなんの危険もないと思うぞ。バン王は感情的な人で」――その言葉を吐き棄てるように言ってのけ――「些細なことで大騒ぎをする。だが、もしトレベス島を失うようなことがあれば、バン王は胸が張り裂けるだろうし、私にしても罪の意識を背負って生きる破目になる。キルフッフは信頼できる。いい男だ。ボースも腕は確かだし」

「しかし、油断のならない男です」サグラモールが、漂白桶のわきの物陰から言葉をはさんだ。アーサーを護衛するために広間から出てきていたのだ。

「それは一方的だ」アーサーが言う。

「ボースは油断ならない男です」サグラモールは譲らなかった。いつものように、喉に引っ掛かったような訛りが耳につく。「ランスロットの息がかかっていますから」

アーサーは肩をすくめた。「ランスロットはまた別かもしれん」彼も認めた。「バン王の世嗣《せいし》だし、なにごとも自分の流儀で進めたがる。だが、それを言うなら私も同じだ」笑顔になって、私にちらと目をくれた。「おまえは文字が書けるんだったな」

「はい、殿」私は答えた。陰に身をひそめたままのサグラモールの前を通り過ぎる。彼の目はアーサーから離れない。猫が足音もたてずに私たちを追い越してゆき、浴場跡の大きな建物の破風からは煙が洩れ、その横でコウモリが旋回している。この悪臭ふんぷんたる場所も、かつてはローブをまとったローマ人が歩きまわり、オイルランプの明かりに照らされていたのだ。そんな情景を想像してみようとしたが、しょせんできない相談のようだった。

「あちらで何が起きているか、手紙に書いて知らせてくれ」アーサーは言った。「そうすれば、バン王の思い込みにふりまわされずにすむ。おまえの恋人はどうしてる？」

「恋人？」そう訊かれて私は面食らい、一瞬カンナのことかと思った。カンナというのは、私の話し相手になっているサクソン人の女奴隷だった。私の母が話していた純粋のサクソン語とはやや異なる方言を話していて、それを教えてくれているのだ。だがそのとき、アーサーが言っているのはルネートのことだと気がついた。「最近は連絡がありません」

「おまえも尋ねていないんだろう?」と、からかうような笑みを私に向けたが、すぐにため息をついた。ルネートはグィネヴィアのそばにいる。そしてグィネヴィアは、遠くドゥルノヴァリアに去っていた。ユーサーが使っていた、古い冬の宮殿で過ごしているのだ。グィネヴィアは、カダーン城近くの美しい新宮殿を離れるのをいやがったが、敵の襲撃隊を心配したアーサーが、より安全な国の中心部に移るよう言い張ったのだ。「サンスムが言うには、グィネヴィアと取り巻きの婦人たちは、みなイシスを礼拝しているそうだ」

「だれのことです」

「知らんだろう」彼はにやりとした。「イシスは異国の女神で、信者は独特の秘儀を行うんだそうだ。月に関係する儀式らしい。少なくともサンスムはそう言っている。たぶん彼もよく知らんのだと思うが、例によってこの異教を禁止せよと言うんだ。イシスの秘儀は口にするのもはばかられる儀式だというから、具体的には何をするのかと訊いてみたら知らんのだ。言わなかっただけかもしれないが、なにか聞いてないか」

「いいえ、殿」

「だろうな」アーサーは妙に力のこもった口調で続けた。「グィネヴィアがイシスに慰めを見いだしているのなら、悪い教えのはずはない。私は彼女のことが心配なんだ。あれこれ約束しておきながら、まだ何もしてやっていない。あれの父親を玉座に戻してやりたいし、いつかはそうするつもりだが、思っていたよりずっと時間がかかりそうだ」

「ディウルナハと戦うつもりなのですか」ぞっとして私は尋ねた。

「ダーヴェル、ディウルナハとてただの人間だぞ。殺しても死なないわけじゃない。いつかは片づけなくてはな」広間に背を向けて、「おまえには南に行ってもらうが、部下は六十人がせいいっぱいだ――バン王がほんとうに困っているのなら、とうてい足らんがな。その六十人を率いて海を渡り、向こうに着いたらキルフッフの指揮下に入ってくれ。それから、途中でドゥルノヴァリアに寄ってくれないか。グィネヴィアの近況を知らせせほしい」

「承知しました」私は言った。

「グィネヴィアへの贈り物を預かってくれ。あのサクソン人の首領が着けていた、宝石の嵌まった首飾りではどうかな。喜ぶと思うか？」彼は心配そうに尋ねた。

「喜ばないご婦人はいませんよ」私は言った。それはサクソン人の細工で、作りは武骨でかさばるが、それでも美しかった。つないだ黄金板が太陽の光のように広がって、それに宝石が鏤《ちりば》めてあるのだ。

「そうか！　私の代わりに、あれをドゥルノヴァリアに届けてくれ。それから海を渡ってベノイクを救ってやってくれ」

「できるだけのことはします」私はむっつりと答えた。

「できるだけのことをしてくれ」おうむ返しに言う。「私の良心のために」低い声で付け加えて、粘土のタイルのかけらを長靴を履いた足で蹴飛ばした。タイルは勢いよくすべってゆき、驚いた猫が背中を弓なりにしてこちらにうなってみせた。「三年前には」アーサーはつぶやくように言った。「なにもかも簡単そうに見えたのに」

だが、そこへグィネヴィアが現れたのだ。

翌日、六十名の兵を引き連れて、私は南に向かった。

「殿に言われて、わたしを偵察しに来たの？」グィネヴィアが笑顔で尋ねた。

「いいえ」

「ダーヴェル、あなたって殿にそっくりね」茶化すように言う。

私は驚いて、「そうでしょうか」

「ええ、よく似てるわ。ただ、殿のほうがもっと賢いけれど。この宮殿はどう？　好き？」と、中庭のぐるりを身ぶりで示す。

「美しいと思います」私は言った。ドゥルノヴァリアのこの館《ヴィラ》も、言うまでもなくローマ人が建てたものだが、かつてはユーサーの冬の宮殿として使われていた。まず間違いなく、そのころは美しくなかったにちがいない。だがグィネヴィアの努力で、ヴィラにはかつての優美さがいくぶんかよみがえっていた。中庭はドゥロコブリヴィスのそれと同じく柱廊に囲まれていたが、ここでは屋根のタイルはみな揃っており、どの柱にも石灰塗料が塗られている。柱廊内部の壁にくりかえし描かれているのは、グィネヴィアのしるし——三日月を戴いた牡鹿の図柄だ。牡鹿は彼女の父親のしるしだが、グィネヴィアは月を加えて自分のしるしとし、それを美しい小円の紋章として描かせていた。花壇には白い薔薇が咲き、タイル張りの小さな水路には水が流れている。鷹狩り用の鷹が二羽、とまり木にとまっていた。ローマふうの柱廊をめぐってゆく私たちを、冠毛のある頭をまわして目で追っている。中庭のあちこちを飾る彫像は、いずれも裸身の男女の像だ。また列柱の下の台座には、花綱を飾ったブロンズの胸像が置かれていた。私がアーサーから預かった、どっしりしたサクソンの首飾りは、いまそのブロンズの胸像のひとつの首にかけてある。グィネヴィアは、しばらくその贈り物をもてあそんでいたが、眉をひそめて言った。「下手な細工ね。そう思わない？」

「アーサー王子は、奥方さまにふさわしい美しい首飾りだと思っておられます」

「アーサーは優しいこと」グィネヴィアは軽く言い、厳めしい顔をした醜い男のブロンズ像を選んで、その首に首飾りをかけたのだった。「これで見栄えがよくなるわ」と言ったのはその胸像のことだ。「わたし、これをゴルヴァジドって呼んでるの。似てるでしょう?」

「はい、よく似ています」私は言った。たしかにその胸像には、ゴルヴァジドのむっつりした陰気な顔に通じるものがあった。

「ゴルヴァジドはけだものだわ」グィネヴィアが言う。「わたしの純潔を奪おうとしたのよ」

途方もない打ち明け話に愕然として、しばらく声も出なかったが、私はようやく言った。「ほんとうですか」

「失敗しましたけれどね」きっぱりと言った。「酔っていたのよ。べたべた接吻してきて、ここまで涎だらけにされたわ」と胸元を払うようなしぐさをしてみせる。彼女のまとった簡素な白い亜麻布のドレスは、まっすぐにひだを作って肩から足元まで流れていた。たぶん腰を抜かすほど高価な布地にちがいない。目のやり場に困るほど薄く、なるべく見ないようにしてはいたが、じっと見つめればその薄衣の下の裸身が窺えそうだ。月を戴く黄金の牡鹿の小像を首から下げ、耳飾りは黄金に嵌め込んだ琥珀玉、左手に嵌めたアーサーの熊のついた黄金の指輪には相愛の十字が刻んである。「涎でべとべと」彼女はおかしそうに言った。「だからゴルヴァジドがやめたとき、というより、正確には始めようとするのをやめたときだけど。わたしを自分の妃にして、ブリタニアでいちばん豊かな女王にしようと思っていたって泣き言を言ってたわ。そのとき、わたしはイオルウェスのところへ行って、嫌いな男を寄せつけない魔法をかけてもらったの。もちろん、王のことだとはドルイドには言わなかったわ。言ってもよかったのかもしれないけれど。だって、イオルウェスはにっこり微笑みかけてやればなんでもしてくれる人なのよ。そういうわけで、護符を作ってもらって地面に埋めておいたの。そして、お父さまからゴルヴァジドにこう言わせたわ——わたしを強姦しようとする男の娘が命を落とすように、護符を埋めたって。だれのことだかゴルヴァジドにはわかったはずよ。あの退屈なカイヌインちゃんを目に入れても痛くないほど可愛がっていたから、それからはわたしに手を出そうとしなかったわ」グィネヴィアは笑った。「男ってほんとに馬鹿ねえ！」

「アーサー王子はちがいます」私はきっぱりと言った。グィネヴィアのこだわる「王子」の称号を使うよう気をつけながら。

「装身具に関しては馬鹿だわ」辛辣な口調。アーサーに言われて偵察に来たのか、と彼女が私に尋ねたのはこのときだった。

私たちは柱廊のぐるりを歩いている。二人きりだった。グィネヴィアの衛兵隊の指揮官はランヴァルという戦士で、彼はこの中庭に部下を残しておきたがったのだが、グィネヴィアが強く言って退がらせたのだ。「わたしたちの仲が噂になるわね」と面白そうに言い、やがて眉を曇らせた。「ランヴァルは、わたしを見張るように命令されているんじゃないかしら」

「ランヴァルはただ、奥方さまを護衛しているだけです」私は言った。「奥方さまの身になにかあれば、アーサー王子が悲しまれます。王子が悲しまれれば、王国が危うくなります」

「おじょうずね、ダーヴェル。気に入ったわ」とからかい半分に言う。私たちは歩きつづけた。薔薇の花びらを浸した水の器から、柱廊に芳香が漂う。柱廊の屋根が熱い太陽をさえぎり、心地よい日陰を作っていた。「ルネートに会いたい？」ふいにグィネヴィアが尋ねた。

「向こうは会いたがっていないと思います」

「そうかもしれないわね。でも、あなたたちは結婚していないのでしょう?」

「はい、していません」

「それならかまわないわね」彼女は尋ねたが、なにがかまわないのか言わなかったし、私も尋ねなかった。「わたし、あなたに会いたいと思っていたのよ、ダーヴェル」グィネヴィアはまじめに言った。

「身にあまる光栄です」

「ますますおじょうずだこと!」手を打ちあわせたが、そこで鼻にしわを寄せた。「ねえダーヴェル、あなたお風呂を使ってる?」

私は顔を赤くした。「はい」

「でも、革と血と汗と埃のにおいがするわよ。嫌なにおいではないけれど、今日はだめ。こんなに暑くてはね。女官たちに言って、お風呂を用意させましょうか? ローマふうのお風呂なのだけれど、どっさり汗と垢が出るの。あがるとぐったり疲れるわ」

私はわざとグィネヴィアから一歩身を退いた。「川を探します」

「あなたに会いたかったというのはほんとうよ」と、わざわざ一歩下がって私と肩を並べ、おまけに腕をからめてきた。「ニムエのことを教えて」

「ニムエですって」私は驚いた。

「魔法が使えるというのはほんとう?」グィネヴィアは熱心に尋ねた。彼女は私と同じぐらい背が高く、骨格のひいでた端整そのものの顔がすぐ目の前にある。グィネヴィアにこれほど近づかれて私はうろたえた。ミトラの飲み薬に、五感を激しくかき乱されたときのようだった。赤い髪の毛からは芳香が漂い、吸い込まれそうな緑の目は、煤を混ぜた樹脂で縁取りされていっそう大きく見える。「ニムエは魔法が使えるの？」グィネヴィアはまた尋ねた。

「そうだと思います」

「思います、ですって！」彼女はがっかりして、私から一歩離れた。「思うだけ？」

左手の傷がずきずきと痛みだし、私はなんと答えてよいかわからなかった。

グィネヴィアは笑った。「ほんとのことを言ってよ、ダーヴェル。どうしても知りたいの」また私の腕に腕をからめて、柱廊の日陰のなかを歩きだす。「あのサンスム司教には虫酸が走るわ。わたしたちをみんなキリスト教徒にしようとしているの。そんなこと耐えられない！　四六時中罪の意識にさいなまれていろというのよ。わたしはずっと、罪の意識を感じるようなことはしていないと言っているのだけど、キリスト教徒はどんどん力をつけてきているの。この町に新しい教会を建てているのよ！　それどころかもっとひどいことをしているわ。だれか！」と、衝動的にふり向いて両手を打ち鳴らした。奴隷たちが中庭に駆け込んでくると、グィネヴィアはマントと犬を用意するよう言いつけた。「ダーヴェル、あなたに見せたいものがあるの。その目で見ていってちょうだい、あの薄汚い司教さまがわたしたちの王国になにをしているか」

彼女は薄い亜麻布のドレスの上から藤色の毛織のマントをはおり、二頭のディアハウンドの引き綱をとった。犬は彼女のそばで息をあえがせ、鋭い歯の間から長い舌をだらりと垂らしている。ヴィラの門が大きく開かれた。二人の奴隷があとに続き、ランヴァルの衛兵四人が私たちの両側であわただしく配置につく。私たちの行くドゥルノヴァリアの大通りは、幅広の石できちんと舗装され、町の東を流れる川に雨水を排出するように溝が掘ってあった。道路に面して開いた店先には、靴、肉、塩、陶器などの商品があふれている。崩れた家も何軒かあったが、ほとんどは手入れが行き届いていた。モードレッドとグィネヴィアが来たことで、町にあらたな繁栄がもたらされたからかもしれない。もちろん物乞いもいて、グィネヴィアの二人の奴隷が配る銅貨をひったくろうと、衛兵の槍の柄にもめげず足を引きずりながら寄ってくる。グィネヴィア自身は、赤毛を太陽に輝かせながら颯爽と丘を下ってゆく。彼女の登場が引き起こした騒ぎにはちらとも目をくれない。「あの家を見て」と、通りの北側に建つ立派な二階建ての建物を示した。「あれがナビルの家。あそこで、わたしたちの王さまはおならをしたりへどを吐いたりしているわけ」と身震いする。「モードレッドみたいな不愉快な子供は見たことがないわ。足をひきずって、ひっきりなしに泣きわめいて。ほら！　聞こえるでしょう？」言われてみれば、たしかに子供の泣き声がする。もっとも、モードレッドの声かどうかはわからなかった。「さあ、こっちよ」グィネヴィアは言い、彼女を見に道の端に集まったささやかな人だかりのほうへ突っ込んでいった。ナビルの立派な住宅の隣に積まれた、割れた石の山を乗り越えてゆく。

　彼女のあとをついて行くと、建設現場に出た。というより、もとの建物を取り壊して、その廃墟に別の建物を建てている場所というべきだが。壊されているのはローマふうの神殿だった。「メルクリウス（ローマの神。英語名マーキュリー）が祀《まつ》ってあったのよ」グィネヴィアは言った。「でもいまは、死んだ大工を祀る聖堂を作っているところなの。死んだ大工がどうやって豊作を恵んでくれるのか、知っていたら教えてほしいわ！」最後のほうは表向きは私に向けられた言葉だったが、それにしては声が高すぎる。その場にいた十名ほどのキリスト教徒への当てつけだった。かれらは新しい教会を建てるために働いているのだ。ある者は石を積み、ある者は扉の側柱を削り、またある者は古い壁を倒して、新しい教会のための建材を用意している。「大工のために小屋が必要なのなら」グィネヴィアはよく通る声で言った。「なぜもとの建物をそのまま使わないの？　サンスムにそう訊いたんだけれど、もとは異教徒が吸っていた空気を彼のだいじなキリスト教徒に吸わせないように、すっかり新しくしなければならないというのよ。そんな笑止千万な迷信のために、洗練された古い建物を打ち壊して、やっつけ仕事で不細工な建物を作ろうというのよ。見て、石はろくに仕上げてもいないし、美しさなどかけらもないじゃないの！」と、魔除けのために埃に唾を吐いた。「これがモードレッドの礼拝堂だというのよ！　信じられる？　サンスムは、あの不愉快な子供を泣き虫のキリスト教徒にする気なのよ。それもこんな胸の悪くなるような場所で」

「これは、奥方さま！」サンスム司教が、新しく建てた壁の陰から姿を現した。たしかに、古い神殿のていねいな石組みに比べると、その壁の仕上げは無様だった。サンスムの黒いガウンも、剃髪した剛い髪も、粉塵をかぶって白くなっている。「もったいなくもわざわざおいでくださるとは、光栄至極に存じます」と、グィネヴィアにお辞儀をしながら言った。

「おまえのような蛆虫に光栄がられる覚えはないわ。ここでおまえがどんな乱暴を働いているか、ダーヴェルに見せに来たのよ。こんなところでどうして礼拝ができるの？」建てかけの教会に手をふって見せる。「牛小屋でも使ったほうがまだましだわ！」

「われらが主は、牛小屋でお生まれになりました。ですから、この粗末な教会が牛小屋を思い出させるとすれば、むしろ喜ばしいことでございます」そう言って、彼はまたお辞儀をした。働いていたキリスト教徒が数名、新しい教会の奥に集まってキリスト教の聖歌を歌いはじめた。異教徒が入ってきたことによる邪悪を払うためだ。

「たしかに牛小屋のような声がするわね」グィネヴィアはずけずけと言い放った。司祭を押し退けて、散らばる石材をものともせずに歩いてゆく。ナビルの屋敷の石と煉瓦の壁に接して建つ、木製の小屋が目当てだった。途中で、猟犬の引き綱を放して自由に走らせる。「あの像はどこにやったの、サンスム？」小屋の扉を蹴り開けながら、彼女は肩越しに質問を投げかけた。

「まことに残念なことでございます。奥方さまのために残しておこうとしたのでございますが、ありがたき主の教えにより、溶かさざるを得ませんでした。貧しい者のためでございます。おわかりと思いますが」

グィネヴィアはすさまじい剣幕で司教に食ってかかった。「青銅よ！　貧しい者に青銅がなんの役に立つというの？　食べるとでも？」彼女は私に目を向けた。「メルクリウスの像があったのよ。背の高い男性と同じぐらいの大きさで、美しい像だったわ。ほんとに美しかったのよ！　ブリトン人の仕事じゃないわ、ローマ人が作ったのよ。それが消えてしまったんだわ、キリスト教徒のかまどで溶かされて。それもこれもおまえたちが」――と、目鼻だちのはっきりした顔に激しい怒りを現して、またサンスムに目を向けた――「美しいものに我慢ならないからよ。美しいものが怖いんでしょう。おまえたちは、木を喰い倒す地虫と同じよ。自分がなにをしているのかわからないんだわ」彼女は身をかがめて小屋にもぐり込んだ。どうやらサンスムは、神殿跡で見つけた貴重な物品をそこに保管しているらしい。彼女は小さな石像をもって出てきて、衛兵の一人に投げ渡した。「大したものじゃないけど」彼女は言った。「でも少なくとも、牛小屋で生まれた薄汚い大工からは守れたわ」

度重なる侮辱にもめげず、あいかわらず笑みを浮かべたまま、サンスムは北部での戦闘の状況を私に尋ねた。

「少しずつ好転している」私は答えた。

「アーサー王子にお伝えください。王子のためにお祈り申しておりますと」

「敵のために祈るがいいわ」グィネヴィアは言った。「そしたら、たぶん早く勝てるわよ」二頭の犬が、新しい教会の壁に小便をかけるのを見ながら、「先月、カドウィはこちらへ攻めてきたのよ」と私に言った。「すぐそばまで迫ったの」

「助かりましたのは神のお恵みでございます」サンスム司教が神妙に付け加える。

「おまえの力ではないわ、この蛆虫」グィネヴィアは言った。「キリスト教徒は逃げたのよ。裾をからげて、一目散に東に逃げていったわ。ほかはみんな残ったっていうのに。神々のお力で、ランヴァルがカドウィを撃退してくれたのよ」彼女は新しい教会に唾を吐いた。「いずれ敵はいなくなるわ。そのときがきたら、ダーヴェル、わたしはあの牛小屋をつぶして、ほんものの神にふさわしい神殿を建てるつもりよ」

「イシスの神殿でございますかな」サンスムが陰にこもって尋ねた。

「口の利き方に気をつけるのね」グィネヴィアが言う。「わたしの女神は夜を支配する方だから、面白半分におまえの魂をさらってゆくかもしれないわよ。もっとも、おまえのみじめな魂をさらってもなんの役にも立ちそうにないけれど。行きましょう、ダーヴェル」

二頭のディアハウンドを呼び寄せると、私たちはまた丘を登って引き返していった。グィネヴィアは怒りに身を震わせている。「あの男のしていることを見たでしょう？　古いものを打ち壊しているのよ！　それも、あいつの安っぽい迷信をわたしたちに押しつけるために。どうして古いものを放っておけないのかしら。馬鹿が集まって大工を礼拝したいというのなら、わたしたちは気にしないわ。なのにどうしてあの男は、わたしたちがどの神を礼拝するか気にするの？　神々は多ければ多いほどいいのよ。自分の神をほめそやすために、ほかの神々を攻撃してなんになるというのかしら。支離滅裂じゃないの」

「イシスとはなんです？」彼女のヴィラの門のうちに入ったとき、私は尋ねた。

グィネヴィアは、悪戯っぽい目で私を見た。「いま聞こえたのは、わたしの愛しい殿からのご質問かしら」

「そうです」

彼女は笑った。「一本とられたわ、ダーヴェル。真実はいつも思いがけないものだわね。では、アーサーはわたしの女神のことを気にしているのね？」

「殿が気にしておられるのは」私は答えた。「サンスムから秘儀の話を耳になさったからです」

グィネヴィアは肩を揺すって、中庭のタイルの上にマントを落とした。それを奴隷が拾い上げる。「アーサーに伝えて」彼女は言った。「なにも心配することはないって。殿は、わたしの愛情を疑っていらっしゃるの？」

「殿は奥方さまを崇拝しておられます」私は如才なく答えた。

「わたしこそ、殿を崇拝しているわ」彼女は笑顔を見せた。「そうあの方に伝えて、ダーヴェル」心のこもった口調でつけくわえる。

「承知しました」

「それから、イシスのことは心配しなくても大丈夫だと伝えてちょうだい」グィネヴィアは、衝動的に私の手をつかんだ。「ちょっと来て」新しいキリスト教の礼拝堂に私を連れて行った、あのときと同じ口調だ。だがこんどは、私の手を引っ張って足早に中庭を横切り、細い水路を飛び越えて、奥の柱廊の壁に切られた小さな扉に向かった。私の手を放し、扉を押し開きながら、「これがイシスの神殿よ。殿のお心をそんなにも悩ませているものの正体」

私はひるんだ。「男が入ってもよいのですか」

「昼間はいいの。夜はだめだけれど」彼女はするりと扉を抜け、入ってすぐ内側にかかっている分厚い毛織の垂れ幕を開いた。彼女のあとについて幕を分けて中に入ると、そこは光の射さない真っ暗な部屋だった。「動かないで」とグィネヴィアが注意する。最初は、イシスの規則かなにかに従っているのだと思ったが、目が深い闇に慣れてくるにつれて、彼女が動くなと言ったわけがわかってきた。床に切られた池に転げ落ちないようにという配慮だったのだ。神殿内を照らす光といえば、入口の垂れ幕の隙間から洩れ入る光だけだ。だが待っているうちに、部屋の奥から灰色の光がしみ込むように入ってくるのに気がついた。見れば、グィネヴィアが黒い壁掛けを一枚一枚下ろしている。壁掛けはいずれも腕木に渡した竿に掛けてあり、どれも分厚い織物だった。それを何枚も重ねているので、光はまったく入って来ないのだ。だがいま、壁掛けはみな床に落ちてしわくちゃになり、その陰に隠れていた鎧戸が現れた。グィネヴィアがそれをさっと開くと、まぶしい昼の光があふれんばかりに射し込んでくる。

「ご覧なさい」グィネヴィアは、アーチ形の大きな窓のわきに立っていた。「これが秘密の神殿よ！」サンスムの不安をあざけるように言う。だが実際、その部屋はたしかに謎めいていた。真っ黒なのだ。床には黒い石が敷かれ、壁も丸天井もピッチで黒く塗られている。黒い床の中央には浅い池があり、黒い水が満たしてある。そしてその奥、池といま開かれた窓の間には、黒い石でできた低い玉座が置かれていた。

「ダーヴェル、ご感想は？」グィネヴィアが尋ねた。

「女神はどこですか」私はイシスの像を探しながら言った。

「月の光とともに訪れるのよ」そう言われて、私は窓から満月が射し込むさまを想像してみようとした。月光はこの池に反射して、漆黒の壁に光の波紋を描くのだろう。「ニムエのことを教えて」グィネヴィアが言う。「そしたら、わたしもイシスのことを教えてあげるわ」

「ニムエはマーリンの巫女です」私の声は、黒く塗った石に跳ね返り、うつろに響いた。「マーリンから秘密を教わっているのです」

「秘密って？」

「古い神々の秘密です」

彼女は眉をひそめた。「でも、そんな秘密をどうやってマーリンは学んだの？　昔のドルイドはなにも書き残していないと思っていたわ。文字にするのを禁じられていたんじゃないの？」

「おっしゃるとおりです。ですが、マーリンはともかくその知識を探しているのです」

グィネヴィアはうなずいた。「失われた知識があるという話は聞いているわ。マーリンはそれを探そうとしているのね。ありがたいこと！　あのおぞましいサンスムを厄介払いできるかもしれない」いま彼女は、窓の真ん前に立って外を眺めている。その視線は、ドゥルノヴァリアのタイル屋根やわら葺き屋根を越え、南の城壁も、円形劇場あとの盛り上がった草地も越えて、地平線にそびえる五月の城《マイ・ディン》の巨大な土壁に向けられていた。青空に白い雲が浮かんでいる。だが、私の息が詰まったのは、あふれる陽光のせいだった。白い亜麻布のゆったりしたドレスが陽光に透けて、わが主君の奥方、ヘニス・ウィレンの王女は、一糸まとわぬ裸身で立っているも同然だった。あの瞬間、耳の中で脈打つ血潮を聞きながら、私は主君に嫉妬していた。この太陽の悪戯に、グィネヴィアは気づいていたのだろうか。気づいてはいなかったと思うが、断言はできない。彼女はこちらに背を向けていたが、ふいに半身になって私を見た。「ルネートは魔法が使えるの？」

「いいえ」

「でも、ニムエといっしょに学んでいたのでしょう」

「いいえ」私は答えた。「ルネートは、一度もマーリンの私室に入ることを許されませんでした。それに興味もありませんでしたし」

「あなたはマーリンの私室に入ったの？」

「二度だけです」私は答えた。彼女の乳房が透けて見え、私はわざと視線を黒い池に落とした。だが、池は鏡のように彼女の美貌を映していたうえに、そのすらりとしなやかな肉体に、底知れぬ神秘の官能的な輝きさえ加えていた。重苦しい沈黙が落ち、最後のやりとりについて考えていた私はふと気づいた。ルネートは、マーリンの魔法をいくらか知っていると称していたにちがいない。私の言葉がそれをぶち壊しにしたのはまちがいなかった。

「でも、ひょっとしたら」私はぼそぼそと言った。「私に言わなかっただけで、ルネートも多少は知っているのかもしれませんが」

グィネヴィアは肩をすくめ、こちらに背を向けた。私はまた顔をあげた。「でも、ニムエはルネートよりすぐれているというのね」彼女は尋ねた。

「はい、はるかに」

「もう二度も、ニムエにここに来るように言ったのだけれど」グィネヴィアは口惜しげに言った。「二度とも断られたわ。どうしたら来る気になるのかしら」

「ニムエになにかをさせたいなら」私は言った。「いちばんの方法は、それをするなと言うことです」

また室内に沈黙が落ちた。町の音が大きく聞こえる。市場の物売りの声、石畳を通る荷車の車輪の響き、犬の吠え声、近くの厨房で鍋のぶつかり合う音。だが、室内は物音ひとつしない。「そのうち」静寂を破ったのはグィネヴィアだった。「あそこに、イシスの神殿を建てるつもりよ」と、南の空いっぱいにそびえるマイ・ディンの城壁を指さす。「あそこは神聖な場所なんでしょう？」

「それはもう」

「そう」彼女はまたこちらに向き直った。陽光が赤毛を燃え立たせ、白いドレスの下のなめらかな肌を輝かせる。「ダーヴェル、わたしは子供っぽい駆け引きでニムエを引っかけるようなことはしたくないわ。ここにニムエを呼びたいの。力のある巫女が必要なのよ。あの卑しいサンスムの輩《やから》と闘おうとすれば、古い神々に愛されている人間が必要になるわ。ニムエが必要なのよ。ねえ、ダーヴェル、アーサーのためよ。なんと言ってやればニムエがここに来る気になるか教えてちょうだい。それを教えてくれたら、わたしがイシスを礼拝するわけを話すわ」

私はしばし考えた。どんな餌なら、ニムエを誘い出すことができるだろうか。「こうおっしゃればよいと思います」私はついに言った。「奥方さまの命令に従えば、アーサー王子はニムエにギンドライスを与えるだろうと。ただ、そう約束なさったら必ず守らねばなりませんが」そう私は付け加えた。

「ありがとう、ダーヴェル」グィネヴィアは微笑み、磨きあげた黒い石の玉座に腰をおろした。「イシスはね、女の守り神なの。この玉座はイシスの象徴。王国の玉座に座るのは男かもしれないけれど、イシスにはその男を選ぶ力があるのよ。だからわたしはイシスを礼拝するの」

彼女の言葉には、どこか反逆のにおいがする。「奥方さま、この王国の玉座には」と、私はアーサーの口癖をなぞって言った。「モードレッドさまが座っておいでです」

これにたいして、グィネヴィアはさげすむように鼻を鳴らした。「モードレッドはおまるにだって座れやしないわ！　あの子は足萎えじゃないの。行儀の悪い子供のくせに、もう権力のにおいを嗅ぎつけているのよ。さかりのついた雌豚の臭いを嗅ぐ豚みたいに」彼女の声は笞《むち》のように鋭く、辛辣だった。「ダーヴェル、いったいいつから、玉座は父から息子に渡されることになったの？　昔はそうじゃなかったわ！　部族でいちばんすぐれた男が権力を握ったのよ。いまだってそうあるべきだわ」激情に駆られたのを急に後悔したかのように、グィネヴィアは目を閉じた。「あなたは殿の味方でしょう」ややあって尋ね、また目を開く。

「もちろんです」

「それなら、あなたとわたしは友だちね。二人ともアーサーを愛しているのだから、心はひとつだわ。だったら、ダーヴェル・カダーン、友だちとして答えて。モードレッドのほうがアーサーよりすぐれた王になると思う?」

私はためらった。彼女は反逆の言葉を吐くようそそのかしている。だが同時に、ここは神聖な場所であり、真実を語ることが求められてもいるのだ。私は正直に答えた。「いいえ。アーサー王子のほうがすぐれた王になられるでしょう」

「ありがとう」と、微笑みかける。「わたしがイシスを礼拝するからといって、心配する必要はないと伝えてちょうだい。むしろとてもアーサーのためになることだって。わたしがここで礼拝するのは、アーサーの将来のためなんだもの。この部屋で行われることが、アーサーに害をなすことはけっしてないわ。わかるでしょう」

「そのようにお伝えします」

グィネヴィアは、長いこと私を見つめていた。私は気をつけの姿勢で立っていた。マントのすそが黒い床に触れ、わきにハウェルバネが下がり、神殿に射し込む日光が伸びたひげを金色に輝かせている。「この戦に勝てるかしら」しばらくして、グィネヴィアが尋ねた。

「勝てます」

この自信たっぷりの答えに、彼女は笑みを浮かべた。「どうして?」

「わが国の北には、グウェントが岩のように立ちはだかっているからです」私は言った。「それに、私たちと同じく、サクソン人も仲間うちで戦っており、団結してこちらに対抗しようとしないからです。また、シルリアのギンドライスは以前の敗北に懲りていますし、カドウィはナメクジ同然で、時間さえあればすぐにひねりつぶせます。ゴルヴァジドは戦士としては大した男ですが、軍勢の指揮官としてはからきしです。それに何より、こちらにはアーサー王子がいます」

「ありがとう」グィネヴィアはまた言い、立ち上がった。陽光を浴びて、薄く白い亜麻布のドレスが透ける。「もう行っていいわよ、ダーヴェル。じゅうぶん見たでしょう」私が赤くなると、グィネヴィアは笑った。「川へ行くのを忘れないで!」扉口の垂れ幕を押しのける私の背に、彼女は声をかけてきた。「サクソン人みたいに臭うわよ!」

私は川へ行き、身体を洗ってから、兵を率いて南の海に向かった。

私は海は嫌いだ。海は冷たく、油断も隙もない。太陽が一日の生命を終えるはるかな西のほうから、小山のような灰色のうねりが絶えず寄せてくる。船乗りが言うには、あの虚しい水平線の果てのどこかに名高いリオネスの国があるそうだ。だが、その国を見た者はいないし、リオネスから戻ってきたという者も皆無だ。だからこそ、そこはあらゆる貧しい船乗りにとって至福の港になっている。地上の快楽に満ちた国、戦争も飢えもなく、なにより船がない。小さな木舟を無慈悲に持ち上げる灰緑色の波、その波の背を削りとるように、風に押されて白い波頭が駆け下る――そんな猛り狂う灰色の海に漕ぎだす必要もないのだ。ドゥムノニアの岸の緑が目にしみる。こうして初めて離れてみるまで、自分がこの国をこんなに愛していようとは思いもかけなかった。

私たちは三艘の船に分乗して海を渡った。どの船も漕ぎ手は奴隷である。川から海に出たとたん西から風が襲ってきたため、すぐに櫂が櫂座に据えられた。ぼろ布の帆に引きずられて、粗末な船は大波の走る方向へ流されだしたのだ。部下の多くが船酔いに苦しんだ。兵はみな若く、大半は私よりも年下だった。戦はたしかに若い者の仕事だからだが、年配の者もわずかながらいた。副官のカヴァンは四十歳近く、半白のひげに、顔には十文字の傷が走っている。気むずかしいアイルランド人で、ユーサーのもとで戦ってきた男だが、年齢が自分の半分にしかならない若造に命令されるのも、べつに奇妙とは思わないようだった。彼は私のことを殿と呼ぶ。私がトールの出身だというので、マーリンの跡継ぎか、少なくともサクソン人の奴隷に魔法使いが生ませた高貴の子だと思い込んでいるのだ。アーサーが私にカヴァンをつけたのは、私の権威が年齢相応でしかないとわかったときの用心だと思う。だが正直に言って、私は部下を率いるのに苦労したことがない。兵士には何をすべきか命令し、自分でもやって見せ、命令に従わなければ罰し、従えば褒美を与え、そして勝利に導いてやればいいのだ。私の槍兵はみな志願者だった。ベノイクについて来たのは、私の下で働きたいからか、さもなければ海の南のほうが戦利品も栄光もたんまり待っていると考えたからだ。私たちは、女も馬も従僕も連れずに海を渡った。私はカンナを自由にしてトールに送っていた。ニムエが面倒を見てくれるだろうと思ったからだが、あのサクソン娘にまた会う日があるとは思っていなかった。彼女はすぐに亭主を見つけるにちがいない。それに私のほうも、もうひとつのブリタニアたるブルターニュに足を踏み入れたら、トレベス島の名高い美女を好きになることだろう。

バン王に派遣されてきた、族長のブライジグも共に海を渡った。私の若さにぶつぶつ不平をこぼしていたが、貴様などよりずっと大勢の敵を倒しているのだとカヴァンが怒鳴りつけてからは、私の実力にたいする疑念は胸に収めておくことにしたらしい。それでも、兵の数が少なすぎると不満を並べるのはやめなかった。フランク人は土地に飢えており、よく武装しているし数も多い、と彼は言う。兵士を二百も送ってくれれば違うかもしれないが、六十ではどうにもならん、と今度はそう言いだすのだった。

最初の夜は、とある島の入江に錨を下ろした。入江の外では海が荒れ狂い、岸には見すぼらしい兵士たちが集まってわめきたて、ときおりひょろひょろと矢を射かけてくる。だが、三艘のいずれにも遠く届かなかった。船長は嵐が来るのではないかと心配し、そのためだけに積んである子山羊を犠牲に捧げ、血を船の舳先に垂らした。そのかいあって翌朝には嵐はやんだものの、今度は海上が深い霧に覆われてしまった。霧を突いて船を進めようという船長は一人もいなかったから、まる一昼夜そこで待機することになった。ようやく空が晴れ上がると、私たちは南をさして船を漕ぎ出した。長い一日だった。座礁した船の残骸を戴く剣呑《けんのん》な岩礁をいくつか迂回し、暖かい夕方、疲れた漕ぎ手にはありがたい微風と満ち潮に助けられて、広々とした川にすべるように入った。縁起のよい白鳥の群れに導かれて、船を岸に乗り揚げる。近くに城砦があり、武装した兵士が川岸にやって来て誰何《すいか》したが、ブライジグが友軍だと怒鳴った。兵士らはブリトン語で歓迎の言葉を叫び返してくる。川の大小の渦を夕陽がきらめかせていた。魚と塩、そしてタールのにおい。漁船が岸に引き揚げられており、その横の柵に黒い網が掛けてある。塩釜の下で火が燃え、犬たちは小波に飛び込み飛び出ししながらこちらに吠えかかり、水しぶきをあげて上陸する私たちを、近くの小屋から出てきた子供たちの一団が見守っていた。

アーサーの熊のしるしをつけた楯を上下さかさまに構え、私は真先に上陸した。満潮時の波打ち際を示す漂着物の散乱する一線を越えると、槍の柄を砂に突き立て、わが守護神ベルと、海神マナウィダンに祈りを捧げた。いつの日か、アーモリカから船を漕ぎ出して、わが主君のそば、神々に祝福されたブリタニアのアーサーのそばに戻れるようにと。

こうして、私たちは戦におもむいたのである。

著者

バーナード・コーンウェル〔Bernard Cornwell〕

一九四四年、ロンドンに生まれ、エセックスで育つ。ロンドン大学を卒業後、英BBCプロデューサーなどを経てアメリカに移住し、作家活動に入った。代表作シャープ・シリーズやスターバック・シリーズのほか多数の歴史小説や冒険小説を執筆している。邦訳書に『殺意の海へ』、『黄金の島』、『ロセンデール家の嵐』、『嵐の絆』などがある。二〇〇六年には大英帝国勲章を受章した。

訳者

木原悦子〔Etsuko Kihara〕

一九六〇年、鹿児島県生まれ。東京大学文学部西洋史学科卒業。翻訳家。主な訳書に、『地球生命35億年物語』（徳間書店）、『ミイラ医師シヌヘ』（小学館）などがある。

新装版《しんそうばん》　小説《しょうせつ》アーサー王物語《おうものがたり》
エクスカリバーの宝剣《ほうけん》──［上《じょう》］

二〇一九年二月二五日　初版第一刷発行

著者──バーナード・コーンウェル
訳者──木原悦子《きはらえつこ》
発行者──成瀬雅人
発行所──株式会社原書房
〒一六〇－〇〇二二
東京都新宿区新宿一－二五－一三
電話・代表〇三－三三五四－〇六八五
http://www.harashobo.co.jp
振替・〇〇一五〇－六－一五一五九四
ブックデザイン──小沼宏之［Gibbon］
印刷・製本──中央精版印刷株式会社

ISBN978-4-562-05620-0
Printed in Japan